헤르만 헤세 환상동화집

클래식 보물창고 27

헤르만 헤세 환상동화집

펴낸날 초판 1쇄 2014년 2월 20일
지은이 헤르만 헤세 | **옮긴이** 이옥용
펴낸이 신형건 | **펴낸곳** (주)푸른책들 | **등록** 제321-2008-00155호
주소 서울특별시 서초구 양재천로7길 16 푸르니빌딩 (우)137-891
전화 02-581-0334~5 | **팩스** 02-582-0648
이메일 prooni@prooni.com | **홈페이지** www.prooni.com
카페 cafe.naver.com/prbm | **블로그** blog.naver.com/proonibook

ISBN 978-89-6170-367-3 04800
* 잘못된 책은 구입한 곳에서 바꾸어 드립니다.

이 도서의 국립중앙도서관 출판시도서목록(CIP)은 서지정보유통지원시스템 홈페이지(http://seoji.nl.go.kr)와
국가자료공동목록시스템(http://www.nl.go.kr/kolisnet)에서 이용하실 수 있습니다.
(CIP제어번호: CIP2014001122)

표지 그림 | 카이 닐센 作 'East of the Sun and West of the Moon(1914)' PLATE 3

보물창고는 (주)푸른책들의 유아, 어린이, 청소년, 문학 도서 임프린트입니다.

Die Märchen

헤르만 헤세

환상동화집

헤르만 헤세 지음 | 이옥용 옮김

보물창고

차 례

난쟁이

어느 날 저녁, 부두에서 늙은 이야기꾼* 체코가 다음과 같은 이야기를 들려주기 시작했어요.

신사 숙녀 여러분, 괜찮으시다면 오늘 아주 오래된 이야기 하나를 들려주고 싶네요. 어느 아름다운 여인과 난쟁이와 사랑의 묘약에 대한 이야기이며, 한결같은 신뢰감과 배신, 사랑과 죽음에 대한 이야기입니다. 옛날이나 요즘이나 모험담과 이야기에서 늘 다루어지는 것들이지요.

귀족인 바티스타 카도린의 딸인 마르게리타 카도린은 당시에 베네치아의 아름다운 여자들 중에서도 단연 돋보였지요. 마르게리타를 소재로 한 시구와 노래는 대운하 옆에 있는 호화 저택들

---

*이야기꾼 : 이야기를 들려주던 사람으로 특히 동양과 중근동의 길이나 광장에서 흔히 볼 수 있었다. (이하, 본문의 각주는 '옮긴이의 주'입니다.)

의 아치형 창문들이나 어느 봄날 저녁 폰테 델 빈과 도가나 사이를 떠다니는 곤돌라보다도 그 수가 훨씬 많았지요.

베니스와 무라노는 물론이고 파두아의 수많은 귀족들은 젊은이든 늙은이든 매일 밤 잠들기 전에 제발 꿈속에서 마르게리타를 보았으면, 하고 간절히 바랐어요. 아침에도 제발 마르게리타의 모습을 보았으면, 하고 바라는 마음으로 눈을 떴고요. 그래서 온 도시에서 마르게리타 카도린한테 질투심을 한 번도 느끼지 않은 젊은 귀족 부인들은 거의 없었지요.

나는 마르게리타를 묘사할 자격이 없어요. 그저 마르게리타가 금발머리에 키가 훤칠하게 크고 어린 실측백나무처럼 날씬하다고, 바람이 마르게리타의 머리칼을, 그리고 땅바닥이 마르게리타의 두 발바닥을 살그머니 어루만져 준다고, 티치아노*가 마르게리타를 보고서는 자신의 소원은 일 년 내내 오로지 이 여성만을 그리는 것이라고 말했다는 정도만 말해도 만족하지요.

그 아름다운 여자는 옷도, 레이스도, 금실을 넣어 짠 비잔틴풍의 다마스쿠스산 비단도 보석과 장신구도 모두 갖고 있었어요. 마르게리타의 화려한 성에는 모든 것이 넘쳐나고 호화로웠어요. 발밑에는 알록달록하고 두툼한 양탄자들이 깔려 있고, 장이란 장에는 모두 은으로 만든 도구와 주방용 기기가 가득했으며, 탁자들은 다마스쿠스에서 짠 세련된 비단과 화려한 도자기들로 반짝반짝 빛났고, 거실 바닥은 모자이크로 장식이 되어 있

---

*티치아노 베첼리오(1490년경~1576년) : 이탈리아의 화가로 회화적인 색채주의를 확립해 이후 '캔버스에 유화' 기법을 개척한 인물이다.

었어요. 거기에 천장과 벽은 금실로 짠 비단 바탕에 얹은 벽 장식용 양탄자나 아름답고 유쾌한 그림들로 꾸며져 있었지요. 하인들 역시 부족하지 않았고 곤돌라와 사공들도 충분했어요.

물론 다른 집들도 이처럼 귀하고 기쁨을 주는 물건들은 있었지요. 마르게리타의 성보다 더 크고 부유한 호화 저택들은 있었어요. 마르게리타의 장들보다 더 가득 찬 장들이며 더 값진 기기들 그리고 장식용으로 벽에 거는 양탄자와 장신구들은 다른 집에도 있었지요.

당시 베네치아는 매우 부유했어요. 하지만 젊은 마르게리타 혼자서만 갖고 있던 보물은 —많은 부자들의 부러움을 샀지요.— 한 난쟁이였어요. '필리포'라고 불리는 그 난쟁이는 키가 채 3엘레*도 되지 않았고 등에는 작은 혹이 두 개나 있었어요. 참으로 희한하기 짝이 없는 녀석이었지요.

필리포는 키프로스* 토박이로 바티스타 씨가 여행에서 데려왔을 당시에는 그리스 어와 시리아 어밖에 못 했지만 이제는 토박이 베네치아 말을 정말 잘했어요. 꼭 베네치아의 리바 강가나 산 지오베 교구에서 태어난 것 같았지요.

난쟁이의 여주인은 그토록 아름답고 늘씬한데 난쟁이는 흉측하게 생겼기 때문에 여주인은 불구의 몸을 가진 난쟁이 옆에 있으면, 키는 난쟁이보다 두 배나 크고 위엄이 있어 보였어요. 마치 어느 섬에 있는 어부의 오두막이 교회 탑 옆에 있는 것 같았

---

*엘레 : 독일에서 쓰는 길이의 단위. 1엘레는 55~85센티미터에 해당한다.
*키프로스 : 지중해 동쪽에 있는 섬나라.

지요.

난쟁이의 손은 주름이 많고 갈색을 띠었으며 관절이 구부러져서 걸음걸이가 말할 수 없이 우스꽝스러웠지요. 코는 엄청나게 컸고 발은 넓죽하고 안짱걸음을 걸었어요. 하지만 난쟁이는 영주처럼 진짜 비단과 금실로 짠 옷을 입고 다녔어요.

이러한 외모 덕분에 난쟁이는 이미 보물과도 같은 존재가 되었지요. 베네치아뿐만 아니라 밀라노를 포함한 이탈리아 전역에서 그 난쟁이보다 더 희한하고 우스꽝스럽게 생긴 사람은 없었을 거예요. 만일 그 작은 남자를 팔려고 내놓았다면 꽤 많은 황제나 영주, 또는 높으신 고급 관료들이 얼른 사 갔을 거예요.

궁궐이나 부유한 여러 도시에 필리포처럼 작고 못생긴 난쟁이들이 몇 명쯤은 있었겠지요. 하지만 지적인 면이나 타고난 재능은 필리포보다 한참 뒤떨어졌을 거예요. 총명한 것 한 가지만 본다면 그 난쟁이는 10인 위원회*의 위원이나 외교 사절단 직을 맡아도 되었을 거예요. 필리포는 세 나라 말을 할 수 있었을 뿐만 아니라 역사, 충고, 발명에 대한 경험이 풍부했어요. 그리고 오래된 이야기들을 들려주고 새로운 이야기들을 지어 낼 수 있었지요. 훌륭한 충고도 할 줄 알았고 짓궂은 장난도 잘 쳤어요. 그리고 마음만 먹으면 누구든 하하 웃게 할 수도, 절망하게 만들 수도 있었어요. 그런 건 식은 죽 먹기였지요.

햇살이 맑은 날이면 그 귀족 아가씨는 자기 집 발코니에 앉아

---

*10인 위원회 : 8세기부터 1797년까지 이탈리아 도시 국가였던 베네치아 공화국의 외교 및 정책을 비밀리에 결정하던 기구. 명칭과는 달리 17명으로 구성되어 있었다.

이루 말할 수 없이 아름다운 머리를 당시의 유행에 따라 햇볕에 색이 바래게 했어요. 그럴 때면 아가씨의 전용 시녀 두 명과 아프리카산 앵무새 한 마리 그리고 난쟁이 필리포가 늘 아가씨와 함께했지요.

시녀들은 마르게리타의 긴 머리채를 물로 적셔 곱게 빗질을 해 준 다음, 색이 바래도록 챙이 아주 넓은 모자 위에 좍 펼치고는 장미에 방울방울 맺힌 이슬과 그리스산 향수를 톡톡 튀겨서 뿌렸어요. 그러고는 그 도시에서 일어났거나 지금 막 진행 중인 모든 사건에 대한 얘기를 들려주었어요. 예를 들면 누가 죽었다든지, 누가 잔치를 열었다든지, 누가 결혼하고 어떤 아기가 태어났으며, 또 누가 도둑을 맞았고 웃기는 일들은 어떤 것이 있었는지에 대한 이야기를 한 것이지요.

앵무새는 예쁜 빛깔의 날개를 파닥거리며 자신의 세 가지 재주를 보여 줬어요. 노래 한 곡을 휘파람으로 휙휙 불고, 메헤헤 염소 울음소리를 내고 "안녕히 주무세요." 하고 외쳤지요. 난쟁이는 그 옆에 조용히 쪼그리고 앉아 햇볕을 쬐면서 오래된 책들과 두루마리들을 읽었어요. 시녀들이 수다를 떨어도 모기떼가 우글거려도 아랑곳하지 않았지요.

언제나 그랬듯이 잠시 후 알록달록한 그 새는 깜빡깜빡 졸다가 하품을 하고는 소르르 잠이 들고, 시녀들은 점차 수다가 줄어들다가 마침내는 입을 꾹 다물어 버렸어요. 그러고는 피곤한 표정으로 조용히 맡은 일을 했지요. 그도 그럴 것이 한낮의 태양이 베네치아의 호화 주택 발코니보다 더 뜨겁게 내리쬐고, 하염없이 졸음 속으로 빠져들게 만드는 곳이 또 어디 있었겠어요?

시녀들이 마르게리타의 머리카락이 마르도록 그냥 내버려 두거나 신경 써서 제대로 잡지 못하면, 주인 아가씨는 곧바로 언짢아하며 혹독하게 꾸짖었어요.

그러고는 이렇게 외쳐 댔어요.

"난쟁이에게서 책 좀 뺏어 버려!"

그러면 시녀들은 필리포의 무릎에 놓인 책을 홱 빼앗았어요. 난쟁이는 화난 얼굴로 올려다보았지요. 하지만 이내 마음을 추스르고는 주인님이 무엇을 원하는지 공손하게 물었어요.

그러면 여주인은 이렇게 명령했지요.

"이야기 하나 들려줘!"

그러면 난쟁이는 이렇게 대답했어요.

"생각 좀 해 볼게요."

그러고는 생각에 잠겼지요. 그럴 때면 여주인은 너무 오래 생각하는 난쟁이를 나무라며 큰 소리를 지르곤 했어요.

하지만 난쟁이는 느긋한 표정으로 자신의 몸에 비해 너무나도 큰 그 무거운 머리를 절레절레 저으며 담담하게 대답했어요.

"조금 더 참으셔야 합니다. 훌륭한 이야기는 마치 고귀한 야생 동물 같은 것이지요. 그 녀석들은 꼭꼭 숨어 산답니다. 그래서 골짜기나 숲의 어귀에서 오랫동안 몰래 몸을 숨긴 채 기다려야 합니다. 내가 생각하도록 그냥 내버려 두세요!"

하지만 난쟁이는 일단 충분히 숙고한 다음, 이야기를 시작하면 끝날 때까지 한 번도 멈추지 않았어요. 난쟁이의 이야기는 어떤 산에서 흘러내리는 강물-그 강물에는 세상에 있는 모든 것이 비쳤지요.-이 작은 풀잎들로부터 푸르른 하늘에 이르는 것처럼 쉼 없이 술술 이어졌지요.

앵무새는 쌔근쌔근 잠을 자고 있었어요. 꿈을 꾸면서 때때로 휘어진 부리로 빠지직빠지직 소리를 냈어요. 작은 운하들은 조금도 움직이지 않은 채 고요해서 거기 비친 집들은 마치 진짜 담벼락처럼 꼼짝달싹하지 않았어요. 태양은 편편한 지붕 위로 뜨겁게 내리쬐고, 시녀들은 졸음을 쫓아내려고 안간힘을 쓰고 있었어요.

하지만 난쟁이는 졸리지 않았어요. 자신의 솜씨를 발휘하기만 하면 곧바로 마법사가 되고 임금님이 되었지요. 난쟁이는 태양의 빛을 완전히 꺼 버렸어요. 그러고는 조용히 귀 기울이고 있는 자신의 여주인을 어두컴컴하고 무시무시한 여러 숲 속을 가로질러 데려가기도 하고, 바닷속 푸르고 서늘한 바닥으로 데려가기도 했으며, 동화 같으면서도 낯선 도시들로 데려가기도 했어요. 왜냐하면 난쟁이는 동양에서 이야기하는 기술을 배웠기 때문이었어요. 그곳에서는 이야기꾼들이 마법사인데 세력도 있고 영향력도 크지요. 또한 아이가 자기 공을 가지고 놀듯이 자신들의 이야기를 귀 기울여 듣는 사람들의 영혼을 자유자재로 가지고 논답니다.

난쟁이의 이야기는 듣는 이들의 영혼이 혼자 힘으로는 쉽사리 날아갈 수 없는 낯선 나라들에서 시작한 적이 거의 없었어요. 난쟁이는 언제든 황금 머리핀이든 비단 천이든 직접 두 눈으로 볼 수 있는 것으로 늘 이야기를 시작했어요. 언제나 옆에 가까이 있는 것부터 시작했지요. 예전에 그런 보물들을 갖고 있었던 사람들이나 그것들을 만들었던 장인들과 그것들을 판 상인들에 대해 이야기하기 시작함으로써 여주인이 눈치채지 못하게 슬그머니 자신이 바라는 대로 상상하도록 했어요. 그래서 이야기는 물 흐르듯 자연스럽게 서서히 호화 저택의 발코니로부터 상인의 거룻배로, 거룻배로부터 항구로, 배 위로 그리고 이 세상의 아주 아주 먼 곳들로 펼쳐졌지요.

난쟁이의 이야기를 귀 기울여 듣다 보면 모두들 자신이 지금 배를 타고 여행을 하고 있는 듯한 기분이 들었어요. 그리고 아직 베네치아에서 가만히 앉아 있으면서도 마음은 이미 신이 나서 또는 불안해하며 머나먼 여러 바다와 동화 같은 지역들에서 이리저리 떠도는 것 같았지요. 필리포는 그런 식으로 이야기를 들려주었어요.

필리포는 그런 식의 놀라운 동화들 —대부분 동양의 동화였지요.— 외에도 옛날, 혹은 근래에 실제로 있었던 모험들과 사건들, 아이네이아스* 임금님의 항해와 고뇌, 키프로스 왕국, 요한네스 임금님, 마법사 비르길리우스 그리고 아메리고 베스푸치*의 엄청난 여행들에 대한 이야기를 들려주었어요.

그밖에도 필리포는 참으로 야릇하기 짝이 없는 이야기들도 지어내 들려줄 줄도 알았지요.

---

*아이네이아스 : 그리스 신화에 나오는 영웅. 안키세스와 아프로디테의 아들로, 트로이 성이 함락되자 로마로 피신하여 그곳의 왕녀를 배필로 맞이하고, 사방에 세력을 확대하여 로마의 시조가 되었다고 한다.
*아메리고 베스푸치(1454~1512) : 이탈리아의 탐험가로 이탈리아 피렌체에서 태어났다. 에스파냐·포르투갈의 미국 탐험대에 참가하여 중앙아메리카, 브라질 해안을 탐험하여 명성을 얻었다. 아메리카는 그의 이름을 딴 것이다.

어느 날 여주인이 꾸벅꾸벅 졸고 있는 앵무새를 바라보며 필리포에게 물었어요.

"너는 뭐든지 다 아는 체하지. 내 새가 지금 무슨 꿈을 꾸고 있는 거지?"

난쟁이는 잠시 동안 곰곰 생각하다가 마치 자신이 앵무새라도 된 것처럼 곧바로 긴 꿈 이야기를 하기 시작했어요. 난쟁이가 이야기를 마치자, 앵무새가 마침 잠에서 깨어나더니 염소처럼 메헤헤 울음소리를 내고는 날개를 파드닥거렸어요.

언젠가는 여주인이 작은 돌멩이 하나를 집어 들더니 발코니의 난간 위로 휙 집어 던졌어요. 운하의 물속을 향해 던진 그 돌멩이 때문에 찰싹, 하고 소리가 나자 여주인이 물었지요.

"자, 필리포. 이제 내 돌멩이는 어디로 가는 거지?"

난쟁이는 곧바로 이야기를 시작했어요. 물에 퐁당 빠진 그 작은 돌멩이가 해파리며 물고기, 게와 굴들에 이른 다음, 물에 빠져 죽은 선장들, 물의 요정들, 장난치기 좋아하고 짓궂은 난쟁이 요정들 그리고 인어들에 이르는 이야기를 했지요. 필리포는 이들의 삶과 사건들을 너무나도 잘 알고 있어서 정확하고 상세하게 묘사할 수 있었지요.

마르게리타 양은 수많은 부유하고 아름다운 귀부인들과 마찬가지로 거만하고 냉혹한 사람이었어요. 하지만 자신의 난쟁이를 특별히 예뻐해서 누구나 난쟁이를 잘 대해 주고 존경심을 보이도록 신경을 썼지요. 마르게리타 딱 한 사람만 때때로 난쟁이를 조금 괴롭히면서 재미있어 했어요. 난쟁이는 마르게리타의 소유물이었지요. 마르게리타는 난쟁이가 갖고 있던 책을 몽땅 빼앗기도 하고, 난쟁이를 자기 앵무새 새장에 가두기도 하고, 넓은 홀의 쪽매 널마루 바닥에서 난쟁이에게 발을 걸어 넘어질 뻔하게 만들기도 했어요.

하지만 마르게리타는 악의로 그런 짓들을 한 것은 아니었어요. 필리포 역시 단 한 번도 불평하지 않았지요. 하지만 필리포는 그런 것들을 하나도 잊어버리지 않았어요. 필리포는 우화나 동화를 들려줄 때면 이따금씩 슬쩍슬쩍 암시도 하고 경고조로 돌려 말하기도 했어요. 마르게리타 양도 그런 것들은 어쩔 수 없이 그냥 내버려 둘 수밖에 없었지요.

마르게리타는 난쟁이의 신경을 심하게 건드리지 않도록 매우 조심했어요. 왜냐하면 누구나 그 난쟁이가 비밀스러운 학문들과 금지된 약들을 갖고 있다고 믿었기 때문이었지요. 사람들은 그 난쟁이가 갖가지 동물들과 이야기를 나눌 수 있는 방법을 알고 있다고, 날씨나 폭풍우를 한 치의 오차도 없이 예고한다고 철석같이 믿었지요.

하지만 누군가 그런 질문들을 퍼부어 대면서 난쟁이를 괴롭혀도 난쟁이는 대개는 조용히 침묵했어요. 그러고는 굽은 어깨를 으쓱하면서 굳어서 뻣뻣하고 무거운 머리를 절레절레 흔들었어요. 그러면 질문을 던진 사람들은 하하 웃느라 애초에 물어보려고 했던 것들을 까맣게 잊어버렸지요.

누구나 어떤 살아 있는 영혼에게 정이 가 사랑을 베풀듯이 필리포 역시 자신의 책들 말고 독특한 우정을 가지고 있었어요. 그건 바로 필리포의 것으로 필리포 옆에서 잠까지 자는 까맣고 작은 강아지와의 우정이었지요. 그 강아지는 마르게리타 양에게 구혼했다가 거절당한 어떤 남자가 마르게리타 양에게 준 선물이 었어요. 그런데 마르게트타 양은 강아지를 난쟁이에게 줘 버렸어요. 물론 특별한 사정이 있었지요. 강아지가 온 첫날, 강아지가 그만 불의의 사고를 당했던 거예요. 벼락닫이가 쾅 닫히는 바람에 사단이 난 것이지요. 강아지 다리 하나 부러졌기 때문에 죽여 버려야 했어요. 그러자 난쟁이는 강아지를 달라고 애원했어요. 마르게리타 양은 강아지를 난쟁이에게 선물로 줬어요. 강아지는 난쟁이의 보살핌을 받고 회복되었어요. 무척이나 고마워하며 자신을 구해 준 난쟁이를 졸졸 따라다녔지요. 다리는 나았지만 그만 구부러지고 말았어요. 그래서 강아지는 절뚝거렸어요. 불구자인 자신의 주인과 훨씬 더 잘 어울렸지요. 필리포는 꽤 많은 사람들이 농담을 하는 걸 들어야만 했어요.

난쟁이와 개가 서로 주고받는 사랑이 사람들 눈에는 우스꽝스럽게 보인다 할지라도 그 사랑은 참으로 정직하고 진심에서 우러나오는 것이었지요. 꽤 많은 부유한 귀족들도 친구들로부터 필리포의 다리가 구부러진 볼로냐 종 개만큼 그토록 온 마음에서 우러나오는 애틋한 사랑은 받지 못했을 거예요. 필리포는 개를 '필리피노'라고 불렀어요. 그렇게 부르다가 줄여서 '피노'라고 불렀지요.

필리포는 개를 아이처럼 살살 다뤘어요. 개와 함께 이야기도 나누고, 맛있는 것도 조금씩 떼어 주고, 자신의 조그만 난쟁이 침대에서 잠도 자게 하고, 함께 오랫동안 놀 때도 많았어요. 간단히 말해 난쟁이는 고향도 없이 떠돌이로 딱하게 지내다 보니 그 영리한 동물에게 온통 사랑을 쏟아 부은 것이지요. 그래서 하인들과 여주인이 조롱을 해 대도 묵묵히 견뎌 냈어요.

여러분들도 이러한 애정이 결코 우스꽝스러운 것은 아니었다는 것을 곧 알게 될 거예요. 왜냐하면 이 사랑이 개와 난쟁이뿐만 아니라 온 집안을 엄청난 불행에 빠뜨렸기 때문이었지요. 마비가 된 조그만 애완견 한 마리에 대해 제가 너무 말을 많이 한다고 언짢게 생각하지 않았으면 좋겠어요. 하지만 사소한 이유들로 엄청나고 가혹한 운명들이 전개되는 예가 적지 않지요.

그토록 신분이 높고 돈 많고 잘생긴 많은 남자들이 마르게리타 한 사람만 목이 빠지게 바라보며 마르게리타의 모습을 마음속에 간직해도 마르게리타는 이 세상에 남자가 하나도 없는 것처럼 아주 거만하고 쌀쌀맞았어요. 귀스티니아니 가문 출신인 어머니가 죽을 때까지 마르게리타를 아주 엄격하게 교육시켰을 뿐만 아니라, 천성적으로 거만하고 사랑이란 걸 싫어했기 때문이었어요. 그래서 베네치아에서는 당연히 가장 무자비한 미인으로 통했지요.

마르게리타 때문에 파두아에서 온 한 젊은 귀족이 밀라노에 사는 한 장교와 결투를 벌이다 그만 죽고 말았어요. 마르게리타는 그 소식을 들었어요. 그 젊은 귀족이 마르게리타에게 마지막으로 남긴 말을 마르게리타에게 전해 주었을 때 마르게리타의 하얀 이마에는 걱정하는 낌새가 조금도 느껴지지 않았지요. 마르게리타는 자신에게 바치는 소네트를 계속 조롱했어요. 그리고 거의 같은 시간에 그 도시의 명문가 출신의 두 남자가 엄숙한 모습으로 마르게리타에게 구혼했을 때는 자신의 아버지가 아무리 권유하고 설득을 했는데도 양쪽 모두에게 퇴짜를 놓으라고 강요

했고요. 그 결과, 두 가문은 오랫동안 서로 미워하게 되었어요.

하지만 날개 달린 작은 신, 큐피드는 개구쟁이라 노획물이 하나 생기면 결코 놓치는 법이 없지요. 그토록 아름다운 여인일 경우에는 더욱더 그렇지요. 좀처럼 다가갈 수 없는 콧대 높은 여자들이, 바로 그런 여자들이 아주 급속도로, 그리고 그야말로 홀딱 사랑에 빠지는 걸 우리도 자주 들어서 알잖아요. 혹독한 겨울이 지나면 아주 포근하고 사랑스러운 봄이 뒤따라오는 것과 꼭 같지요.

무라노 섬의 정원에서 파티가 열렸을 때 마르게리타는 이제 막 레반테*에서 한 젊은 기사이자 선원에게 그만 마음을 빼앗겨 버렸어요. 기사의 이름은 발다사레 모로시니였어요. 그 기사는 자신을 줄곧 바라보고 있는 그 귀족 아가씨에게 귀족으로서도, 당당한 모습에서도 조금도 뒤지지 않았어요.

마르게리타에게서는 지극히 밝고 경쾌한 기운이 넘쳐나고 있는 반면, 기사는 온통 어둡고 매우 억세 보였어요. 또한 오랫동안 바다와 여러 낯선 나라들에 있었고, 모험을 무척이나 좋아하는 사람이었다는 것을 한눈에 알 수 있었지요. 갈색으로 그을린 이마 위로 여러 가지 생각이 번개처럼 움찔움찔 스쳐 지나가는 듯했고, 저돌적으로 휜 코 위에서는 어두운 두 눈이 뜨겁고 매섭게 이글이글 불타올랐어요.

기사의 눈에도 마르게리타가 곧바로 들어왔어요. 사람들에게 물어 마르게리타의 이름을 알게 되자, 기사는 즉시 예의를 갖춰

---

*레반테 : 지중해 동쪽 해안.

정중하게 온갖 사탕발린 말을 하면서 마르게리타의 아버지와 마르게리타에게 소개를 받으려고 애를 썼어요. 거의 한밤중까지 계속된 파티가 끝날 때까지 기사는 예의에 벗어나지 않는 범위에서 줄곧 마르게리타 곁에 있었어요.

마르게리타는 기사가 자신이 아닌 다른 사람들에게 이러저런 이야기에 대해 묻는데도 복음서를 들을 때보다 더 귀를 쫑긋 세우고 열심히 들었어요. 왜 그런지 짐작은 가지요. 발다사레 씨는 자신이 여러 차례 다녀온 여행과 한 일들 그리고 위험을 무사히 극복한 이야기를 때때로 들려주지 않을 수밖에 없었어요.

기사는 이러한 이야기를 한껏 예의를 갖춰 품위 있게, 그리고 쾌활하게 했기 때문에 모두들 기꺼이 들었어요. 그런데 사실 이 모든 이야기는 이야기를 듣는 사람들 중에서 딱 한 여자만을 위한 것이었지요. 그리고 마르게리타는 기사가 하는 이야기를 토씨 하나 놓치지 않고 들었어요.

기사는 엄청난 모험들을 아무렇지도 않게 술술 이야기했어요. 마치 누구나 그런 모험들을 해 본 것처럼요. 그런데 기사는 보통 선원들, 특히 젊은 선원들과는 달리 자신을 별로 내세우지 않았어요. 아프리카 해적들과 싸운 이야기를 할 때 딱 한 번만 자신이 심각한 부상을 입었다고 했지요. 흉터가 왼쪽 어깨 위쪽을 가로질러 나 있다고 했어요. 마르게리타는 숨을 죽인 채 귀를 기울여 들었어요. 감격하면서도 소스라치게 놀랐지요.

이야기가 끝나자, 기사는 마르게리타와 마르게리타의 아버지를 그들의 곤돌라가 있는 곳까지 바래다주었어요. 서로 작별 인사를 한 뒤에도 한동안 그대로 서서 산호초로 둘러싸인 어둡고 얕은 바다 위로 미끄러지듯 떠가는 곤돌라의 횃불 행렬을 바라보았지요.

횃불 행렬이 완전히 시야에서 사라지자, 기사는 자기 친구들이 있는 정자로 돌아갔어요. 그곳에는 젊은 귀족들과 아름다운 몇몇 아가씨들이 그리스산 황포도주와 붉고 달콤한 포도주를 마시며 따스한 밤의 한순간을 보내고 있었지요. 그들 가운데는 베네치아에서 가장 부유하고 쾌활한 젊은이들 중 하나인 지암바티스타 젠타리니도 있었어요.

이 젊은이가 발다사레 쪽으로 다가와 그의 팔을 살짝 쳤어요. 그러고는 껄껄 웃으며 말했어요.

"자네가 이곳저곳 여행을 다니면서 겪은 사랑의 모험담을 오늘 밤 우리에게 들려주기를 내가 얼마나 기다렸는지 몰라! 그 아름다운 카도린 양이 자네 마음을 빼앗았으니 그런 건 아무 소용도 없겠군. 하지만 그 아름다운 아가씨가 목석같아서 영혼이란 게 없다는 것도 알고 있나? 그 아가씨는 지오르지오네가 그린 한 폭의 그림과도 같아. 그 화가의 그림 속 여자들은 그야말로 흠잡을 데가 하나도 없지. 살과 피가 없는 탓에 우리의 눈을 위해서만 존재한다는 것만 빼고는 말이야. 진심으로 충고하겠네. 그 아가씨를 멀리하게나. 아니면 세 번째로 딱지를 맞아서 카도린 가의 모든 하인들에게 조롱거리가 되고 싶은가?"

하지만 발다사레는 그저 소리 내어 웃기만 했어요. 변명할 필요가 없다고 생각했지요. 발다사레는 달콤하고 기름 물감 색을 띠는 키프로스산 포도주 서너 잔을 마시고는 다른 사람들보다 먼저 집으로 갔어요.

이튿날 발다사레는 적당한 시간에 나이 많은 카도린 씨의 작고 아름다운 성으로 카도린 씨를 찾아갔어요. 그러고는 카도린 씨의 마음을 흡족하게 만들어서 카도린 씨의 마음에 들기 위해 갖은 애를 썼어요.

저녁이 되자, 발다사레는 남자 가수들과 악사들 몇 명을 데려와 그 아름다운 젊은 아가씨에게 세레나데 한 곡을 들려주었어요. 결과는 성공적이었어요. 마르게리타가 창가에 서서 노래를 귀 기울여 듣고는 잠시 동안 발코니에 모습을 드러내기까지 했지요.

물론 온 도시가 곧바로 그 얘기를 해 댔어요. 할 일 없이 빈둥거리는 사람들과 당사자가 없을 때 험담을 늘어놓는 여자들은 그 둘이 곧 약혼을 할 것이라는 둥, 결혼식 날짜는 언제일 것이라는 둥 수다를 떨었어요. 모로시니가 마르게리타의 아버지에게 딸을 주십사 하고 말을 하러 가기 위해 나들이옷을 멋지게 차려입기도 전에 그랬지요. 당시에는 자신이 직접 나서지 않고 한두 친구를 통해 구혼을 하는 풍습이 있었는데 발다사레는 그 풍습을 따르지 않았어요.

하지만 얼마 지나지 않아 뭐든지 다 아는 척하는 저 수다쟁이들은 자신들이 예언한 대로 모두 이루어지는 것을 보았어요. 얼마나 기뻤는지 몰라요.

발다사레 씨가 마르게리타의 아버지인 카도린 씨에게 사위가 되고 싶다고 소원을 말하자 카도린 씨는 적잖이 당황했어요.

카도린 씨가 애원하는 목소리로 말했어요.

"친애하는 젊은이, 자네가 청혼한 것은 우리 가문에 명예로운 일이지요. 맹세코 난 그 명예가 하찮다고 생각하지 않아요. 하지만 나는 그 계획을 거두어 달라고 간곡히 부탁하고 싶어요. 그래야 자네도, 나도 마음고생을 한다거나 탄식을 하지 않을 수 있을 거예요. 자네가 너무나 오랫동안 여행을 하고 베네치아에서 멀리 떨어져 있었기 때문에 한없이 가여운 그 아이가 이미 두 번이나 이렇다 할 이유도 없이 영예로운 청혼을 마다해서 내가 얼마나 곤혹스러웠는지 모를 거예요. 그 아이는 사랑이나 남자들에 대해 조금도 알고 싶어 하는 마음이 없지요. 툭 터놓고 말하면 내가 그 애를 조금 응석받이로 키웠어요. 이제 나는 기력도 없어서 그 아이의 고집을 딱 부러지게 꺾을 수도 없어요."

발다사레는 공손하게 귀 기울여 들었어요. 하지만 청혼하겠다는 뜻을 거두지는 않았어요. 발다사레는 불안에 떨고 있는 그 노인을 격려한 다음, 기분을 좋게 해 주려고 갖은 애를 썼어요. 그러자 마침내 노인은 자기 딸과 이야기해 보겠노라고 약속했지요.

그 아가씨가 뭐라고 대답했을지는 모두들 추측할 수 있을 거예요. 마르게리타는 자존심을 세우기 위해 몇 마디 중요하지 않은 이의를 달고, 특히 자기 아버지 앞에서는 여전히 조금은 귀족집 아가씨 행세를 하려고 했어요. 하지만 마음속으로는 발다사레가 청혼을 하기도 전에 이미 승낙하고 있었지요.

마르게리타가 청혼을 받아들이겠다고 말하기가 무섭게 발다사레는 아기자기하고 값비싼 선물을 들고 나타나 자기 약혼녀의 손가락에 금가락지를 끼워 주었어요. 그러고는 약혼녀의 아름답고 도도한 입에 처음으로 뽀뽀를 했어요.

이제 베네치아 사람들에게는 바라보고 수다를 떨고 시샘을 낼 거리가 생겼어요. 그토록 아름다운 한 쌍을 본 사람은 일찍이 없었지요. 두 사람 모두 키가 크고 늘씬했어요. 아가씨는 약혼남보다 머리카락 한 올만큼도 작지 않았지요. 마르게리타는 금발머리였고 약혼남은 검은색 머리였어요. 둘 다 고개를 당당하게 치켜들고 다녔어요. 왜냐하면 두 사람은 귀족이라는 점에서, 특히 도도함에 있어서는 둘 다 서로에게 한 치도 뒤처지지 않았거든요.

그 아름다운 예비 신부는 딱 한 가지가 마음에 들지 않았어요. 그건 바로 약혼남이 키프로스에서 몇 가지 일을 마무리 짓기 위해 곧 그곳으로 한 차례 더 여행을 가야 한다고 말한 점이었어요. 결혼식은 그곳에서 돌아온 뒤에야 비로소 올릴 수 있었지요. 온 도시가 벌써부터 그 결혼식이 마치 공식적인 축제라도 되는 것처럼 기뻐했어요.

그동안 신랑 신부가 될 두 사람은 아무런 방해를 받지 않고 자신들의 행복을 맘껏 누렸어요. 발다사레 씨는 온갖 종류의 축제를 열고, 선물이며 세레나데 그리고 깜짝 놀랄 만한 일들을 마련했어요. 그런 행사가 아무리 많아도 발다사레는 언제나 마르게리타와 함께했어요. 두 사람은 엄하기 짝이 없는 관습을 무시한 채 아무도 몰래 곤돌라의 뚜껑을 덮고는 그것을 타고 나갔어요.

마르게리타가 거만하고 다소 쌀쌀맞은 반면 ─응석받이로 자란 젊은 귀족 가문의 아가씨들처럼 그런 것은 놀랄 만한 일도 아니지요.─ 마르게리타의 약혼자는 원래부터 우쭐대고 불같이 화를 잘 내며 다른 사람들을 배려할 줄 몰랐어요. 또한 바다 위에서 항해를 하며 살고 이른 나이에 성공을 거두었기 때문에 심성이 그다지 곱지 않았지요.

발다사레는 청혼자로서 호감이 가고 예의 바른 사람인 것처럼 보이려고 애썼어요. 하지만 목적을 이루자 점점 더 자신의 천성과 충동대로 행동했어요. 천성이 거칠고 사나우며 휘두르기 좋아하는 발다사레는 뱃사람이자 부유한 상인이 그렇듯 자기 멋대로 살고 다른 사람들을 배려하지 않는 데 너무나도 익숙했지요.

참으로 이상하게도 발다사레는 처음부터 약혼녀의 주위에 있는 여러 가지 것들이 신경에 거슬렸어요. 제일 마음에 들지 않는 건 앵무새와 강아지 피노 그리고 난쟁이 필리포였지요. 발다사레는 이 셋을 볼 때마다 화가 났어요. 그래서 온갖 방법을 동원해 그 셋을 괴롭히거나 마르게리타에게서 그 셋을 빼앗으려고 했어요. 집 안으로 들어온 발다사레의 우렁찬 목소리가 구불구불한 계단에 울려 퍼지면, 강아지는 울부짖으며 도망가고 앵무새는 고함을 질러 대며 날개를 파닥거리기 시작했어요. 그리고 난쟁이는 입을 비죽거리며 뚱하게 침묵했지요.

사실대로 말하자면 마르게리타는 동물들의 편을 들지는 않았지만 필리포는 이런저런 식으로 두둔했어요. 그리고 때때로 그 불쌍한 난쟁이를 감싸 주려고 했어요. 하지만 마르게리타는 물론 감히 자기 애인의 신경을 건드리지는 못했어요. 또한 약혼자가 그 셋을 끊임없이 살짝살짝 괴롭히거나 잔인하게 굴어도 막지 못했어요. 막고 싶지도 않았고요.

앵무새는 너무나도 일찍 최후를 맞았어요. 어느 날 발다사레가 앵무새를 또다시 괴롭혔어요. 작은 막대기로 앵무새를 쿡쿡 찔렀지요. 그러자 앵무새는 화가 나서 발다사레의 손을 콕 쪼았어요. 그러고는 튼튼하고 날카로운 부리로 발다사레의 손가락 하나를 홱 잡아 찢어서 피가 나오게 했어요. 그러자 발다사레는 곧바로 앵무새의 목을 비틀어 버렸지요. 발다사레는 그 집 뒤쪽의 좁고 어두운 운하에 앵무새를 던져 버렸어요. 앵무새의 죽음을 슬퍼하는 사람은 하나도 없었지요.

그 일이 있은 얼마 뒤에 강아지 피노에게도 그 비슷한 일이 일어났어요. 한번은 피노 여주인의 예비 신랑인 발다사레가 그 집에 들어오자 피노는 계단의 어두운 구석에 숨었어요. 피노는 이 신사가 다가올 때면 눈에 띄지 않게 습관적으로 늘 숨었지요. 하지만 발다사레는 자기 곤돌라에 무언가를 깜빡하고 두고 내렸는지 —발다사레는 그것을 어떤 하인에게도 맡길 수가 없었어요.— 곧바로 다시 계단을 내려갔어요. 아무도 예상했지 못한 일이었지요.

화들짝 놀란 피노는 갑자기 큰 소리로 "멍!" 하고 짖으며 번개같이 깡충 뛰어올랐어요. 그런데 너무나 급작스럽게 뛰어오르는 —제대로 된 동작이 나오지 않았지요.— 바람에 예비 신랑은 하마터면 넘어질 뻔했지요. 예비 신랑은 비틀거리며 피노와 함께 복도에 발을 디뎠어요. 강아지는 겁에 질려 그 집의 정문이 있는 입구로 후닥닥 내달렸어요. 거기엔 넓은 돌계단 몇 개가 있었는데 그 계단을 내려가면 운하가 있었지요. 예비 신랑은 마구 욕을 퍼부어 대며 강아지를 힘껏 걷어찼어요. 그러자 강아지는 물속 저 멀리로 풍덩 빠지고 말았지요.

그 순간, 피노가 짖고 끙끙거리는 소리를 들은 난쟁이는 문 쪽으로 난 복도에 나타나 발다사레 옆에 섰어요. 발다사레는 큰 소리로 하하하 웃으며 다리 하나가 마비된 그 강아지가 잔뜩 겁에 질린 채 헤엄을 치려고 안간힘을 쓰고 있는 모습을 바라보고 있었어요. 바로 그때 시끄러운 소리에 마르게리타가 이층 발코니에 나타났어요.

필리포는 마르게리타에게 가쁜 숨을 몰아쉬며 외쳤어요.

"제발 건너편으로 곤돌라를 보내 주세요. 아가씨, 사람 좀 보내서 피노를 구해 주세요. 당장요! 물에 빠져 죽을 것 같아요. 아, 피노, 피노!"

하지만 발다사레 씨는 하하 웃으며 막 곤돌라를 풀려고 하는 사공에게 그렇게 하지 말라고 명령을 했어요. 필리포는 또다시 자신의 여주인에게 도움을 청하고 애원하려고 했어요. 하지만 마르게리타는 한마디도 하지 않고 발코니를 떠났지요.

그러자 난쟁이는 자신을 괴롭히는 그 남자 앞에 무릎을 꿇고 제발 개를 구해 달라고 애원했어요. 신사는 화를 내며 몸을 홱 돌리더니 난쟁이에게 집으로 들어가라고 엄격한 목소리로 명령했어요. 그러고는 곤돌라가 묶여 있는 계단에 서서 그 조그만 피노가 헐떡거리며 물속에 가라앉는 것을 쭉 지켜보았지요.

필리포는 지붕 바로 아래에 있는 가장 높은 다락방으로 갔어요. 그러고는 다락방 한쪽 구석에 앉아 그 무거운 머리를 두 손으로 받치고 앞만 뚫어지게 바라보았어요. 시녀가 와서 여주인이 부른다고 했지요. 그다음에는 하인이 와서 큰 소리로 불렀어요. 하지만 필리포는 꼼짝도 하지 않았어요. 저녁 늦게까지 그곳에 그대로 앉아 있었지요. 그러자 필리포의 여주인이 손에 매다는 등을 들고 필리포가 있는 그곳으로 직접 올라왔어요. 마르게리타는 필리포 앞에 서서 잠시 동안 필리포를 뚫어지게 바라보았어요.

마르게리타가 물었어요.

"왜 일어나지 않니?"

난쟁이는 대답하지 않았어요.

그러자 마르게리타가 또다시 물었어요.

"왜 일어나지 않는 거야?"

그러자 그 작은 곱사등이는 마르게리타를 뚫어지게 바라보면서 나지막이 말했어요.

"왜 제 개를 죽이셨나요?"

"나, 안 죽였어."

마르게리타가 변명했어요.

난쟁이는 슬피 울었어요.

"아가씨는 개를 구해 주실 수 있었는데도 죽게 내버려 두셨어요. 아, 내 귀염둥이! 아, 피노! 아, 피노!"

그러자 마르게리타는 화를 냈어요. 그러고는 난쟁이를 꾸짖으며 당장 일어나 가서 잠이나 자라고 명령했어요. 난쟁이는 한마디 대꾸도 없이 그대로 했어요. 사흘 내내 필리포는 마치 죽은 사람처럼 말도 없고 음식에도 거의 손을 대지 않았어요. 자기 주위에서 무슨 일이 일어나든, 사람들이 무슨 말을 하든 아랑곳하지 않았지요.

그즈음 그 젊은 아가씨는 크나큰 두려움에 사로잡혀 있었어요. 사방에서 약혼자에 대해 이러저런 말을 들었지요. 마르게리타는 걱정이 이만저만이 아니었어요. 사람들은 젊은 발다사레가 여행을 하는 동안 엄청난 바람둥이였고, 키프로스뿐만 아니라 다른 여러 곳에 애인이 한둘이 아니라는 말이 과연 사실인지 아닌지 모두들 궁금해했어요.

그런데 그건 모두 사실이었어요. 마르게리타는 완전히 절망감과 두려움에 사로잡혔어요. 마르게리타는 머지않아 예비 신랑과 함께 떠날 여행을 생각하며 괴로운 마음에 그저 한숨만 내쉬고 있었어요.

결국 마르게리타는 더는 참을 수가 없었어요. 그래서 어느 날 아침, 발다사레가 자기 집에 와 곁에 있을 때 모든 걸 다 털어놓았어요. 자신이 두려워하는 것을 하나도 숨기지 않고요.

발다사레는 씩 웃었어요.

"그 누구보다도 사랑스럽고 아름다운 아가씨, 사람들이 아가씨에게 말해 준 것은 부분적으로는 사람들이 지어낸 얘기예요. 하지만 대부분은 사실이에요. 사랑이란 큰 파도와도 같지요. 파도는 우리에게 쏴 밀려와 우리를 잡아채듯이 확 들어 올리지요. 우리는 파도에 저항 한 번 못 하지요. 하지만 그럼에도 나는 내 예비 신부이자 고귀한 가문의 따님인 아가씨에게 어떤 식으로 책임을 져야 할지 잘 알고 있습니다. 그러니까 아가씨는 걱정하지 않으셔도 됩니다. 저는 여기저기에서 아름다운 여자들을 많이 보았어요. 사랑에 빠진 적도 꽤 많이 있었고요. 하지만 아무도 아가씨에 비할 수 없지요."

박력이 넘치고 대담해 보이는 발다사레는 매력적으로 보였어요. 마르게리타는 다소곳해지면서 생긋 웃음을 지어 보였어요. 그러고는 발다사레의 거칠고 억센 갈색 손을 살살 어루만졌어요.

하지만 발다사레가 그곳을 떠나기가 무섭게 온갖 두려움이 다시 엄습해 왔어요. 마르게리타는 끊임없이 괴로웠어요. 지나칠 정도로 콧대가 높던 이 아가씨가 이제는 사랑과 질투의 고통을, 끙끙대며 속으로 앓고 자존심이 상하는 그 고통을 알게 되었지요. 그래서 마르게리타는 밤이면 비단 이불 속에서도 깊은 잠을 이룰 수가 없었어요.

마르게리타는 어찌 할 바를 모르다가 난쟁이 필리포를 찾아갔어요. 필리포는 그 사이 예전의 모습을 다시 되찾았어요. 자기 강아지가 치욕스러운 죽음을 당했다는 사실을 이제는 완전히 잊어버린 듯했지요. 필리포는 예전처럼 발코니에 앉아 있었어요. 마르게리타가 햇빛에 머리카락을 바래게 하는 동안 필리포는 책도 읽고 이야기도 들려주었어요.

마르게리타는 딱 한 번 그날의 사건이 떠오른 적이 있었어요. 한번은 마르게리타가 난쟁이에게 무슨 생각을 그리도 골똘히 하냐고 물었어요.

그러자 난쟁이는 야릇한 목소리로 말했어요.

"아가씨, 제가 죽거나 살아서 곧 이 집을 떠나게 되더라도 이 집에 신의 가호가 있기를 바랄게요."

마르게리타가 말했어요.

"도대체 그게 무슨 소리야?"

난쟁이는 늘 하는 그 우스꽝스러운 모습으로 어깨를 으쓱했어요.

"아가씨, 괜히 그럴 것 같은 예감이 들어요. 새도 가 버리고 개도 가 버렸어요. 난쟁이만 남아서 뭘 하겠어요?"

마르게리타는 진지한 표정으로 그런 말은 두 번 다시 하지 말라고 했어요. 난쟁이는 다시는 그 말을 하지 않았어요. 마르게리타는 난쟁이가 더 이상 그 일에 대해서는 생각하지 않는다고 믿었어요. 그러고는 다시 난쟁이를 전적으로 신뢰했어요. 마르게리타가 걱정을 털어놓으면 난쟁이는 발다사레 씨 편을 들었어요. 그리고 자신이 발다사레에게 여전히 앙심을 품고 있다는 것을 조금도 눈치채지 못하게 했어요. 그렇게 해서 난쟁이는 자기 여주인과의 돈독한 우정을 다시금 되찾았어요.

어느 여름날 저녁, 바다에서 시원한 바람이 불어오자 마르게리타는 난쟁이와 함께 자신의 곤돌라에 탔어요. 그러고는 난쟁이에게 노를 저어 바다로 나가라고 했어요. 곤돌라가 무라노 가까이에 이르렀어요. 그 도시는 하얀 환영처럼 아득히 멀리서 산호초로 둘러싸인 얕은 바다―잔잔하고 가물가물 빛나고 있었지요.― 위에서 둥실둥실 떠 있었어요. 마르게리타는 필리포에게 이야기를 하나 해 달라고 명령했어요.

마르게리타는 검은색 보료*에 팔다리를 쭉 뻗은 채 누워 있었고, 난쟁이는 곤돌라의 높다란 이물*을 등진 채 맞은편 바닥

---

*보료 : 솜이나 짐승의 털로 속을 넣고 천으로 겉을 싸서 선을 두르고 곱게 꾸며, 앉는 자리에 늘 깔아 두는 두툼하게 만든 요.
*이물 : 부리 모양의 뱃머리.

에 쭈그리고 앉아. 있었어요.

태양이 멀리 있는 산들의 가장자리에 걸쳐 있었어요. 산들은 장밋빛 안개 때문에 거의 보이지 않았지요. 무라노에서 종 몇 개가 댕그덩댕그덩 울려 퍼지는 소리가 들렸어요. 곤돌라 사공은 따스함에 취한 채 무심한 표정으로 반쯤 꾸벅꾸벅 졸면서 자신의 긴 노를 저었어요. 사공의 구부정하게 휜 모습이 곤돌라와 함께 바닷말이 둥둥 떠돌아다니는 수면에 비쳤어요. 때때로 가까이에서 작은 화물선이나 삼각돛을 단 작은 어선이 지나갔어요. 어선의 뾰족한 삼각돛 때문에 그 도시의 멀리 있는 탑들이 잠시 가렸어요.

마르게리타가 명령했어요.

"얘기 하나 해 봐!"

필리포는 무거운 머리를 숙이고는 비단 연미복의 금술 장식을 만지작만지작하면서 잠시 동안 골똘히 생각에 잠겼어요.

그러고는 다음과 같은 이야기를 들려주었어요.

"제 아버지가 비잔티움에서 살고 계실 때 참으로 이상야릇하고 기이한 일을 겪으셨다고 해요. 제가 태어나기 한참 전이었죠. 당시 아버지는 의사로 일하시면서 어려운 일을 겪고 있는 사람들에게 충고도 해 주셨어요. 아버지는 의술과 마법을 스미르나*에서 살고 있던 한 페르시아 사람에게서 배웠는데 그 두 분야에서 풍부한 지식을 얻으셨지요.

---

*스미르나 : 이즈미르의 옛 이름으로 터키 서부의 에게 해에 면하여 있는 항구 도시이다.

하지만 아버지는 올곧고 정직하신 분이라 사기를 친다거나 입에 발린 말은 일절 하지 않으시고 오로지 자신의 실력만 믿으셨어요. 아버지는 사기를 치고 속임수를 쓰는 사람들과 면허증도 없는 돌팔이 의사들이 시샘을 하는 바람에 마음고생이 이만저만이 아니셨어요. 이미 오래전부터 아버지는 고향으로 돌아갈 수 있는 기회만 이제나저제나 꿈꾸고 계셨지요.

하지만 우리 불쌍한 아버지는 적어도 외지에서 얼마간의 재산을 마련하기 전까지는 그렇게 하실 생각이 없었어요. 고향에 있는 가족이 가난에 허덕이고 있다는 것을 잘 알고 계셨거든요.

꽤 많은 사기꾼들과 실력도 없는 사람들이 힘들이지 않고 부자가 되는 반면, 선량하기 짝이 없는 우리 아버지는 비잔티움에서 운도 따라 주지 않고 일도 계속 잘 풀리지 않자 점점 더 슬픔에 잠기셨어요. 사기를 치지 않고서는 자신이 처한 곤경에서 벗어날 수 있는 방법이 없다는 것을 아시고는 큰 절망감에 사로잡히셨지요. 그럴 만한 이유가 있었답니다. 아버지를 찾는 환자가 없는 게 아니었어요. 아버지는 어려운 처지에 있는 사람들을 수백 명이나 도와주셨지요. 하지만 그 사람들은 대부분 가난하고 신분이 낮은 사람들이었어요. 그래서 아버지는 그 사람들을 치료해 주시고 치료비를 조금이라도 많이 받는 것을 부끄러워하셨을 거예요.

슬픔에 잠긴 아버지는 돈 한 푼 없이 걸어서 그 도시를 떠나든가, 아니면 배에서 일자리를 찾아보기로 결심하셨어요. 하지만 아버지는 한 달만 더 기다려 보기로 하셨지요. 왜냐하면 아버지가 보시기에 점성술의 원칙에 따르면, 한 달 안에 뜻밖의 행운을 만나게 될 수도 있을 것 같았기 때문이었어요.

하지만 그 한 달도 행운 같은 것은 일어나지 않은 채 살같이 지나갔지요. 한 달째 되는 날, 그 마지막 날에 아버지는 한없이 슬픈 마음으로 얼마 안 되는 자질구레한 짐을 싸셨어요. 그러고는 이튿날 아침, 그곳을 떠나기로 결심하셨어요.

그날 저녁, 아버지는 교외의 바닷가를 이리저리 거니셨어요. 절망적인 마음으로 이 생각 저 생각 하셨겠지요. 해는 이미 오래전에 져 버렸고, 별들이 고요한 바다 위로 하얀 불빛을 비추고 있었어요.

그때 아주 가까이에서 커다란 탄식 소리와 한숨 소리가 아버지 귓가에 들려왔어요. 아버지는 주위를 휘 둘러보셨어요. 아무도 보이지 않자 아버지는 소스라치게 놀라셨지요. 아버지는 그런 것을 여행에 대한 나쁜 징조로 여기셨거든요.

하지만 탄식하며 한숨을 쉬는 소리가 점점 더 크게 들리자 아버지는 용기를 내어 외치셨어요.

'거기 누구죠?'

곧바로 바닷가에서 찰싹찰싹 소리가 들려왔어요. 아버지가 몸을 돌려 그곳으로 가셨지요. 그곳에는 희미한 별빛을 받으며 누군가가 누워 있었어요. 그런데 모습은 아주 환했지요. 아버지는 난파선에서 조난당한 사람이거나 헤엄을 치던 사람이라고 생각하시고는 도와줄 생각으로 그쪽으로 다가가셨어요. 그런데 그곳에는 놀랍게도 아주 아름답고 날씬하며 눈처럼 새하얀 바다 요정이 물 밖으로 몸을 반쯤 내놓고 있었지요.

바다 요정이 애원하는 목소리로 '혹시 노란색 골목에 사는 그리스의 마법사가 아닌가요?' 하고 말을 걸었을 때 아버지가 얼마나 놀라셨는지 어떻게 말로 표현할 수 있겠어요?

아버지는 아주 다정한 목소리로 대답하셨어요.

'제가 바로 그 마법사입니다. 제게 무슨 부탁을 하려는 건가요?'

그러자 그 젊은 바다 요정은 또다시 탄식을 하면서 아름다운 두 팔을 쭉 뻗어 연거푸 한숨을 쉬더니 아주 효과가 좋은 사랑의 묘약을 만들어 달라고 부탁했어요. 자신은 자나 깨나 애인을 헛되이 그리워하며 끊임없이 괴로워하고 있는데 그런 자기 마음을 딱하게 여겨 달라고 했지요.

눈이 아름다운 바다 요정이 간절히 애원하는 슬픈 눈빛으로 아버지를 바라보자 아버지의 가슴은 마구 뛰었어요. 아버지는 곧바로 바다 요정을 도와줄 결심을 하셨어요. 하지만 아버지는 바다 요정에게 어떻게 사례를 할 거냐고 우선 물으셨지요. 그러자 바다 요정은 아버지에게 진주 목걸이를 주겠다고 약속했어요. 여인의 목에 자그마치 여덟 번이나 감을 수 있는 긴 목걸이를요.

바다 요정이 말을 이었어요.

'하지만 이 보물은 당신의 마법이 효력을 발휘하기 전에는 주지 않을 거예요.'

아버지는 자신의 실력에 자신이 있었기 때문에 그런 건 신경도 쓰지 않으셨어요. 아버지는 서둘러 그 도시로 돌아가서 잘 꾸려 놓은 꾸러미를 다시 푸신 다음, 바다 요정이 갖고 싶어 하는 사랑의 묘약을 부리나케 만드셨어요. 그래서 그날 자정이 조금

지난 뒤에 이미 바다 요정이 기다리고 있는 바닷가, 바로 그곳에 다시 이르셨어요.

아버지는 바다 요정에게 값진 액체가 든 아주 작고 목이 긴 병을 건네주셨어요. 그러자 바다 요정은 활기찬 목소리로 고맙다는 말을 여러 번 하면서 다음 날 밤에 다시 와서 약속한 값진 선물을 받아 가라고 했어요.

아버지는 그곳을 떠나 그날 밤과 이튿날 낮 동안 내내 크나큰 기대감에 부풀어 있으셨지요. 왜냐하면 아버지는 자신이 만든 물약의 효험과 효력은 조금도 의심할 필요가 없었지만, 바다 요정의 말을 과연 믿어도 될지에 대해서는 알지 못하셨기 때문이었지요. 아버지는 그런 생각을 하면서 이튿날 땅거미가 지자 다시 그곳으로 가셨어요. 얼마 기다리지 않아 아버지 가까이 있는 파도 속에서 바다 요정이 불쑥 그 모습을 드러냈어요.

하지만 불쌍한 우리 아버지는 자신의 기술로 비롯된 결과를 보고는 얼마나 놀라셨는지 몰라요! 바다 요정이 빙그레 웃음을 지으며 아버지 가까이 다가와 아버지의 오른손에 묵직한 진주 목걸이를 건네주었을 때 아버지는 바다 요정의 한 팔에 이루 말할 수 없이 잘생긴 젊은이의 시체가 안겨 있는 것을 보셨어요. 젊은이의 옷차림으로 보아 그리스 선원이었다는 것을 알 수 있었지요. 젊은이의 얼굴은 죽은 사람처럼 창백했어요. 그리고 곱슬머리는 물결에 흐느적거렸어요. 바다 요정은 젊은이를 다정하게 품에 꼭 안고는 마치 어린 남자아이를 품에 안은 것처럼 이리저리 살살 흔들었어요.

이러한 광경을 목격한 아버지는 곧바로 비명을 지르며 자신과 자신의 마법을 저주하셨어요. 그러자 바다 요정은 죽어 버린 자신의 애인을 데리고 갑자기 물속 깊이 가라앉아 버렸어요. 바닷가 모래 위에는 진주 목걸이가 덜렁 놓여 있었어요. 하지만 이제는 그 불행한 일을 되돌릴 수도 없는 노릇이었지요. 그래서 아버지는 목걸이를 주워 외투 주머니 속에 넣고는 집으로 돌아왔어요. 그러고는 진주를 낱개로 팔기 위해 목걸이의 끈을 잘랐어요.

아버지는 진주를 판 돈을 가지고 키프로스로 떠나는 배를 타러 가셨어요. 아버지는 이제는 그 고민거리에서 완전히 해방될 거라고 믿으셨지요.

하지만 죄라고는 하나도 없는 한 젊은이의 피가 묻은 그 돈은 아버지에게 연이어서 불행을 안겨 주었어요. 폭풍우가 여러 차례 휘몰아치고 해적들은 아버지가 갖고 있던 것을 몽땅 빼앗았어요. 2년 뒤에 비로소 아버지는 고향으로 돌아왔어요. 조난당한 거지의 모습으로요."

이야기가 끝날 때까지 여주인은 자신의 보료에 누워 귀를 쫑긋 세우고 열심히 들었어요. 난쟁이가 이야기를 마치고 입을 다물자 여주인도 아무 말이 없었지요. 사공이 동작을 멈추고 집을 향해 노를 저으라는 명령을 기다릴 때까지 여주인은 줄곧 깊은 생각에 잠겼어요.

그러더니 꿈에서 깨어난 것처럼 화들짝 놀란 얼굴로 곤돌라 사공에게 손짓을 했어요. 그러고는 자기 앞에 있는 커튼을 쳤어요. 사공은 황급히 몸을 돌렸어요. 곤돌라는 한 마리 검은 새가 날아가듯 그 도시를 향해 쏜살같이 물길을 가르며 내달렸어요.

혼자 쪼그리고 앉아 있던 난쟁이는 평온하고 진지한 얼굴로 어두워지기 시작한 산호초로 둘러싸인 얕은 바다 위를 바라보았어요. 또다시 새로운 이야기를 골똘히 생각하는 것 같았지요.

곤돌라는 곧 그 도시에 도착했어요. 그러고는 리오 파나다와 몇 개의 작은 운하를 지나 서둘러 집으로 돌아왔어요.

그날 밤 마르게리타는 편히 잠을 잘 수가 없었어요. 사랑의 묘약에 대한 이야기를 듣고는 약혼자의 마음을 사로잡기 위해 그와 똑같은 약을 써 볼까 하는 생각을 하게 되었어요. 난쟁이가 예상한 대로였지요.

이튿날 마르게리타는 필리포와 함께 그것에 대한 이야기를 하기 시작했어요. 하지만 직접 물어보지는 않았어요. 부끄러워서 온갖 질문을 계속 던지기만 했지요. 마르게리타는 도대체 그런 사랑의 묘약을 어떻게 만드는 것인지 몹시 궁금해했어요. 요즘도 그런 것을 조제할 수 있는 비법을 아는 사람이 여전히 있는지, 그 사랑의 묘약에 독약이나 해로운 액체가 들어 있는 것은 아닌지, 또 그 약은 마실 때 수상쩍다고 느낄 정도의 맛이 나는지도 궁금해했지요.

교활한 필리포는 이 모든 질문에 덤덤한 표정으로 대답을 했어요. 그러고는 자신의 여주인이 마음속으로 몰래 바라는 바에 대해 전혀 눈치채지 못한 척했어요. 그러자 여주인은 점점 더 구체적으로 이야기를 해야 했지요. 마침내 필리포에게 베네치아에서 그런 물약을 만들 수 있는 사람을 찾을 수 있냐고 대놓고 물었어요.

그러자 난쟁이는 소리 내어 웃으며 외쳤어요.

"아가씨, 아가씨는 제가 우리 아버지에게서 그토록 위대하셨던 현자에게서 그와 같이 단순하기 짝이 없는 기초적인 마법조차 배우지 않았다고 생각하시는군요. 정말 제 능력을 하찮게 보시나 봐요."

아가씨가 크게 기뻐하며 외쳤어요.

"그러니까 너도 사랑의 묘약을 만들 수 있다는 거야?"

그러자 필리포가 대꾸했어요.

"그것보다 쉬운 건 없죠. 다만 저는 아가씨께서 왜 제 재주가 필요하신지 통 알 수가 없네요. 아가씨 소원이 마침내 이루어져서 아주 잘생기고 부유한 남자와 약혼하신 마당에요."

하지만 그 아름다운 여자는 줄기차게 필리포를 다그쳤어요. 마침내 필리포는 못 이기는 척하고 마르게리타의 말대로 하기로 했어요. 난쟁이는 사랑의 묘약을 만들기 위한 몇 가지 향료와 비밀스러운 약을 구할 수 있도록 돈을 받았어요. 그리고 마르게리타는 필리포에게 성공적으로 일을 마치면 값비싼 선물을 주겠다고 약속도 했어요.

이틀 뒤 필리포는 이미 모든 준비를 마쳤어요. 필리포는 자기 여주인의 화장대에서 가져온 조그맣고 파란 유리병에 마법의 물약을 담아 몸에 지니고 있었어요. 발다사레 씨가 키프로스로 떠나는 날이 가까워졌기 때문에 일을 서둘렀던 것이지요.

며칠 뒤인 어느 날 오후, 발다사레는 자신의 약혼녀에게 오후에 아무도 몰래 둘이 살짝 유람을 하자고 제안했어요. 이 계절에는 날씨가 너무 무더워서 곤돌라를 타고 놀러가는 사람이 아무도 없었거든요. 발다사레의 말을 들은 마르게리타와 난쟁이는 절호의 기회가 왔다고 생각했어요.

발다사레가 약속한 시간에 자기 곤돌라를 타고 그 집 뒤쪽 문 앞에 나타났을 때 마르게리타는 이미 유람 준비를 마친 채 필리포와 함께 서 있었어요. 필리포는 포도주 한 병과 복숭아를 담은 작은 바구니를 배 안으로 날랐어요. 주인들이 배에 오르자 난쟁이도 배에 올라 뒤쪽에 있는 사공의 자리 발치로 가서 앉았어요.

그 젊은 신사는 필리포가 함께 가는 것이 도통 마음에 들지 않았어요. 하지만 내색은 하지 않기로 했어요. 왜냐하면 여행을 떠날 날이 며칠 남지 않아 보통 때와는 달리, 애인이 바라는 것들을 모두 다 해 주는 게 좋겠다고 생각했기 때문이지요.

사공은 곤돌라를 밀어 앞으로 나아가게 했어요. 발다사레는 커튼을 완전히 친 다음, 지붕을 얹어 앉도록 되어 있는 은밀한 자리에 약혼녀와 함께 앉아 서로 달콤한 말도 하고 어루만지기도 했어요.

난쟁이는 곤돌라 뒤쪽에 조용히 앉아 곤돌라를 몰고 리오 데 바르카롤리를 가로질러 가면서 그곳의 오래되고 높고 어두운 집들을 바라보았어요. 마침내 난쟁이는 오래된 귀스티니아니 궁전─당시에는 작은 정원이 있었지요.─을 지나 대운하 입구의 산호초로 둘러싸인 얕은 바다에 이르렀어요. 지금은 누구나 알고 있는 그 귀퉁이에 아름다운 바로치 궁전이 서 있지요.

때때로 닫힌 공간에서 애써 웃음을 참는 듯한 소리나 살며시 입을 맞추는 소리 그리고 이야기를 나누는 소리가 이따금씩 들려왔지요. 하지만 필리포는 조금도 호기심이 일지 않았어요. 필리포는 수면 위로 햇볕이 내리쬐는 리바도 바라보고, 산 지오르지오 마지오레의 가느다란 탑도 바라보고, 뒤쪽에 있는 피아제 타의 사자 기둥들도 바라보았어요.

이따금씩 필리포는 열심히 일을 하고 있는 뱃사공에게 눈짓도 하고, 곤돌라 바닥에서 발견한 가느다란 버들가지로 바닷물을 찰싹찰싹 때리기도 했어요. 필리포의 얼굴은 여느 때처럼 너무나도 못생기고 아무런 표정이 없었어요. 무슨 생각을 하는지 도무지 알 수 없었지요. 바로 그때 필리포는 물에 빠져 죽은 자기 강아지 피노와 목 졸려 죽은 앵무새를 떠올렸어요. 그러고는 동물이든 인간이든 모든 살아 있는 것들에게는 언제라도 몸이 망가져 결국엔 없어져 버릴 수 있는 가능성이 얼마나 가까이 있는지를 골똘히 생각하고 있었어요. 또한 우리가 이 세상에서 앞으로 일어날 일을 미리 짐작하거나 알 수 있는 것은 누구나 틀림없이 죽는다는 사실 말고는 아무것도 없다는 것도 생각했지요.

필리포는 아버지와 고향 그리고 자신이 살아온 삶에 대해 생각해 보았어요. 거의 어디서나 지혜로운 사람들이 바보들의 집에서 시중이나 들고 있으며 대부분 사람들의 삶이 형편없는 희극 같다는 생각을 하자, 필리포의 얼굴에는 비웃음이 스치고 지나갔어요. 필리포는 자신의 값비싼 비단 옷을 내려다보며 씩 웃음을 지었어요.

필리포가 조용히 앉아 빙그레 웃고 있는 동안 그가 지금껏 기다리고 기다리던 순간이 다가왔지요. 곤돌라 지붕 아래에서 발다사레의 목소리가 들렸어요. 곧이어 마르게리타의 목소리도 들렸지요.

그 목소리는 이렇게 외치고 있었어요.

"필리포, 포도주랑 술잔 어디에 두었지?"

발다사레가 목이 말랐던 것이지요. 지금이야말로 발다사레에게 물약을 탄 포도주를 갖다 줄 때가 온 것이었지요.

필리포는 푸른색 작은 병을 열고 술잔에 물약을 따른 다음 붉은 포도주로 술잔을 가득 채웠어요. 마르게리타가 커튼을 열어젖혔고 난쟁이는 아가씨 시중을 들었어요. 난쟁이는 아가씨에게는 복숭아 몇 개를, 예비 신랑에게는 술잔을 건넸어요. 마르게리타는 의아스러운 눈빛으로 바라보며 불안한 표정을 지었어요.

발다사레는 술잔을 들더니 입으로 가져갔어요. 그 순간 발다사레의 시선이 자기 앞에 서 있는 난쟁이 앞에 머물렀어요. 발다사레의 마음속에서 불쑥 의심이 일었지요.

발다사레가 외쳤어요.

"잠깐만. 버르장머리 없는 네 녀석은 절대로 믿을 수가 없어. 내가 이 포도주를 마시기 전에 네가 먼저 마시는 꼴을 봐야겠다."

필리포는 얼굴도 찡그리지 않고 공손하게 말했어요.

"그건 훌륭한 포도주입니다."

하지만 발다사레는 여전히 의심을 하며 잔뜩 화가 난 목소리로 물었어요.

"이 녀석아, 감히 마시지 않겠다는 거야?"

"나리, 용서해 주세요. 저는 포도주를 마시지 못합니다."

난쟁이가 대답했어요.

"그럼 내가 명령하지. 네가 마시기 전에는 난 한 방울도 입에 대지 않을 거다."

필리포가 씩 웃으며 말했어요.

"걱정하지 않으셔도 됩니다."

필리포는 몸을 굽혀 발다사레의 두 손에서 술잔을 들었어요. 그러고는 한 모금 마신 다음 술잔을 돌려주었지요. 발다사레는 난쟁이를 지켜보았어요. 그러고는 나머지 포도주를 단숨에 꿀꺽 마셔 버렸어요.

날씨는 무더웠어요. 산호초로 둘러싸인 얕은 바다는 눈부신 햇빛을 받아 반짝였어요. 사랑하는 사람들은 다시금 커튼 그림 자를 찾았어요. 하지만 난쟁이는 곤돌라 바닥 한쪽 옆에 앉아 넓은 이마를 손으로 쓸어내리며 흉측하게 생긴 입을 고통스러운 듯 앙다물었어요.

필리포는 자신이 살아 숨 쉴 수 있는 시간이 한 시간도 남지 않았다는 것을 알고 있었어요. 그 물약은 독약이었거든요. 죽음의 문턱에 이르자 필리포의 마음속에 야릇한 기대감이 밀려왔어요. 필리포는 도시 쪽을 돌아보고는 방금 전까지 골똘히 생각했던 것들을 떠올렸지요. 그는 침묵에 잠긴 채 반짝반짝 빛나는 수면을 뚫어지게 바라보며 자신의 삶을 찬찬히 돌아보았어요.

자신의 삶은 단조롭고 불행했지요. 필리포는 바보들 집에서 고용살이를 하는 현자였고, 삶은 한 편의 형편없는 희극이었지요. 심장의 박동이 불규칙해지고 이마에서 땀이 방울져 흘러내리자 필리포는 씁쓸한 웃음을 터뜨렸어요.

아무도 그 웃음소리를 귀담아 듣지 않았어요. 사공은 반쯤 졸면서 서 있었어요. 커튼 뒤에서는 발다사레가 갑자기 탈이 나자 아름다운 마르게리타가 기겁을 한 얼굴로 발다사레를 돌봤어요.

하지만 발다사레는 마르게리타의 품 안에서 죽었어요. 발다사레의 몸이 싸늘해졌어요. 마르게리타는 큰 소리로 비명을 지르며 커튼 밖으로 뛰쳐나왔어요. 그런데 그곳에는 난쟁이가 잠들어 있었어요. 화려한 비단옷을 입고 곤돌라 바닥에서 숨을 거둔 것이지요.

필리포는 자기 강아지의 죽음에 대해 복수를 한 거예요. 두 사람의 시체를 실은 그 불행한 곤돌라가 돌아오자 베네치아 사람들은 소스라치게 놀랐어요.

마르게리타 아가씨는 미쳐 버리고 말았어요. 하지만 몇 년 더 살았어요. 때때로 마르게리타는 자기 집 발코니의 난간에 앉아 곤돌라나 거룻배가 그 앞을 지나가면 큰 소리로 외쳤지요.

"구해 주세요! 개를 구해 주세요! 그 작은 피노를 구해 달라고요!"

하지만 사람들은 마르게리타라는 것을 알아보고는 조금도 신경 쓰지 않았어요.

(1903)

그림자 놀이

넓은 성의 정면은 밝은색 돌로 만들어져 있었어요. 성의 커다란 창문에서는 라인 강과 갈대숲이 내려다보이고, 멀리 강물과 갈대와 버드나무가 어우러진 화사하고 상큼한 풍경이 보였어요. 조금 더 먼 곳에서는 바이에른* 지방의 푸르스름한 숲이 살포시 활 모양을 이루고 있었고요. 그 위로 구름이 두둥실 흘러가고 있었지요. 그리고 그곳의 밝게 빛나는 성들과 농장들은 높새바람이 불 때마다 아득히 먼 곳에서 반짝반짝 빛났어요. 작고 하얀색을 띤 모습이었지요.

성의 정면은 고요히 흘러가는 강물에 비쳤어요. 우쭐대고 만족해하는 모습이 꼭 젊은 여자 같았지요. 성의 관상용 떨기나무들은 굵은 연둣빛 나뭇가지들을 강물 속에 드리웠고, 강물 위에는 하얀 칠을 한 유람용 곤돌라들이 성벽을 따라 찰랑찰랑 흔들

---

*바이에른: 독일 동남부에 있는 주.

렸어요. 화창하게 해가 드는 성의 이 양지쪽에는 아무도 살고 있지 않았어요. 양지쪽 방들은 남작 부인이 사라진 뒤로는 텅 비어 있었어요. 하지만 가장 작은 방은 그렇지 않았어요. 그 방에는 예나 지금이나 여전히 시인 플로리버트가 살고 있었어요.

성의 여주인이 남편과 성에 수치스러운 짓을 했었지요. 그러자 그렇게도 많던 여주인의 명랑한 신하들은 모두 어디론가 가 버렸어요. 남은 것이라고는 하얀 놀이용 작은 배들과 말 없는 시인뿐이었어요.

불행한 일이 일어난 뒤로 성의 주인은 성의 뒤편에서 살았어요. 그곳의 좁은 뜰은 고대 로마 시대 때 세워진 거대하고 텅 빈 탑에 가려 어두웠어요. 성벽은 어두침침하고 축축했으며 창문은 좁고 낮았지요. 그림자가 드리워진 뜰 바로 옆에는 오래된 단풍나무와 역시 오래된 포플러나무, 너도밤나무가 커다란 군락을 이루고 있는 어두운 공원이 있었어요.

시인은 자신의 양지바른 방에서 그 누구에게도 방해받지 않고 외롭게 살고 있었어요. 식사는 부엌에서 얻어먹었고 며칠 동안 보이지 않을 때도 많았어요.

언젠가 시인의 어렸을 적 친구 하나가 찾아왔어요. 친구는 마치 죽어 버린 것 같은 그 저택에서 딱 하루만 머물렀어요. 어디를 가건 머물고 싶은 마음이 들지 않았거든요.

시인은 친구에게 말했어요.

"우리는 이 성에서 그림자처럼 살고 있네."

플로리버트는 전에는 남작 부인을 기쁘게 해 주기 위해 여러 이야기며 예의바르고 다정한 시를 지었었지요. 성안에 활기차고

명랑한 분위기가 완전히 사라진 뒤 시인은 누가 잡지 않았는데
도 스스로 그곳에 남았어요. 왜냐하면 시인은 그 소탈하고 꾸밈
없는 성격 때문에, 세상에 나가 길거리를 돌아다니거나 빵을 얻
기 위해 싸우는 일이 슬픔이 깃든 성안의 고독보다 더 두려웠기
때문이에요.

시인은 이미 시를 짓지 않은 지 오래되었어요. 서풍이 강물
과 노란 갈대밭 위로 불면, 시인은 아스라이 있는 푸르스름한 산
들과 구름떼를 바라보았어요. 그리고 저녁이면 오래된 공원에서
키 큰 나무들이 이리저리 흔들리는 소리를 들었어요. 그럴 때면
시인은 오랫동안 시를 곰곰이 생각했어요. 하지만 이 시들은 언
어를 지니고 있지 않았어요. 그래서 시인은 시를 한 번도 적어
두지 못했지요.

이러한 시들 가운데 하나의 제목은 「신의 숨결」로 남쪽에서
불어오는 따스한 바람을 다룬 것이었어요. 그리고 또 다른 시의
제목은 「영혼의 위안」이었는데 생동감 넘치는 봄의 초원을 주의
깊게 바라보는 내용을 담고 있었지요.

플로리버트는 이 시들을 읊을 수도 노래할 수도 없었어요. 왜
냐하면 그 시들은 단 한마디의 언어도 지니고 있지 않았기 때문
이에요. 하지만 플로리버트는 때때로 꿈을 꾸면서 그 시들을 느
꼈어요. 특히 저녁 무렵 그랬지요. 플로리버트는 그 외 시간은
대부분 마을에서 보냈어요. 그곳에서 플로리버트는 금발머리 아
이들과 어울려 놀기도 하고 제후의 부인을 모시는 시녀들 앞에
서 하는 것처럼 젊은 여자들과 처녀들 앞에서 모자를 벗으며 그
들을 웃기기도 했지요.

플로리버트가 가장 행복했던 순간은 아크네스 부인을 만났던 때였어요. 소녀처럼 얼굴이 갸름하고 아름다운, 그 유명한 아크네스 부인 말이에요. 부인을 만날 때면 플로리버트는 깊이 고개를 숙여 인사를 했고 그 아름다운 부인은 고개를 끄덕이며 소리 내어 웃었어요. 부인은 당황한 기색이 역력한 플로리버트의 두 눈을 들여다보고는 살며시 미소를 지으며 한 줄기 햇살처럼 계속 걸음을 옮겼지요.

아크네스 부인은 성의 삭막하고 황폐한 공원 옆에 있는 아주 좋은 집에서 살고 있었어요. 한때 그 집에서 남작의 기사들이 살았었지요. 부인의 아버지는 산림 감독관이었는데 어떤 특별한 일을 도와준 대가로 성주의 아버지로부터 이 집을 선물받았어요. 부인은 아주 어린 나이에 결혼을 했어요. 그러고는 젊은 과부가 되어 친정집에 돌아왔어요. 부인은 아버지가 돌아가신 뒤로 하녀 한 명과 눈먼 숙모와 함께 외따로 떨어져 있는 그 적적한 집에서 살고 있었어요.

아크네스 부인은 단순하지만 아름다운 옷을 입었어요. 부인의 옷은 언제나 새 옷으로 부드러운 색을 띠고 있었지요. 부인의 얼굴은 소녀처럼 앳되고 갸름했어요. 그리고 짙은 갈색 머리는 굵게 땋아 예쁘장한 머리에 빙 둘러 감았지요.

남작은 자신의 아내가 수치스러운 짓을 해서 내쫓기 전부터 아크네스에게 완전히 빠져 있었어요. 이제 남작은 다시금 아크네스를 사랑하게 되었어요. 남작은 아침마다 숲 속에서 아크네스를 만났고, 밤에는 작은 배에 태우고 강 건너 갈대숲에 있는 한 오두막으로 데려갔어요. 그 오두막은 갈대로 만들어져 있었어요. 그곳에서 생긋 웃는 소녀 같은 아크네스의 얼굴은 일찍 머리가 희끗희끗하게 세기 시작한 남작의 수염 밑 가슴에 기대 있었고, 아크네스의 보들보들한 손가락은 남작의 손가락—사냥꾼의 손처럼 무자비하고 억셌지요.—과 장난을 치고 있었어요.

아크네스 부인은 금요일이면 교회에 나가 기도를 드리고 거지들에게 적선을 했어요. 아크네스는 마을의 가난한 할머니들을 찾아가 신발을 주고, 그 할머니들의 손자 손녀들의 머리를 빗겨 주고, 바느질도 거들어 주고, 그곳을 떠날 때는 젊은 성녀의 온화한 빛을 오두막 하나하나에 오롯이 남겨 놓았어요.

아크네스 부인은 모든 남자들의 사랑을 한 몸에 받았어요. 부인의 마음에 들거나 때 맞춰 온 남자는 부인의 손등과 입에 뽀뽀를 해도 되었지요. 운이 좋고 배짱이 두둑한 사람은 밤이 되면 용기를 내 창문을 타 넘기도 했어요.

다들 그러한 사실을 알고 있었어요. 남작도 알고 있었지요. 하지만 그 아름다운 여자는 생긋 웃음을 지으며 어떤 남자의 소원도 들어주지 못할 것 같은, 소녀 같은 순진무구한 눈빛을 하고는 가던 길을 계속 갔어요.

때때로 아크네스 부인을 사랑하는 새로운 남자가 나타나 마치 도저히 다가갈 수 없을 것만 같은 한 미인에게 하듯이 매우 조심스럽게 아크네스 부인에게 사랑을 구했어요. 그러고는 아주 귀한 것을 정복했다는 생각에 엄청나게 뿌듯해했어요. 또한 그는 남자들이 자신에게 아크네스 부인을 양보하고서도 빙그레 미소를 짓고 있다는 사실에 무척이나 놀라워했지요.

아크네스 부인의 집은 어두운 공원의 가장자리에 조용히 서 있었어요. 장미 넝쿨에 뒤덮여 있는 그 집은 숲 속에서 펼쳐지는 한 편의 동화처럼 호젓하고 쓸쓸해 보였어요. 아크네스 부인은 그 집에서 살면서 집 밖으로 나왔다가 다시 돌아갔지요. 부인은 여름날 아침에 핀 장미처럼 싱그럽고 다정했어요. 어린아이 같은 얼굴에는 때라고는 하나도 없는 순수한 빛이 넘쳤고, 아름다운 머리 주위로는 굵게 땋은 머리가 화관처럼 빙 둘러져 있었어요.

가난한 할머니들은 아크네스 부인을 축복해 주었어요. 그러고는 아크네스 부인의 두 손에 입을 맞추었어요. 남자들은 깊이 머리를 숙여 인사를 했고, 아이들은 아크네스 부인에게 달려와 떼를 썼어요. 그러고는 부인의 뺨을 쓰다듬었지요.

남작은 때때로 어두운 눈빛으로 협박했어요.

"대체 왜 그러는 거요?"

그러면 아크네스 부인은 놀란 눈으로 물었어요.

"나를 좌지우지할 권리라도 있나요?"

그렇게 말한 뒤 아크네스 부인은 자신의 짙은 갈색 머리를 땋아 내렸어요.

아크네스 부인을 가장 사랑한 사람은 시인 플로리버트였어요. 플로리버트는 아크네스 부인을 보면 심장이 쿵쾅쿵쾅 뛰었어요. 아크네스 부인에 대한 험담을 들으면 슬픔에 잠겨 고개를 절레절레 흔들었어요. 그러고는 그 말을 믿지 않았지요. 아이들이 아크네스 부인에 대해 얘기하면 금세 얼굴이 환해지면서 노래를 듣듯이 귀를 쫑긋 세웠어요.

플로리버트가 상상한 것 중에서 가장 아름다운 것은 아크네스 부인에 대해 꿈을 꾸는 것이었지요. 그럴 때면 플로리버트는 자신이 사랑하는 모든 것들과 자신에게 아름답게 보이는 모든 것들을 총동원했어요. 서풍과 푸른빛이 감도는 아득히 먼 곳과 봄이면 화사하게 빛나는 모든 초원들을요. 플로리버트는 그것들로 아크네스 부인을 감쌌어요. 그러고는 덧없기 짝이 없었던 어린 시절의 동경과 진심을 이 영상 속에 담았지요.

어느 초여름 저녁, 마치 죽은 것처럼 오랫동안 적막하기만 하던 그 성에 조금은 활기찬 분위기가 감돌기 시작했어요. 뜰에서 뿔피리 소리가 요란하게 울려 퍼지더니 마차 한 대가 뜰 안으로 달려왔어요. 그러고는 덜커덩덜커덩 소리를 내며 멈춰 섰지요.

성주의 형이 몸종 하나만 데리고 성을 방문한 것이었어요. 키가 크고 잘생겼으며 뾰족한 턱수염을 기른 성주의 형은 노여움에 찬 군인의 눈빛을 하고 있었어요. 흘러가는 라인 강에서 수영을 하고, 심심풀이로 은빛 갈매기들을 쏘아 맞추고, 툭하면 말을 타고 가까운 도시로 가서는 술에 취해서 돌아왔지요. 때때로 선량하기 짝이 없는 그 시인을 비웃었어요. 또한 며칠에 한 번씩 동생과 싸우며 한바탕 소동을 피웠어요.

성주의 형은 동생에게 별의별 일을 다 하라고 충고했어요. 성을 개축하고 새로 건물도 지으라고 제안하고, 이렇게 저렇게 고치라고 권했어요. 왜냐하면 형은 결혼을 잘한 덕분에 부자가 되었고, 성주인 동생은 가난한 데다 대부분 불행하고 잔뜩 화가 난 채 살았기 때문이었지요.

순간적인 기분으로 성을 방문한 형은 이미 첫 주부터 후회가 되었어요. 그럼에도 형은 성에 머물면서 떠나겠다는 말은 한마디도 하지 않았어요. 그래도 동생은 별로 개의치 않았어요. 형은 아크네스 부인을 보았어요. 그 뒤로 형은 아크네스 부인의 꽁무니를 졸졸 따라다녔어요.

얼마 지나지 않아 그 아름다운 여인의 하녀는 그곳에 새로 온 낯선 남작이 선물한 새 옷을 입었어요. 그리고 얼마 지나지 않아 공원 담벼락에서 하녀는 그 낯선 남작의 몸종에게서 편지 몇 통과 꽃을 받아 들었어요. 그리고 며칠 지나지 않아 낯선 남작은 여름날 대낮에 숲 속 오두막에서 아크네스 부인을 만났어요. 남작은 아크네스 부인의 손과 작은 입 그리고 하얀 목에 뽀뽀를 했어요.

하지만 마을에 간 아크네스 부인이 남작을 마주치면, 남작은 승마용 모자를 벗어 허리 아래로 내렸어요. 그러면 아크네스 부인은 열일곱 살짜리 소녀처럼 고마워했어요.

또다시 얼마간의 시간이 지났어요. 어느 날 저녁, 그 낯선 남작은 적적한 기분이 들었어요. 그때 남작의 눈에 작은 배 한 척이 강을 건너는 것이 보였어요. 보트 안에는 노를 젓는 사람과 기쁨에 넘치는 한 여인이 앉아 있었지요.

저녁 어스름이 내릴 무렵이라 똑똑히 보이지는 않았으나 호기심에 가득 찬 남작은 며칠 뒤 똑똑히 알게 되었어요. 언짢을 정도였지요. 대낮에 숲 속 오두막에서 자신이 품에 안고 입맞춤을 하자 한껏 달아올랐던 그 여인이 저녁이 되자, 자신의 동생과 함께 보트를 타고 어두운 라인 강을 건너더니 물가 갈대숲 저편으로 사라져 버린 거예요.

낯선 남작은 기분이 나빴어요. 그래서 나쁜 마음을 먹었어요. 그 낯선 남작은 아크네스 부인을 올데갈데없는 명랑한 여자로 여기고 사랑한 게 아니라, 값비싸고 귀중한 보물을 발견한 것처럼 사랑했지요. 남작은 아크네스 부인에게 입맞춤을 할 때마다 마냥 기쁘고 놀라운 나머지 깜짝깜짝 놀랐어요. 그래서 남작은 순수하게 아크네스 부인을 사랑하기보다는 아크네스 부인의 마음을 얻으려는 마음이 앞섰지요. 그래서 남작은 아크네스 부인에게 다른 여자들에게 주었던 것보다 훨씬 더 많은 것을 주었어요. 남작은 자신의 젊은 시절을 떠올리고는 감사하고 배려하는 마음으로 그 여자를 다정하게 껴안았어요. 그런데 바로 그 여자가 밤에 자신의 동생과 함께 어두운 길을 걸어가고 있었지요. 남작은 수염을 질끈 깨물었어요. 두 눈에서는 분노의 빛이 이글이글 타올랐지요.

시인 플로리버트는 어떤 일이 일어났는지 전혀 모른 채 성에서 은밀하게 감도는 숨 막히는 불안감에도 아랑곳하지 않고 늘 그렇듯이 평안한 나날을 보내고 있었어요. 플로리버트는 성에 온 손님 나리가 때때로 자신을 놀려 대고 괴롭히는 것이 싫었지만, 예전에도 그 비슷한 일들이 있었기 때문에 새삼스럽지는 않았지요.

플로리버트는 그 낯선 남작을 피해 온종일 마을이나 라인 강 기슭의 어부들 곁에서 시간을 보냈어요. 그리고 저녁이 되면, 향기가 어린 포근한 공기 속에서 마음 가는 대로 상상의 나래를 폈어요.

어느 날 플로리버트는 성의 뜰 벽에서 이제 막 활짝 피어난 월계꽃*을 발견했어요. 지난 3년 동안 플로리버트는 여름이 되면, 이 갓 피어난 진귀한 장미를 아크네스 부인의 문지방에 갖다 놓곤 했지요. 플로리버트는 아크네스 부인에게 누가 보냈는지 모르게 이 소박한 인사를 네 번째로 보낼 수 있게 되어서 기뻤어요.

그날 대낮에 그 낯선 남자는 너도밤나무 숲 속에서 그 아름다운 여자를 만났어요. 낯선 남자는 그 여인에게 어제 그리고 그저께 늦은 저녁에 어디에 있었냐고 묻지 않았어요. 낯선 남자는 놀란 얼굴로 −보는 사람은 소름이 쫙 끼칠 정도였지요. − 그 여인의 평온하고 순진무구한 눈을 들여다보았어요.

낯선 남자는 떠나기 전에 이렇게 말했어요.

"오늘 저녁에 날이 어두워지면 당신에게 갈 거예요. 창문 하나를 열어 두세요!"

여인이 부드러운 목소리로 말했어요.

"오늘은 안 돼요. 오늘은 오지 마세요."

"난 꼭 갈 거요."

"다른 날 오면 안 돼요? 오늘은 오지 마세요. 정말 안 돼요."

"오늘 저녁에 갈 거예요. 오늘 저녁이 안 된다면 앞으로는 절대 안 갈 거예요. 당신 맘대로 해요."

아크네스 부인은 낯선 남자에게서 살며시 빠져나와 그곳을 떠났어요.

저녁 때 그 낯선 남자는 어두워질 때까지 강가에 몰래 숨어

---

*월계꽃 : 장미과의 상록 관목으로 중국이 원산지이다. 우리나라에선 중부·남부에 분포한다.

있었어요. 하지만 보트는 오지 않았어요. 낯선 남자는 자기 애인의 집으로 갔어요. 그러고는 무성한 덤불 속에 몸을 숨기고는 무릎 위에 엽총을 올려놓았어요.

주위는 고요하고 따스했어요. 재스민 향기가 강렬하게 났어요. 하얀 안개구름 뒤로 작고 희미한 별들이 하늘 가득 떠 있었고요. 공원 깊숙한 곳에서 새 한 마리가 우짖었어요. 공원에 딱 한 마리밖에 없는 새였지요.

날이 거의 어두워지자 한 남자가 발소리를 가만가만 내며 그 집 모퉁이를 살금살금 돌아왔어요. 그 남자는 모자를 깊이 눌러 쓰고 있었어요. 하지만 너무나 어두워서 그럴 필요는 없었지요. 그 사람은 오른손에는 하얀 장미 한 다발을 들고 있었어요. 꽃다발에서는 은은한 빛이 뿜어져 나왔어요. 숨어 있던 남자는 매서운 눈초리로 바라보다가 총의 공이*를 세웠어요.

그 집을 향해 다가간 남자는 집을 올려다보았어요. 집 안 어디에도 불빛이 비치지 않았어요. 그러자 그 남자는 문 쪽으로 갔어요. 그러고는 허리를 숙여 철로 만든 성의 손잡이에 입을 맞추었어요.

그 순간, 갑자기 불빛이 번쩍하며 총소리가 탕 났어요. 그 소리는 공원 안쪽까지 희미하게 울려 퍼졌어요. 장미를 갖고 온 남자는 무릎이 푹 꺾이면서 자갈밭 위에 나동그라졌어요. 그러고는 몸을 조금 움찔거리면서 누워 있었어요.

---

*공이 : 탄환의 뇌관을 쳐 폭발하게 하는 송곳 모양으로 생긴 총포의 한 부분.

총을 쏜 남자는 한동안 숨어서 기다렸어요. 하지만 아무도 나타나지 않았지요. 그리고 집 안도 여전히 조용했어요. 그러자 그 남자는 조심스레 그리로 다가가 총을 맞은 남자 위로 허리를 숙였어요. 그 남자의 모자는 머리에서 벗겨져 있었어요. 놀랍게도 그 남자는 그자가 바로 시인 플로리버트라는 사실을 알아차렸어요. 그 남자는 당황하고 놀랐어요.

"이 녀석도 그렇군!"

그 남자는 신음을 하면서 그곳을 떠났어요.

월계꽃은 땅바닥에 여기저기 흩어져 있었어요. 그중 한 송이는 쓰러져 있는 남자가 흘린 피 한가운데에 놓여 있었어요. 마을에서는 한 시간 동안 시계의 종이 울렸어요. 하늘은 희끄무레한 구름이 한층 더 끼었고, 성의 거대한 탑은 구름을 향해 우뚝 서 있었어요. 마치 선 채로 스르르 잠들어 버린 거인 같았지요. 라인 강은 유유히 흐르면서 속살속살 부드럽게 노래를 부르고 있었어요. 그리고 빛이라고는 전혀 없는 깜깜한 공원 한가운데에서는 그 외로운 새가 한밤중이 지나도록 노래를 불렀지요.

(1906)

아우구스투스

모스타커 거리에 한 젊은 여자가 살고 있었어요. 그 여자는 불행하게도 결혼식을 올린 지 얼마 되지 않아 남편을 잃었지요. 이제 그녀는 자신의 조그만 방에서 가난하고 쓸쓸한 모습으로 우두커니 앉아 아버지 없이 태어날 아기를 기다리고 있었어요. 그 여자는 이 세상에서 완전히 혼자였기 때문에 자나 깨나 태어날 아기만 생각했어요. 아기를 위해 상상하고 소원을 빌고 꿈꾼 것들은 모두 아름답고 훌륭하고 부러워할 만한 것들이었어요. 거울같이 맑은 유리창이 있고, 정원에 분수가 있는 돌로 지은 집이 아기에게 딱 어울릴 것 같았어요. 그리고 아기의 미래에 대해 말하자면 아무리 못해도 교수나 임금님은 되어야 했지요.

그 가여운 엘리자베트 부인의 옆집에는 한 할아버지가 살고 있었어요. 그 할아버지가 외출하는 모습을 본 사람들은 거의 없었지요. 하지만 그가 외출할 때 보면, 키가 작고 친절하며 머리가 하얗게 세었고, 술이 달린 모자를 쓰고, 아주 옛날에 쓰던 초록색 우산을 들고 있었어요. 우산살이 수염고래의 수염*으로 만들어진 우산을요.

아이들은 그 할아버지를 무서워했어요. 그리고 어른들은 할아버지가 그렇게도 조용히 혼자 사는 데에는 다 이유가 있을 것이라고 생각했어요. 할아버지는 오랫동안 누구의 눈에도 띄지 않을 때가 많았어요. 하지만 때때로 저녁이면 금방이라도 허물어질 것 같은 할아버지의 자그마한 집에서는 아름다운 음악 소리가 흘러나왔어요. 마치 수많은 작고 섬세한 악기들에서 울려 나오는 것 같았지요.

그러면 그 집 앞을 지나가던 아이들은 자기네 엄마에게 그 집에서 천사나 요정들이 노래하는 것이냐고 물었어요. 하지만 엄마들은 그런 것들에 대해서는 아는 바가 없었기 때문에 이렇게 말했어요.

"아냐, 아냐. 오르골* 소리일 거야. 틀림없어."

이웃들이 '빈스방어 씨'라고 부르는 이 키 작은 노인은 엘리자베트 부인과 특별한 우정을 나누고 있었어요. 두 사람은 함께 이야기를 나눈 적은 없었어요. 하지만 키 작은 빈스방어 씨는 이웃집 창가를 지나갈 때면 매번 아주 다정하게 인사를 건넸어요. 그러면 엘리자베트 부인은 빈스방어 씨에게 감사한 마음으로 고개

---

*수염고래의 수염 : 코르셋을 만드는 데도 사용되었다.

*오르골 : 자동으로 음악을 연주하는 악기. 조그만 상자 속에서 쇠막대기의 바늘이 회전하며 음계판에 닿아 음악이 연주된다.

를 살짝 숙여 인사를 했어요. 엘리자베트 부인은 빈스방어 씨를 좋아했어요.

두 사람은 이렇게 생각했지요.

'언젠가 내가 아주 딱한 처지가 되면 꼭 이웃집에 가서 조언을 구해야지.'

날이 어둑어둑해지기 시작했어요. 엘리자베트 부인은 홀로 창가에 앉아 사랑하는 죽은 남편을 생각하며 슬픔에 잠기기도 하고, 배 속에 있는 아기 생각을 하기도 하면서 몽롱한 상태로 공상에 잠겨 있었어요. 그러면 빈스방어 씨는 가만히 여닫이 창문짝을 열었지요. 빈스방어 씨의 어두운 방에서는 마음을 달래 주는 듯한 낭랑한 음악이 구름들 틈새로 달빛이 흘러나오듯 나직나직 들려왔어요.

그 이웃집의 뒤쪽 창문 옆에는 오래된 제라늄들이 자라고 있었어요. 그런데 그 이웃은 제라늄에 물을 주는 것을 번번이 잊었어요. 그런데도 제라늄은 언제나 푸릇푸릇하고 꽃이 만발했어요. 잎이 시든 적은 한 번도 없었지요. 왜냐하면 엘리자베트 부인이 날마다 아침 일찍 물을 주고 돌봐 주었기 때문이에요.

바야흐로 가을이 다가오고 있었어요. 바람이 불고 비가 내리던 어느 쌀쌀한 날 저녁, 모스타커 거리에는 사람 하나 보이지 않았어요. 바로 그때 그 가여운 여자는 아기를 낳을 때가 되었다는 것을 알아차렸어요. 그 여자는 완전히 혼자였기 때문에 겁이 났어요. 하지만 땅거미가 깃들 무렵 한 할머니가 손등을 들고 그 집으로 갔지요. 할머니는 그 집에 들어가 물을 끓이고 아마포를 마련했어요. 그러고는 아기가 태어날 것에 대비하여 만반의 준비를 마쳤어요.

엘리자베트 부인은 아무 말 하지 않고 이 모든 것을 할머니에게 맡겼어요. 아기가 태어나 질이 좋은 새 기저귀를 차고 이 세상에 나와 처음으로 쌔근쌔근 잠이 들어 버리자, 엘리자베트 부인은 할머니에게 도대체 어디에서 왔는지 물었어요.

할머니가 말했어요.

"빈스방어 씨가 가 보라고 했어요."

엘리자베트 부인은 피곤한 나머지 그만 까무룩 잠이 들어 버렸어요.

이튿날 아침, 엘리자베트 부인이 잠에서 깨어나자 마실 우유가 끓여져 있었고 방 안은 말끔하게 정돈되어 있었어요. 그리고 옆에는 어린 아들이 배가 고파서 앙앙 울고 있었어요. 하지만 할머니는 가고 없었어요. 아기 엄마는 아들을 품에 안았어요. 아기가 아주 잘생기고 튼튼해서 기뻐했지요.

엘리자베트 부인은 죽은 아기 아버지를 생각했어요. 아기 아버지는 아기를 볼 수 없었지요. 엘리자베트 부인의 눈에 뺑그르르 눈물이 맺혔어요. 엘리자베트 부인은 그 조그만 유복자를 쓰다듬고 뽀뽀를 해 주었어요. 엘리자베트 부인의 입가에 다시 웃음이 번졌어요. 그러고는 조그만 사내아이와 함께 다시금 잠이 들었어요. 잠에서 깨어나자, 또다시 우유와 수프 한 접시가 끓여져 있었어요. 아기는 새 기저귀를 차고 있었고요.

아기 엄마는 곧 다시 건강해지고 힘이 났어요. 그래서 스스로를 추스르고 어린 아우구스투스도 직접 돌볼 수 있었지요. 그러자 이제 아들이 세례를 받아야 하는데 아들의 대부가 되어 줄 사람이 없다는 생각을 하게 되었어요.

저녁 무렵, 어둑어둑 땅거미가 내리고 자그마한 이웃집에서 또다시 그 달콤한 음악이 흘러나오자 아기 엄마는 그 집으로 건너갔어요. 그러고는 어두운 문을 가만가만 두드렸어요. 그러자 빈스방어 씨가 상냥한 목소리로 "들어오세요!" 하고 외치면서 아기 엄마에게 다가왔어요. 하지만 음악 소리는 갑자기 뚝 끊어 졌지요. 방 안에는 작고 오래된 책상 등이 어떤 책 앞에 놓여 있 었어요. 그 외에는 다른 집과 똑같았어요.

엘리자베트 부인이 말했어요.

"제게 맘씨 고운 부인을 보내 주셔서 고맙다는 말씀을 드리려 고 이렇게 왔어요. 제가 다시 일을 해서 다만 얼마라도 돈을 벌 면 그분께도 수고비를 드릴까 해요. 하지만 지금 저는 다른 걱정 거리가 있어요. 우리 아들이 세례도 받아야 하고, 아이 이름을 아이 아빠처럼 '아우구스투스'라고 지어 주려고 해요. 하지만 저 는 아는 사람이 없어요. 아이의 대부가 되어 줄 사람도 없고요."

"네, 저도 그럴 것 같았어요."

이웃은 그렇게 말하며 자신의 턱과 뺨에 난 잿빛 수염을 이리 저리 쓸어내렸어요. 그러고는 말을 이었어요.

"부인이 언젠가 어려운 일을 겪을 때 아들을 돌봐 줄 선량하 고 부유한 대부가 있으면 참 좋겠지요. 하지만 나는 그저 외로운 늙은이일 뿐이고 친구도 별로 없어요. 그러니 나를 대부로 삼으 면 모를까, 마땅히 권할 만한 사람이 없네요."

그 말에 가난한 엄마는 기뻐했어요. 그러고는 키 작은 노인에 게 고맙다고 말하고는 그 할아버지를 대부로 삼았지요.

그다음 주 일요일에 그들은 교회로 아기를 데리고 가서 세례를 받게 했어요. 그곳에는 그 할머니도 와서 아기에게 1탈러*를 선물했어요.

아기 엄마가 돈을 받으려고 하지 않자 할머니는 이렇게 말했어요.

"그냥 받아요. 나는 나이도 많고 필요한 건 다 갖고 있어요. 그 1탈러가 아기에게 행운을 가져다줄지도 모르잖아요. 내가 빈스방어 씨한테 선심 한 번 쓴 거예요. 우리는 오랜 친구거든요."

그들은 함께 집으로 돌아왔어요. 엘리자베트 부인은 손님들에게 줄 커피를 끓이고 이웃은 케이크를 가져왔어요. 그야말로 세례 축하 잔치를 제대로 한 셈이지요.

케이크와 커피를 먹고 난 뒤 ─아기는 이미 오래전에 잠이 들었지요.─ 빈스방어 씨가 소탈한 목소리로 말했어요.

"자, 이제 나는 아기의 대부가 되었으니까 아기에게 궁전과 금화가 가득 든 자루를 선물하고 싶네요. 하지만 난 그런 것들은 갖고 있지 않아요. 나는 내 친구인 이 할머니가 아기에게 선물한 1탈러 옆에 1탈러밖에 놓지 못하겠네요. 하지만 내가 아기를 위해 할 수 있는 일, 그건 꼭 이루어질 거예요. 엘리자베트 부인, 부인은 아기에게 이미 수없이 많은 아름답고 좋은 것들을 빌어 주었을 거예요. 아기에게 어떤 게 가장 좋을지 지금 한번 곰곰이 생각해 보세요. 그러면 그 소원이 실제로 이루어지도록 내가 힘써 볼게요. 부인은 바라는 소원을 빌 수 있어요. 하지만 딱 한 가

---

*탈러 : 15~19세기에 사용된 유럽의 은화.

지 소원만 빌어야 해요. 어떤 소원일지 잘 생각해 보세요. 오늘 저녁 내 작은 오르골이 연주하는 소리가 들리면, 아기의 왼쪽 귀에 대고 소원을 말해야 해요. 그러면 소원이 이루어질 거예요."

그렇게 말한 뒤, 빈스방어 씨는 서둘러 작별을 고했어요. 할머니도 빈스방어 씨와 함께 그곳을 떠났지요. 홀로 남겨진 엘리자베트 부인은 어안이 벙벙할 뿐이었어요. 1탈러짜리 두 개가 요람 속에, 그리고 케이크가 탁자 위에 놓여 있지 않았다면, 엘리자베트 부인은 그 모든 것이 꿈이라고 생각했을 거예요. 엘리자베트 부인은 요람 옆에 앉아 아기를 살살 흔들어 주면서 골똘히 생각에 잠겼어요. 그러고는 아름다운 소원들을 하나하나 생각해 보았어요. 우선 엘리자베트 부인은 아들이 부자가 되기를 바랐어요. 아니면 잘생기거나, 굉장히 힘이 세거나, 아니면 슬기롭고 총명하기를 바랐어요. 하지만 어떤 것을 생각하건 계속 찜찜한 생각이 들었지요.

마침내 엘리자베트 부인은 이렇게 생각했어요.

'아, 키 작은 그 할아버지가 그냥 농담을 한 거야.'

이미 날이 어두워졌어요. 엘리자베트 부인은 요람 옆에 거의 앉다시피 한 자세로 설핏 잠이 들 뻔했어요. 손님 접대를 한 데다 이런저런 걱정을 하고, 수없이 많은 소원을 떠올렸기 때문에 피곤했거든요. 그때 이웃집에서 세련되고 부드러운 음악이 들려왔어요. 그 어떤 오르골에서도 들어 보지 못한 너무나도 달콤하고 멋진 음악이었지요. 그 선율을 들은 엘리자베트 부인은 곰곰 생각하다 퍼뜩 정신을 차렸어요. 이제 엘리자베트 부인은 다시금 이웃인 비스방어 씨를 믿었어요. 비스방어 씨가 대부로서 주는 선물도 믿었고요.

엘리자베트 부인이 생각에 잠길수록, 그리고 점점 더 많은 소원을 바랄수록 머릿속은 온통 뒤죽박죽이 되어 버렸어요. 그래서 엘리자베트 부인은 아무것도 결정할 수가 없었어요. 엘리자베트 부인은 깊은 슬픔에 잠겨 두 눈에 눈물이 그렁그렁 맺혔어요. 그때 음악 소리가 작아지고 약해졌어요. 엘리자베트 부인은 지금 이 순간 소원을 빌지 않으면, 때를 놓쳐서 모든 것을 잃어버릴 것 같은 생각이 들었어요.

엘리자베트 부인은 푸, 한숨을 쉬었어요. 그러고는 몸을 숙여 아기의 왼쪽 귓가에 속삭였지요.

"내 아들, 내 소원은 네가… 네가……."

그리고 그 아름다운 음악이 완전히 잦아들자, 소스라치게 놀라 재빨리 이렇게 말했어요.

"내 소원은 네가 모든 사람들로부터 사랑받는 거야."

이제 선율은 완전히 끊겼어요. 그리고 그 어두운 방은 쥐 죽은 듯 고요했지요. 하지만 엘리자베트 부인은 요람 위로 몸을 던져 소리 내어 울었어요. 잔뜩 겁이 나고 두려웠지요.

"아, 내가 알고 있는 것 중에서 가장 좋은 게 네게 이루어지기를 바랐단다. 그런데 그게 옳은 일이 아닐 수도 있을 것 같구나. 모든 사람들이, 정말 모든 이들이 너를 사랑한다 할지라도 네 엄마보다 너를 더 사랑하는 사람은 아무도 없을 거야."

아우구스투스는 다른 남자아이들처럼 자라났어요. 아우구스투스는 잘생기고, 금발머리에 총명하고 대담해 보이는 눈을 가진 소년이었어요. 아우구스투스의 어머니는 아들을 응석받이로 키웠고, 아우구스투스는 어디를 가든 인기가 좋았어요. 엘리자베트 부인은 아들이 세례를 받을 때 빌었던 소원이 벌써 이루어졌다는 것을 얼마 지나지 않아 곧바로 알아차렸어요. 이제 막 걸음마를 뗀 그 어린 남자아이가 골목길로 나가 사람들에게 아장아장 다가가면, 모두들 그 아이가 여느 아이들과는 달리 예쁘고 스스럼없고 총명하다는 것을 알아차렸지요. 사람들은 너나 할 것 없이 아우구스투스와 악수를 하고 눈을 들여다보고 호의를 베풀었어요.

젊은 엄마들은 아우구스투스에게 살며시 웃음을 지어 보였고, 나이 많은 여자들은 아우구스투스에게 사과를 주었어요. 아우구스투스가 어딘가에서 버릇없는 짓을 해도 그 아이가 그랬다고 믿는 사람은 아무도 없었어요.

설사 아우구스투스가 했다는 사실이 밝혀져도 사람들은 어깨를 으쓱하며 이렇게 말했지요.

"그 사랑스러운 아이에게 화를 낼 수는 없지. 아무렴."

그 아름다운 소년을 눈여겨본 사람들이 소년의 어머니를 찾아왔어요. 아는 사람 하나 없고 바느질감도 아주 조금밖에 얻지 못했던 소년의 어머니는 이제는 아우구스투스의 어머니로 유명해졌어요. 그리고 자신이 바라던 것보다 후원자도 훨씬 많이 생겼어요. 소년의 어머니도 소년도 아주 잘 지냈지요. 그들이 함께 어딘가로 가면, 이웃들이 기뻐하며 인사를 하고는 그 행복한 둘의 뒷모습을 바라보았어요.

아우구스투스는 바로 옆집인 대부의 집에 있는 걸 가장 좋아했어요. 저녁 무렵이면 대부는 때때로 아우구스투스를 자신의 조그만 집으로 불렀어요. 그곳은 어두웠어요. 그리고 새까만 벽난로 구멍 속 한 군데에서만 작고 빨간 불꽃이 활활 타오르고 있었어요. 키 작은 그 노인은 아우구스투스를 바닥에 깔린 털가죽 위, 자기 옆으로 끌어당겼어요. 그러고는 아이와 함께 고요한 불꽃을 바라보며 길고 긴 이야기들을 들려주었지요.

하지만 그토록 긴 이야기 한 편이 끝나고 어린 소년이 너무나도 졸린 나머지 반쯤 감은 눈으로 조용히 불꽃을 바라볼 때면, 어둠 속에서 여러 가지 소리가 어우러진 달콤한 음악이 흘러나왔어요. 두 사람이 오랫동안 말없이 그 음악을 귀 기울여 듣고 있노라면 놀랍게도 방 안 그득 반짝반짝 빛나는 작은 아이들이 밝은 황금빛 날개를 달고 원을 그리며 이리저리 날아다니는 일이 자주 일어났어요.

그 아이들은 아름다운 춤을 추는 것처럼 매우 능숙한 솜씨로 번갈아 가며 둘씩 짝을 짓고 노래를 불렀어요. 그 노래는 기쁨과 명랑한 아름다움이 화음처럼 동시에 울렸어요. 그것도 백배나 가득한 기쁨, 백배나 가득한 명랑한 아름다움이 깃들어 있었지요. 그것은 아우구스투스가 지금껏 듣고 본 것 중에서 가장 아름다운 것이었어요. 아우구스투스가 훗날 자신의 어린 시절을 돌이켜 볼 때면 대부 할아버지의 고요하고 어두운 방과 벽난로 속의 빨간 불꽃이 떠올랐어요. 음악이 흘러나오고 천사 같은 꼬맹이들이 마법을 부리는 것처럼 황금빛을 뿜어 대며 화려하게 날아다니던 그 빨간 불꽃이요. 그 불꽃은 아우구스투스의 추억 속에서 몇 번이고 포르르 솟아올라 향수를 느끼게 했지요.

그러는 사이 소년은 무럭무럭 자랐어요. 소년의 어머니는 슬

품에 잠겨 세례를 받던 날 밤이 떠오를 때가 가끔 있었어요. 아우구스투스는 신이 나서 이웃집 골목들을 이리저리 뛰어다녔어요. 어디를 가건 환영을 받았지요. 아우구스투스는 호두며 배, 케이크와 장난감을 선물받았어요. 사람들은 아우구스투스에게 먹을 것과 마실 것을 주고, 무릎 위에서 말을 태우고, 정원에서 꽃을 꺾게 했어요. 아우구스투스는 저녁 늦게야 집에 돌아와 못마땅한 표정을 지으면서 수프를 어머니 쪽으로 밀어 놓을 때가 많았어요.

그러면 어머니는 슬픈 마음에 눈물을 흘렸어요. 하지만 아우구스투스는 어머니의 그런 모습이 지겹다고 화를 내며 잠자리에 들었어요. 어머니가 아우구스투스를 꾸짖고 벌을 주려고 하면, 아우구스투스는 고래고래 소리를 지르며 모든 사람들이 자신에게 친절하게 잘 대해 주는데 어머니만 그렇지 않다고 툴툴거렸어요.

그래서 엘리자베트 부인은 슬픔에 잠기는 시간이 많아졌어요. 때때로 아들 때문에 이루 말할 수 없이 화가 났지요. 하지만 아들이 베개를 베고 잠이 들고, 순진무구한 아이 얼굴 위에서 촛불이 가물가물 비칠 때면 엘리자베트 부인의 가슴속 응어리는 스르르 사라져 버렸어요. 그러면 엘리자베트 부인은 아들이 행여 잠에서 깰까 싶어 살그머니 뽀뽀를 했어요. 모든 사람들이 아우구스투스를 좋아하게 된 것은 모두 엘리자베트 부인의 책임이었지요. 엘리자베트 부인은 이따금씩 깊은 슬픔에 잠겨 생각하곤 했어요. 두려움까지 일 정도였지요. 그건 바로 괜히 그런 소원을 빌었나 봐, 하는 생각이었어요.

어느 날, 엘리자베트 부인은 빈스방어 씨의 제라늄이 핀 창문 바로 옆에 서서 작은 가위로 줄기의 시든 꽃을 잘라 내고 있었어요. 그때 두 집 뒤에 있는 뜰에서 아들의 목소리가 들려왔어요. 엘리자베트 부인은 그쪽을 건너다 보기 위해 몸을 앞으로 숙였어요. 아우구스투스가 잘생기고 조금은 자신만만한 얼굴로 담벼락에 기댄 모습이 보였어요. 아우구스투스 앞에는 아우구스투스보다 키가 큰 한 여자아이가 서 있었어요.

그 여자아이는 애원하는 듯한 눈빛으로 아우구스투스를 바라보며 말했어요.

"얘, 너는 참 사랑스러워. 나한테 뽀뽀 한 번 해 줄래?"

"싫어."

아우구스투스는 그렇게 말하고는 두 손을 주머니에 쑥 찔러 넣었어요.

여자아이가 또다시 말했어요.

"아, 제발. 나도 네게 멋진 걸 선물할게."

소년이 물었어요.

"그게 뭔데?"

여자아이가 수줍어하며 말했어요.

"나, 사과가 두 개 있어."

하지만 아우구스투스는 몸을 홱 돌리더니 인상을 찌푸렸어요. 아우구스투스는 경멸하는 듯한 표정으로 말했어요.

"난 사과 안 좋아해."

아우구스투스는 그렇게 말한 뒤 달아나려고 했어요.

하지만 여자아이는 아우구스투스를 꽉 붙잡고 애교 섞인 목소리로 말했어요.

"있잖아, 나, 예쁜 반지도 있어."

아우구스투스가 말했어요.

"어디, 보여 줘 봐!"

여자아이는 아우구스투스에게 자기 반지를 보여 주었어요. 아우구스투스는 반지를 자세히 살펴보더니 여자아이의 손가락에서 반지를 쑥 빼서 자기 손가락에 꼈어요. 그러고는 햇빛에 비춰 보고는 뿌듯해했어요.

아우구스투스가 건성으로 말했어요.

"좋아, 그럼 뽀뽀해 주지."

아우구스투스는 여자아이의 입에 뽀뽀를 하는 둥 마는 둥 했어요.

"그럼 이제 나랑 놀러 갈래?"

여자아이는 다정한 목소리로 물으면서 아우구스투스의 팔에 매달렸어요.

하지만 아우구스투스는 여자아이를 홱 밀쳤어요. 그러고는 불같이 화를 내며 외쳤어요.

"이제 그만 날 좀 내버려 둬! 다른 애들이랑 놀고 싶단 말이야!"

여자아이가 소리 내어 울기 시작했어요. 여자아이는 조용히 뜰을 떠났어요. 그러는 동안 아우구스투스는 줄곧 지겹다는 듯한, 그리고 화가 난 얼굴을 했어요. 그러더니 손가락에 낀 반지를 뱅글뱅글 돌리며 유심히 살펴보았어요. 그러고는 휘파람을 불며 느릿느릿 그곳을 떠났어요.

아우구스투스의 어머니는 손에 꽃가위를 든 채 자기 아들이 다른 사람들이 베푸는 사랑을 쌀쌀맞게, 그리고 경멸하듯이 대하는 것을 보고 기겁을 했어요.

엘리자베트 부인은 꽃들을 그대로 내버려 두고는 고개를 절레절레 흔들며 몇 번이나 중얼거렸어요.

"정말 못됐어. 저 아이는 인정머리라고는 손톱만큼도 없어."

하지만 곧바로 집에 온 아우구스투스에게 엘리자베트 부인이 따져 물으려고 하자, 파란 눈의 아우구스투스는 깔깔 웃으며 어머니를 뚫어져라 바라보았어요. 잘못했다는 느낌은 전혀 들지 않았지요. 아우구스투스는 노래를 부르면서 어머니에게 아양을 부리기 시작했어요. 아우구스투스가 어찌나 웃기고, 다정하고, 곰살맞게 구는지 엘리자베트 부인은 그만 웃음을 터뜨리고 말았어요. 그러고는 아이들에게는 그때그때 곧바로 너무 심각한 표정을 지어 보이면 안 되겠다는 생각이 들었지요.

그러는 사이, 그 소년은 아무리 나쁜 짓을 해도 한 번도 벌을 받지 않았어요. 아우구스투스가 무서워하는 사람은 대부인 빈스방어 씨 딱 한 사람뿐이었어요.

저녁에 아우구스투스가 빈스방어 씨의 어두컴컴한 방으로 가면 대부는 이렇게 말했어요.

"오늘은 벽난로에 불이 없단다. 음악도 없고. 네가 너무 못되게 굴어서 꼬마 천사들이 슬퍼한단다."

그러면 아우구스투스는 말없이 밖으로 나가 집으로 돌아갔어요. 그러고는 침대 위에 몸을 던지고 엉엉 울었어요. 그 뒤로 아우구스투스는 꽤 여러 날 동안 착하고 맘씨 고운 사람이 되려고 애를 썼지요.

하지만 벽난로의 불꽃이 타오르는 일은 점점 줄어들었어요. 그리고 대부는 아우구스투스가 아무리 눈물을 흘리고 애교를 떨어도 좀처럼 누그러지지 않았어요.

아우구스투스가 열두 살이 되자, 대부의 방에서 천사들이 마치 마술과도 같이 팔랑팔랑 날아다니던 것은 아우구스투스에게는 이미 아득한 꿈과도 같이 되어 버렸어요. 어쩌다 한 번 밤에 그와 같은 꿈을 꾸면, 아우구스투스는 그다음 날에는 곱절로 포악해지고 목청을 높였어요. 그러고는 최고 사령관이라도 된 듯 많은 친구들을 거느리고 덤불과 관목으로 된 울타리란 울타리는 모두 획획 넘어 다녔어요.

아우구스투스의 어머니는 이미 오래전에 사람들이 한결같이 소년을 칭찬하는 소리에 넌더리가 났어요. 아들이 아무리 아름답고 사랑스러워도 어머니는 자나 깨나 그저 아들 걱정뿐이었어요.

그러던 어느 날, 아우구스투스의 선생님이 엘리자베트 부인을 찾아와서 아우구스투스를 다른 도시로 보내 대학 공부까지 시켜 줄 용의가 있는 어떤 사람을 알고 있다고 했어요. 엘리자베트 부인은 이웃과 의논했어요. 그리고 얼마 지나지 않은 어느 봄날 아침, 마차 한 대가 왔어요. 아우구스투스는 멋진 새 옷을 입고 마차에 올라 어머니와 대부와 이웃 사람들에게 작별 인사를 했어요. 왜냐하면 아우구스투스는 수도로 가서 공부할 수 있게 되었기 때문이에요. 아우구스투스의 어머니는 마지막으로 아들의 금발머리에 반듯하게 가르마를 타 준 다음 축복의 말을 건넸어요. 잠시 후 말들이 마차를 움직이기 시작했어요. 아우구스투스는 미지의 세계로 떠났어요.

여러 해가 지났어요. 어린 아우구스투스는 대학생이 되어 챙 없는 빨간색 모자를 쓰고 콧수염을 기른 얼굴로 마차를 타고 고향에 왔어요. 어머니가 너무 아파서 오래 살 수 없을 것 같다고 대부가 편지를 썼기 때문이지요. 저녁 무렵 그 젊은이가 고향에 도착했어요. 사람들은 모두 감탄한 얼굴로 아우구스투스가 마차에서 내리는 모습과 마부가 가죽으로 된 커다란 여행용 가방을 들고 아우구스투스의 뒤를 따라 작은 집으로 가는 모습을 지켜봤어요.

하지만 어머니는 오래되고 천장이 낮은 방에 누워 있었어요. 죽음이 다가오고 있었지요. 새하얀 베개 위에 놓인 핼쑥하고 생기 없는 얼굴이 아우구스투스에게 말없이 눈인사만 건넸어요. 그 잘생긴 대학생은 그 얼굴을 보자, 울면서 침대 옆에 털썩 주저앉아 어머니의 두 손에 입을 맞추었어요. 그러고는 밤새도록 어머니 곁에 무릎을 꿇고 앉아 있었어요. 어머니의 두 손이 싸늘해지고 두 눈이 초점을 잃을 때까지 그렇게 했지요.

사람들이 어머니를 땅속에 묻자, 대부인 빈스방어 씨는 아우구스투스의 팔을 붙잡고 함께 자신의 자그마한 집으로 갔어요. 그 집은 그 젊은이에게는 예전보다 천장이 훨씬 낮아지고 어두워 보였지요. 둘은 오랫동안 함께 앉아 있었어요. 어둠 속에서 작은 창문들만이 어슴푸레 빛나자, 그 키 작은 노인은 마른 손가락으로 자신의 잿빛 수염을 쓰다듬었어요.

그러고는 아우구스투스에게 이렇게 말했어요.

"벽난로에 불을 지펴야겠다. 그러면 등이 필요 없지. 네가 내일 다시 떠난다는 거 알고 있다. 어머니가 돌아가셨으니 너를 다시 볼 수는 없겠구나."

빈스방어 씨는 벽난로에 작은 불을 지핀 다음, 앉고 있던 안락의자를 가까이 끌어당겼어요. 그 대학생도 자기가 앉고 있던 안락의자를 가까이 끌어당겼지요. 두 사람은 또다시 오랫동안 그대로 앉아 가뭇없이 스러져 가는 장작불을 바라보았어요. 불꽃이 점점 사그라들었어요.

그러자 노인이 부드러운 목소리로 말했어요.

"아우구스투스, 잘 가렴. 네게 좋은 일이 일어났으면 좋겠구나. 너는 맘씨 고운 어머니를 가졌지. 어머니는 네가 아는 것 이상으로 너를 아끼고 사랑했단다. 마음 같아서는 네게 한 번 더 음악도 들려주고, 축복받은 그 작은 꼬마들도 보여 주고 싶구나. 하지만 이제 더는 그럴 수 없다는 걸 너도 잘 알 거야. 그래도 너는 그 기쁨에 넘치는 꼬마들을 잊어버리면 안 된단다. 그 꼬마들이 여전히 노래한다는 것을 알아야 해. 그리고 네가 언젠가 외로워져서 그 꼬마들을 보고 싶은 마음이 간절해지면, 또다시 그 꼬마들의 노랫소리를 들을 수도 있다는 걸 알고 있어야 한단다."

아우구스투스는 노인과 악수를 나눴어요. 아무 말도 할 수 없었지요. 아우구스투스는 슬픈 마음으로 텅 비고 썰렁한 작은 집으로 건너갔어요. 그러고는 오래된 고향에서 마지막 잠을 자기 위해 몸을 뉘였어요. 그리고 잠이 들기 전에 저 건너편에서 어린 시절에 듣던 그 달콤한 음악이 나지막하게 들려온다고 생각했어요. 이튿날 아침, 아우구스투스는 그곳을 떠났어요. 오랫동안 아우구스투스에 대한 소식은 들려오지 않았어요.

아우구스투스는 곧 대부인 빈스방어 씨와 빈스방어 씨의 천사들을 까맣게 잊었어요. 호화로운 삶이 아우구스투스 주위를 점점 더 많이 에워쌌어요. 아우구스투스는 그 삶의 파도를 타고 함께 둥실둥실 흘러갔어요. 아우구스투스처럼 말발굽 소리가 따가닥따가닥 울려 퍼지는 골목길을 말을 타고 달리며 자신을 우러러보는 소녀들에게 조롱 섞인 눈빛으로 인사를 건네는 사람은 아무도 없었어요. 그뿐만이 아니었어요. 아우구스투스만큼 그렇게 가뿟하면서도 매혹적으로 춤을 추고, 그렇게도 민첩하고 능숙하게 마차를 몰고, 여름날 밤에 정원에서 그렇게 요란하면서도 아주 멋진 모습으로 먹고 마실 줄 아는 사람도 없었지요.

아우구스투스를 애인으로 둔 그 부유한 과부는 아우구스투스에게 돈과 옷과 말 여러 필 그리고 아우구스투스가 필요로 하고 갖고 싶어 하는 것을 전부 주었어요. 아우구스투스는 그 과부와 함께 파리와 로마로 여행을 떠나고, 과부의 비단 침대에서 잠을 잤어요. 하지만 아우구스투스가 사랑하는 여자는 부드러운 금발 머리를 가진 시장 딸이었어요. 아우구스투스는 밤이면 위험을 무릅쓰고 시장 집 정원으로 찾아갔어요. 그리고 시장 딸은 아우구스투스가 여행을 떠나면 애틋한 마음이 담긴 긴 편지를 썼어요.

하지만 어느 날부터인가 아우구스투스는 다시 돌아오지 않았어요. 파리에 친구들이 생겼거든요. 돈 많은 애인도 따분해지고, 대학 공부도 이미 오래전에 싫증이 난 아우구스투스는 머나먼 나라에 머물면서 귀족처럼 살았어요. 말과 개와 여자를 여럿 거느리고 살았지요. 큰 도박판에서 돈을 따기도 하고 잃기도 했어요. 어디를 가나 아우구스투스를 뒤따라와 기분을 맞춰 주면서 시중을 들어 주는 사람들이 있었어요. 그러면 아우구스투스는 씩 웃으며 소년이었을 때 어린 여자아이의 반지를 받았던 것처럼 그런 것들을 받곤 했어요.

소원을 이루어 주었던 그 마술의 힘은 아우구스투스의 두 눈과 입술에 그대로 깃들어 있었어요. 여자들은 다정하게 아우구스투스를 에워쌌고, 친구들은 아우구스투스에게 열광했어요. 아무도 ─아우구스투스 스스로도 거의 느끼지 못했지요.─ 아우구스투스의 가슴속이 얼마나 공허하고 탐욕스러워졌는지, 그리고 그 영혼이 얼마나 병들고 괴로워하는지를 알지 못했어요.

때때로 아우구스투스는 모든 사람들로부터 사랑을 받는 게 넌더리가 났어요. 그래서 혼자 변장을 하고 낯선 도시들을 돌아다녔어요. 하지만 어디를 가나 아우구스투스의 눈에는 사람들이 바보같이 보이고, 그 사람들의 마음을 얻는 게 너무나도 쉬웠지요. 또한 사랑이란 것은 가소롭기 짝이 없는 것처럼 보였어요. 사람들은 그토록 열렬히 아우구스투스를 뒤쫓으면서도 아주 작은 것으로도 만족을 했지요.

아우구스투스는 여자들도, 남자들도 역겨울 때가 많았어요. 사람들이 좀 더 당당하게 행동하지 못했기 때문이었지요. 그래서 아우구스투스는 온종일 혼자 개 한 마리만 데리고 있든가, 아니면 아름다운 산속 사냥터에서 시간을 보냈어요. 살금살금 다가가 총을 쏘아 사슴을 맞히면, 예쁘지만 응석둥이로 커서 버릇없는 여자가 자신에게 사랑을 구하는 것보다 훨씬 더 기분이 좋앉지요.

한번은 아우구스투스가 바다 여행을 하던 중 어느 공사*의 젊은 아내를 보았어요. 공사 부인은 북유럽의 귀족 출신으로 근엄하고 날씬한 숙녀였어요. 공사 부인은 많은 귀부인들과 사교적인 사람들 사이에 서 있었는데 단연 돋보였지요. 아무도 자신과 같지 않다는 듯이 도도한 표정으로 입을 꼭 다물고 있었어요. 아우구스투스는 그 여자를 바라보았어요. 그리고 자세히 뜯어보았어요. 그 여자가 아무 관심도 없다는 듯한 시선으로 아우구스투스를 흘깃 보자, 아우구스투스는 생전 처음으로 사랑이란 게 무엇인지 알 것 같았어요.

아우구스투스는 공사 부인의 마음을 얻기로 결심했어요. 그 순간부터 아우구스투스는 시간만 나면 공사 부인의 곁으로 가까이 다가가 눈앞에서 알짱거렸어요. 아우구스투스를 보며 경탄하고 그와 교제를 하고 싶어 하는 사람들에게 줄곧 둘러싸여 있었기 때문에 여행객들 사이에서 공작부인을 대동한 공작처럼 위풍당당하게 서 있었어요. 그 금발머리 여자의 남편도 아우구스투스를 극진히 대우하면서 아우구스투스의 마음에 들려고 애를 썼어요.

하지만 아우구스투스에게는 그 낯선 여자와 단둘이 있을 기회가 좀처럼 오지 않았어요. 지중해 연안의 한 항구 도시에서 여행객 전원이 몇 시간 동안 그 낯선 도시를 돌아보고, 잠시나마 땅을 밟아 보기 위해 배에서 내릴 때까지 그랬지요. 아우구스투

---

*공사 : 국가를 대표하여 파견되는 외교 사절로 대사에 버금가는 계급.

스는 사랑하는 여자 곁을 떠나지 않았어요. 그리고는 마침내 북적대는 광장 장터의 혼잡 속에서 말을 걸기 위해 그 여자를 붙잡는 데 성공했어요.

수없이 많은 어둡고 작은 골목들이 이 광장으로 통했어요. 아우구스투스는 공사 부인을 그중 한 골목으로 데려갔어요. 공사 부인은 아우구스투스를 믿었지요. 하지만 자신이 아우구스투스와 단둘이 있다는 것을 퍼뜩 느끼고는 잔뜩 겁을 먹었어요. 일행이 하나도 보이지 않게 되자, 아우구스투스는 환한 얼굴로 공사 부인에게 몸을 돌렸어요. 그리고는 어찌 할 바를 몰라 엉거주춤서 있는 공사 부인의 두 손을 잡고 이곳에서 자신과 함께 남아 있다가 도망을 가자고 애원했어요.

그 낯선 여자는 얼굴이 창백해지면서 시선을 땅바닥으로 돌리고는 나지막이 말했어요.

"아, 기사답지 못하시네요. 지금 말씀하신 건 안 들은 걸로 하겠어요!"

그러자 아우구스투스가 외쳤어요.

"저는 기사가 아닙니다. 저는 사랑에 빠진 남자일 뿐입니다. 사랑을 하는 남자는 오로지 연인만을 알고 있지요. 오로지 연인 곁에 있는 생각만 하고요. 아, 아름다운 이여, 저랑 함께 가요. 우리는 행복해질 거예요."

그 여자는 밝은 푸른색 눈으로 진지하게, 그리고 책망하듯 아우구스투스를 바라보았어요.

그리고는 탄식하듯 속삭였어요.

"제가 당신을 사랑하는 것을 도대체 어떻게 아셨죠? 저는 거짓말 못 해요. 저는 당신을 사랑해요. 그래서 당신이 제 남편이었으면, 하고 바란 적이 많아요. 왜냐하면 당신은 제가 가슴속 깊이 사랑한 첫 번째 남자니까요. 아, 사랑이란 어쩜 이렇게도 제멋대로인지 모르겠네요! 순수하지도, 선량하지도 않은 사람을 제가 사랑하게 될 줄은 상상조차 못했어요. 하지만 저는 무슨 일이 있어도 남편 곁에 남을 거예요. 별로 사랑하지는 않지만, 제 남편은 기사에다 지극히 명예롭고 고귀한 분이지요. 당신은 그런 것들을 모르실 거예요. 제게 더는 말씀하지 마시고 저를 배로 데려다 주세요. 그러지 않으시면 길 가는 사람들을 불러 당신이 무례한 행동을 하니 도와 달라고 청할 거예요."

아우구스투스가 애원을 하건 화가 나서 이를 북북 갈건 그 여자는 그에게서 몸을 돌렸어요. 아우구스투스가 말없이 그 여자를 배 있는 데로 데려다 주지 않아도 혼자 갈 태세였지요. 아우구스투스는 그곳에 도착한 다음 자신의 트렁크들을 뭍으로 가져오게 했어요. 그러고는 아무하고도 작별 인사를 하지 않았어요.

그때부터 숱하게 사랑을 받던 그 남자의 행복은 끝나기 시작했어요. 아우구스투스는 미덕과 영예를 증오했어요. 그 두 가지를 발로 짓밟았지요. 아우구스투스는 자신이 갖고 있는 야릇한 매력의 기술을 총동원해 덕성을 갖춘 여자들을 유혹하면서 뿌듯해했어요. 그리고 손쉽게 친구로 만든 순진하기 짝이 없는 사람들을 이용한 다음 경멸하면서 버리고는 흡족해했고요.

아우구스투스는 부인들이나 처녀들을 모두 가난하게 만들었어요. 그러고는 곧바로 그들을 모른다고 딱 잡아뗐지요. 또한 좋은 집안의 젊은이들을 쏙쏙 골라 유혹한 다음 망쳐 놓았어요.

아우구스투스는 용케도 재미있는 것을 찾아내서 실컷 즐거움을 누렸어요. 또한 나쁜 짓이란 나쁜 짓은 죄다 배워서 써 먹은 뒤 똑같은 것을 두 번 다시 하지 않았어요. 하지만 아우구스투스는 더 이상 기쁨을 느끼지 못했어요. 어디를 가나 사랑이 아우구스투스를 향해 다가왔지만, 아우구스투스의 영혼은 사랑이 조금도 울리지 않았어요.

아우구스투스는 어느 아름다운 바닷가 별장에서 살았어요. 침울하고 잔뜩 불쾌한 마음으로요. 아우구스투스는 그곳을 찾아오는 여자들과 친구들에게 죽 끓듯이 변덕을 떨며 아주 심하게 괴롭혔어요. 아우구스투스는 사람들을 무시하고, 그들에게 온갖 경멸감을 안겨 주는 것을 무척이나 좋아했어요. 아우구스투스는 자신이 간청하지도 요구하지도 않았고, 또한 별로 가치도 없는 사랑에 둘러싸여 있는 것이 지긋지긋하고 진저리가 났어요. 아우구스투스는 자신이 삶을 너무 헛되이, 그리고 스스로 망쳐 가며 살았다는 것과 그러한 삶이 아무런 가치가 없다는 것을 느꼈어요. 아우구스투스의 삶은 한 번도 베푼 것 없이 언제나 받기만 했었지요.

때때로 아우구스투스는 한동안 굶었어요. 단지 제대로 된 욕구를 느끼고 그 욕망을 채우려는 이유 하나 때문이었지요. 아우구스투스의 친구들 사이에서는 아우구스투스가 병이 들어서 사람들을 만나지 않고 휴식을 취해야 한다는 소식이 퍼졌어요. 편지가 여러 통 왔지만, 아우구스투스는 한 통도 읽지 않았어요. 아우구스투스를 염려하는 사람들은 아우구스투스의 하인들에게 그의 상태를 물었어요.

하지만 아우구스투스는 바다 위에 있는 홀에서 몹시 화가 난 상태로 홀로 앉아 있었어요. 아우구스투스가 지나온 삶은 그야말로 공허하고 황폐했지요. 이렇다 하게 이루어 놓은 것 하나 없고 사랑의 흔적도 없는, 커다란 잿빛 파도가 이는 바닷물 같은 삶이었지요.

높다란 창문 옆 안락의자에 웅크리고 앉아 자기 자신과 담판을 짓고 있는 아우구스투스의 모습은 보기 흉했어요. 하얀 갈매기들이 바닷가의 바람을 타고 스쳐 지나갔어요. 아우구스투스는 공허한 눈빛으로 갈매기들을 좇았어요. 그 눈빛엔 어떤 기쁨도 관심도 없었지요. 생각을 끝낸 아우구스투스가 벨을 울려 직속 하인을 불렀을 때 그 얼굴에서는 오로지 입술 하나만이 무자비하고 사악하게 웃고 있었지요.

아우구스투스는 날짜를 정해 파티에 친구들을 모두 초대했어요. 손님들이 텅 빈 집과 자신의 시체를 보고 소스라치게 놀라게 하고 경멸하려는 의도였지요. 손님들이 오기 전에 미리 독약을 먹고 스스로 목숨을 끊으려고 결심을 했기 때문이었어요.

거짓으로 파티를 열기로 한 전날 저녁, 아우구스투스는 그 큰 집 안이 조용해지도록 하인들을 모두 집 밖으로 내보냈어요. 그러고는 자신의 침실로 가서 강한 독약을 키프로스산 포도주가 담긴 잔에 섞은 다음 입술에 갖다 댔어요.

아우구스투스가 독약을 막 마시려고 할 때 문을 두드리는 소리가 들렸어요. 아우구스투스가 대답을 하지 않자 문이 열렸어요. 그러고는 키 작은 한 노인이 들어왔어요. 노인은 아우구스투스에게 다가가 그의 두 손에서 가득 채운 술잔을 조심스럽게 빼앗았어요.

그러고는 낯익은 목소리로 이렇게 말했어요.

"아우구스투스, 잘 있었니? 어떻게 지내니?"

아우구스투스는 깜짝 놀랐어요. 화가 나기도 하고 부끄럽기도 했지요.

아우구스투스는 경멸감을 잔뜩 드러내는 미소를 지으며 이렇게 말했어요.

"빈스방어 씨, 아직도 살아 계신 거예요? 안 본 지가 오래됐는데도 조금도 늙지 않으신 것 같네요. 하지만 지금은 제게 방해만 될 뿐이에요. 대부님, 저는 지쳤어요. 그래서 지금 막 잠이 잘 오게 하는 술을 마시려던 참이에요."

대부가 차분한 목소리로 대답했어요.

"나도 안단다. 너는 잠을 청하는 술을 마시려는 것이지. 그래, 네 말이 맞을 거야. 이것이 너를 도와줄 수 있는 마지막 포도주지. 하지만 얘야, 우리 잠시 얘기 좀 하자꾸나. 난 먼 길을 왔단다. 한 모금만 마시면 기운을 차릴 것 같으니 화내지 말렴."

대부는 그렇게 말하고는 잔을 들더니 입에 갖다 댔어요. 아우구스투스가 미처 말릴 틈도 없이 대부는 잔을 높이 들어 한숨에 쭉 들이켰어요. 아우구스투스의 얼굴은 죽은 사람처럼 창백해졌어요.

아우구스투스는 대부에게 후닥닥 달려가 양 어깨를 흔들며 미친 듯이 외쳤어요.

"할아버지, 지금 마신 게 뭔지 아세요?"

총명한 빈스방어 씨는 잿빛 머리를 끄덕이며 빙그레 웃음을 지어 보였어요.

"보다시피 그건 키프로스산 포도주지. 맛이 나쁘지 않구나. 내가 마셔도 별로 아깝지 않은 듯하구나. 하지만 난 별로 시간이 없어. 네가 내 말을 귀 기울여 듣는다면, 널 오래 귀찮게 하지 않을게."

당황한 아우구스투스는 놀란 얼굴로 대부의 밝은색 눈을 바라보았어요. 대부가 행여 쓰러질까 봐 노심초사했지요.

그러는 사이, 대부는 느긋하게 의자에 앉아 젊은 친구에게 다정한 표정으로 고개를 끄덕였어요.

"포도주 조금 마신 게 내 몸에 해로울까 봐 걱정되니? 안심해도 돼! 내 걱정을 해 주니 고맙구나. 네가 그러리라고는 상상도 못 했거든. 하지만 우리 한번 예전처럼 얘기 좀 나누자꾸나! 너는 경박한 삶에 싫증이 난 듯한데 그런 거니? 알 것도 같구나. 내가 떠나면, 너는 술잔 가득 따라 한 방울도 남김없이 마실 수 있을 거야. 하지만 그 전에 네게 들려줄 이야기가 있단다."

아우구스투스는 벽에 몸을 기댄 채 그 키 작은 파파할아버지의 다정하고 푸근한 목소리에 귀를 기울였어요. 어렸을 적부터 친숙했던 그 목소리는 아우구스투스의 영혼 속에 과거의 그림자들을 일깨웠어요. 엄청난 수치심과 슬픔이 아우구스투스를 엄습했어요. 마치 자신의 순진무구한 어린 시절을 바로 눈앞에서 들여다보는 것 같았지요.

노인이 말을 이었어요.

"네 독약은 내가 다 마셨다. 네가 불행해져 괴로워하는 건 다 내 탓이니까. 네가 세례를 받던 날, 네 어머니는 너를 위해 소원

하나를 빌었단다. 어처구니없는 소원이었지만 난 그 소원을 들어줬지. 그 소원을 네가 알 필요는 없단다. 네 스스로 느낀 것처럼 그 소원은 저주가 되어 버렸어. 일이 그렇게 되어 버려 미안하구나. 네가 다시 한 번 내 고향 집의 벽난로 앞에 앉아 꼬마천사들의 노랫소리를 들을 수 있다면 참 기쁘겠다. 쉬운 일은 아니지. 지금 이 순간, 네 마음이 다시금 온전하고 순수하고 명랑해지기는 힘들 거야. 하지만 불가능한 것도 아니지. 한번 노력해 보렴. 아우구스투스, 네 불쌍한 어머니의 소원이 네게 해만끼쳤구나. 내가 너를 위해 아무 소원이나 한 가지를 이루어 주면 안 될까? 허락해 줄래? 너는 돈이나 재산 같은 건 탐내지 않을 것 같구나. 권력이나 여자들로부터 사랑을 받는 것도 그럴 것 같고. 그런 것들은 실컷 가져 봤으니까 말이야. 곰곰이 생각해 보렴. 타락한 네 삶을 다시 아름답고 좋게, 그리고 너를 또다시 기쁘게 만들어 줄 수 있는 마법이 떠올랐다고 생각되면 그때 내가 소원을 빌어 줄게."

아우구스투스는 깊이 생각에 잠긴 채 말없이 앉아 있었어요. 하지만 아우구스투스는 너무 지치고 절망감에 사로잡혀 있었지요.

그래서 잠시 후 이렇게 말했어요.

"대부님, 고맙습니다. 하지만 제 삶은 어떤 식으로도 바로 잡을 수 없을 것 같아요. 대부님이 오셨을 때 제가 하려고 했던 걸 그냥 하는 게 제일 좋을 것 같아요. 하지만 와 주셔서 감사합니다."

할아버지는 신중한 목소리로 말했어요.

"네게는 쉬운 일이 아닐 것 같구나. 하지만 아우구스투스, 한 번 더 곰곰이 생각해 볼 수는 있을 거야. 지금껏 네게 가장 부족했던 게 떠오를 수도 있을 테고, 아니면 네 어머니가 살아 계시고 저녁이면 때때로 나를 찾아왔던 네 어린 시절이 떠오를 수도 있을 테고. 그때 너는 이따금씩 행복했었지. 그렇지?"

아우구스투스가 고개를 끄덕였어요.

"네, 그때는 그랬어요."

찬란하게 빛났던 어린 시절의 영상이 아주아주 오래된 거울에 비친 것처럼 아득히, 그리고 희미한 모습으로 아우구스투스 쪽을 바라보았어요.

"하지만 그건 두 번 다시 돌아오지 못해요. 저를 다시 아이로 만들어 달라고 소원을 빌 수는 없어요. 아, 다시 아이가 되어서 모든 것을 처음부터 다시 시작할 수만 있다면 얼마나 좋을까요!"

"그래, 그런 건 아무 의미가 없을지도 몰라. 네 말이 맞다. 하지만 우리가 고향 집에 있던 시간이며 네가 대학생 때 밤에 찾아갔던 그 가여운 소녀—그 집 정원으로 갔었지.—를 한 번 더 떠올려 보렴. 네가 배를 타고 함께 바다 여행을 했던 그 아리따운 금발머리 여인도 떠올려 보고. 그리고 네가 예전에 행복했던 모든 순간과 인생이 안락하고 소중해 보이던 모든 순간도 떠올려 보렴. 그 시절에 무엇이 너를 행복하게 만들어 줬는지 알아낼 수 있을 거야. 그런 걸 소원으로 빌어도 된단다. 애야, 나를 위해서라도 그렇게 좀 하려무나!"

아우구스투스는 눈을 감고 자신의 삶을 돌아보았어요. 어두운 어떤 복도에서 자신이 유래한, 저 아스라한 하나의 점과도 같은 빛*을 말없이 바라보듯 그렇게 돌아보았지요. 그러자 아우구스투스는 예전에는 자기 주위가 그토록 밝고 아름답다가 서서히 어두워지더니 마침내는 완전히 어둠 속에 서 있다는 것을 다시금 알게 되었어요. 그리고 그 어떤 것을 만나도 기쁨을 느낄 수 없게 되었는지도 알게 되었지요. 골똘히 생각하고 회상을 하면 할수록 아스라한 그 작은 빛은 점점 더 아름답고 사랑스럽고 탐나는 모습으로 아우구스투스가 있는 쪽을 바라보고 있었어요. 마침내 아우구스투스는 그 빛을 알아보았어요. 아우구스투스의 눈에서 눈물이 왈칵 치솟았어요.

아우구스투스가 대부에게 말했어요.

"말씀하신 대로 해 볼게요. 저를 도와주지 못한 그 오래된 마법을 가져가시고, 그 대신 제가 사람들을 사랑할 수 있게 해 주세요!"

아우구스투스는 눈물을 흘리며 자신의 오랜 친구 앞에서 무릎을 꿇었어요. 바닥에 힘없이 앉아 있자니 이 노인에 대한 사랑이 자신의 가슴속에서 활활 타오르며 그동안 잊고 있었던 말들과 행동들을 표현하고 싶은 간절한 욕구가 느껴졌어요. 하지만 대부는, 그 키 작은 노인은 아우구스투스를 두 팔로 안아 부드럽게 감싸 잠자리로 옮긴 뒤 뜨거운 이마 위로 흘러내린 머리카락을 쓸어 주었어요.

노인이 가만히 아우구스투스에게 속삭였어요.

---

*빛 : 광점(光點)을 뜻한다.

"괜찮아. 아가, 괜찮아. 다 잘 될 거야."

순간, 아우구스투스는 오랜 세월이 지나 폭삭 늙어 버린 것처럼 엄청난 피로감이 몰려왔어요. 아우구스투스는 깊은 잠에 빠졌어요. 노인은 조용히 그 황량한 집을 떠났어요.

아우구스투스는 집 안 가득 울리는 요란한 소리에 잠이 깼어요. 자리에서 일어나 가까이 있는 문을 열자, 홀과 모든 방에 예전에 사귀었던 친구들이 가득 차 있는 것이 보였어요. 파티에 왔다가 집이 텅 빈 것을 발견한 친구들이었지요. 친구들은 버럭 화를 내며 실망했어요. 아우구스투스는 예전처럼 미소를 지어 보이고 농담을 던지면서 친구들의 마음을 다시 얻을 생각으로 그들에게 다가갔어요.

하지만 아우구스투스는 이제는 그런 힘이 사라져 버렸다는 것을 퍼뜩 깨달았어요. 친구들은 아우구스투스를 보기가 무섭게 일제히 소리를 질러 댔어요. 아우구스투스가 난감한 표정으로 씩 웃으며 두 손을 내밀자, 친구들은 화를 내며 아우구스투스에게 와락 덤벼들었어요.

한 남자가 외쳤어요.

"이 사기꾼아, 나한테서 꿔 간 돈 어디 있어?"

다른 사람도 소리쳤어요.

"내가 네게 빌려 준 말은 어디 있어?"

한 예쁜 여자도 불같이 화를 내며 고함을 질렀어요.

"네가 다 떠들고 다녀서 온 세상이 내 비밀을 다 알아 버렸잖아. 아, 이 흉악한 놈아, 네가 미워 죽겠어!"

눈이 움푹 들어간 어느 젊은이도 얼굴을 잔뜩 찌푸린 채 소리를 질렀어요.

"이 사탄아, 네가 날 어떻게 만들어 놨는지 알기나 해? 이 젊은이들을 죄다 타락시키는 놈 같으니라구."

소동은 계속 이어졌어요. 사람들은 모두 아우구스투스에게 수치스러운 욕설을 퍼부어 댔어요. 그 사람들 말이 다 맞았지요. 많은 사람들이 아우구스투스를 때렸어요. 그러고는 그곳을 떠나면서 거울을 박살내고 수많은 값진 물건들을 갖고 갔어요. 얻어맞고 모욕을 당한 아우구스투스는 바닥에서 몸을 일으켰어요. 그러고는 침실로 가서 얼굴을 씻기 위해 거울을 들여다보았어요. 그러자 생기 없고 추악한 얼굴이 아우구스투스를 바라보고 있었어요. 바로 자신의 얼굴이었지요. 빨갛게 충혈된 눈에서는 주르르 눈물이 흘러내리고 이마에서는 핏방울이 뚝뚝 떨어졌어요.

아우구스투스가 혼잣말을 했어요.

"복수를 한 게야."

아우구스투스는 얼굴의 피를 씻어 냈어요. 정신을 가다듬으려는 순간, 사람들이 집에 들어왔는지 소란스럽게 떠드는 소리가 들렸어요. 사람들이 계단 위로 우르르 몰려들었어요. 아우구스투스의 집을 담보로 돈을 빌려 준 사람들, 아우구스투스가 유혹한 부인의 남편, 아우구스투스가 유혹해 나쁜 짓을 하게 만들고 비참하게 만들어 버린 아들을 둔 아버지들, 해고된 하인들과 하녀들 그리고 경찰관들과 변호사들이었지요.

한 시간 뒤, 아우구스투스는 밧줄에 묶인 채 마차에 실려 감옥으로 끌려갔어요. 마차 뒤에서는 사람들이 고함을 질러 대며 조롱조의 노래를 불렀어요. 그리고 한 불량 소년은 마차의 창문으로 끌려가는 그 남자의 얼굴에 똥 한 움큼을 집어 던졌어요.

그 도시는 그렇게도 많은 사람들이 알고 사랑했던 이 사람이 저지른 파렴치한 행위에 대해 서로 말하기 바빴어요. 아우구스투스는 온갖 나쁜 짓을 했다고 고발되었지요. 아우구스투스는 단 한 번도 그 사실을 부인하지 않았어요. 아우구스투스가 오래전에 잊어버렸던 사람들이 재판관들 앞에 서서 수년 전에 한 짓을 증언했어요. 아우구스투스에게서 선물을 받았으면서도 그의 물건을 훔쳤던 하인들은 아우구스투스가 저지른 나쁜 짓에 대한 비밀들을 모두 털어놓았어요. 사람들의 얼굴은 한결같이 혐오와 증오로 가득 찼어요. 아우구스투스를 변호해 주고, 칭찬하고, 용서하고, 그의 좋은 점을 떠올리는 사람은 하나도 없었어요.

아우구스투스는 그 모든 것이 일어나는 대로 그저 내버려 두었어요. 감방으로 끌려가고, 감방에서 나와 재판관들 앞으로 끌려가고, 증인들 앞으로도 끌려갔지요. 놀랍고도 슬픔에 잠긴 아우구스투스는 아픈 눈으로 악의에 차고, 잔뜩 화가 나고, 증오로 가득한 수많은 얼굴들을 바라보았어요. 그러고는 각각의 얼굴 하나하나에서, 증오와 분노로 잔뜩 일그러진 표정의 이면에서 사랑스러움과 영혼의 빛이 희미하게 타오르고 있는 것을 보았어요. 그 사람들은 예전에 아우구스투스를 한결같이 사랑했지만 아우구스투스는 그들 중 한 사람도 사랑하지 않았지요. 이제 아우구스투스는 모든 사람들에게 용서를 빌었어요. 그러고는 한 사람, 한 사람의 좋았던 점을 떠올리려고 애썼어요.

결국 아우구스투스는 감옥에 갇혔어요. 아무도 아우구스투스에게 가 볼 수 없었지요. 금지되었거든요. 아우구스투스는 고열 중의 환각 속에서 어머니와 첫 번째 애인, 대부인 빈스방어 씨 그리고 배에서 만났던 북유럽 출신의 숙녀와 이야기를 나누었어요. 잠에서 깨어나 이루 말할 수 없이 끔찍한 낮 시간을 보낼 때면, 그리고 외롭고 절망적인 마음으로 앉아 있을 때면, 너무나도 그립고 고독해서 엄청나게 괴로워했어요. 그리고 지금껏 어떤 즐거움이나 재산을 갈망했던 것보다 훨씬 더 사람들이 자신에게 눈길을 주기를 애타게 그리워했어요.

감옥에서 나온 아우구스투스는 늙고 병들어 있었어요. 아무도 아우구스투스를 알아보지 못했지요. 세상은 늘 그렇듯이 잘 돌아가고 있었어요. 골목길에서는 사람들이 마차를 타고, 말을 타고, 산책을 했지요. 상인들은 과일과 꽃, 장난감과 각종 신문을 팔려고 내놓았어요. 하지만 아우구스투스에게 묻거나 도움을 청하는 사람은 하나도 없었어요. 한때 함께 음악을 듣고 샴페인을 마시며 품에 안고 있던 아름다운 여인들이 우아한 마차를 타고 아우구스투스 옆을 지나갔어요. 그 여인들이 탄 마차 뒤에서 뿌연 먼지가 아우구스투스를 덮쳤어요.

화려한 삶을 살면서 질식할 정도로 느꼈던 것, 곧 끔찍한 공허감과 고독은 아우구스투스를 완전히 떠났어요. 잠시나마 뙤약볕을 피하려고 어떤 집 대문 안으로 들어가거나 이면 도로 뒤쪽에 있는 어떤 집의 뜰에서 물 한 모금을 달라고 부탁할 때면, 아우구스투스는 예전에는 자신이 아무리 거만하고 쌀쌀맞게 말해도 감지덕지하면서 반짝이는 눈으로 대구를 하던 바로 그 사람들이 그토록 퉁명스럽고 적개심에 찬 표정으로 자신이 하는 말을 주의 깊게 듣는 것을 보고 무척이나 놀랐어요.

하지만 이제 아우구스투스는 어떤 사람이건 그에게 눈길을 주면 기쁘고, 깊은 인상을 받고, 감동을 받았어요. 아우구스투스는 아이들이 놀거나 학교에 가는 모습을 보면 가슴속에 사랑의 마음이 일었어요. 또한 아우구스투스는 자신들의 조그마한 집 앞의 긴 의자에 앉아 쭈글쭈글한 두 손을 햇볕에 쬐는 노인들도 사랑했어요.

아우구스투스는 애절한 눈빛을 하고 소녀를 뒤따라가는 한 젊은이를 보거나, 일을 끝낸 뒤 집으로 돌아가 아이들을 품에 안는 어떤 노동자를 볼 때, 또는 마차를 타고 조용하지만 서둘러 가면서 자신의 환자를 생각하는 기품 있고 총명한 어떤 의사나, 저녁 무렵 교외의 가로등 밑에서 사람을 기다리고 있다가 심지어 아우구스투스처럼 쫓겨난 사람에게까지도 사랑을 팔려는 어느 가난하고 형편없는 옷차림을 한 창녀를 볼 때면 이들이 모두 자신의 형제이자 자매로 느껴졌어요.

그들 한 사람, 한 사람은 식구들의 사랑을 받던 어떤 어머니나 꽤 좋은 집안 태생, 또는 상당히 훌륭하고 고귀한 운명의 비밀스러운 징표를 떠올리게 해 주었어요. 그리고 그들 한 사람, 한 사람은 아우구스투스에게는 사랑스럽고 특이하고 생각의 실마리를 찾을 수 있게 해 주었지요.

아우구스투스는 세상을 이리저리 떠돌아다니며 자신이 사람들에게 어떤 식으로든 쓸모가 있고, 그들에게 자신의 사랑을 보여 줄 수 있는 곳을 찾기로 결심했어요. 아우구스투스는 자신이 누구를 바라보든 기쁨을 주지 못한다는 사실을 담담히 받아들여야 했어요. 아우구스투스의 얼굴은 수척해지고, 옷차림과 신발은 거지꼴이었어요. 목소리와 걸음걸이 또한 예전처럼 사람들을 기쁘게 해 주고 감탄을 안겨 주었던 모습은 조금도 찾아볼 수 없었지요.

아이들은 아우구스투스의 잿빛 수염이 온통 헝클어진 채 길게 늘어져 있었기 때문에 아우구스투스를 무서워했고, 옷을 잘차려 입은 사람들은 아우구스투스가 가까이 다가오면 피했어요. 아우구스투스가 가까이 있으면 불쾌할 뿐만 아니라 옷도 더러워질 것 같았지요. 그리고 가난한 사람들은 아우구스투스가 자신들의 얼마 안 되는 음식을 가로채는 낯선 사람인 줄 알고 의심했어요. 그래도 아우구스투스는 사람들을 도와주려고 애썼어요. 돕는 법을 배웠고, 그 어떤 것도 마다하지 않았어요.

아우구스투스는 한 어린 아이가 빵집 문의 손잡이를 향해 손을 뻗었으나 닿지 않는 것을 보았어요. 아우구스투스는 그 아이를 도와줄 수 있었지요. 그리고 때때로 아우구스투스보다 더 가난한 사람, 그러니까 눈이 멀거나 몸이 온전하지 못한 남자가 눈에 띄기도 했어요. 그러면 아우구스투스는 그 사람이 가던 길을 갈 수 있도록 조금이라도 도와주고 친절을 베풀었지요. 그리고 그렇게 해 줄 수 없을 때는 갖고 있는 얼마 안 되는 것을 기쁜 마음으로 주었어요. 밝고 선한 눈빛과 형제처럼 친근한 인사, 이해심과 동정심이 깃든 몸짓을 보여 주었지요.

아우구스투스는 떠돌아다니면서 사람들을 주의 깊게 보았어요. 그리고는 사람들이 자신에게서 무엇을 기대하는지, 또 어떤 것에 기쁨을 느끼는지를 배웠어요. 어떤 사람은 진심 어린 얼굴로 명랑하게 인사만 건네도 기뻐하고, 또 어떤 사람은 말없이 그저 눈길만 줘도 기뻐하고, 또 어떤 사람은 방해하지 않고 길을 비켜 주면 기뻐했지요.

아우구스투스는 세상에 불행한 일이 그토록 많다는 사실에 매일같이 놀랐어요. 하지만 사람들이 그런 와중에도 만족해하면서 살 수 있다는 사실 역시 놀라웠지요. 아우구스투스는 모든 고통의 곁에는 명랑한 웃음소리가, 모든 추모의 종소리 곁에는 아이들의 노랫소리가, 모든 곤경과 비천함 곁에는 예의 바름과 농담과 위로와 미소를 발견할 수 있다는 사실을 알게 되었어요. 그런 것을 보는 것은 아우구스투스에게는 이루 말할 수 없이 멋지고 감동적인 일이었지요.

인생이란 아우구스투스에게는 너무나도 잘 정돈되어 있는 것처럼 보였어요. 길모퉁이를 돌다가 아우구스투스 쪽으로 팔짝팔짝 뛰어오는 한 무리의 어린 남학생들과 마주칠 때면 아이들의 눈에서는 용기와 삶을 사는 기쁨과 그 나이 또래에서만 가능한 풋풋한 아름다움이 반짝반짝 빛나고 있었어요. 그 아이들이 조금 놀리고 못살게 굴어도 봐줄 만했지요. 아우구스투스는 심지어 아이들 마음을 헤아릴 수도 있었어요. 아우구스투스는 진열장 앞에서나 분수에서 물을 마실 때 거기에 비친 자신의 모습을 발견했어요. 얼굴이며 피부가 온통 쭈글쭈글하고 궁티가 줄줄 흘렀지요.

그래요, 이제 아우구스투스에게는 사람들 마음에 든다거나 사람들을 좌지우지하는 것은 더 이상 중요하지 않았어요. 아우구스투스는 그런 것들은 실컷 누렸었지요. 이제 아우구스투스에게는 예전에 자신이 달려왔던 인생길에서 다른 사람들도 아등바등 애를 쓰고 자신들이 중요한 존재라는 걸 알아가는 모습을 보는 것이 참으로 멋지고 즐거웠어요. 그리고 모든 사람들이 그토록 열심히 온 힘을 다해 자신 있게, 그리고 기쁨을 느끼며 자신들의 목표를 향해 한 발 한 발 나아가는 것, 그것은 아우구스투스에게는 기가 막히게 멋진 구경거리였지요.

어느덧 겨울이 되고 또다시 여름이 되었어요. 아우구스투스는 오랫동안 빈민구빈원에서 앓아누워 있었어요. 이곳에서 아우구스투스는 감사하는 마음으로 조용히 행복감을 맘껏 누렸어요. 그건 바로 병상에 누워 있는 가난한 사람들이 젖 먹던 힘까지 쏟아 내며 살기 위해 안간힘을 쓰며 죽음을 극복하는 모습을 보는 것이었지요. 심각하게 아픈 사람들의 얼굴 표정에서 인내심을, 그리고 회복되어 가고 있는 환자들의 눈빛에서 밝은 삶의 기쁨이 샘솟는 것을 보는 것은 정말 멋진 일이었어요. 이미 죽은 사람들의 고요하고 기품 있는 얼굴 역시 아름다웠지요. 그런데 이 모든 것보다 더 아름다운 것은 예쁘고도 말쑥한 간호사들이었어요.

하지만 이곳에 있는 시간도 끝났지요. 가을바람이 산들산들 불자, 아우구스투스는 또다시 방랑길에 올랐어요. 겨울이 다가왔어요. 아우구스투스는 자신의 행보가 너무나도 더디다는 것을 알아차리고는 왠지 모르게 초조한 마음이 들었어요. 왜냐하면 아우구스투스는 곳곳을 돌아다니며 아주아주 많은 사람들의 눈빛을 보고 싶었기 때문이었어요. 아우구스투스의 머리는 하얗게 바랬고, 두 눈은 벌겋게 충혈된 채 병든 눈꺼풀 아래서 어벙하게 미소 짓고 있었어요. 기억력도 점차 흐릿해져서 지금껏 보아 왔던 세상이 오늘 본 세상과 조금도 다르지 않은 것 같았지요. 하지만 아우구스투스는 만족해했어요. 그리고 이 세계는 굉장히 멋지고 사랑할 만한 것이라고 생각했어요.

겨울이 시작될 무렵, 아우구스투스는 어느 도시에 이르렀어요. 어두운 거리에는 눈발이 폴폴 흩날리고 있었어요. 나이 많은 불량소년 몇 명이 그 떠돌이에게 눈덩이를 던졌어요. 하지만 그 외에는 저녁이면 늘 그렇듯이 이미 모든 것이 고요했지요. 아우구스투스는 매우 피곤했어요. 그래서 어느 좁은 골목으로 들어갔지요. 그런데 그 골목은 어딘지 낯이 익었어요. 아우구스투스는 또 다른 골목으로 들어섰어요. 그곳에는 어머니의 집과 대부의 집이 서 있었어요. 추운 눈보라 속에 작고 오래된 모습으로요. 대부의 집 창문 하나는 밝게 빛나고 있었어요. 창문에서는 겨울밤 어둠을 뚫고 부드럽고 붉은 빛이 평화롭게 흘러나오고 있었어요.

아우구스투스는 대부의 집 안으로 들어가 방문을 두드렸어요. 그러자 그 키 작은 노인이 다가와 말없이 아우구스투스를 자기 방으로 데려갔어요. 그곳은 따뜻하고, 고요하고, 작고 밝은 불꽃이 벽난로 안에서 호르르 타오르고 있었어요.

대부가 물었어요.

"배고프니?"

하지만 아우구스투스는 배가 고프지 않았어요. 그래서 그저 빙그레 웃으며 고개를 저었어요.

대부가 다시 물었어요.

"하지만 곧 피곤이 몰려오지 않을까?"

대부는 자신의 낡은 털가죽을 바닥에 넓게 펼쳤어요. 두 노인은 그곳에 나란히 쪼그리고 앉아 불꽃을 바라보았어요.

대부가 말했어요.

"먼 길을 왔구나."

"아, 참으로 좋았어요. 저는 조금 지쳤을 뿐이에요. 대부님 댁에서 자도 될까요? 그런 다음 내일 다시 떠나려고요."

"아무렴, 자도 되지. 천사들이 춤추는 모습을 다시 보고 싶지 않니?"

"천사들이요? 아, 정말 보고 싶죠. 제가 다시 어린이가 된다면 그러고 싶어요."

"우리, 참 오랜만에 만났구나. 너, 참 친절한 사람이 된 것 같구나. 네 눈은 네 어머니가 살아 계셨을 때처럼 선량하고 부드럽구나. 네가 이 집으로 찾아올 때면 참 고마웠지."

발기발기 찢어진 옷을 입은 그 방랑자는 자신의 친구 옆에 주저앉아 있었어요. 아우구스투스는 지금껏 그토록 지쳤던 적이 없었지요. 따스함이 포근하게 감싸 주고 불빛이 비치자 아우구스투스는 머릿속이 혼란스러워졌어요. 아우구스투스는 현재와 과거를 더 이상 또렷하게 구분할 수가 없었어요.

아우구스투스가 말했어요.

"빈스방어 대부님, 제가 또 버릇없는 짓을 했어요. 그래서 어머니가 집에서 눈물을 흘리셨어요. 대부님이 어머니와 얘기를 하시고, 제가 다시 착한 아이가 되겠다고 했다고 말씀해 주세요. 그래 주실래요?"

대부가 말했어요.

"그렇게 해 줄게. 걱정하지 말렴. 어머니는 너를 사랑하신단다."

이제 불꽃은 가물가물 스러져 가고 있었어요. 아우구스투스는 어린 시절에 그랬던 것처럼 크고 졸린 눈으로 불기운이 약해진 그 붉은 불빛을 뚫어져라 바라보았어요. 대부는 아우구스투스의 머리를 자신의 무릎 위에 올려놓았어요. 아름답고 경쾌한 음악이 그 어두운 방에 부드럽게 울려 퍼졌어요. 하늘의 축복을 받은 듯했지요. 이루 말할 수 없이 많은 작은 요정들이 환하게 빛을 뿜어 대면서 둥실둥실 떠다녔어요. 그러고는 마냥 즐거운 얼굴을 하고 아주 멋들어지게 서로 어우러지거나 짝을 이루며 방 안을 빙빙 돌았어요. 아우구스투스는 이 모든 광경을 보았어요. 그리고 귀 기울여 들었어요. 그러고는 다시금 발견한 낙원에서 어렸을 적 갖고 있던 모든 감각과 마음을 활짝 열었어요.

아우구스투스는 어머니가 자신을 부르는 소리를 한 번 들은 것 같았어요. 하지만 아우구스투스는 너무 피곤했어요. 대부는 아우구스투스에게 자신이 어머니와 얘기를 하겠다고 약속했지요. 아우구스투스가 잠이 들자, 대부는 아우구스투스의 두 손을 포개어 주었어요. 그러고는 멈춰 버린 그의 심장에 가만히 귀를 기울였어요. 밤이 되어 방 안이 완전히 어두워질 때까지 그렇게 했지요.

(1913)

등나무 의자에 대한 메르헨

한 젊은 남자가 자신의 다락방*에 앉아 있었어요. 젊은이는 화가가 되고 싶었어요. 하지만 극복해야 할 어려운 점들이 상당히 많았지요. 일단 젊은이는 자신의 다락방에서 조용히 살았어요. 나이가 좀 더 들자 젊은이는 시험 삼아 몇 시간 동안 작은 거울 앞에 앉아 자화상을 그리는 일이 습관처럼 되었어요. 노트 한 권을 전부 그런 그림으로 가득 채웠지요. 그중 몇몇 그림은 굉장히 만족스러웠어요.

젊은이는 혼잣말로 중얼거렸어요.

"내가 전혀 교육을 안 받은 것에 비하면 이 그림은 정말 성공작이지. 코 옆의 주름은 얼마나 재미있어. 사람들은 내 모습에서 철학자 같은 면을 발견할 거야. 철학자가 아니라고 하더라도

---

*다락방 : 프랑스의 고전주의 건축가 망사르(1598~1666)가 고안한 다락방을 말한다. 망사르는 경사가 완만하다가 급하게 꺾인 지붕을 고안한 뒤 아래지붕에 채광창을 내어 다락방을 만들었다.

뭐 그 비슷한 걸 느낄 거야. 양쪽 입가를 조금만 내리면 아주 독특한 표정이 나오겠는걸. 아주 우울한 표정 말이야."

하지만 잠시 뒤 그림을 다시 들여다보면 대부분은 전혀 마음에 들지 않았어요. 기분이 찜찜했지요. 하지만 젊은이는 자신이 발전하고 있으니 한층 높은 목표를 세워야겠다고 결론을 내렸지요.

젊은이는 자신의 다락방이며 그곳에 있는 물건들과 알콩달콩 사이좋게 지낸 것은 아니었어요. 그렇다고 사이가 나쁜 것도 아니었지요. 젊은이는 대부분의 사람들이 보통 그렇듯이 다락방과 물건들을 건성으로 대했어요. 다락방과 물건들을 거의 쳐다보지도 않았어요. 그래서 젊은이는 그것들에 대해 아는 것도 별로 없었지요.

젊은이는 새로 시작한 초상화가 잘 그려지지 않을 때면 이따금씩 책을 읽었어요. 그는 책들에서 자기처럼 평범하고 전혀 유명하지 않은 젊은 사람들이 어떻게 일을 시작하고, 그 뒤에 널리 알려지게 되었는지를 알게 되었어요. 그 젊은이는 그런 책들을 즐겨 읽었어요. 그리고 그 책들 속에서 자신의 미래를 읽어 냈어요.

어느 날, 젊은이는 또다시 조금 불만스럽고 괴로운 마음으로 다락방에 앉아 매우 저명한 어느 네덜란드 화가에 대한 책을 읽고 있었어요. 젊은이는 이 화가가 진정한 열정에, 심지어 광기에 사로잡혀 있고 훌륭한 화가가 되어야 한다는 열망에 완전히 휘둘리고 있었다는 것을 알게 되었어요. 젊은이는 자신이 그 네덜란드 화가와 비슷한 점이 많다는 것을 깨달았어요. 하지만 책을 계속 읽다 보니 자신에게는 별로 해당되지 않는 점이 상당히 많다는 것을 알아차렸지요. 그중에서도 특히 젊은이는 그 네덜란드인이 날씨가 좋지 않아 야외에서 그림을 그릴 수 없는 날에는 눈에 띄는 모든 것을 −아주 보잘것없는 것까지도− 줄기차게 아주 열정적으로 그렸다는 내용을 읽었어요.

그렇게 하다가 그 네덜란드 화가는 언젠가 낡은 나막신 한 쌍을 그렸고, 또 어떤 때는 오래되고 기우뚱한 의자를 그렸다고 했지요. 부엌이나 농가에서 사용되는 조잡하고 투박한 그 의자는 보통 나무로 만들어져 있었고, 밀짚으로 엮어 만든 깔개는 상당히 너덜너덜했어요. 그 화가는 어느 누구도 눈길 한 번 주지 않았을 게 분명한 이 의자를 그토록 크나큰 애정과 진심을 담아, 그리고 그토록 열정적으로 온 마음을 다해 그렸다고 했어요. 그래서 그 그림은 화가의 가장 아름다운 그림 중 하나가 되었다고 했지요. 그 책을 쓴 저자는 이 밀짚으로 엮은 의자 그림에 대해 그야말로 아름답고 감동적인 문장으로 표현했어요.

그 대목을 읽던 젊은이는 읽기를 멈추고 곰곰이 생각에 잠겼어요. 자신이 꼭 시도해 봐야 하는 것, 새로운 어떤 것이 바로 그 책 속에 있었거든요. 젊은이는 곧바로 −젊은 그는 나이가 나이인 만큼 후닥닥 결정을 내렸기 때문에− 이 위대한 대가를 본보기로 삼아 그대로 따라 해서 대가에 이르는 길을 가 보기로 결심했어요.

이제 젊은이는 자신의 다락방 안을 휘 둘러보았어요. 그리고는 자신이 물건들을 −그 물건들 사이에서 젊은이는 살고 있었지요. − 제대로 본 적이 거의 없다는 사실을 깨달았어요. 밀짚을

엮어 깔개를 만든 삐뚜름한 의자는 방 안 어디에도 없었어요. 나
막신도 없었고요. 순간, 젊은이는 슬픈 마음이 들면서 의기소침
해졌어요.

젊은이는 위대한 인물들의 전기를 읽을 때면 자주 낙담하게
되는데 지금 그 비슷한 기분이 들었지요. 그러고는 그 위대한 사
람들의 삶에서 그토록 훌륭하고 멋진 역할을 했던 그 모든 것들,
곧 사소한 것들과 이러저런 암시들과 불가사의한 숙명들이 자신
에게는 없고, 자신은 그런 것들을 속절없이 마냥 기다리고 있다
는 것을 깨달았어요.

하지만 젊은이는 곧바로 마음을 다잡고 명성에 이르는 험난
한 길을 줄기차게 가는 것이야말로 진정 자신의 사명이라는 것
을 깨달았어요. 젊은이는 자신의 작은 방 안에 있는 모든 물건
들을 찬찬히 살펴보다가 그림 소재로 안성맞춤인 등나무 의자를
발견했어요.

젊은이는 발로 의자를 자기 쪽으로 조금 끌어당겼어요. 그러
고는 스케치 연필을 뾰족하게 깎은 다음, 스케치북을 무릎 위에
올려놓고는 그림을 그리기 시작했어요. 선을 몇 개 쓱쓱 긋자 만
족스러운 형태가 나타나는 것 같았어요. 이제 젊은이는 재빨리
힘차게 선을 끝까지 그은 다음 선 몇 개로 윤곽을 또렷하게 만들
었어요. 한 귀퉁이에 드리워진 삼각형 모양의 짙은 그늘이 젊은
이를 살살 꼬드겼어요. 젊은이는 그 그늘을 강조했어요. 젊은이
는 계속 그림을 그렸어요. 그런데 왠지 무엇인가가 자꾸 자신을
방해하는 것 같은 기분이 들었어요.

젊은이는 조금 더 그림을 그리다가 스케치북을 멀찌감치 놓

은 다음 그림을 찬찬히 뜯어보았어요. 젊은이는 등의자가 실제 모습과는 완전히 다르게 그려져 있다는 것을 발견했어요.

젊은이는 불같이 화를 내며 선 한 개를 새로 홱 그은 뒤 잔뜩 화가 난 얼굴로 의자를 뚫어져라 쏘아보았어요. 그런데 뭔가 이상했어요. 젊은이는 화가 났어요.

젊은이는 버럭 고함을 질렀어요.

"이 악마 같은 등나무 의자 같으니. 너처럼 짐승 같은 변덕쟁이는 처음 본다!"

의자는 조금 삐걱거리는 소리를 냈어요. 그러고는 담담한 목소리로 말했어요.

"그래, 나를 자세히 봐라! 보다시피 난 이래. 내 모습을 더는 바꾸지 않을 거야."

화가는 의자를 발끝으로 뼁 걷어찼어요. 그러자 의자는 뒤로 물러섰어요. 의자는 완전히 다른 모습을 하고 있었어요.

젊은이가 외쳤어요.

"바보 같은 의자야, 너는 모든 게 휘고 비틀려 있어."

등의자는 씩 웃더니 푸근한 목소리로 말했어요.

"젊은 친구, 그런 걸 관점이라고 하지."

그 말에 젊은이는 발딱 일어나더니, 버럭 소리를 질렀어요.

"관점이라고! 이 버릇없는 의자 녀석이 선생 노릇을 하네! 관점은 내가 알아서 할 문제지 네가 참견할 일이 아냐. 명심해!"

의자는 더 이상 아무 말도 하지 않았어요. 화가는 씩씩대며 방 안을 왔다 갔다 했어요. 그러자 아래층에서 엄청나게 화를 내며 다락방 바닥을 지팡이로 쾅쾅 두드려 댔어요. 아래층에서는 한 중년 남자가 살고 있었지요. 그 사람은 학자였는데 소음이라면 질색을 했지요.

젊은이는 자리에 앉아 최근 들어 그린 자화상을 다시 앞에 놓았어요. 하지만 그림이 마음에 들지 않았어요. 젊은이는 실제 모습이 자화상보다 훨씬 더 잘생기고 매력적으로 보인다는 사실을 알아차렸어요. 그건 사실이었어요.

이제 젊은이는 읽던 책을 다시 읽고 싶었어요. 하지만 그 책에는 네덜란드 밀짚 의자 이야기가 계속 이어지고 있었어요. 젊은이는 화가 났어요. 사람들이 그 의자에 대해 지나칠 정도로 호들갑을 떤다고 생각했지요. 그건 그렇다고 치고……

젊은이는 자신의 예술가 모자*를 찾아 쓰고는 잠시 외출을 하기로 결심했어요. 젊은이는 이미 오래전에 자신이 그림을 그릴 때면 왠지 불만스럽고 언짢은 기분이 들곤 했다는 사실이 퍼뜩 떠올랐어요. 그림을 그리면서 젊은이는 고통스럽고 실망만 느낄 뿐이었어요. 이 세상 최고의 화가도 사물의 단순한 겉면만 묘사할 수 있을 뿐이었지요. 심오한 것을 사랑하는 사람에게 그런 것은 필경 좋은 직업은 아니었어요.

젊은이는 이미 여러 번 그랬던 것처럼 진작부터 가지고 있던 취미를 살려 차라리 작가가 되는 것이 낫겠다는 생각을 골똘히 했어요. 등나무 의자는 다락방에 홀로 남겨졌어요. 등나무 의자는 자신의 젊은 주인이 이미 가 버린 것이 유감스러웠어요. 등나

---

*예술가 모자 : 남성 모자의 일종으로 헝겊으로 된 띠가 둘러져 있고 챙이 있으며 모자 위쪽과 양옆이 조금 들어가 있다.

무 의자는 언젠가 자신과 주인 사이에 제대로 된 관계가 시작되기를 바랐었지요. 등나무 의자는 이따금씩 기꺼운 마음으로 한 마디씩 건넸을 거예요. 그리고 자신이 그 젊은 인간에게 소중한 것을 꽤 많이 가르쳐 줘야 하리라는 것을 알고 있었어요. 하지만 그중 한 가지도 이룰 수가 없었지요.

(1918)

유 임금님
-옛 중국의 이야기

옛 중국의 역사에서는 임금님이나 높은 벼슬아치들이 한 여자한테 홀딱 반해 휘둘리다가 파멸하게 되는 예가 드물게 있었어요. 그중 하나인 아주 희한한 예가 바로 주나라 유 임금님과 유 임금님의 아내인 포사지요.

주나라는 서쪽으로 몽골 야만족의 땅과 이웃해 있었어요. 주나라의 수도인 호경은 때때로 야만족들의 습격을 받고 약탈당할 수 있는 위험한 지역에 놓여 있었어요. 그래서 국경 수비를 최대한 강화하는 방법과 특히 수도를 더욱더 잘 지키는 방법을 고안해 내야 했지요.

유 임금님은 나쁜 정치가는 아니었어요. 유 임금님은 훌륭한 조언자들의 말을 귀 기울여 들을 줄 아는 사람이었어요. 몇몇 역사책에 따르면 유 임금님은 필요한 시설을 갖춤으로써 국경의 허술한 점을 보완할 줄도 알았지요. 하지만 이렇듯 쓸모가 있고 이루 말할 수 없이 훌륭한 시설은 한 아름다운 여자의 변덕스러운 마음 때문에 모두 물거품이 되고 말았지요.

임금님은 모든 제후들의 도움을 받아 서쪽 국경에 국경 수비대를 배치했어요. 국경 수비대는 모든 정치적인 모임과 마찬가지로 이중적인 구조, 곧 도덕적인 측면과 기계적인 측면을 가지고 있었어요. 이러한 협정의 도덕적인 바탕은 제후들과 그 벼슬아치들의 맹세와 신뢰였어요. 그들은 위급한 상황을 알리는 연락을 받으면, 한 사람도 빠짐없이 수도를 지키고 임금님을 돕기 위해 자신들의 군대를 이끌고 곧바로 서둘러 달려와야 하는 의무를 지고 있었어요.

하지만 임금님이 사용한 기계적인 장치는 자신이 서쪽 국경에 지으라고 한 탑들이었어요. 그 탑들은 심사숙고해서 고안해 낸 것들이었지요. 각 탑에는 밤낮으로 보초를 서고 소리가 엄청나게 크게 울리는 북들을 갖다 놓았어요. 국경 어딘가에서 적이 쳐들어오면 가장 가까이 있는 탑에서 북들을 울려 댔지요. 그러면 탑에서 탑으로 둥둥둥 북소리가 울려 퍼져 삽시간에 전국에 신호가 전달되었어요.

유 임금님은 오랫동안 이 똑똑하고 훌륭한 시설물에 온통 정신을 쏟고 있었어요. 임금님은 제후들과 의논하고, 건축사의 보고를 듣고, 경비대를 훈련하도록 지시했어요.

그런데 임금님에게는 포사라는 이름을 가진 아름다운 애인이 있었어요. 포사는 한 나라의 임금님이나 그 나라에 도움이 되기보다는 임금님의 마음과 생각에 영향력을 미치게 하는 방법을 잘 알고 있었어요. 포사는 활기가 넘치고 영리한 여자아이가 때때로 남자아이들의 놀이를 감탄 어린 눈으로 넋을 놓고 바라보는 것처럼 국경에서 일어나는 일을 임금님과 마찬가지로 크나큰 호기심과 관심을 가지고 지켜보았어요.

한 건축사는 포사가 그 시설물을 한눈에 볼 수 있도록 진흙으로 앙증맞은 국경 수비대 모형을 만들어 색칠을 하고 불도 밝혀 주었어요. 그 모형에는 국경선이 쳐져 있고 탑들도 있었어요. 앙증맞고 작은 진흙 탑에는 역시 진흙으로 만든 아주아주 작은 경비병이 한 명씩 서 있었고요. 그리고 북 대신 아주 조그만 종이가 한 개씩 달랑달랑 매달려 있었어요. 이 예쁜 장난감은 왕비에게 이루 말할 수 없는 기쁨을 안겨 주었어요. 왕비가 이따금씩 기분이 나빠지면 시녀들은 왕비에게 곧잘 '야만족의 기습 놀이'를 하라고 제안했어요. 그러면 포사는 작은 탑들을 모두 세워 놓고는 아주 조그만 종들을 잡아당겼어요. 포사는 아주 만족스러워하면서 마냥 신이 났지요.

마침내 모든 시설물이 완성되었어요. 북을 매달고 병사들을 지속적으로 훈련시키는 일도 끝났지요. 이제 미리 약속한 대로 행운을 가져다주는 날을 달력에서 골라 새 국경 수비대를 시험해 볼 날이 왔어요. 임금님의 생애에서 아주 중요한 날이 온 것이지요. 임금님은 자신의 업적에 대해 뿌듯한 마음이 들면서 바짝 긴장했어요. 궁정 관리들은 축하 준비를 모두 마쳤어요. 하지만 누구보다도 기대에 잔뜩 부풀어 있고 한껏 마음이 들떠 있었던 사람은 바로 아름다운 포사였어요. 포사는 준비된 몇 가지 의식과 소리 높여 축원을 올리는 일이 끝날 때까지 기다리기도 힘들었지요.

마침내 왕비에게 그토록 자주 기쁨을 안겨 주었던 저 탑놀이와 북놀이를 대대적으로, 그리고 실제로 할 때가 되었어요. 포사는 직접 그 놀이에 끼어들어 이런저런 명령을 내리고 싶은 마음을 억누를 수가 없었어요. 그만큼 포사는 기쁨에 들뜨고 흥분에 휩싸였어요. 임금님이 근엄한 얼굴로 포사에게 찡긋 눈짓을 하자 포사는 겨우 참았어요.

마침내 때가 되었지요. 이제 이 모든 것이 제대로 되어 있는지를 알아보기 위해 진짜 탑과 진짜 북과 인형이 아닌 진짜 사람들로 야만족의 기습 놀이를 대규모로, 그리고 실제로 해 볼 때가 온 것이지요.

임금님이 신호를 보냈어요. 가장 지위가 높은 궁정 관리가 기병대 중대장에게 명령을 전달하자, 기병대 중대장은 말을 타고 첫 번째 망루 앞으로 가서 북들을 치라고 명령했어요. 우렁찬 북소리가 우레와 같이 요란한 소리를 내며 둥둥 울려 퍼졌어요. 북소리는 장엄하게 사람들의 귓가를 스쳤어요. 사람들의 마음을 짓누르는 소리였지요. 포사는 너무 흥분한 나머지 얼굴이 백짓장처럼 하얗게 변하면서 부들부들 떨기 시작했어요. 전쟁을 할 때 사용하는 그 거대한 북들은 지진이 나는 듯한 격렬한 노래를, 경고와 위협이 가득 찬 노래를, 미래로 가득 찬 노래를, 전쟁과 위험 상황 그리고 두려움과 멸망이 가득 찬 노래를 힘차게 불렀어요.

사람들은 모두 그 노래를 경외심을 갖고 들었어요. 이제 그 노래는 잦아들기 시작했어요. 그러자 그다음 탑에서 약하게 응답이 들려왔어요. 아득히 멀리 들려오던 그 소리는 순식간에 잦아들더니 이내 아무 소리도 들리지 않았어요. 잠시 뒤 엄숙한 침묵은 끝났어요. 사람들은 다시 말을 하고, 이리저리 다니고, 서로 이야기를 나눴어요.

그러는 사이에 우렁차고 위협적인 북소리는 두 번째 탑에서 세 번째 탑으로, 열 번째 탑으로, 서른 번째 탑으로 둥둥 울려 퍼졌어요. 북소리가 들려오면 병사들은 모두 엄격한 명령에 따라 곧바로 무장을 하고 식량 자루를 가득 채운 뒤 집합 장소로 출두해야 했어요. 또한 모든 중대장들과 연대장들은 1초도 허비하지 않고 즉각 행군 채비를 갖추고 아주 신속하게 서둘러야 했어요. 그러고는 미리 정해진 몇 가지 명령을 내륙으로 전달해야 했지요.

어느 곳이든 북소리가 들리면, 사람들은 일을 하고 있든 식사를 하고 있든, 아니면 놀거나 잠을 자고 있든 일단 그 모든 것을 중단하고 짐을 싸서 안장을 얹은 다음, 모여서 행진하거나 말을 타고 달렸어요. 눈 깜짝할 사이에 모든 인접 지역에서 신속한 군대들이 수도인 호경을 향해 길을 재촉했지요.

호경의 궁궐 한가운데에서는 그 무시무시한 북소리가 울려 퍼질 때 뭇사람의 마음을 사로잡았던 감동과 흥분은 곧 다시 가라앉았어요. 사람들은 상기된 표정으로 수다를 떨며 궁궐 안에 있는 여러 정원을 거닐었어요. 수도 전체가 축제 분위기였지요. 채 세 시간이 지나지 않아 두 방향에서 소규모의 기마행렬과 그보다 조금 큰 규모의 기마행렬이 가까이 다가오고 시시각각으로 새로운 기마행렬이 도착했어요. 그날 하루 종일 그랬고 그 뒤 이틀 동안에도 계속 그랬지요. 그러자 임금님과 관리들과 장교들은 점점 더 감격하고 열광했어요.

임금님은 존경과 축하의 말을 수없이 많이 듣고, 건축사들은 잔치에 초대되어 융숭한 대접을 받았어요. 그리고 백성들은 제1번 탑에서 가장 먼저 북을 친 사람에게 화환을 걸어 준 다음, 길거리 여기저기를 데리고 돌아다녔어요. 모든 사람들이 그 고수에게 선물을 주었지요. 하지만 너무나 열광한 나머지 넋이 나간 듯한 사람은 바로 왕비인 포사였어요. 포사가 하던 놀이, 곧 작은 탑과 작은 종 놀이는 포사가 여태껏 상상했던 것보다 훨씬 더 멋진 현실로 이루어졌지요.

명령은 마술과도 같았어요. 명령은 엄청난 파도 같은 북소리에 싸여 텅 빈 나라 안으로 스르르 사라져 버렸어요. 하지만 명령의 결과는 아득히 먼 곳에서 생생하게 살아나더니 엄청나게 크게 부푼 형태로 우르르 몰려왔어요. 북들이 끊임없이 울부짖는 듯한 소리—그 소리는 사람들의 마음을 불안하게 만들었지요.—로부터 대군이 만들어졌어요. 완전 무장을 갖춘 수백, 수천의 군인들이었지요.

병사들이 지평선으로부터 물밀듯이 밀려왔어요. 줄곧 빠른 동작으로 말을 타거나 행진을 하며 걸어왔지요. 궁수들, 가볍게 무장한 기병들과 단단히 무장한 기병들 그리고 창을 쓰는 병사들은 점점 더 북적거리고 웅성거리면서 서서히 수도를 빙 둘러쌌어요. 그곳에서 병사들은 환영을 받은 뒤 주둔지로 보내졌어요. 주둔지에 도착한 병사들은 환영 인사를 받고 손님 대접을 받았어요. 병사들은 그곳에 자리를 잡은 뒤 천막을 치고 불을 피웠어요.

밤낮으로 계속 그랬지요. 병사들은 동화 속에 나오는 유령처럼 잿빛 땅에서 불쑥불쑥 나왔어요. 아득히 먼 곳에서 아주 작은 모습으로 조그만 모래 먼지에 싸여 있던 것이 마침내 이곳, 바로 대소 신료들과 너무 황홀해서 넋이 나간 포사의 눈앞에서 이루 말할 수 없이 멋진 현실이 되어 일렬로 줄을 서 있었지요.

유 임금님은 굉장히 만족스러웠어요. 특히 자신이 가장 사랑하는 여인이 그토록 감동을 받은 점이 뿌듯했지요. 포사는 너무나도 행복한 나머지 마치 한 송이 꽃처럼 얼굴이 환하게 빛났어요. 임금님은 그토록 아름다운 모습을 지금껏 본 적이 없었어요.

잔치는 언젠가 끝이 나게 되어 있지요. 이 큰 잔치 역시 끝났어요. 그러고는 일상에 그 자리를 비켜 주었지요. 기적은 더 이상 일어나지 않았어요. 동화 같은 꿈도 현실로 이루어지지 않았고요. 하는 일 없이 빈둥거리고 변덕스러운 사람들에게 이런 것은 참을 수 없는 일이었지요.

포사는 잔치가 끝난 뒤 몇 주 동안 다시 기분이 나빠졌어요. 포사는 거창한 놀이를 맛본 뒤로는 진흙으로 만든 작은 탑들과 끈에 매달아 잡아당기는 작은 종들을 갖고 노는 조잡한 놀이는 너무너무 시시했어요. 아, 그것은 얼마나 황홀했던지요! 그곳에는 자신을 그토록 행복하게 해 주는 그 놀이를 되풀이할 수 있는 모든 것이 준비되어 있었어요. 그곳에는 탑들이 서 있고 북들이 매달려 있었어요. 또한 병사들이 보초를 서고 북을 치는 병사들은 고수 복장을 하고 앉아 있었고요. 모든 것이 위대한 명령이 내려지기만을 기다리고 있었어요. 하지만 이 모든 것은 명령이 떨어지지 않는 한, 죽은 것이나 마찬가지고 아무 짝에도 쓸모없는 것이었지요!

포사는 웃음을 잃었어요. 하늘을 날 것 같은 기분도 사라졌고
요. 임금님은 자신이 가장 사랑하는 놀이 친구이자 저녁이면 마
음을 달래 주던 사람을 잃은 것만 같아 기분이 언짢았어요. 임
금님은 포사가 그저 한 번 생긋 웃음을 짓게 하려고 끝없이 선물
을 주고 또 주었어요. 이제는 임금님이 상황을 알아차리고는 달
콤하고 소소한 애정을 위해 자신의 의무를 희생시켜야 하는 순
간이 되었지요. 하지만 유 임금님은 마음이 약한 사람이었어요.
포사가 다시금 웃는 일이 임금님에게는 그 어떤 것보다도 훨씬
더 중요해 보였지요.

그래서 임금님은 썩 마음에 내키지는 않았지만 포사의 유혹
에 결국 서서히 넘어갔어요. 포사는 기어이 임금님이 자신의 의
무를 잊어버리게 만들었어요. 포사가 수도 없이 애원하고 졸라
대는 통에 임금님은 그만 거기에 홀랑 넘어가 포사가 가슴속에
유일하게 품고 있는 그 엄청난 소원을 들어주었지요. 임금님은
국경 수비대에게 적이 눈에 보이기 시작했다는 데 동의하는 신
호를 보냈어요.

곧바로 전쟁을 알리는 북소리가 둥둥둥 울려 퍼졌어요. 사람
의 마음을 뒤흔드는 큰 소리였지요. 이번에는 임금님도 그 소리
가 무서웠어요. 포사 역시 북소리에 기겁을 했지요. 하지만 곧
그 황홀하기 짝이 없는 놀이는 처음부터 끝까지 되풀이되었어
요. 이 세상의 가장자리에서 작은 먼지구름들이 치솟았어요. 군
대들이 말을 타거나 행진을 하며 오고 있었어요. 자그마치 사흘
동안 그랬지요. 최고 지휘관들이 허리를 굽혀 인사를 하고, 병
사들은 자신들의 천막을 쳤어요.

포사는 이루 말할 수 없이 행복했어요. 환하게 웃는 얼굴에서는 빛이 났지요. 하지만 유 임금님은 처지가 곤란해졌어요. 임금님은 적군이 쳐들어오지 않았고 모든 것이 평온하다고 고백해야 했어요. 임금님은 잘못된 비상경보가 유익한 훈련이었다고 설명하면서 변명을 둘러대려고 했어요. 하지만 반대 의견을 말하는 사람은 아무도 없었어요. 모두들 허리 굽혀 인사하고는 임금님의 말을 그대로 받아들었어요.

하지만 장교들 사이에서는 임금님이 신의를 저버리고 저지른 바보 같은 짓에 모두 속아 넘어갔다는 이야기가 떠돌았어요. 임금님이 자신의 애인 한 사람을 위해 국경 전체에 비상경보를 내리고, 수천 명에 이르는 국경 수비대를 모두 움직이게 했다는 말도 돌았고요. 대부분의 장교들은 앞으로는 그런 명령은 두 번 다시 따르지 말자고 의견을 모았어요. 그러는 사이, 임금님은 기분이 상한 군대들에게 성대하게 접대하면서 기분을 달래 주려고 애썼어요. 그런 식으로 포사는 자신의 목표를 이루었지요.

그러나 포사가 또다시 변덕을 부려 파렴치한 그 놀이를 다시금 해 보기도 전에 임금님과 포사는 벌을 받게 되었지요. 어느 날, 서쪽에 있는 야만족들이 느닷없이 엄청나게 많은 무리를 지어 국경을 넘어 말을 타고 달려왔어요. 우연히 왔을 수도 있을 테고 아, 그 이야기를 듣고 왔을 수도 있겠지요. 탑들은 곧바로 신호를 보내고, 엄청나게 큰 북소리는 황급히 경고의 소리를 울리며 가장 먼 국경까지 울려 퍼졌어요.

하지만 그 훌륭한 장난감은 —기계와도 같은 그 장난감은 그야말로 감탄을 자아냈지요.— 이제는 다 망가져 버린 듯했어요.

북소리는 실제로 울렸어요. 하지만 이번에는 그 나라의 병사들과 장교들의 가슴속에 그 북소리가 울리지 않았어요. 병사들과 장교들은 북소리를 따르지 않았어요. 임금님은 포사와 함께 사방을 조심스레 돌아보았지만 아무 소용없었지요. 어느 곳에서도 먼지구름은 피어오르지 않았고, 어느 곳에서도 소규모의 잿빛 군대 행렬은 몰려오지 않았어요. 임금님을 도우러 오는 사람은 아무도 없었지요.

임금님은 궁중에 있던 몇 안 되는 군대를 이끌고 다가오는 야만족들을 향해 달려갔어요. 하지만 야만족들은 그 수가 엄청나게 많았어요. 야만족들은 유 나라의 군대를 물리치고 수도인 호경을 점령했어요. 야만족들은 궁전을 파괴하고 탑들도 부수어 버렸어요. 유 임금님은 자신의 나라를 잃고 목숨도 잃었어요. 임금님이 가장 사랑했던 여인인 포사도 크게 다르지 않았어요. 해롭기 짝이 없는 포사의 웃음에 대해서는 오늘날까지 여러 역사책에 전해지고 있지요.

호경은 파괴되었어요. 그 놀이는 더는 놀이가 될 수 없었어요. 더 이상 북놀이는 없었지요. 유 임금님도 생긋 웃는 여인인 포사도 없었고요. 유 임금님의 후계자인 평 임금님은 호경을 포기하고 수도를 멀리 동쪽으로 옮기는 방법 외에는 달리 뾰족한 수가 없었어요. 평 임금님은 그 나라와 이웃한 제후들과 동맹을 맺고, 국토의 많은 부분을 그 제후들에게 주는 대가를 치르고 난 뒤 비로소 안심하고 나라를 다스릴 수 있었어요.

(1929)

시인

　중국의 시인인 한푹은 어린 시절에 시를 짓는 방법에 속하는 것은 무엇이든지 배워서 모든 면에서 완벽해지고 싶은 엄청난 열망에 사로잡혀 있었다고 전해지지요. 당시 황허 강가의 고향에서 살고 있던 한푹은 좋은 집안의 아가씨와 약혼을 했어요. 그건 한푹도 바랐던 일이었는데 한푹을 극진히 사랑한 부모님이 도와준 덕분이었지요. 한푹은 곧 길일을 택해 결혼식을 올릴 예정이었어요.

　당시 스무 살쯤 되었던 한푹은 잘생긴 청년이었어요. 그는 겸손하고 깍듯한 예의를 갖추었고, 학문도 두루 익혔으며, 어린 나이인데도 이미 뛰어난 시를 꽤 많이 지어서 고향의 글쟁이들 사이에서 유명했어요.

　한푹은 그다지 부자는 아니었지만, 부모님으로부터 넉넉한 유산을 물려받게 되어 있었어요. 신부가 지참금을 가져오면 재산은 더 늘어나는 것이었지요. 게다가 약혼녀는 아주 아름답고 미덕까지 갖추고 있었기 때문에 그 젊은이는 부족한 것 하나 없이 마냥 행복해 보였지요. 그런데도 한푹은 왠지 만족스럽지가 않았어요. 왜냐하면 한푹의 가슴속은 완벽한 시인이 되고야 말겠다는 공명심으로 가득 차 있었기 때문이었어요.

강에서 등불 축제가 열린 어느 날 저녁, 한푹은 홀로 맞은편 강기슭을 거닐고 있었어요. 그는 강물 위로 기울어진 어떤 나무 밑동에 기대어 이루 말할 수 없이 많은 불빛이 강물 수면에 둥실둥실 뜬 채 어른거리는 것을 보았어요. 그리고 여러 척의 작은 배와 뗏목에서 남자들과 여자들 그리고 나이 어린 소녀들이 서로 인사를 나누는 모습도 보았지요. 그 사람들은 화려한 나들이옷을 입고 있었어요. 그 옷들은 아름다운 꽃처럼 반짝반짝 빛이 났지요.

한푹은 불빛이 드리워진 강물의 나지막한 찰랑찰랑 소리, 여가수들의 노랫소리, 비파*가 앵앵거리는 소리 그리고 여러 개의 달콤한 피리 소리를 들었어요. 또한 이 모든 것 위에 푸르스름한 밤이 사원의 둥근 지붕처럼 두둥실 떠 있는 것도 보았어요. 홀로 외롭게, 마음 가는 대로 이 모든 아름다움을 지켜보고 있노라니 한푹의 가슴은 쿵쾅쿵쾅 뛰었어요.

한푹은 강을 건너가 약혼녀와 친구들 곁에서 한데 어울려 축제를 한껏 즐기고 싶은 마음이 간절했어요. 하지만 이 모든 것을 기품 있고 섬세한 구경꾼의 입장에서 하나도 놓치지 않고 그대

---

*비파 : 동양의 현악기. 가장 오래된 서양 현악기의 하나인 류트가 동양에서는 비파로 발전했다.

로 전부 포착해 그야말로 완벽한 시 한 수에 고스란히 옮기고 싶은 열망이 훨씬 더 간절했지요. 밤의 푸르름과 강물이 빛을 갖고 노니는 모습이며 축제를 보러 온 사람들의 즐거움, 그리고 말없이 물가 나무 밑동에 기대어 있는 구경꾼의 열망을 시로 짓고 싶은 마음이 간절했던 것이지요.

한푹은 자신이 어떤 축제에 가든, 이 세상의 어떤 즐거움을 누린다 해도 절대로 기분이 좋다거나 흥이 날 수 없으리라는 것을 느꼈어요. 또한 삶을 살아가면서도 외로운 사람으로, 그리고 마치 구경하는 낯선 사람으로 남게 되리라는 것 역시 느꼈지요. 그리고 자신은 수많은 사람들 사이에 있다 하더라도 자신의 영혼 하나만은 이 세상의 아름다움과 그 이방인의 비밀스럽고 신비에 찬 갈망을 동시에 느끼도록 되어 있다는 것도 느꼈고요.

그런 생각이 들자 한푹은 슬퍼져서 그 문제에 대해 곰곰이 생각해 보았어요. 그 결론은 다음과 같은 것이었어요. 언젠가 이 세계를 완벽한 형태로 시 속에 그려 넣는 일이 성공해서 시 속에 깃든 모든 것에서 이 세계를 있는 그대로 정제하고, 영원한 것으로 만들어 소유할 때에만 자신이 진정한 행복감과 깊은 만족감을 느낄 수 있다고요.

한푹은 자신이 깨어 있는 것인지, 아니면 잠이 들어 버린 것인지 아리송했어요. 그런데 바로 그 순간, 나지막한 소리가 들렸어요. 한푹은 나무 밑동 옆에 웬 낯선 남자가 서 있는 것을 보았어요. 그 노인은 보라색 옷을 입고 기품 있는 표정을 짓고 있었어요. 한푹은 자리에서 일어나 노인이나 신분이 높은 사람들에게나 할 법한 인사를 했어요. 그 낯선 할아버지는 빙그레 웃음을 짓더니 시 몇 수를 읊었어요. 그 시구들에는 그 젊은이가 방금 느꼈던 것이 너무나도 완벽하고 아름답게, 그리고 위대한 시인들의 여러 규칙에 따라 전부 표현되어 있었어요. 젊은이는 너무 놀라 심장이 멎어 버릴 것만 같았어요.

한푹은 깊이 허리를 숙여 인사를 하면서 외쳤어요.

"아, 제 마음속을 꿰뚫어 보시고, 제가 지금껏 제 스승님들로부터 들었던 시들보다 훨씬 더 아름다운 시를 읊는 할아버지는 누구신지요?"

낯선 노인은 다시금 완전무결한 사람의 미소를 지으며 말했어요.

"시인이 되고 싶다면 내게로 오게. 북서쪽 산속을 흐르는 커다란 강의 발원지 옆으로 오면 내 오두막이 보일 거야. 나는 완전한 언어의 대가라고 불린다네."

노인은 그렇게 말한 뒤 가느다란 나무 그림자 속으로 걸어갔어요. 그러고는 곧바로 사라져 버렸지요. 한푹은 노인을 찾았지만 아무 소용이 없었어요. 노인의 흔적이 어디에도 보이지 않자, 한푹은 이 모든 게 자신이 피곤해서 꾼 꿈이라고 굳게 믿었어요. 한푹은 서둘러 작은 배들이 있는 곳으로 가서 강을 건넜어요. 그러고는 축제에 참석했어요. 하지만 일행이 대화를 나누는 소리와 피리 소리 사이로 그 낯선 할아버지의 신비에 찬 목소리가 줄곧 들려왔지요. 그의 혼은 그 노인과 함께 급히 가 버린 것 같았어요. 마냥 신이 난 사람들 사이에서 한푹은 꿈꾸는 듯한 눈빛을 한 채 꿔다 놓은 보리 자루처럼 앉아 있었거든요. 친구들은 그가 사랑에 푹 빠졌다고 놀려 댔어요.

며칠 뒤 한푹의 아버지는 결혼식 날을 잡기 위해 친구들과 친척들을 부르려고 했어요.

그러자 예비 신랑은 아버지의 의견에 반대했어요.

"아들이 아버지 말씀을 당연히 따라야 하지만 그렇게 하지 못함을 용서해 주세요. 하지만 아버지께서는 제가 시를 짓는 솜씨가 뛰어났으면, 하고 바라는 열망이 얼마나 강렬한지 잘 아시잖아요. 몇몇 친구들이 제가 지은 시들을 칭찬하기는 하지만 저는 아직도 초보자이고, 이제 막 시작 단계에 있다는 것을 잘 압니다. 그러니 잠시만 더 외딴 곳으로 가서 시 쓰는 일에 몰두할 수 있게 해 주세요. 왜냐하면 제가 일단 한 여자와 집안을 다스려야 한다면, 시 짓는 일은 못 할 것 같기 때문입니다. 하지만 저는 아직 젊고 이런저런 의무도 없으니 얼마 동안은 시 쓰는 일을 위해 홀로 살고 싶습니다. 저는 시를 쓰면서 기쁨과 명성을 얻고 싶습니다."

한푹의 아버지는 그 말을 듣고 화들짝 놀라며 말했어요.

"결혼식까지 미루는 걸 보니 네가 시 쓰는 일을 그 무엇보다도 좋아하는 게 틀림없구나. 아니면 너와 네 약혼녀 사이에 무슨 일이 생겼든가. 만일 그렇다면 내게 말을 하렴. 네 약혼녀를 달래 볼 테니. 아니면 다른 처녀를 구해 보마."

하지만 아들은 자신은 어제와 같이 약혼녀를 사랑하고, 앞으로도 영원히 사랑할 것이라고 맹세했어요. 그리고 자신과 약혼녀는 싸움 같은 건 전혀 하지 않았다고 했지요. 한푹은 아버지에게 등불 축제가 있던 날, 꿈속에서 한 대가를 만났는데 그 대가의 제자가 너무나도 되고 싶다고 했어요. 이 세상의 모든 행운을 갖는 것보다 더요.

아버지가 말했어요.

"좋다. 그럼 1년의 시간을 주겠다. 그동안 네 꿈을 좇아 보렴. 하늘이 네게 그 꿈을 선물했을지도 모르겠구나."

한푹이 머뭇거리며 말했어요.

"2년이 걸릴지도 몰라요. 누가 그걸 알겠어요?"

아버지는 한푹을 떠나보냈어요. 아버지는 슬픔에 잠겼지요. 젊은이는 자신의 약혼녀에게 편지 한 통을 썼어요. 그러고는 작별을 한 뒤 고향을 떠났어요.

오랫동안 이리저리 떠돌아다닌 끝에 한푹은 강의 발원지에 이르렀어요. 그는 아주 외딴 곳에 대나무로 지은 오두막 한 채가 서 있는 것을 발견했지요. 오두막 앞에 깔린 돗자리에는 한 노인이 앉아 있었어요. 강기슭의 나무 밑동 옆에서 보았던 바로 그 노인이었지요. 노인은 돗자리에 앉아서 비파를 연주하고 있었어요.

손님이 경외심을 품은 얼굴로 다가오는 것을 보면서도 노인은 자리에서 일어나지 않았어요. 노인은 한푹에게 인사도 건네지 않았어요. 그저 빙그레 웃음만 지어 보였지요. 그러고는 섬세한 손가락을 현 위에서 이리저리 움직였어요. 그러자 이루 말할 수 없이 아름다운 음악이 흘러나왔어요. 마치 은빛 구름이 골짜기를 따라 이리저리 떠도는 것 같았지요. 젊은이는 선 채로 놀라움을 금치 못했어요. 한푹은 황홀함에 젖은 채 그저 놀라워하면서 다른 것은 모조리 잊어버렸어요. 마침내 완벽한 언어의 대가는 자신의 작은 비파를 옆에 놓고는 오두막 안으로 들어갔어요. 한푹은 경외심이 어린 표정으로 대가의 뒤를 따랐어요. 그러고는 대가의 하인이자 제자가 되어 그의 오두막에 머물렀어요.

한 달이 지났어요. 한푹은 자신이 지었던 노래들을 하찮게 보게 되었어요. 그렇게 보는 법을 배운 거예요. 그는 그 노래들을 자신의 기억 속에서 모두 지워 버렸어요. 그리고 또다시 몇 달이 지나자, 한푹은 자신이 고향의 스승들에게서 배운 노래들도 모두 머릿속에서 지워 버렸어요. 대가는 한푹과 거의 한마디도 나누지 않았어요. 대가는 묵묵히 비파를 연주하는 방법을 가르쳐 주었어요. 마침내 제자의 영혼과 온 마음은 온통 음악으로 넘쳐 흘렀어요.

한번은 한푹이 짧은 시 한 수를 지었어요. 그는 그 시에서 새 두 마리가 가을 하늘을 날아가는 모습을 묘사했어요. 그 시는 한푹의 마음에 들었지요. 그러나 한푹은 스승에게 그 시를 보여 줄 용기가 나지 않았어요.

어느 날 저녁, 한푹은 오두막에서 멀리 떨어진 곳에서 그 시를 노래로 불렀어요. 대가는 그 노래를 들었을 텐데도 아무 말도 하지 않았어요. 대가는 그저 자신의 비파를 가만가만 조용히 뜯고 있었어요. 그런데 이내 공기가 차가워지고 어둠이 급속히 깔리면서 한여름이었는데도 매서운 바람이 휙 일었어요. 잿빛으로 되어 버린 하늘에는 백로 두 마리가 훨훨 날아가고 있었어요. 여기저기 떠돌아다니는 것을 간절히 바라는 마음으로요. 이 모든 풍경은 제자가 지은 시보다 훨씬 더 아름답고 완벽했어요. 그래서 제자는 슬픈 마음으로 입을 굳게 다물었어요. 자신이 너무나도 쓸모없고 하찮게 느껴졌지요. 노인은 매번 이런 식이었어요.

1년이 지났어요. 이제 한푹은 비파를 연주하는 법을 거의 완벽하게 익혔어요. 하지만 시를 짓는 일은 점점 더 어렵고, 숭고한 일처럼 여겨졌어요.

2년의 세월이 흐르자 젊은이는 고향과 약혼녀가 너무나도 그리웠어요. 그래서 대가에게 고향에 보내 달라고 애원했어요.

대가는 빙그레 웃으며 고개를 끄덕였어요.

"너는 자유로운 몸이다. 네가 가고 싶은 곳으로 갈 수 있단다. 다시 돌아올 수도 있고 아주 돌아오지 않아도 돼. 네 마음 가는 대로 하렴."

그 말을 들은 제자는 길을 떠났어요. 그러고는 부지런히 걷고, 또 걸어 마침내 어느 날 동이 틀 무렵 고향의 강기슭에 서게 되었어요. 한푹은 둥글게 휜 다리에서 고향을 건너다보았어요. 한푹은 아버지의 정원으로 아무도 모르게 살금살금 걸어갔어요. 그러고는 아버지의 침실 창문을 통해 아직 잠들어 있는 아버지의 숨소리를 들었어요. 그런 다음 한푹은 약혼녀의 집 옆에 있는 과수원에 몰래 숨어들었어요. 그러고는 한 배나무의 우듬지에 올라가 약혼녀가 자신의 방에 서서 머리를 빗고 있는 것을 보았어요.

한푹은 이 모든 것을 자신의 눈으로 직접 보았어요. 그러고는 자신이 고향을 그리워하며 머릿속에 그려 보았던 것과 그것들을 비교하면서 자신은 시인이 될 운명이라는 것을 뚜렷하게 느꼈지요. 또한 그는 시인들의 꿈속에는 아름답고 우아한 어떤 것이 자리하고 있다는 것도 알게 되었어요. 현실 속의 사물들 속에서는 아무리 찾아도 허탕만 치는 그런 아름다움과 우아함이요.

한푹은 나무에서 내려와 도망치듯 정원을 빠져나왔어요. 그러고는 고향 마을의 다리 위로 간 다음 산속 깊은 골짜기로 돌아갔어요. 그곳에는 예전처럼 그 늙은 대가가 자신의 오두막 앞에 깔린 보잘것없는 돗자리에 앉아 손가락으로 비파를 뜯고 있었어요. 대가는 인사를 하는 대신 예술이 주는 행복감에 대한 시구 두 줄을 읊었어요. 예술의 깊이와 아름다운 가락을 접한 젊은이의 눈에는 눈물이 그렁그렁했어요.

한푹은 다시금 완벽한 언어의 대가의 집에 머물렀어요. 그가 비파를 완벽하게 연주하게 되자 대가는 하프를 가르쳐 주었어요.

몇 달의 시간이 눈 녹듯 지나갔어요. 고향에 대한 그리움은 두 차례나 더 한푹을 엄습했지요. 어느 날 밤 한푹은 몰래 그곳을 떠났어요. 하지만 골짜기의 굽은 길에 채 이르기도 전에 오두막의 문에 걸려 있던 하프 위로 밤바람이 불었지요. 하프에서 흘러나오는 가락은 그를 뒤따라와 돌아오라고 불렀어요. 한푹은 거부할 수가 없었어요.

또 한 번은 꿈을 꾸었지요. 한푹은 자신의 정원에 어린 나무 한 그루를 심고 아내는 곁에 서 있었어요. 그리고 아이들은 그 나무에 포도주와 우유를 부어 주고 있었어요. 한푹이 꿈에서 깨어나자 달이 그의 방 안을 비추고 있었어요. 한푹은 심란한 마음으로 자리에서 일어났어요. 그러고는 대가가 옆에 누워서 곤히 잠을 자고 있는 모습을 보았어요. 대가의 잿빛 수염이 달싹달싹했어요. 그러한 모습을 물끄러미 바라보고 있던 한푹의 가슴속에는 그 사람에 대한 엄청난 증오감이 우르르 밀려왔어요. 그 사람은 자신의 인생을 망쳐 놓았을 뿐만 아니라 자신을 속여 미래까지 송두리째 빼앗아 간 것처럼 보였지요.

한푹은 노인에게 와락 덤벼들어 죽여 버리고 싶었어요. 그 순간, 노인이 눈을 떴어요. 그러고는 이내 기품 있고 평온하면서도 슬픔이 드리워진 표정을 지으며 빙긋 웃었어요. 그러자 제자의 증오감은 점차 사그라졌어요.

노인이 나직하게 말했어요.

"한푹, 자네는 뭐든지 하고 싶은 걸 자유롭게 해도 돼. 그 사실을 잊지 말게. 고향으로 돌아가서 나무를 심어도 되고, 나를 미워해서 때려 죽여도 되네. 아무래도 상관없다네."

시인은 격렬하게 흥분하며 외쳤어요.

"아, 제가 어떻게 스승님을 미워할 수가 있겠어요. 스승님을 미워하는 것은 마치 제가 하늘을 미워하는 것과 같습니다."

한푹은 그곳을 떠나지 않고 그대로 머물렀어요. 그러고는 하프를 연주하는 법을 배웠어요. 그다음에는 피리 부는 법을 배웠고, 그 뒤로는 대가의 지시에 따라 시를 짓기 시작했어요. 그는 차츰차츰 저 비밀스러운 기술을 배웠어요. 겉보기에는 그저 단순하고 소박한 것만을 말하는 것 같았지만, 수면 위에 부는 바람처럼 듣는 사람의 영혼 속으로 파고들었지요. 한푹은 태양이 떠오르는 모습을, 그러니까 태양이 산 가장자리에서 멈칫멈칫 머뭇거리는 모습과 물고기들이 마치 그림자처럼 물 밑에서 도망칠 때 소리 없이 스르르 미끄러지듯 나아가는 모습, 또는 어린 버드나무가 살랑살랑 부는 봄바람에 일렁이는 모습을 묘사했어요.

그런 시들을 듣고 있노라면 단지 태양이나 물고기들의 놀이, 또는 버드나무의 속삭임만이 들리는 게 아니라, 하늘과 세계가 매번 한순간에 온전한 음악이 되어 화음을 내는 것처럼 들렸지요. 사람들은 한푹의 시를 들을 때면 한결같이 자신들이 사랑하거나 미워했던 것을 즐거운 마음으로 또는 고통스러운 마음으로 떠올렸어요. 남자아이들은 놀이를, 청년들은 애인을 그리고 노인들은 죽음을 생각했지요.

한푹은 자신이 커다란 강의 발원지에 있는 대가의 집에서 도대체 몇 년을 머물렀는지 더 이상 알 수가 없었어요. 자신이 어제 저녁에 처음으로 이 골짜기로 걸어 들어와 노인의 현악기 연주로 환영을 받은 것 같은 기분이 들 때가 많았지요. 수없이 많은 세월이 자신도 모르는 사이에 흘러 버려 아무런 흔적도 남지 않은 것 같은 때도 많았고요.

그러던 어느 날 아침, 한푹이 오두막에서 잠에서 깨어 눈을 떠 보니 대가는 보이지 않고 자기 혼자뿐이었어요. 아무리 찾고 불러 보아도 대가는 사라지고 없었어요. 그런데 하룻밤 사이에 갑자기 가을이 들이닥친 것 같았어요. 매서운 바람이 낡은 오두막을 뒤흔들고, 아직 때가 되지 않았는데도 산마루 위로 철새들이 떼 지어 날아가고 있었어요.

그러자 한푹은 작은 비파를 들고 고향을 향해 내려갔어요. 그가 사람들에게 다가가면, 사람들은 한푹에게 노인이나 신분이 높은 사람들에게 할 법한 인사를 했어요. 고향에 돌아와 보니 한푹의 아버지와 약혼녀와 친척들은 이미 모두 죽고 없었어요. 아버지의 집과 약혼녀의 집 그리고 친척들의 집에는 처음 보는 사람들이 살고 있었지요.

저녁이 되자 강 위에서 등불 축제가 벌어졌어요. 시인 한푹은 어두운 강기슭 맞은편에 있는 오래된 나무에 기대어 섰어요. 한푹이 자신의 작은 비파로 연주를 시작하자 여자들은 한숨을 푸, 내쉬었어요. 그러고는 황홀하고 먹먹한 눈빛으로 밤하늘을 바라보았지요. 그리고 나이 어린 소녀들은 비파 연주자를 불러 댔어요. 하지만 비파를 연주하는 사람은 어디에도 보이지 않았어요. 어린 소녀들은 자기네들 중 그 누구도 지금껏 그런 비파 소리는 한 번도 들어 본 적이 없다고 큰 소리로 외쳤지요.

하지만 한푹은 빙그레 웃기만 했어요. 그는 강을 바라보았어요. 그곳에는 이루 말할 수 없이 많은 등불이 어른어른 비치고 있었어요. 강물에 비친 불빛과 실제의 불빛을 더 이상 구분할 수 없게 되자, 한푹은 이 축제와 젊은 시절, 곧 자신이 이곳에 서서 처음 보았던 −그때 자신은 생전 처음 보는 낯선 대가의 말을 들었었지요.− 그 첫 번째 축제가 아무런 차이가 나지 않는다는 것을 깨달았지요.

(1913)

픽토어의 변신

픽토어는 낙원에 발을 들여놓았어요. 그러자 곧바로 어떤 나무 앞에 서 있었지요. 그 나무는 남자이기도 하면서 여자이기도 한 나무였어요.

픽토어는 경외심을 갖고 나무에게 물었어요.

"네가 생명 나무니?"

하지만 나무 대신 뱀이 대꾸를 하려 하자 픽토어는 몸을 돌려 계속 걸어갔어요. 그는 넋을 놓고 바라보았어요. 모든 것이 마음에 쏙 들었지요. 픽토어는 자신이 고향에, 곧 생명의 근원에 와 있다는 것을 또렷이 느꼈어요.

픽토어는 또 어떤 나무 한 그루를 보았어요. 그 나무는 태양이기도 하면서 동시에 달이었지요.

픽토어가 말했어요.

"네가 생명 나무니?"

태양은 고개를 끄덕이며 하하 웃었어요. 달도 고개를 끄덕이며 빙그레 웃었지요.

가지각색의 색깔과 빛을 지니고 눈과 얼굴이 매우 다양한, 이루 말할 수 없이 아름다운 꽃들이 픽토어를 뚫어지게 바라보았어요. 몇몇 꽃들은 고개를 끄덕이며 깔깔 웃었고, 또 어떤 꽃들은 고개를 끄덕이며 방실방실 웃었어요. 나머지 꽃들은 고개를 끄덕이지도 생긋 웃지도 않았어요. 그 꽃들은 도취한 듯 입을 꼭 다물고 있었어요. 자기 자신 속에 쏙 들어가 자신의 향기에 완전히 풍덩 빠져 있는 듯했어요.

어떤 한 꽃이 라일락 노래를 불렀고 또 어떤 꽃은 짙은 푸른빛 자장가를 불렀어요. 꽃들 중 하나는 크고 푸른 눈을 가지고 있었고, 또 다른 어떤 꽃은 픽토어의 첫사랑을 떠올리게 했어요. 또 어떤 꽃은 어린 시절의 정원 냄새가 났고, 그 달콤한 향기는 어머니의 목소리처럼 들렸어요. 또 다른 어떤 꽃은 픽토어를 바라보며 소리 내어 웃었어요. 그러고는 휘어진 빨간 혀를 길게 쑥 내밀었어요. 픽토어는 그 혀를 핥았어요. 강렬하면서도 거친 맛도 나고 송진과 꿀맛도 났어요. 그리고 어떤 여인의 입맞춤 같은 맛도 났지요.

꽃들 한가운데에서 픽토어는 그리움과 불안한 기쁨에 가득 차 서 있었어요. 픽토어의 심장은 마치 종이라도 된 것처럼 묵직했어요. 그러면서도 마구 뛰었지요. 픽토어의 열망은 미지의 어떤 것을 향해, 그리고 무엇이라고 설명할 수 없는 어떤 예감을 느끼면서 활활 불타올랐어요.

픽토어는 새 한 마리가 앉아 있는 것을 보았어요. 그 새는 풀밭에 앉아 갖가지 색깔로 반짝반짝 빛이 났어요. 그 새는 색깔이란 색깔은 모두 가지고 있는 것 같았어요.

픽토어는 알록달록한 그 아름다운 새에게 물었어요.

"아, 새야, 행복은 어디 있니?"

"행복은."

아름다운 새가 말했어요. 그리고는 황금빛 부리로 까르르 웃었어요.

"친구, 행복은 어느 곳에나 있어. 산에도 있고 골짜기에도 있어. 꽃 속에도 있고 수정 속에도 있지."

그 명랑한 새는 그렇게 말하면서 깃털을 흔들었어요. 그리고는 목을 홱 당기고 꼬리를 흔들더니 눈을 깜빡거리다가 또다시 까르르 웃고는 꼼짝 않고 그대로 앉아 있었어요. 새는 이제 알록달록한 꽃 한 송이로 변했어요. 깃털은 잎이, 발톱은 뿌리가 되었지요. 그리고는 가지각색의 색깔을 반짝이면서 한바탕 춤을 추었어요. 그리고 식물이 되었어요. 픽토어는 놀란 눈으로 그 모든 광경을 바라보았어요.

그 꽃새는 곧바로 잎과 수술대를 움직였어요. 그리고는 또다시 꽃이 벌써 싫증이 났는지 뿌리를 없애 버렸어요. 꽃새는 몸을 살살 흔들더니 서서히 두둥실 떠올랐어요. 그리고 반짝반짝 빛나는 나비가 되었어요. 나비는 하늘하늘 떠다녔어요. 무게도 나가지 않았고 빛도 비추지 않았어요. 하지만 얼굴은 환하게 빛나고 있었지요. 픽토어는 눈을 동그랗게 떴어요.

하지만 그 새로운 나비는, 그 명랑한 새꽃나비는 여러 가지 빛깔을 띠고 환하게 빛나는 얼굴을 한 채 화들짝 놀란 픽토어 주변을 맴돌았어요. 나비는 햇살을 받아 반짝반짝 빛을 내며 눈송이처럼 살포시 땅바닥에 내려앉았어요. 나비는 픽토어의 발 앞에 앉아 가만가만히 숨을 쉬며 반짝이는 두 날개를 파르르 떨었어요. 그러고는 곧바로 알록달록한 빛깔이 감도는 수정으로 변해 버렸어요. 수정의 가장자리에서는 붉은빛이 뿜어져 나왔어요. 초록 풀밭과 우거진 잡초에서는 붉은 보석이 이루 말할 수 없이 아름답게 빛나고 있었어요. 마치 축제 때 울려 퍼지는 종소리처럼 밝게 빛났지요.

하지만 픽토어는 보석의 고향인 대지의 안쪽에서 자신을 부르는 것만 같았어요. 픽토어는 급속도로 작아졌어요. 금방이라도 땅속으로 쑥 가라앉을 것 같았어요.

그 순간, 픽토어는 점점 작아지는 돌멩이를 잡고 싶은 마음이 강렬하게 일었어요. 픽토어는 돌을 향해 손을 뻗고는 돌을 잡았어요. 픽토어는 돌의 불가사의한 빛을 황홀한 눈빛으로 바라보았어요. 그 빛을 보고 있노라니 이 세상의 모든 지극한 행복감이 어떤 것인지 가슴속 깊이 느낄 수 있었어요.

말라죽은 어떤 나무의 굵은 나뭇가지에서 뱀이 갑자기 몸을 돌돌 말더니 혀를 널름거렸어요.

그러고는 픽토어의 귓가에 쉬쉬 소리를 내며 말했어요.

"그 돌멩이는 네가 바라는 대로 네 모습을 바꿔 줄 수 있어. 너무 늦기 전에 빨리 소원을 말해!"

픽토어는 기겁을 했어요. 행운을 놓칠까 봐 겁이 났지요. 픽토어는 재빨리 소원을 말했어요. 그러자 픽토어는 한 그루의 나무로 변했어요. 때때로 나무가 되었으면 좋겠다고 바랐거든요. 왜냐하면 나무들은 안식과 힘과 기품이 충만한 것 같았기 때문이었지요.

픽토어는 나무가 되었어요. 픽토어는 땅속에 뿌리를 내렸고, 하늘 높이 쭉쭉 뻗어 나갔어요. 잎들이 돋아나고 마디에서는 굵은 나뭇가지가 자랐어요. 픽토어는 이 모든 것들이 매우 만족스러웠어요. 그는 갈증이 난 관다발로 서늘한 땅속 깊은 곳에서 물을 빨아올렸어요. 그리고 잎들은 바람이 불자 푸르른 하늘 높이 살랑살랑 나부꼈어요. 픽토어의 나무껍질 속에서는 딱정벌레들이 살았고, 발치에는 토끼와 고슴도치가, 그리고 굵은 나뭇가지에서는 새들이 살았어요.

나무가 된 픽토어는 행복했어요. 세월이 얼마나 지났는지 세어 보지도 않았지요. 픽토어는 수많은 세월이 흐른 다음에야 비로소 자신의 행복이 완전하지 않다는 것을 깨달았어요. 픽토어는 서서히 나무의 눈으로 보는 법을 배웠어요. 마침내 픽토어는 통찰력이 생겼어요. 픽토어는 슬펐어요.

좀 더 자세히 말하자면 픽토어는 낙원 안에 있는 것들, 곧 자신을 빙 둘러싸고 있는 것들의 대부분이 굉장히 자주 변화한다는 것을 깨달았어요. 모든 것이 영원히 변화하는 마법과도 같은 강물 속에서 흘러가고 있다는 것을 알게 된 것이지요.

픽토어는 꽃들이 보석으로 변하거나 번쩍번쩍 빛이 나는 벌새가 되어 날아가 버리는 것을 보았어요. 자기 옆에 있는 꽤 많은 나무들이 갑자기 사라지는 것도 보았고요. 어떤 나무는 스르르 녹더니 샘물로 흘러 들어갔고 또 어떤 나무는 악어가 되었지요. 또 다른 나무는 물고기가 되어 즐겁고도 서늘한 기분으로 마냥 신이 나서 헤엄치며 떠나갔어요. 그 나무는 물고기의 명랑하고 쾌활한 감각들이 생겨 새로운 여러 가지 놀이를 여러 가지 새로운 형식으로 시작해 볼 수 있었지요. 코끼리들은 입고 있던 옷을 바위와 바꾸고, 기린들은 꽃들과 그 모습을 바꾸었어요.

하지만 픽토어는, 나무픽토어는 언제나 나무의 모습 그대로 남아 있었어요. 픽토어는 더 이상 모습을 바꿀 수가 없었지요. 이러한 사실을 깨달은 뒤로 픽토어의 행복은 차츰차츰 사라졌어요. 픽토어는 늙기 시작했어요. 시간이 갈수록 픽토어의 마음씨와 자세는 지치고, 진지하고 슬픔에 잠긴 모습을 띠고 있었어요. 오래된 나무들에서나 볼 수 있는 모습이었어요. 그러한 모습은 말이나 새나 인간 그리고 모든 피조물들에게서 매일같이 볼 수 있지요. 모든 생물들이 변신하는 재능을 타고나지 않았다면, 그 생물들은 시간이 흐를수록 슬픔에 잠기고, 더는 성장하지 않으며, 지니고 있던 아름다움도 사라져 버리게 되지요.

어느 날, 푸른 원피스를 입은 한 어린 금발머리 여자아이가 길을 잃고 낙원으로 왔어요. 픽토어가 있는 곳으로요. 금발머리 여자아이는 노래를 부르고 춤을 추며 나무들 밑에서 팔짝팔짝 뛰어다녔어요. 여자아이는 자신이 변신할 수 있는 재능을 갖는 것은 꿈꾸어 본 적도 없었지요.

꽤 많은 수의 똑똑한 원숭이들이 그 여자아이 뒤에서 빙그레 웃고 있었어요. 꽤 많은 딸기나무들이 덩굴손으로 여자아이를 살살 쓰다듬었고, 꽤 많은 나무들은 여자아이가 눈치채지 못하게 꽃이며 호두며 사과를 살짝살짝 던져 주었어요.

픽토어 나무 역시 그 여자아이를 보자 엄청난 그리움이 물밀듯이 밀려왔어요. 지금껏 한 번도 느껴 보지 못했던 행복에 대한 열망이었지요. 그리고 동시에 픽토어는 깊은 생각에 잠기게 되었어요.

왜냐하면 자신의 피가 자신에게 이렇게 외치는 것 같았기 때문이었어요.

"곰곰이 생각해 봐! 이제 네가 살아온 삶 전체를 떠올리고 의미를 찾아봐. 그렇지 않으면 너무 늦게 돼. 행복은 더 이상 네게 오지 않을 거야."

픽토어는 그대로 했어요. 픽토어는 자신의 출생과 인간으로 살았던 시절과 낙원으로 온 것을 떠올렸어요. 그리고 특히 한 그루의 나무가 되기 전의 그 순간, 마법의 돌을 두 손에 꼭 쥐고 있던 그 놀라운 순간을 떠올렸지요.

어떤 모습으로 변신하든 모든 게 가능했을 그 시절, 픽토어의 삶은 픽토어의 내면에서 그 어느 때보다도 더 눈부시게 빛나고 뜨거웠었지요. 픽토어는 그때 까르르 웃던 새 그리고 해와 달과 함께 있던 나무를 회상했어요. 그러고는 자신이 그때 뭔가를 놓쳐 버렸다는, 뭔가를 잊어버렸다는 사실을, 그리고 뱀의 충고가 별로 좋지 않았다는 것을 문득 깨닫게 되었어요.

그 여자아이는 픽토어 나무의 잎들 사이에서 살랑거리는 소리를 들었어요. 여자아이는 픽토어 나무를 올려다보았어요. 여자아이는 갑자기 가슴속에서 고통을 느꼈어요. 그러고는 새로운 생각들, 새로운 열망들, 새로운 꿈들이 자신의 내부에서 꿈틀꿈틀 움직이는 것을 느꼈어요.

여자아이는 어떤 알 수 없는 힘에 이끌려 그 나무 아래 앉았어요. 여자아이 눈에 그 나무는 외로워 보였어요. 고독하고 슬퍼 보였지요. 그런데 말 없는 슬픔 속에서 아름답고 감동적이고 고상한 어떤 것이 깃들어 있는 것처럼 느껴졌어요. 여자아이는 나무의 우듬지가 나지막하게 살랑살랑 소리를 내며 부르는 노래에 그만 마음을 송두리째 빼앗겨 버렸어요.

여자아이는 꺼끌꺼끌한 나무 밑동에 기댔어요. 그리고 나무가 벌벌 떨고 있는 것을 느꼈지요. 자신의 가슴속도 그와 똑같이 떨렸어요. 여자아이는 가슴이 아팠어요. 참으로 이상한 일이었지요. 여자아이 영혼의 하늘 위로 구름들이 흘러가고 있었어요. 여자아이의 두 눈에서는 굵은 눈물방울이 서서히 뚝뚝 떨어졌어요. 도대체 이게 뭐지? 왜 내 심장이 가슴을 뚫고 나오려고 안달을 하는 거지? 왜 내 심장이 저 나무에게로 가서, 저 아름답고 고독한 자 안으로 들어가서 스르르 녹아 버리지 못해서 안달인 거지?

나무는 뿌리까지 살짝 부르르 떨었어요. 나무는 자신 안에 있는 모든 생명력을 온 힘을 다해 모아서 여자아이에게 보냈어요. 그리고 여자아이와 하나가 되고 싶은 소망이 이글이글 불타올랐어요. 아, 픽토어는 뱀의 꾐에 넘어가 마치 마법에 걸린 듯 영원히 혼자서 한 그루 나무가 되었던 것이지요! 아, 픽토어는 얼마나 눈멀고 어리석었던지요! 하지만 꼭 그런 건 아니었어요. 그때 픽토어는 확실히 그런 점을 막연하게나마 느끼고 눈치챘었지요. 아, 이제 픽토어는 슬픈 마음으로 남자와 여자로 이루어져 있었던 그 나무를 생각했어요! 이제는 그 나무를 깊이 이해할 수 있었지요.

새 한 마리가 날아왔어요. 빨갛고 초록색이 감도는 새 한 마리가, 아름답고 용감한 새 한 마리가 곡선을 그리며 날아왔어요. 여자아이는 새가 날아가는 모습을 바라보았어요. 그리고 새의 부리에서 무엇인가가 뚝 떨어지는 것도 보았어요. 그것은 피처럼 빨간빛을 내며 빛났어요. 잉걸불처럼 붉게 빛났지요. 그것은 초록색 풀 속으로 툭 떨어졌어요. 그러고는 초록색 잡초 속에서 반짝반짝 빛이 났는데 어디서 많이 본 듯했지요. 그것이 어찌나 붉게 빛나든지 여자아이는 몸을 굽혀 그 빨간 것을 주웠어요. 그것은 수정이었어요. 석류석이었지요. 수정이 있는 곳은 결코 어두워지지 않아요.

여자아이가 그 마법의 돌을 한 손에 쥐자마자 여자아이의 가슴속에 가득했던 소원은 곧바로 이루어졌어요. 여자아이는 골똘히 생각에 잠겼어요. 여자아이는 천천히 쓰러졌어요. 그러고는 그 나무와 하나가 되었어요. 여자아이는 나무 밑동으로부터 튼튼한 어린 가지가 되어 쭉 뻗었어요. 그러고는 나무를 향해 재빨리 위로, 위로 쑥쑥 자랐어요.

이제 모든 것이 순조롭게 풀렸지요. 세상은 물 흐르듯이 모든게 순조롭게 돌아갔어요. 이제 비로소 낙원이 발견되었지요. 픽토어는 더 이상 슬픔에 잠긴 오래된 나무가 아니었어요. 이제 픽토어는 큰 소리로 '픽토리아, 빅토리아'를 소리 높여 노래 불렀어요.

픽토어는 변신했어요. 이번에는 픽토어가 제대로 된, 영원한 변신을 이루었기 때문에, 반쪽으로부터 온전한 하나의 전체가 되었기 때문에, 그 순간부터는 자신이 바라는 대로 얼마든지 계속 변신할 수 있었지요. 생성하고 변화하는 마법의 강은 픽토어의 핏속 이곳저곳을 늘 흐르고 있었어요. 픽토어는 매시간 일어나는 창조에 영원히 참여했지요.

픽토어는 노루가 되었어요. 물고기도 되었다가 인간도 되었다가 뱀도 되고 구름도 되고 새도 되었어요. 하지만 픽토어는 어떤 모습을 지니건 완전했으며 한 쌍이었고, 달과 해를 가지고 있었고 남자와 여자를 한 몸에 지니고 있었으며, 쌍둥이 강이 되어 여러 나라를 가로질러 흘러갔고, 이중성*이 되어 하늘에 떠 있었어요.

(1922)

---

*이중성 : 두 별이 아주 가까이 인접해 있어서 맨눈으로나 보통의 망원경으로는 구별되지 않고 하나처럼 보이는 별.

피리의 꿈

"자, 이걸 받아라."

아버지가 말했어요. 그러고는 상아로 만든 작은 피리를 내게 건넸어요.

"네가 머나먼 여러 나라에서 피리 연주로 사람들을 기쁘게 해 줄 때 이 늙은 아비를 잊지 말거라. 이제 네가 세상을 둘러보고 뭔가를 배워야 할 때가 왔단다. 너는 다른 일은 하지 않고 언제나 노래를 부르는 것만 좋아했지. 그래서 내가 사람을 시켜 네게 줄 피리를 만들라고 했단다. 언제나 아름답고 사랑스러운 노래를 연주하렴. 이 점 역시 꼭 명심해라. 그렇지 않으면 하느님이 네게 주신 재능이 아깝게 될 거야."

내 사랑하는 아버지는 음악에 대해 별로 아는 바가 없었어요. 아버지는 학자였지요. 아버지는 내가 그 예쁘고 작은 피리를 불기만 하면 일이 잘 풀릴 거라고 생각했어요. 나는 아버지의 믿음을 저버리고 싶지 않았어요. 그래서 감사의 말씀을 드린 다음 피리를 챙긴 뒤 작별을 고했어요.

우리가 살던 골짜기에 대해서 내가 아는 것이라고는 농장의 커다란 물방앗간까지가 전부였어요. 그러니까 그 커다란 물방앗간 뒤에서 세계는 시작되는 것이었지요. 그 세상은 아주아주 내 마음에 들었어요.

하늘을 날다 지친 벌 한 마리가 내 옷소매에 앉았어요. 나는 그냥 벌을 데리고 갔어요. 여행을 하다가 처음으로 쉴 때 고향에 안부를 전해 줄 심부름꾼이 될 수 있지 않을까 싶었거든요.

내가 가는 길에는 숲들과 초원들이 쭉 펼쳐져 있었어요. 그리고 강은 나와 함께 활기차게 흘렀어요. 나는 세상이 고향과 별로 차이가 나지 않는다는 것을 알게 되었어요. 나무와 꽃들, 곡식의 이삭과 개암나무 덤불은 내게 말을 걸었어요. 나는 그것들의 노래들을 함께 불렀어요. 그것들은 고향에서처럼 내 맘을 알아주었지요. 노랫소리에 내 벌도 잠에서 깨어나 천천히 내 어깨 위까지 발발 기어 왔어요. 그러고는 높이 날아올라 달콤한 붕붕 소리를 크게 내면서 내 주위를 두 차례나 빙글빙글 돌다가 곧바로 뒤쪽으로 돌더니 고향을 향해 날아갔어요.

그때 숲속에서 한 어린 여자아이가 걸어 나왔어요. 여자아이는 한 팔에 바구니를 끼고, 금발머리에는 챙이 넓은 밀짚모자를 쓰고 있었어요.

내가 여자아이에게 말을 걸었어요.

"안녕. 어디로 가는 거니?"

"풀 베는 사람들한테 먹을 것을 갖다 줘야 해."

여자아이는 그렇게 말하고는 내 옆에서 나란히 걸었어요.

여자아이가 물었어요.

"그런데 넌 어디 가는 거야?"

"세상으로 나가는 거야. 아버지가 그러라고 하셨거든. 아버지는 사람들에게 피리를 불어 주라고 하셨어. 하지만 난 아직 제대로 불지 못해. 우선 배워야 해."

"아, 그렇구나. 그럼 뭘 잘하는데? 뭔가 잘하는 게 있어야 돼."

"특별히 잘하는 건 없어. 노래는 부를 줄 알아."

"무슨 노래?"

"아침에 대한 모든 노래, 저녁에 대한 모든 노래 그리고 모든 나무와 동물과 꽃들에 대한 노래야. 지금 곧바로 멋진 노래 한 곡을 부를 수 있단다. 숲에서 나와 풀 베는 사람들에게 음식을 가져다주는 어린 여자아이에 대한 노래를 말이야."

"할 수 있다고? 그럼 한번 불러 봐!"

"알았어. 그런데 넌 이름이 뭐니?"

"브리기테야."

나는 밀짚모자를 쓴 예쁜 브리기테에 대한 노래를 불렀어요. 그리고 브리기테가 바구니에 갖고 있는 것에 대한 노래와 꽃들이 브리기테를 보내며 그 뒷모습을 바라보는 모습과 정원 울타리의 파란 서양메꽃이 브리기테를 잡으려고 손을 뻗치는 모습에 대한 노래 그리고 그와 관련한 모든 것들에 대한 노래도 불렀어요.

브리기테는 진지한 얼굴로 귀를 쫑긋 세우고 듣다가 노래가 좋다고 했지요. 내가 배고프다고 하자, 브리기테는 바구니 뚜껑을 열더니 빵 한 조각을 꺼내서 주었어요.

내가 빵을 베어 먹으며 계속 성큼성큼 걸어가자 브리기테가 말했어요.

"걸어가면서 음식을 먹으면 안 돼. 하나씩 순서대로 해야지."

그래서 우리는 풀밭에 앉았어요. 나는 빵을 먹고 브리기테는 갈색 손을 무릎 위에 놓은 뒤 나를 바라보았어요.

내가 빵을 다 먹자 브리기테가 물었어요.

"노래 조금만 더 불러 줄래?"

"그렇게 할게. 무슨 노래가 좋을까?"

"애인이 도망가 버려서 슬픔에 잠긴 어떤 여자아이에 대한 노래."

"싫어. 그런 노래는 못 해. 나는 그런 게 어떤 건지 몰라. 그리고 애인이 가 버렸다고 그렇게 슬퍼하면 안 되지. 우리 아버지는 내가 언제나 반듯하고 기분 좋고 사랑스러운 노래만 피리로 연주해야 한다고 하셨어. 뻐꾸기나 나비에 대한 노래를 불러 줄게."

그러자 브리기테가 물었어요.

"그럼 사랑에 대해선 아무것도 모르는 거야?"

"사랑? 그런 걸 왜 모르겠어. 세상에서 가장 아름다운 거잖아."

나는 곧바로 노래를 부르기 시작했어요. 빨간 양귀비꽃을 사랑하는 햇살에 대한 노래를 불렀지요. 그리고 햇살이 양귀비꽃들과 함께 놀며 기쁨에 가득 찬 모습에 대해서도 노래했어요. 수방울새를 기다리다가 막상 수방울새가 오면, 포르르 날아가며 화들짝 놀란 척을 하는 암방울새 노래도 불렀고, 갈색 눈을 가진 소녀에 대한 노래도 불렀어요. 또한 소녀에게 다가가 노래를 불러 주고, 그 대가로 빵 하나를 선물로 받은 젊은이에 대한 노래도 불렀어요.

하지만 젊은이는 더 이상 빵은 받고 싶어 하지 않아요. 젊은이는 소녀로부터 입맞춤을 받고 싶어 해요. 그리고 소녀의 갈색 눈도 들여다보고 싶어 해요. 젊은이는 소녀가 살포시 웃음을 지을 때까지, 그리고 소녀가 자신에게 뽀뽀를 할 때까지 쉬지 않고 계속 노래를 부르지요.

그런 내용의 노래였지요. 그러자 브리기테는 내 쪽으로 몸을 굽혀 내게 입을 맞추었어요. 그리고는 눈을 감았다가 다시 떴어요. 나는 내 가까이 있는, 황금빛이 감도는 그 갈색 별들을 들여다보았어요. 그 별들 속에는 내 모습과 초원에 피는 하얀 꽃 몇 송이가 비치고 있었어요.

내가 말했어요.

"세상은 정말 아름다워. 아버지 말씀이 옳았어. 이제 내가 바구니 나르는 일을 도와줄게. 그 사람들에게 가자."

나는 브리기테의 바구니를 들었어요. 그리고 우리는 계속 걸어갔어요. 브리기테의 발소리와 내 발소리가, 그리고 브리기테의 기쁨과 나의 기쁨이 한데 어우러져 아름다운 화음을 냈어요. 산에 드리워진 숲은 섬세하고 서늘한 목소리로 아래를 향해 말했어요. 나는 아직껏 그토록 만족스러운 마음으로 세상을 돌아다닌 적이 없었지요. 오랫동안 쾌활하게 노래를 불렀어요. 결국 가슴이 너무나 벅차올라 노래를 그만둘 수밖에 없었지요. 골짜기와 산에서, 그리고 풀과 나뭇잎과 강과 수풀에서 살랑거리는 이루 말할 수 없이 많은 소리가 한데 어우러져 났어요. 그 소리들은 내게 이야기를 들려줬어요.

그때 나는 이런 생각이 들었지요. 만일 내가 이 세상에 있는 수많은 노래를 다 이해하고 노래할 수만 있다면, 그러니까 풀과 꽃과 인간과 구름에 대한 노래, 활엽수림과 소나무 숲에 대한 모든 노래, 모든 동물에 대한 노래, 먼 산들과 바다에 대한 모든 노래 그리고 별들과 여러 모양의 달에 대한 노래를 동시에 이해하고 노래할 수 있다면, 그리고 만일 이 모든 것이 동시에 내 마음속에서 울리고 노래할 수만 있다면 나는 신이 될 거야. 그리고 모든 새로운 노래는 하나의 별이 되어 하늘에 떠 있을 거야, 하고요.

하지만 그런 생각을 하고 있자니 침묵에 잠기게 되었어요. 이 상야릇한 기분도 들었고요. 왜냐하면 지금껏 그런 생각은 해 본 적이 없었거든요. 그러자 브리기테는 걸음을 멈추고는 내가 들고 있던 바구니 손잡이를 잡았어요.

브리기테가 말했어요.

"이제 나는 저 위로 올라가야 해. 그곳에 있는 밭에 우리 가족이 있어. 그런데 너는 어디로 갈 거니? 나랑 함께 갈래?"

"아니. 난 너랑 함께 못 가. 나는 세상 밖으로 나가야 해. 브리기테, 빵 줘서 고마워. 뽀뽀해 준 것도 고마웠고. 네 생각 할게."

브리기테는 음식이 담긴 바구니를 들었어요. 갈색 그림자를 드리우고 있는, 브리기테의 두 눈이 바구니 너머로 또다시 내게 향했어요. 브리기테의 입술이 내 입술에 닿았어요. 브리기테의 입맞춤은 너무나도 달콤하고 사랑스러워서 너무 행복한 나머지 거의 슬픔에 잠길 것 같았어요. 그래서 나는 얼른 작별을 고하고 서둘러 길 아래쪽으로 성큼성큼 내려갔어요.

브리기테는 서서히 산을 올라갔어요. 그러고는 숲 가장자리에 늘어져 있는 너도밤나무 잎 밑에 멈추어 서서 산 아래를 내려다보았어요. 나를 보았지요. 내가 브리기테에게 손짓을 하며 모자를 벗어 머리 위로 흔들자, 브리기테는 또다시 고개를 끄덕였어요. 그러고는 마치 한 폭의 그림처럼 너도밤나무 그늘 속으로 조용히 사라져 버렸어요.

나는 조용히 내 길을 갔어요. 모퉁이에서 길이 구부러질 때까지 곰곰이 생각에 잠겼지요.

그곳에는 물방앗간이 하나 있었어요. 물방앗간 옆 강 위에는 배가 한 척 떠 있었어요. 배 안에는 한 남자가 홀로 앉아 있었는데 바로 나를 기다리고 있는 것만 같았어요. 왜냐하면 내가 인사 겸 모자를 벗고 배를 타자 곧바로 움직이기 시작했거든요. 배는 강 아래로 두둥실 흘러갔어요.

나는 배 한가운데에 앉고 그 남자는 뒤쪽에 앉아 키를 잡고 있었어요. 배가 어디로 가고 있냐고 묻자, 그 남자는 고개를 들더니 베일에 싸인 듯한 잿빛 눈으로 나를 뚫어지게 바라보았어요.

그 남자가 차분한 목소리로 말했어요.

"자네가 가고 싶어 하는 데로 가는 거야. 강 아래쪽으로 가서 바다로 가든가, 아니면 대도시들로 갈 거야. 젊은이가 선택하면 돼. 전부 다 내 거니까."

"전부 다 아저씨 거라고요? 그럼 임금님이신가요?"

그 남자가 말했어요.

"그럴지도 모르지. 보아하니 시인 같은데? 그럼 배 젓는 노래 한 곡 불러 보게!"

나는 마음을 가다듬었어요. 그 엄숙한 노인이 두려웠지요. 우리를 태운 배는 아주 빠르게, 그리고 소리 없이 강 아래쪽으로 둥실둥실 흘러갔어요. 나는 강에 대한 노래를 불렀어요. 배를 나르고, 햇빛을 반사하고, 강기슭의 바위들 곁에서 쏴쏴 소리를 내기 시작하고, 자신의 도보 여행을 끝마치는 강에 대한 노래를 요.

그 남자의 얼굴 표정은 조금도 변함이 없었어요. 내가 노래를 마치자 그 남자는 마치 꿈을 꾸고 있는 것처럼 가만히 고개를 끄덕였어요. 놀랍게도 그 남자는 곧바로 노래를 부르기 시작했어요. 강에 대한 노래도 불렀고, 강물이 골짜기들 사이로 여행을 하는 것에 대한 노래도 불렀지요. 그 노래는 내가 부른 노래보다 훨씬 아름답고 힘찼어요. 그리고 사뭇 다르게 들렸지요.

그 남자가 노래한 강은 무자비한 파괴자처럼 이 산 저 산에서 무서울 정도로 마구 흘러 내려와 삐걱삐걱 소리를 내며 스스로가 물방앗간들에 의해 길들여지는 것처럼 느끼고 있었어요. 그러고는 다리들 밑으로 흘러갔지요. 또한 그 남자가 노래한 강은 자신이 실어 날라야 하는 배는 모두 미워했어요. 그러고는 씩 웃으면서 강에 빠져 죽은 사람들의 하얀 몸들을 자신의 물결과 긴 초록색 물풀 속에서 이리저리 흔들었지요.

이 모든 것이 내 마음에 들지 않았어요. 하지만 이 모든 것이 너무나도 아름답고, 선율이 신비에 차 있었기 때문에 나는 머릿속이 완전히 혼란스러워지면서 겁에 잔뜩 질렸지요. 나는 침묵에 잠겼어요. 이 늙고, 기품 있고, 총명한 가수가 자신의 차분한 목소리로 노래한 것이 옳은 것이라면, 내가 부른 모든 노래는 어리석음 그 자체였고, 형편없는 남자아이들의 장난에 불과했지요.

그렇다고 한다면, 이 세계의 근본 바탕은 신의 가슴처럼 선량하고 밝은 것이 아니라 어둡고 괴롭고 사악하고 으스스한 것이었지요. 또한 숲들이 살랑살랑 몸짓을 하며 소리를 낼 때도 즐거워서 그런 것이 아니고 괴로워서 그런 것이었고요.

우리는 계속 배를 타고 갔어요. 그림자가 길어졌어요. 내가 노래를 부르기 시작할 때마다 내 노랫소리는 별로 맑게 울리지 않았어요. 내 목소리는 나지막해졌어요.

그때마다 그 낯선 가수는 내게 노래로 응답했어요. 그런데 그 노래는 세계를 한층 더 수수께끼처럼 보이게 하고 더욱더 고통스럽게 만들어 주었어요. 그리고 나를 한층 더 당황하게 만들고 슬픔에 잠기게 했어요.

내 영혼은 고통스러웠어요. 나는 뭍에, 꽃들 곁에, 그 아름다운 브리기테 옆에 남아 있지 않은 게 못내 후회스러웠어요. 그래서 짙게 젖어 들어오고 있는 어스름 속에서 마음을 달래기 위해 또다시 큰 소리로 노래를 부르기 시작했어요. 그리고 붉은 저녁놀 사이로 브리기테와 브리기테의 입맞춤에 대한 노래를 불렀지요.

그때 저녁 어스름이 내리기 시작했어요. 나는 노래를 멈추고 침묵에 잠겼어요. 그러자 키를 잡고 있던 그 남자가 노래를 불렀어요. 그 남자 역시 사랑과 사랑할 때의 기쁨에 대한 노래, 갈색 눈과 파란 눈에 대한 노래 그리고 붉고 촉촉한 입술에 대한 노래를 불렀어요. 어두워지고 있는 강물 위에서 그 남자가 고통에 찬 목소리로 부르는 노래는 아름답고 감동적이었지요.

하지만 그 남자의 노래는 사랑조차도 어둡고 두려움에 가득 차 있었어요. 그 사랑은 치명적인 하나의 비밀이 되어 버렸어요. 사람들이 헷갈려 하고, 상처를 입은 채 고민하고 동경하며 손으로 더듬는 하나의 비밀 그리고 그들이 서로 괴롭히고 죽이는 무기가 되는 하나의 비밀이 되어 버린 것이지요.

나는 귀를 기울였어요. 그러자 몹시 지치고 우울해졌어요. 마치 여러 해 동안 떠돌고 있다는 기분이 들었어요. 한없이 탄식하고 괴로워하며 여행을 한 것 같은 기분도 들었지요. 그 남자로부터 슬픔과 엄청난 불안감의 서늘한 강물이 끊임없이 내게 가만가만 부드럽게 흘러와 가슴속으로 스르르 흘러드는 것만 같았어요.

마침내 나는 신랄한 목소리로 쏘아붙였어요.

"그렇다면 최고로 아름다운 것은 삶이 아니라 죽음이군요. 슬픔에 잠긴 왕이시여, 제게 죽음에 대한 노래를 불러 주세요!"

키를 잡고 있던 그 남자는 죽음에 대한 노래를 불렀어요. 그 남자는 이전보다 한층 더 아름답게 노래했어요. 하지만 죽음 역시 최고로 아름다운 것은 아니었어요. 그 남자에게도 죽음은 위로가 되지 않았어요. 죽음은 삶이었지요. 그리고 삶은 죽음이었고요. 그 둘은 영원하고 맹렬한 투쟁 관계 속에서, 말하자면 사랑하면서도 서로 싸우면서 서로 얽혀 있었어요. 그런데 이것이 바로 궁극적인 것인 동시에 세계의 의미였지요.

그것으로부터 모든 비참함과 불행을 칭송할 수 있는 하나의 빛줄기가 흘러나왔고, 그것으로부터 모든 기쁨과 모든 아름다움을 뿌옇게 만들고 어두움으로 감싸 버리는 하나의 그림자가 나왔지요. 하지만 이 어두움으로부터 기쁨은 한층 더 애틋하고 한층 더 아름답게 활활 타올랐어요. 그리고 이 밤에 사랑은 한층 더 힘차게, 그리고 눈부시게 빛났어요.

나는 귀 기울여 들었어요. 완전히 침묵에 잠겼어요. 내 가슴속에서는 내 의지라고는 전혀 없고, 오로지 그 낯선 남자의 의지만 있었어요. 그 남자는 고요한 눈빛으로, 그리고 왠지 슬픔이 드리워졌으면서도 친절한 눈빛으로 나를 똑바로 바라보았어요. 그 남자의 잿빛 눈에는 이 세계의 괴로움과 슬픔과 아름다움이 가득 차 있었어요.

그 남자는 내게 웃음을 지어 보였어요.

나는 용기를 내어 절박한 마음으로 애원했어요.

"아, 우리 돌아가요. 제발요! 밤에 이런 곳에 있으니 무서워요. 저는 돌아가고 싶어요. 브리기테가 있는 곳이나 고향에 계신 아버지에게 돌아가고 싶어요."

그 남자는 자리에서 일어나더니 어둠 속을 가리켰어요. 그 남자의 등불은 남자의 여위고 단호한 얼굴을 밝게 비추었어요.

그 남자가 진지하면서도 친절한 목소리로 말했어요.

"돌아가는 길은 없어. 세계를 그 근본까지 탐색하려면 끊임없이 앞으로 나아가야 하네. 갈색 눈을 가진 소녀에게서 자네는 최고의 것, 그리고 가장 아름다운 것을 얻었어. 젊은이가 그 소녀로부터 멀어지면 멀어질수록 더 나아질 거야. 그리고 한층 더 멋지고 좋아질 거야. 하지만 자네는 가고 싶은 곳으로 배를 몰고 가게. 내 조종석을 자네에게 내주겠네!"

나는 크나큰 슬픔에 잠겼어요. 하지만 그 남자의 말이 맞다는 것을 알게 되었지요. 나는 향수에 푹 젖은 채 브리기테와 고향 그리고 얼마 전까지만 해도 가까이 있고 밝았던 것, 나의 것이었던 그 모든 것들, 하지만 이제는 모두 잃어버린 그것들을 생각해 보았어요. 그러나 이제 나는 그 낯선 남자의 자리에 앉아 키를 잡으려고 했어요. 안 그럴 수가 없었지요.

나는 조용히 일어나 배를 가로질러 키가 있는 곳으로 갔어요. 그러자 그 남자는 말없이 내게 다가왔어요. 우리가 나란히 있게 되자, 그 남자는 내 얼굴을 뚫어지게 바라보았어요. 그러고는 내게 자신의 등불을 주었어요.

하지만 내가 키 앞에 앉아 등불을 내 옆에 세워 놓았을 때는 배 안에 나 혼자밖에 없었지요. 그러한 사실을 깨닫자 나는 온몸에 소름이 쫙 돋았어요. 그 남자는 사라지고 없었어요. 하지만 나는 소스라치게 놀라지 않았어요. 그럴 것이라고 예감했기 때문이었지요. 오늘 이날이 학교에서 도보 여행이나 소풍을 가는 화창한 날같이 느껴졌어요. 그리고 브리기테와 내 아버지와 고향은 한낱 꿈에 지나지 않는 것처럼 느껴졌지요. 또한 나는 늙고 슬픔에 잠기고 울적한 마음으로 밤새 배를 타고 강물 위를 흘러온 것 같았지요.

나는 그 남자를 큰 소리로 부르면 안 된다는 것을 깨달았어요. 그러자 온몸에 한기가 돌면서 진리를 깨달은 듯한 느낌이 내 가슴에 왈칵 밀려들었어요.

이미 예감하고 있던 것을 두 눈으로 확인하기 위해 나는 강물 위로 몸을 내밀고 등불을 들어 올렸어요. 그러자 시커먼 수면에서 잿빛 눈을 가진, 날카로우면서도 진지한 얼굴 하나가 나를 마주 쳐다보고 있었어요. 늙고 뭔가를 깊이 알고 있는 얼굴이었어요. 그건 바로 나였지요. 돌아갈 수 있는 길은 어디에도 없었어요. 나는 밤공기를 가르며 어두운 강물 위로 계속 배를 저어 나아갔어요.

(1913)

팔둠

대목장*

팔둠 시로 난 길은 언덕이 많은 지역을 가로질러 멀리까지 쭉 뻗어 있었어요. 숲이나 너른 초록색 목초지 옆으로 뻗어 있기도 하고, 곡식밭 옆으로 뻗어 있기도 했지요. 그 도시에 가까워질 수록 농장과 낙농장, 정원과 별장들이 길가에 점점 더 많이 보였어요.

바다는 멀리 떨어져 있었으므로 보이지는 않았어요. 이 세상은 작은 언덕들, 작고 아기자기한 골짜기들, 목초지와 숲, 농토 그리고 과일을 심어 놓은 초원으로만 이루어져 있는 것 같았어요.

그곳은 과일과 목재, 우유와 고기, 사과와 견과류가 풍족하

---

*대목장 : 중세 이후부터 부활절, 오순절, 성탄절 즈음에 여러 날 동안 열리는 시장. 목마도 탈 수 있고 공연도 열린다.

게 나는 지역이었어요. 이 마을 저 마을 모두 정말 예쁘고 깨끗했어요. 그리고 사람들은 누구나 할 것 없이 착하고 부지런했으며, 위험하다거나 신경 쓰이는 일은 싫어했어요. 이웃이 자기보다 더 잘 지내지만 않는다면 누구나 만족스러워했지요. 팔둠 지역은 그런 곳이었어요. 특별한 일이 일어나지 않는 한, 팔둠은 이 세상의 다른 지역들과 비슷했지요.

이 날 아침, 첫 닭이 운 뒤 팔둠 시로 난 예쁜 길에서는 —길의 이름은 그 도시의 이름과 똑같았어요.— 사람들이 아주 활기차게 걷고 마차도 많이 다녔어요. 그런 광경은 1년에 딱 한 번만 볼 수 있었지요. 왜냐하면 오늘은 그 도시에서 큰 장이 서는 날이었기 때문이었어요.

반경 20마일 안에 있는 사람들 치고 농부든 농부 아낙네든, 장인이든 직공이든 도제*든, 하인이든 하녀든, 몇 주 전부터 큰 장에 대해 생각하고 그곳에 가 보는 꿈을 꾸지 않은 사람은 하나도 없었어요. 하지만 누구나 갈 수 있는 건 아니었어요. 동물과 어린아이들, 환자와 노인들은 돌봐 주지 않을 수가 없었지요. 그 일을 맡게 되었기 때문에 집에 남아서 집과 농장을 지켜야 하는 사람은 자기 인생에서 거의 1년이라는 시간을 잃어버린 것 같았어요. 또한 이른 아침부터 파란 늦여름 하늘에 따스하고 화창하게 떠 있는 아름다운 해가 얄미웠지요.

부인들과 하녀들은 작은 바구니를 팔에 끼고 걸어갔어요. 젊

---

*도제 : 직업에 필요한 지식과 기능을 배우기 위하여 스승 밑에서 일하는 직공.

은 하인들은 양쪽 뺨을 말끔히 면도하고, 한결같이 단춧구멍에 패랭이꽃이나 과꽃을 한 송이씩 꽂고, 모두들 일요일에 입는 좋은 옷을 입고 있었지요. 그리고 학교를 다니는 여자아이들은 머리를 곱게 땋아 내렸는데 아직도 촉촉하고 기름기가 도는 머리는 햇빛에 반짝반짝 빛났어요.

마차를 몰고 가는 사람들은 채찍의 손잡이에 꽃이나 빨간 끈을 하나씩 묶어 들고 있었어요. 형편이 넉넉한 사람들은 넓은 장식용 가죽에 번쩍번쩍 윤이 나도록 정성껏 닦은 얇은 놋쇠 조각들을 자기네들 말의 무릎까지 늘어뜨려 놓았어요.

둥글게 휜 굵은 너도밤나무 가지로 초록색 지붕을 올린 마차들—마차 양쪽에는 사다리 모양의 틀이 있었지요.—이 지나갔어요. 마차 지붕 밑에는 바구니나 아이들을 무릎에 올려놓은 사람들이 콩나물시루처럼 빽빽하게 앉아 있었지요. 이들 대부분은 큰 소리로 합창을 했어요. 때때로 건초 마차들 사이로 여러 가지 깃발과 초록색 너도밤나무 잎에 빨갛고 파랗고 하얀 종이꽃으로 특별히 장식한 마차 한 대가 지나갔어요. 마차에서는 귀청을 찢을 정도로 요란한 민속 음악이 와락 쏟아져 나왔어요.

희미한 그림자를 드리운 굵은 가지들 사이에서 황금빛 호른과 트럼펫 여러 대가 은은하면서도 찬란하게 빛나고 있었어요. 이미 해가 뜰 때부터 걸어와야 했던 어린 아이들은 앙앙 울기 시작했어요. 땀을 삐질삐질 흘리고 있던 엄마들은 아이들을 달랬어요. 하지만 마음씨 좋은 마부를 만나 얻어 타고 온 사람들도 꽤 많았지요. 한 할머니는 쌍둥이를 태운 유모차를 밀고 있었어요. 쌍둥이들은 쌔근쌔근 잠을 자고 있었어요. 쌍둥이들의 머리

사이에는 꽤 동그랗고 뺨이 붉은 인형 두 개가 옷을 예쁘게 차려 입고 머리를 곱게 빗질한 채 베개 위에 누워 있었어요.

길가 집에 살면서 오늘 대목장에 가지 않은 사람들은 즐겁고 유쾌한 아침을 맞아 한시도 눈을 떼지 않고 열심히 구경을 하고 있었어요. 하지만 그런 사람들은 몇 명 되지 않았어요. 어떤 집의 정원 계단에서는 열 살 난 한 남자아이가 앉아서 울고 있었어요. 왜냐하면 그 남자아이는 집에 홀로 남아 할머니 곁에 있어야 했기 때문이었지요. 하지만 한참 동안 앉아서 울던 그 남자아이는 마을의 남자아이 서너 명이 그곳을 지나 후닥닥 달려가는 모습을 보자, 한걸음에 거리로 달려가 그 아이들 대열에 합류했지요.

거기에서 멀지 않은 곳에는 한 나이 많은 독신 남자가 살고 있었어요. 그 남자는 대목장에 대해서는 조금도 알고 싶지 않았어요. 왜냐하면 돈을 쓰고 나면 후회가 될 것 같았기 때문이었지요. 그 남자는 모두들 일을 하지 않고 쉬는 오늘은 자기 집 정원의 높은 서양 산사나무 울타리 나뭇가지 가지치기를 조용히 할 작정이었어요. 그렇게 할 때가 되었거든요. 그 독신 남자 역시 아침 이슬이 살짝 걷히기가 무섭게 커다란 다듬가위를 들고 명랑한 마음으로 일을 시작했지요.

하지만 채 한 시간도 지나지 않아 그 남자는 다시금 일을 멈추고는 불같이 화를 내며 집 안으로 쏙 들어가 버렸어요. 왜냐하면 그 집 정원 앞을 걷거나 마차를 타고 지나가는 젊은이들이 그 남자가 울타리를 다듬는 모습을 놀란 눈으로 잠자코 지켜보다가 남들 다 노는데 혼자 유난을 떤다고 일제히 놀려 댔고, 처녀들도 덩달아 까르르 웃어 댔기 때문이었어요.

그 남자가 화가 나서 기다란 가위를 들고 을러대면, 모두들 모자를 흔들고 하하하 웃으면서 손을 흔들며 인사를 건넸어요. 이제 그 남자는 덧문이란 덧문은 모두 꼭꼭 닫아걸고는 들어앉았어요. 하지만 부러운 눈빛으로 문틈으로 살그머니 밖을 엿보았어요. 시간이 지나자 화도 누그러지고, 미처 시장에 가지 못한 몇몇 상인들이 굉장히 좋은 일이라도 생긴 것처럼 후닥닥 달려가는 모습을 보자, 그 남자는 장화를 신고 1탈러를 가죽 지갑에 넣은 다음, 단장을 들고 집을 나서려고 했어요.

그런데 1탈러는 너무 큰돈이란 생각이 퍼뜩 들었어요. 그 남자는 다시 1탈러를 꺼내고, 대신 반 탈러를 지갑 속에 집어넣은 다음 끈으로 질끈 동여맸어요. 그러고는 지갑을 주머니 속에 쑥 쑤셔 넣고는 현관문과 정원의 문을 잠근 다음 부리나케 달렸어요. 어찌나 빨리 달렸는지 시내에 다다를 때까지 꽤 많은 사람들과 마차도 두 대나 앞질렀지요.

그 남자가 떠난 뒤 그의 집과 정원은 텅 비어 있었어요. 길가의 먼지는 살포시 내려앉기 시작했어요. 말발굽 소리와 취주악*이 잦아들다가 완전히 사라져 버렸지요. 참새들은 이미 추수가 끝난 밭에서 날아와 뿌연 먼지 속에서 목욕을 하며 한바탕 난리법석을 떤 뒤 그곳에 남아 있는 것들을 눈여겨보았어요. 거리는 지나는 사람 하나 없이 텅 비고 찌는 듯이 더웠어요. 때때로 아

---

*취주악 : 목관 악기. 금관 악기 따위의 관악기를 주체로 하고 타악기를 곁들인 합주 음악.

득히 먼 곳에서 희미한 환호성 소리와 호른으로 연주하는 것 같은 음악 소리가 바람결에 아스라이 실려 왔어요.

그때 숲속에서 챙이 넓은 모자를 깊숙이 눌러쓴 한 남자가 걸어 나왔어요. 그 남자는 황량하고 인적이 없는 지방 도로를 태평스럽게 느릿느릿 홀로 걸어갔어요. 키가 껑충한 그 남자는 두 발로 걸어 여행을 많이 한 떠돌이들처럼 걸음걸이가 힘차면서도 안정감이 있었어요.

그 남자는 별로 눈에 띄지 않는 잿빛 옷을 입고 있었어요. 모자 그늘 밑의 두 눈은 세상으로부터 더는 바라는 게 없지만, 사물 하나하나를 주의 깊게 관찰하고 그 어떤 것도 허투루 보지 않는 사람의 눈처럼 주의 깊게, 그리고 평온하고 침착한 눈빛을 하고 있었어요.

그 남자는 모든 것을 보았어요. 수없이 많은 마차 자국들이 이리저리 뒤엉켜 있는 모습도 보았고 왼쪽 뒷발굽을 질질 끌며 달린 어떤 말의 편자 자국도 보았지요. 그리고 멀리 먼지가 뽀얗게 이는 가운데 팔둠 시가 언덕 위에 —반짝거리는 지붕들이 조그맣게 보였지요.— 우뚝 솟아 있는 모습도 보았어요.

그 남자는 어떤 집 정원에서 키가 작은 한 여자가 잔뜩 겁에 질리고 당황한 얼굴로 우왕좌왕하는 것을 보았고 누군가를 큰 소리로 부르는 것을 들었어요. 하지만 아무 대답도 들리지 않았지요. 그 남자는 길가에서 아주 작은 금속이 번쩍하고 빛이 나는 것을 보고는 몸을 굽혀 둥글고 반짝반짝 빛나는 얇은 놋쇠 조각을 주워 올렸어요. 그것은 어떤 말의 멍에에서 떨어진 것이었지요. 그 남자는 그것을 주머니에 쑤셔 넣었어요.

그런 다음 그 남자는 산사나무로 된 울타리를 보았어요. 그 울타리는 몇 걸음 정도의 길이만 말끔하게 다듬어져 있었어요. 처음엔 정확하고 깔끔하게, 그리고 즐거운 마음으로 일을 한 듯 했어요. 하지만 반걸음씩 나아가면서부터는 점점 더 형편없이 다듬어져 있었지요. 왜냐하면 어떤 곳은 너무 깊숙이 잘라 냈고, 또 어떤 곳은 자르다가 그만 깜빡 잊어버린 잔가지들이 가시처럼 삐죽삐죽 삐쳐 나와 있었기 때문이었어요.

그 외에도 그 낯선 남자는 아이들이 갖고 노는 인형 하나가 길에 떨어져 있는 것을 발견했어요. 인형의 머리 위로 마차 바퀴 하나가 지나간 게 분명했지요. 그리고 그 낯선 남자는 검은 호밀빵 한 조각도 발견했는데 빵에 바른 버터가 다 녹아 버려 번들거렸어요. 마지막으로 그 남자는 튼튼한 가죽 지갑을 발견했어요. 그 안에는 반 탈러가 들어 있었어요.

그 남자는 인형을 길가의 한 갓돌에 기대어 놓고 빵을 잘게 부순 다음 참새들에게 뿌려 주었어요. 그러고는 반 탈러가 들어 있는 지갑을 자신의 주머니에 집어넣었어요. 사람 하나 없이 텅 빈 거리는 쥐 죽은 듯이 고요했어요. 길 양옆의 잔디는 먼지가 뿌옇게 끼었고 햇볕에 많이 타 있었어요. 바로 옆에 있는 어떤 대농장에서는 닭들이 이리저리 돌아다니고 있었어요. 사방을 둘러보아도 사람 하나 보이지 않자, 닭들은 따스한 햇살을 받으며 마치 꿈이라도 꾸듯이 몇 번씩 꼬꼬댁거리기도 하고, 말더듬이처럼 꼬꼬거리기도 했어요.

푸른빛이 감도는 양배추 밭에서는 한 할머니가 몸을 굽히고 마른땅에서 잡초를 뽑고 있었어요. 떠돌이 남자는 시내까지 가려면 얼마나 남았느냐고 외쳤어요. 하지만 그 할머니는 귀가 먹었지요. 그래서 떠돌이가 아까보다 더 큰 소리로 외치자, 그저 건너다보기만 하면서 하얗게 센 머리를 흔들 뿐이었어요.

그 남자는 계속 걸어갔어요. 시내 쪽에서 이따금씩 음악 소리가 갑자기 우레와 같이 울려 퍼지다가 뚝 그치곤 했어요. 음악 소리가 점점 더 잦아지고 점점 더 오래 들리더니 마침내는 멀리 떨어져 있는 폭포처럼 들렸어요. 음악과 사람들이 웅성거리는 소리가 마구 뒤섞인 것이었지요. 마치 저 건너편에 전 인류가 만족스러운 마음으로 함께 모여 있는 것 같았어요.

길가에는 폭이 넓은 시냇물이 졸졸 흐르고 있었어요. 시냇물에는 오리들이 동동 헤엄치고 푸른색 수면 아래에서는 녹갈색 해초가 살랑살랑 흔들리고 있었어요. 그곳에서 길은 가팔라지기 시작했어요. 시내는 옆쪽으로 굽이굽이 흘러가고 그 위로는 돌다리가 나 있었어요.

나지막한 다리 난간에는 말라깽이 재봉사 같은 모습을 한 한 남자가 앉아 있었어요. 그 남자는 머리를 축 늘어뜨린 채 잠을 자고 있었어요. 그 남자의 모자는 먼지 구덩이 속에 떨어져 있었어요. 그 남자 옆에는 웃기게 생긴 작은 개 한 마리가 앉아 있었어요. 개는 그 남자를 지키고 있었어요.

낯선 남자는 잠자고 있는 그 남자를 깨워 주고 싶었어요. 안 그러면 잠을 자다가 난간 너머로 뚝 떨어질 수 있었거든요. 하지만 낯선 남자는 아래를 내려다보고는 다리가 별로 높지도 않고 물도 얕아서 재봉사가 그냥 계속 잠을 자게 내버려 두었어요.

좁고 가파른 오솔길을 지나자 팔둠 시 입구에 있는 문이 그 모습을 드러냈어요. 문은 활짝 열려 있었어요. 그곳에는 한 사람도 보이지 않았어요. 그 남자는 문을 지나갔어요. 그 남자의 발소리가 포석이 깔린 골목에서 갑자기 크게 울렸어요. 집들을 따라 길 양쪽에 말을 풀어놓은 마차들과 덮개가 있는 경마차들이 한 줄로 죽 늘어서 있었어요. 다른 골목길들에서는 소음이며 사람들이 오고 가는 웅성거리는 소리가 크게 들려왔어요. 하지만 이곳에서는 한 사람도 보이지 않았지요.

그 작은 골목길은 온통 그늘이 져 있었고 높은 창문들만이 황금빛 햇살을 반짝반짝 비추고 있었어요. 이곳에서 그 떠돌이는 한 경마차의 채* 위에 앉아 잠시 쉬었어요. 그러고는 길가에서 주웠던 얇은 놋쇠 조각을 마부석에 올려놓고는 그곳을 떠났어요.

한 골목길을 다 지나가기도 전에 주위에서 와자지껄 떠드는 소리와 대목장에서 엄청나게 요란한 소리가 계속 들려왔어요. 수많은 노점에서는 장사꾼들이 큰 소리로 외치며 자신들의 물건을 펼쳐 놓고, 아이들은 은도금을 한 트럼펫을 불고, 푸줏간 주인은 물이 펄펄 끓고 있는 커다란 솥 여러 개에서 신선하고 촉촉한 소시지를 −줄줄이 엮여 있었지요.− 모두 꺼냈어요. 의사 면허도 없는 한 돌팔이 의사가 연단 위에 높이 서서는 두꺼운 뿔테 안경을 쓴 눈으로 여기저기를 분주하게 쳐다보았어요. 돌팔이 의사는 인간의 모든 질병과 불구를 주르르 쓴 표를 걸어 놓았지요.

---

*채 : 달구지, 수레 따위의 앞쪽 양옆에 댄 긴 나무.

돌팔이 의사 옆으로 머리카락이 길고 검은 한 남자가 지나갔어요. 그 남자는 밧줄에 낙타 한 마리를 묶어 끌고 갔어요. 목이 긴 그 낙타는 거만스러운 눈빛으로 사람들을 내려다보며 갈라진 입술을 좌우로 씰룩거렸어요.

숲 속에서 온 그 남자는 이 모든 것을 주의 깊게 찬찬히 지켜보았어요. 몰려드는 사람들에 부딪치고 떠밀리면서 그림책*을 파는 어떤 남자의 가판대를 보기도 하고, 설탕을 솔솔 뿌린 레프쿠헨* 위에 쓰인 격언이나 표어를 읽기도 했지요. 하지만 그 남자는 어느 곳에서도 머물지 않았어요. 그 남자는 자신이 찾고자 했던 것을 아직 발견하지 못한 듯했어요.

그렇게 그 남자는 느릿느릿 앞으로, 앞으로 걸어가 커다란 중앙 광장에 이르렀어요. 광장 구석에는 한 새 장수가 자리를 잡고 있었어요. 그 남자는 수많은 새장에서 들려오는 목소리들에 잠시 동안 귀를 기울였어요. 그러고는 그 목소리들에게 대답도 해 주고 가만히 휘파람도 불어 주었어요. 그 목소리들의 주인은 바로 홍방울새, 메추라기, 카나리아, 휘파람새였지요.

그 남자는 얼마 떨어지지 않은 어떤 한 지점에서 너무나도 밝고 눈부시게 빛이 나는 것을 보았어요. 마치 이 세상의 모든 햇살이 그 한곳에 모아진 것 같았지요. 가까이 가 보니 그것은 대

---

*그림책 : 요즘 출판되는 그림책과는 다른 형태의 책으로 교훈적이면서도 재미있는 내용을 담은 그림책을 말한다.
*레프쿠헨 : 성탄절에 주로 남서부 독일에서 먹는 과자. 이스트를 넣지 않은 밀가루에 생강이나 계피처럼 향기가 강한 양념들과 꿀을 넣어 만든 달콤한 과자.

목장에 서는 한 노점에 걸려 있는 커다란 거울이었어요. 그 거울 옆에는 다른 거울들이 걸려 있었어요. 수십, 수백 개의 거울이 걸려 있었지요. 큰 거울, 작은 거울, 네모난 거울, 둥근 거울, 타원형 거울이었어요. 걸어 놓는 거울도 있었고, 세워 놓는 거울도 있었고, 손거울과 자기 얼굴을 잊지 않도록 갖고 다닐 수 있는 작고 얄팍한 휴대용 거울도 있었지요.

거울 장수는 일어서서 번쩍번쩍 빛나는 손거울로, 햇빛을 받아 반짝이는 빛을 자신의 노점 위에서 나풀나풀 춤추게 했어요.

그러고는 지칠 줄 모르고 끊임없이 외쳐 댔어요.

"거울이요. 신사 숙녀 여러분, 여기 거울 있어요! 팔둠에서 가장 좋고 싼 거울입니다! 숙녀분들, 거울입니다. 정말 멋진 거울이에요! 일단 들어와서 보세요. 전부 다 최고로 좋은 진짜 수정 거울입니다!"

그 낯선 남자는 거울을 파는 노점 옆에 서 있었어요. 찾고자 했던 것을 발견한 사람처럼요. 거울을 구경하고 있던 사람들 가운데는 나이 어린 시골 처녀 세 명이 있었어요. 그 남자는 처녀들 곁으로 가서 처녀들을 유심히 바라보았어요. 그 처녀들은 풋풋하고 건강한 농부 아가씨들로 예쁘지도 못생기지도 않았어요. 처녀들은 튼튼한 굽을 댄 구두에 하얀색 양말을 신고 있었어요. 그리고 햇빛에 조금 빛이 바랜 금발 머리를 총총 땋아 내리고 있었으며, 나이 어린 사람들에게서 보통 볼 수 있는 활기에 넘치는 눈빛을 하고 있었어요.

세 처녀 모두 손에 거울을 하나씩 들고 있었어요. 하지만 세 개 모두 크지도, 비싸지도 않은 거울이었어요. 처녀들이 살까 말까 망설이며 생각에 잠긴 채 선택이라는 달착지근한 고통을 맛보고 있는 동안, 세 처녀는 문뜩문뜩 넋이 나가고 마치 꿈을 꾸고 있는 듯한 표정으로 티 없이 맑고 깨끗한 거울 속을 들여다보았어요. 그러고는 자신들의 모습을 하나하나 살펴보았지요. 입과 눈, 목에 건 작은 장식품, 콧잔등에 깔린 주근깨 몇 개, 매끄러운 가르마, 불그스름한 귀를 보았지요.

그러는 동안 처녀들은 모두 입을 꼭 다물었어요. 처녀들의 표정이 사뭇 진지해졌어요. 처녀들 뒤에 서 있던 그 낯선 남자는 눈을 크게 뜬 채 거울에 비친 처녀들의 모습을 바라보았어요. 그 모습은 거의 엄숙할 정도였지요.

첫 번째 처녀가 말하는 소리가 들렸어요.

"아, 내 머리가 붉은빛이 감도는 황금빛이고 무릎까지 오면 얼마나 좋을까!"

친구의 소원을 들은 두 번째 처녀가 나지막하게 한숨을 쉬었어요. 그러고는 한층 더 애틋한 눈빛을 하고는 들고 있던 거울을 들여다보았어요. 두 번째 처녀 역시 얼굴을 붉히며 자신이 꿈꾸고 있던 것을 고백했어요.

두 번째 처녀가 수줍은 목소리로 말했어요.

"소원을 빌어도 된다면 말이야, 이 세상에서 내 손이 가장 예뻤으면 좋겠어. 새하얗고 보들보들하고 손가락이 길고 가느다랗고 손톱은 장밋빛이 나는 손 말이야."

두 번째 처녀는 그렇게 말하면서 타원형의 거울을 쥐고 있는 자신의 손을 바라보았어요. 그 손은 흉하지는 않았어요. 하지만 조금 짧고 넓적한 데다 일을 한 탓에 거칠고 억세 보였지요.

세 처녀 가운데 가장 키가 작고 만족스러운 표정을 짓고 있던 세 번째 처녀는 그 말에 깔깔 웃었어요.

그러고는 명랑한 목소리로 외쳤어요.

"그 소원, 괜찮네. 하지만 손은 그다지 중요하지 않아. 나는 팔둠에서 가장 훌륭하고 민첩하게 춤을 잘 추는 사람이 되었으면 좋겠어."

그 순간, 세 번째 처녀는 소스라치게 놀랐어요. 그러고는 몸을 돌렸어요. 왜냐하면 거울 속에서 자신의 얼굴 뒤쪽에 검고 반짝이는 눈을 가진 한 낯선 얼굴이 보였기 때문이었어요. 그건 바로 세 번째 처녀 뒤로 다가갔던 그 낯선 남자의 얼굴이었지요. 지금껏 그 셋이 조금도 거들떠보지도 않았던 그 남자요.

그 남자가 세 처녀들에게 고개를 끄덕이고 입을 열었어요. 그러자 세 처녀는 놀란 눈으로 그 남자의 얼굴을 바라보았어요.

그 남자가 말했어요.

"아가씨들, 아가씨들은 세 가지 멋진 소원을 말했어요. 정말 그렇게 되고 싶은가요?"

가장 작은 처녀는 거울을 옆으로 치운 다음 두 손을 등 뒤로 감추었어요. 그 처녀는 그 남자가 자신을 다소 놀라게 한 데 대한 벌을 주고 싶었어요. 그래서 따끔한 말 한마디를 곰곰이 생각했어요. 하지만 그 남자의 얼굴을 바라보자, 눈빛에 어찌나 위엄이 서려 있던지 세 번째 처녀는 그만 당황하고 말았지요.

"제가 소원을 빈 게 아저씨하고 무슨 상관이 있는 거죠?"

세 번째 처녀는 다만 이렇게 말했어요. 그러고는 얼굴이 붉어졌지요.

하지만 예쁜 손을 가졌으면, 하고 바랐던 처녀는 키가 큰 그 남자에게 왠지 믿음이 갔어요. 그 남자는 어딘지 모르게 아버지다우면서도 품위가 있어 보였지요.

그 처녀는 이렇게 말했어요.

"그래요, 우리는 진심으로 그렇게 되었으면 좋겠어요. 도대체 그보다 더 좋은 걸 바랄 수 있나요?"

거울 장수가 그들이 있는 곳으로 다가왔어요. 다른 사람들도 귀를 쫑긋 세웠지요. 그 낯선 남자는 모자챙을 위로 올렸어요. 그러자 명석해 보이고 훤칠한 이마와 위압적인 눈빛이 보였어요.

그 남자는 세 처녀에게 다정하게 고개를 끄덕이고는 빙그레 웃음을 지으며 큰 소리로 말했어요.

"봐요, 셋 다 모두 바라던 걸 이미 얻었어요!"

처녀들은 서로 바라보았어요. 그러고는 모두들 거울을 들여다보았어요. 셋 다 놀라움과 기쁨으로 얼굴이 백짓장처럼 하얗게 변했지요. 첫 번째 처녀는 무릎까지 오는 황금빛 고수머리를 하고 있었고, 두 번째 처녀는 공주처럼 아주 하얗고 가느다란 손에 거울을 들고 있었으며, 세 번째 처녀는 어느새 붉은색 가죽으로 만든 무용 신발을 신고 서 있었어요. 복사뼈가 노루처럼 아주 날씬했지요.

처녀들은 아직도 무슨 일이 일어났는지 감을 잡지 못했어요. 하지만 손이 아주 예뻐진 처녀는 너무나도 행복한 나머지 그만 와락 눈물을 쏟고 말았어요. 그 처녀는 자기 친구 어깨에 기대어 친구의 황금빛 나는 긴 머리카락 속에 얼굴을 묻고 환희의 눈물을 흘렸어요. 이제 그 노점 주위에서는 기적에 대한 이야기가 돌았어요. 사람들은 큰 소리로 외치며 그 이야기를 했지요. 이 모든 것을 지켜본 한 젊은 직인*은 눈을 휘둥그레 뜨고 마치 돌처럼 굳어 버린 것처럼 그 낯선 남자를 뚫어지게 바라보았어요.

그 낯선 남자가 직인에게 느닷없이 물었어요.

"젊은이도 뭔가 소원을 빌고 싶지 않나요?"

직인은 소스라치게 놀라 움찔했어요. 직인은 무척 당황해서 그저 주위를 휘 둘러보았어요. 도대체 무슨 소원을 빌어야 하는지 힌트라도 얻어 볼까, 한 것이었지요. 그때 직인은 돼지고기를 파는 푸줏간 주인의 노점 앞에서 통통하고 붉은 소시지가 고리 모양으로 묶여 매달려 있는 것을 보았어요.

직인은 그쪽을 가리키며 더듬더듬 말했어요.

"저런 소시지 다발이나 하나 가졌으면 좋겠어요."

그러자 노점에 걸려 있던 소시지 다발이 직인의 목에 척 걸렸어요. 이러한 광경을 지켜본 모든 사람들은 일제히 하하하 웃고 소리를 지르기 시작했어요. 그러고는 모두들 좀 더 가까이 다가가려고 우르르 몰려들었어요. 이제 사람들은 모두 소원을 하나씩 빌고 싶어 했어요. 모두들 소원을 말해도 되었지요. 제일 첫 번째 남자는 벌써 꽤 대담해져서 새 천으로 만든 일요일에 입는 나들이옷 한 벌이 갖고 싶다고 했어요. 그 말이 떨어지기가 무섭게 그 남자는 멋진 옷을 입고 있었어요. 완전히 새 옷이었어요.

---

*직인 : 중세 이후 수공업 조직인 길드에서 종사한 기술자. 도제와 장인의 중간을 말한다.

시장도 그보다 더 좋은 옷은 입지 못했지요.

그다음에는 한 시골 여자가 나섰지요. 그 여자는 용기를 내어 대뜸 10탈러를 달라고 했어요. 그러자 곧바로 10탈러가 그 여자의 주머니에서 짤랑거렸어요.

사람들은 여러 가지 기적이 실제로 일어나는 것을 두 눈으로 똑똑히 보았어요. 기적에 대한 소문은 곧바로 장이 서는 광장과 온 도시로 쫙 퍼져 나갔어요. 사람들은 거울 장사꾼의 노점 주위로 엄청나게 모여들었어요. 많은 사람들은 깔깔 웃고 비웃어 댔어요. 어떤 사람들은 한마디도 믿지 않았어요. 그리고 의심스럽다는 듯이 말했지요.

하지만 많은 사람들은 이미 소원을 빌고 싶은 열망에 사로잡혀 이글이글 불타오르는 눈과 한껏 달아오른 얼굴로 달려왔어요. 사람들의 얼굴은 욕심과 걱정으로 일그러져 있었어요. 왜냐하면 모두들, 자기들이 샘물을 푸러 가기 전에 이미 샘물이 말라 버릴까 봐 두려웠기 때문이었지요.

남자아이들은 케이크, 석궁*, 개, 호두, 아몬드가 잔뜩 들어 있는 자루와 책 그리고 미니 볼링 세트*를 가졌으면, 하고 소원을 빌었어요. 여자아이들은 새 옷, 리본, 장갑, 양산 따위를 받아 들고는 마냥 좋아라 하며 그곳을 떠났어요.

하지만 할머니와 함께 있다가 냅다 도망쳐 나와 멋진 구경거리며 대목장의 장관에 어쩔 줄 몰라 하던 한 열 살짜리 남자아이

---

*석궁 : 고대와 중세 유럽에서 쓰던 활의 하나로 돌을 쏘는 데에 썼다.
*미니 볼링 세트 : 책상 위나 야외에서 사방 1미터쯤 되는 판을 놓고 볼링을 하는 도구를 말한다.

는 맑고 또랑또랑한 목소리로 살아 있는 망아지 한 마리를 갖고 싶다고 했어요. 그리고 검은색 말이어야 한다고 했지요. 그러자 그 아이 뒤에서 곧바로 검은색 망아지 한 마리가 히히잉 울면서 아이의 어깨에 다정하게 머리를 비볐어요.

마술에 완전히 넋이 나간 사람들 사이로 한 중년의 독신 남자가 산책용 단장을 손에 잡은 채 마구 밀치고 들어갔어요. 그 남자는 부들부들 떨면서 앞으로 나섰어요. 너무나 흥분한 나머지 그 남자는 거의 한마디도 입 밖으로 꺼내지 못했어요.

그가 더듬으며 간신히 말했어요.

"내 소원은, 내 소원은 이백……."

낯선 남자는 그 독신 남자를 찬찬히 뜯어보고는 주머니에서 가죽 지갑을 꺼내 잔뜩 흥분한 그 키 작은 남자의 눈앞에 불쑥 내밀었어요.

낯선 남자가 말했어요.

"잠깐만요! 혹시 이 돈지갑을 잃어버리지 않았나요? 지갑 안에 반 탈러가 들어 있던데요."

그 독신 남자가 외쳤어요.

"맞아요. 그거 제 거예요!"

"다시 가질 건가요?"

"그럼요. 주세요."

독신 남자는 자기 돈지갑을 받아 들었어요. 그렇게 하는 바람에 소원을 이룰 수 있는 기회를 놓쳐 버렸지요. 독신 남자는 그러한 사실을 깨닫고는 너무너무 화가 나서 단장으로 그 낯선 남자를 마구 때렸어요. 하지만 그 남자를 맞추지는 못하고 거울 한 개만 내리쳤지요. 거울은 산산조각이 났어요. 쨍그랑쨍그랑 소리가 채 잦아들기도 전에 거울 장수는 자리에서 일어서서 돈을 달라고 했어요. 그 독신 남자는 값을 치러야 했지요.

그다음에는 집을 갖고 있는 뚱뚱하고 살집이 탱탱한 한 남자가 나서서 집의 지붕을 새로 얹기 위한 돈이 있었으면 좋겠다고 소원을 말했어요. 그러자 어느새 그 남자가 살고 있는 골목에서 그 남자의 집이 그 남자를 향한 채 반짝반짝 빛나고 있었어요. 완전히 새 기와와 하얗게 석회칠을 한 굴뚝 몇 개에서 빛이 났지요.

그러자 모두들 다시금 술렁거렸어요. 사람들은 더욱더 어렵고 귀한 것을 소원으로 빌었어요. 얼마 있지 않아 사람들은 한 남자가 조금도 부끄러워하지 않은 채 아주 겸손한 목소리로 5층짜리 새 집을 갖고 싶다고 말하는 것을 보았어요. 그리고 15분이 지나자, 그 남자는 창가 쪽 코니스* 위에 누워 창밖으로 대목장을 바라보고 있었지요.

이제 사람들은 대목장 같은 건 안중에도 없었어요. 그 도시의 모든 피조물들은 수원에서 강물이 흘러나오듯 그 낯선 남자가 서 있고 모두들 소원을 빌 수 있는 그곳, 그러니까 거울 노점 옆에서만 꾸역꾸역 밀려 나왔어요. 소원이 이루어질 때마다 감탄 섞인 외침이 쏟아져 나왔고, 부러움 가득한 말이나 요란한 웃음소리가 이어졌어요.

한 굶주린 남자아이가 자두가 가득 담겨 있는 모자를 갖고 싶

---

*코니스 : 건축물의 외면이나 내면에 붙인 띠 모양의 장식물.

어 하자, 그 아이의 소원대로 어떤 남자의 모자에 자두가 가득 담겼지요. 하지만 약간은 교만한 그 남자는 자기 모자를 다시금 탈러로 가득 채웠어요. 그다음에는 한 소상인의 뚱뚱한 부인이 심각한 갑상선 종양이 떨어져 나갔으면, 하고 소원을 빌었어요. 그러자 커다란 환호성과 박수갈채가 터져 나왔어요. 하지만 바로 그때 분노하고 시기하면 어떻게 되는지를 보여 주는 일이 벌어졌지요. 왜냐하면 부인과 원래 사이가 좋지 않은 데다 방금 다투기까지 한 그 여자의 남편, 그러니까 소상인이 부자가 될 수 있는 소원을 사라져 버린 종양이 원래 자리에 다시 오게 해 달라는 소원에 써 버렸기 때문이었어요.

하지만 일단 치료될 수 있다는 믿음이 생기자, 사람들은 수많은 불구자와 병자들을 데려왔어요. 팔다리가 마비된 사람들이 춤을 추기 시작하고, 눈먼 사람들이 행복에 겨운 눈빛으로 햇살을 반갑게 맞이하자 많은 사람들은 또다시 술렁거렸어요. 이런 일이 일어나고 있는 동안 젊은이들은 벌써 오래전에 이리저리 돌아다니며 그 엄청나고 놀라운 기적을 알렸어요.

사람들은 늙었지만 참한 여자 요리사에 대한 이야기를 하고 있었어요. 그 요리사는 아궁이 옆에 서서 주인집 가족을 위해 막거위 한 마리를 굽고 있었지요. 그런데 마침 그때 크게 외치는 소리가 요리사의 귓가에도 들렸어요. 그러자 요리사는 가고 싶은 마음을 참지 못하고 후닥닥 그곳을 빠져나와 시장이 서는 광장으로 달려갔어요. 한시 바삐 부자가 되어 행복하게 살고 싶다는 소원을 빌기 위해서였지요.

하지만 수많은 사람들을 뚫고 앞으로 나아갈수록 요리사는 양심의 가책을 받아 가슴이 콩닥콩닥 뛰었어요. 그래서 자기 차례가 되어서 소원을 빌 수 있었을 때 요리사는 모든 것을 포기하고 자신이 다시 아궁이로 돌아갈 때까지 거위 고기가 눌어붙지 않기만을 간절히 바랐어요.

소란한 분위기는 좀처럼 가라앉지 않았어요. 아이를 돌보던 여자들은 일제히 집 밖으로 우르르 뛰쳐나갔어요. 그러고는 보살피던 아이들을 팔에 안고 데려갔어요. 몸져누워 있던 사람들은 흥분한 나머지 속옷 바람으로 골목길로 달려갔어요. 한 키 작은 여자 역시 완전히 당황하고 절망에 찬 표정으로 시골에서 먼 길을 달려왔지요.

소원이 뭐냐고 묻자 그 여자는 흐느껴 울면서 잃어버린 손자가 제발 무사히 집으로 돌아왔으면 좋겠다고 했어요. 그런데 바로 그때 아까 소원을 빌었던 그 남자아이가 검정색 망아지를 타고 나타났어요. 그러고는 깔깔 웃으면서 그 여자의 품에 와락 안겼지요.

마침내 도시 전체가 한데 모여 열광의 도가니에 빠졌어요. 소원을 이룬 사랑하는 남녀들은 팔짱을 끼고 돌아다녔고, 가난한 가족들은 경마차를 타고 이리저리 돌아다니고 있었어요. 오늘 아침에 입고 나온 누덕누덕 기운 낡은 옷을 그대로 입고 있었지요.

바보 같은 소원을 빌어서 절절이 후회가 되는 수많은 사람들은 슬픔에 잠겨 그곳을 떠나거나 어떤 익살꾼의 소원대로 최고급 포도주로 가득 채운 오래된 광장 분수에서 포도주를 마시며 슬픔을 잊었어요.

마침내 팔둠 시에는 그 기적에 대해 모르는 바람에 아무것도 소원을 빌지 못한 사람이 딱 두 명만 남게 되었어요. 그 둘은 바로 두 젊은이였어요. 둘은 교외의 어느 오래된 집의 높은 다락방에서 창문을 꼭꼭 걸어 잠그고는 콕 처박혀 있었지요.

　　한 젊은이는 다락방 한가운데 서서 바이올린을 턱 밑에 대고 온 마음으로 연주를 하고 있었고, 또 한 젊은이는 다락방 구석에 앉아 두 손으로 머리를 감싸 쥐고 귀 기울여 연주를 듣느라 여념이 없었어요. 작은 유리창을 통해 저녁 햇살이 비스듬히 들어와 탁자 위에 놓인 꽃다발 깊숙한 곳에서 눈부시게 빛났어요. 햇살은 너덜너덜 찢어진 벽지 위에서 아른거렸어요.

　　그 다락방은 따스한 빛과 불타오르는 듯한 바이올린의 선율로 온통 가득 찼어요. 마치 비밀스러운 작은 금고가 여러 보물들이 뿜어내는 광채로 가득 찬 것 같았지요. 젊은이는 몸을 이리저리 흔들고 두 눈을 꼭 감은 채 바이올린을 연주했어요. 연주를 듣고 있던 사람은 조용히 방바닥을 내려다보며 앉아 있었어요. 돌처럼 굳은 모습으로 넋이 나간 듯한 표정을 짓고 있었지요. 살아 있는 사람 같지가 않았어요.

　　그때 골목길에서 요란한 발소리가 들려왔어요. 그 건물의 현관문이 홱 열리더니 무거운 걸음걸이로 쿵쿵 소리를 내며 계단을 올라오는 소리가 들렸어요. 그 소리는 다락방 바로 앞에서 멈추었지요. 그건 바로 집주인이었어요. 집주인은 다락방 문을 홱 열더니 하하 웃으면서 소리를 질러 댔어요. 바이올린 연주는 갑자기 뚝 끊겼고, 음악을 조용히 듣고 있던 젊은이는 벌컥 화가 나고 짜증이 나서 발딱 일어났어요.

바이올린을 연주하던 젊은이도 방해받은 것에 무지 화가 나고 마음이 울적해졌어요. 젊은이는 웃고 있는 그 남자의 얼굴을 나무라는 듯한 눈빛으로 바라보았어요. 하지만 집주인은 그런 것에는 아랑곳하지 않고 술에 잔뜩 취한 사람처럼 두 팔을 흔들며 외쳤어요.

"이 바보들아, 자네들은 여기 틀어박혀 바이올린에나 빠져 있군. 하지만 바깥세상은 완전히 달라졌어. 정신 차리고 너무 늦기 전에 달려들 가 봐. 광장 장터에 어떤 남자가 있는데 그 남자는 사람들의 소원을 한 가지씩 들어 준단 말이야. 그러니까 이제 자네들은 지붕 밑에 살면서 쥐꼬리만 한 방세를 못 내 걱정하지 않아도 돼. 너무 늦기 전에 어서들 가 봐! 나도 오늘 부자가 됐다니까."

바이올린을 연주하던 젊은이는 놀란 눈으로 그 말을 들었어요. 집주인이 바이올린 연주자를 자꾸 귀찮게 하자, 바이올린 연주자는 바이올린을 옆으로 치우고는 모자를 머리에 눌러썼어요. 친구는 말없이 뒤를 따랐어요. 집 밖으로 나가기가 무섭게 둘은 이미 도시의 절반이 아주 이상야릇하게 변해 버린 것을 눈으로 직접 보았지요. 둘은 어제까지만 해도 비스듬하고 나지막하고 잿빛이 났지만, 이제는 궁전처럼 높고 멋진 모습으로 우뚝 서 있는 집들 옆을 지나갔어요. 꼭 꿈을 꾸고 있는 것만 같았는데 마음은 불안했어요.

거지였던 사람들이 말 네 필이 끄는 마차를 타고 여기저기 돌아다니기도 하고, 멋진 집의 창가에서 우쭐한 모습으로 떡 버티고 서서 밖을 내다보기도 했어요. 재봉사처럼 보이는 키가 크고 비쩍 마른 한 남자는 −아주 작은 개 한 마리가 그 남자를 졸졸 따라갔어요.− 지친 모습으로 땀을 삐질삐질 흘리며 커다랗고 무거운 자루를 질질 끌고 있었어요. 자루에 난 작은 구멍으로 금화 몇 개가 새어 나와 포장도로에 한 닢, 두 닢 쨍그랑쨍그랑 떨어졌어요.

두 젊은이는 자신도 모르는 사이에 광장 장터로 갔어요. 그러고는 거울을 파는 노점 앞으로 갔지요. 그곳에는 그 낯선 남자가 서 있었어요.

그 남자가 젊은이들에게 말했어요.

"소원을 비는 게 별로 급하지 않은 모양이군요. 막 떠나려고 했지요. 자, 바라는 걸 말해 보세요. 편하실 대로 하세요."

바이올린 연주자는 고개를 절레절레 저으며 말했어요.

"아, 저를 좀 그냥 내버려 두셨으면 좋겠네요! 저는 필요한 게 없어요."

그러자 낯선 남자가 외쳤어요.

"그래요? 곰곰이 생각해 보세요! 아무 거나 떠오르는 걸 소원하면 되는 거예요."

그러자 바이올린 연주자는 잠시 동안 눈을 감고 골똘히 생각에 잠겼어요.

그러고는 나지막하게 말했어요.

"저는 온 세상의 소음이 내게 더 이상 밀려오지 못하도록 아주 멋지게 연주할 수 있는 바이올린이 있었으면 좋겠어요."

그 말이 떨어지기가 무섭게 바이올린 연주자는 멋진 바이올린과 활을 두 손에 들고 있었어요. 그 젊은이는 바이올린을 몸에 대고 연주를 시작했어요. 그 소리는 낙원의 노래처럼 달콤하고 힘찼어요. 그 곡을 듣는 사람들은 멈추어 서서 귀를 기울이고 진지한 눈빛을 했어요. 바이올린 연주자는 점점 더 온 마음을 다해, 그리고 이루 말할 수 없이 아름답게 연주했어요. 그러자 그 젊은이는 보이지 않는 어떤 것들에 의해 끌어올려지더니 대기 속으로 사라져 버렸어요. 그리고 아득히 먼 곳에서 그가 연주하는 음악이 저녁노을처럼 고즈넉하게, 하지만 화려하고 아름답게 울려 퍼졌어요.

그 낯선 남자는 다른 젊은이에게 물었어요.

"젊은이는요? 어떤 소원을 빌고 싶어요?"

젊은이가 말했어요.

"당신은 제게서 바이올린 연주자를 빼앗아가 버렸어요! 저는 살면서 듣고 보는 것 이외에는 아무것도 바라지 않아요. 저는 영원히 변치 않는 그 어떤 것만 생각하고 싶어요. 그래서 저는 산이 되고 싶어요. 팔둠 지역만큼 광대하고 산봉우리가 구름 위로 치솟을 정도로 높은 산이 되고 싶어요."

그러자 땅속에서 우레와 같은 소리가 나면서 모든 것이 흔들리기 시작했어요. 유리가 짤깍짤깍하는 소리가 들리고, 거울이 하나둘 차례로 길에 깔린 돌 위에 떨어져 산산조각이 났어요. 광장 장터는 이리저리 흔들거리면서 불쑥 솟아올랐어요. 마치 헝겊 밑에서 까무룩 잠들었던 고양이가 잠에서 깨어나 등을 동그랗게 말아 올릴 때 그 헝겊이 쑥 올라가는 것 같았지요.

사람들은 엄청나게 큰 두려움에 사로잡혔어요. 수천 명의 사람들이 비명을 지르며 시내에서 들로 도망을 갔어요. 하지만 광장 장터에 그대로 남아 있던 사람들은 그 도시 뒤에서 어마어마한 산 하나가 저녁 구름들이 있는 데까지 치솟아 오르는 것을 보았어요. 그리고 아래쪽으로는 고요히 흐르는 시내가 하얗고 거센 모습으로 변하는 것을 보았어요. 또한 그 물이 산꼭대기에서 거품을 일으키며 아래로 흘러내리고 튀어 오르며 골짜기로 흘러가는 것도 보았지요.

눈 깜짝할 사이에 팔둠 지역은 거대한 산이 되어 버렸어요. 산자락 기슭에는 그 도시가 있었지요. 그리고 멀리 낮은 곳에는 바다가 보였어요. 하지만 다친 사람은 하나도 없었어요.

거울을 파는 노점 옆에 서서 이 모든 광경을 지켜본 한 노인은 자신의 이웃에게 말했어요.

"세상이 미쳤어. 앞으로 살날이 얼마 안 남아서 다행이야. 그 바이올린 연주자가 없는 것, 그것 한 가지만 아쉽네. 한 번 더 연주를 듣고 싶군."

그러자 이웃이 말했어요.

"그게 말이야. 그런데 그 낯선 남자는 대체 어디로 갔지?"

두 사람은 주위를 휘 둘러보았어요. 그 남자는 사라지고 없었어요. 두 사람은 새로 생긴 산을 올려다보았어요. 낯선 남자는 바람에 외투 자락을 펄럭이며 산 위쪽으로 가고 있었어요. 그러고는 잠시 저녁 하늘을 향해 서 있었어요. 그 모습은 엄청나게 컸지요. 그 낯선 남자는 바위 모퉁이를 돌아 사라져 버렸어요.

산

모든 것은 소멸하고, 모든 새로운 것들은 낡게 마련이지요. 대목장은 오래전에 사라져 버렸어요. 그때 부자가 되기를 소원했던 꽤 많은 사람들은 이미 오래전에 또다시 가난해졌어요. 붉은빛이 감도는 긴 황금빛 머리를 가진 처녀는 이미 오래전에 결혼하여 아이들을 낳았어요. 그 아이들은 해마다 늦여름이 되면 시내의 대목장에 갔지요.

재빠르고 날쌘 발로 춤추던 처녀는 팔둠 시에 사는 어떤 장인의 아내가 되었어요. 장인의 아내는 여전히 춤을 잘 출 수 있었어요. 나이 어린 여느 처녀들보다도 훨씬 잘 추었지요. 그녀의 남편 역시 당시에 큰돈을 갖게 해 달라고 소원을 빌었지만, 그 쾌활한 부부는 살아 있는 동안 그 돈을 다 써 버리게 될 것 같았어요.

하지만 손이 예뻐진 세 번째 처녀는 그 누구보다도 거울을 파는 노점 옆에 있던 그 낯선 남자 생각을 가장 많이 했어요. 결혼을 하지 않았거든요. 그 처녀는 부자도 되지 못했어요. 그러나 두 손은 여전히 예뻤지요. 그 처녀는 손 때문에 더는 농사일을 하지 않고, 자신이 사는 시골 마을에서 필요할 때면 아이들을 돌보아 주었어요. 아이들에게 옛이야기나 여러 가지 이야기를 들려주기도 했고요. 아이들은 너나 할 것 없이 그 놀랍고 신기한 대목장 이야기며 가난한 사람들이 부자가 된 이야기 그리고 팔둠이라는 나라가 산으로 변해 버린 이야기를 그 처녀에게서 들었지요.

그런 이야기를 들려줄 때면 그 처녀는 생긋 웃으며 앞쪽을 응시하다가 공주처럼 가느다랗고 기다란 자신의 두 손을 바라보면서 어찌나 감격스러워하고 진심어린 눈빛을 보이던지 그때 여러 가지 거울 옆에서 그 처녀보다 더 기가 막힌 행운의 제비를 뽑은 사람은 없다고 모두들 믿을 수밖에 없었어요. 비록 그 처녀가 가난하고 남편도 없이 살면서 처음 보는 아이들에게 자신의 아름다운 이야기들을 들려주는 처지가 되었지만 말이에요.

그 당시 젊었던 사람들은 이제는 나이가 들었고, 늙었던 사람들은 이제는 죽고 없었어요. 오로지 산 단 하나만 변하지도 않고 나이도 먹지 않은 채 우뚝 서 있었지요. 산꼭대기에 덮여 있는 눈이 구름 사이로 반짝반짝 빛날 때면 산은 씩 웃음을 지으며 자신이 더 이상 인간이 아니라는 사실과 인간들이 만들어 놓은 시간으로 더는 계산하지 않아도 된다는 사실에 기뻐하는 것 같았어요.

산의 바위들은 그 도시와 국토 위 한참 높은 곳에서 반짝반짝 빛났어요. 엄청나게 거대한 산 그림자는 매일 낮이면 땅 이곳저곳을 옮겨 다니며 드리워졌고, 여러 줄기의 시냇물과 강물은 산 아래쪽에 계절이 오고 간다는 것을 알려 주었어요. 산은 모든 것들의 안식처이자 아버지와 같은 존재가 되었지요. 산에서는 숲이 생겨났고, 초원은 바람에 일렁이는 풀들과 꽃들로 뒤덮였어요. 또한 산 이곳저곳에서는 샘물이 퐁퐁 솟아났으며 눈과 얼음과 돌도 생겨났어요. 그리고 그 돌들 위에는 다채로운 색깔을 띤 이끼가 자라났고 시냇가에는 물망초가 피어났어요.

산속에는 여러 개의 동굴이 있었어요. 해마다 동굴에서는 물이 변함없이 한결같은 음악 소리를 내며 여러 개의 바위에서 바위들 위로 한 방울, 한 방울 똑똑 떨어졌어요. 마치 은실 같았지요. 그리고 산의 협곡에는 비밀스러운 텅 빈 동굴들이 여럿 있었어요. 그곳에서는 천 년 동안 지속된 인내심으로 수정이 여기저기 자라고 있었어요.

산꼭대기에 올라간 사람은 아무도 없었어요. 하지만 상당수의 사람들은 산 정상에 작고 둥근 호수가 있는지, 또한 그 호수에는 태양과 달과 구름들과 별들 이외에 다른 무엇인가가 비친 적은 결코 한 번도 없었을까, 하고 궁금해했어요. 인간이건 짐승이건 산이 하늘을 향해 불쑥 내밀고 있는 이 사발처럼 생긴 호수를 바라본 존재는 여태껏 하나도 없다고 했어요. 독수리들조차도 그렇게 높이 날아오르지는 않는다는 게 바로 그 이유였지요.

팔둠 사람들은 시내에서, 그리고 수많은 골짜기에서 즐겁게 살았어요. 그들은 자신들의 아이들에게 세례를 베풀고, 시장에서 장사를 하거나 일을 해서 돈을 벌었어요. 또한 누군가 죽으면 서로를 땅에 묻어 주었어요. 자자손손 대대로 전해 내려온 것은 산에 대한 지식과 꿈들이었어요.

양치기들과 알프스 영양 사냥꾼들, 위험한 알프스 산비탈에서 마른풀을 베는 사람들과 꽃을 모으는 사람들, 그리고 그 지방에서 치즈를 만드는 사람들과 나그네들은 그 보물을 한층 더 풍성하게 만들었고, 서정 시인들과 이야기꾼들은 그 보물을 전해 주었어요. 그들은 칠흑같이 어두운 동굴들에 대해서, 그리고 꼭꼭 숨어 있는 바위 틈새에 있는, 햇빛 한 줄기 들지 않는 폭포들과 깊숙이 패어 있는 빙하에 대해서 잘 알고 있었어요. 또한 그들은 눈사태가 난 길들과 악천후 지대도 잘 알고 있었어요. 그 나라의 기온이 따스한지, 아니면 영하의 추위가 찾아오는지, 물줄기는 잘 흐르고 식물은 제대로 성장하는지, 또한 날씨와 바람이 어떠한지는 전적으로 그 산에서 비롯되었지요.

이전 시대에 대해서 그 이상으로 알고 있는 사람은 없었어요. 하지만 마법과도 같으면서도 기이한 대목장—팔둠에 사는 모든 사람들은 무슨 소원이건 모두 빌 수 있었지요.—에 대한 아름다운 전설은 온전히 전해 내려오고 있었어요. 그러나 그날 산도 생겨났다는 사실은 이제는 아무도 믿으려 하지 않았어요. 모든 사물이 생겨날 때부터 산은 지금 있는 그 자리에 있었던 게 틀림없고, 영원히 그곳에 우뚝 서 있을 것 같았지요.

산은 고향이자 팔둠이었어요. 하지만 사람들은 세 명의 처녀와 바이올린 연주자에 대한 이야기는 몇 번이고 듣고 싶어 했어요. 방문을 꼭 걸어 잠그고는 바이올린을 켜는 일에 푹 빠져 언젠가 자신이 가장 아름다운 곡을 연주할 때 하늘로 홀연히 올라가 버린 그 바이올린 연주자처럼 자신도 사라져 버려 바람처럼 휙 날아갔으면, 하고 꿈꾸는 젊은이들은 곳곳에 늘 있었어요.

산은 웅장한 모습을 간직한 채 평온하게, 그리고 담담하게 살았어요. 날이면 날마다 산은 아득히 먼 바다에서 붉은 태양이 두둥실 떠올라 자신의 봉우리 주위로 둥근 곡선을 그리며 동쪽에서 서쪽으로 지나가는 것을 보았어요. 그리고 매일 밤, 별들이 그와 똑같은 길, 그 고즈넉한 길을 가는 것도 보았지요. 해마다 겨울은 눈과 얼음으로 산을 두껍게 푹 감쌌고, 해마다 눈사태는 자신들의 갈 길을 제때 찾아갔어요. 그리고 아직 눈이 채 녹지 않고 남아 있는 가장자리에는 파랗고 노란 여름 꽃들이 초롱초롱한 눈망울로 깔깔 웃고 있었어요. 시냇물은 콸콸 솟구쳤고, 호수들은 햇빛을 받아 따스해지면서 쪽빛으로 물들었어요.

눈에 보이지 않는 험하고 좁은 골짜기에서는 갈 길을 잃은 물줄기가 우레와 같은 둔탁한 소리를 내며 울렸고, 산꼭대기에 있는 작고 둥근 호수는 두꺼운 얼음에 덮인 채 한여름 잠시 자신의 초롱초롱 빛나는 눈을 크게 뜨게 되기만을 일 년 내내 기다렸어요. 그건 바로 며칠 동안 태양을, 그리고 며칠 밤 동안 별들을 비추게 하기 위해서였지요. 어두운 동굴에는 물이 고였고, 바위에서는 물방울이 뚝뚝 떨어지는 소리가 끊임없이 들렸어요. 신비에 가득 찬 골짜기에서는 천 년 동안 자란 수정들이 완전한 모습을 이루기 위해 묵묵히 자라고 있었어요.

그 도시보다 높지 않은 산기슭에 골짜기가 하나 있었어요. 그곳에는 수정같이 맑고 넓은 시내가 오리나무들과 버드나무들 사이로 굽이쳐 흘렀어요. 서로 사랑하는 젊은이들은 그곳으로 가서 산과 나무들로부터 사계절의 경이로움을 배웠어요. 또 다른 골짜기에서는 남자들이 말을 타고 무기를 다루는 훈련을 하고 있었고, 해마다 하짓날 밤이면 가파르고 높은 한 바위 봉우리에서 엄청나게 큰 불꽃이 활활 타올랐어요.

세월은 화살같이 지나갔어요. 산은 사랑에 빠진 젊은이들이 찾아가는 골짜기와 연병장을 지켜 주었어요. 산은 치즈를 만드는 사람들과 나무꾼들, 사냥꾼들과 뗏목꾼들에게 자리를 내 주었어요. 또한 산은 집을 지을 돌이나 바위 그리고 녹여서 사용할 쇠도 주었지요. 산은 하짓날 둥근 바위 봉우리에서 최초의 불꽃이 활활 타오르는 것을 담담하게 지켜보았어요. 그러고는 그대로 내버려 두었지요. 산은 그런 불꽃이 백 번, 그리고 수백 번 되풀이되는 것을 보았어요. 산은 저 아래쪽에서 그 도시가 작고 뭉툭한 팔을 움직여 조금씩 조금씩 자리를 넓혀 나가다가 오래된 돌담 너머까지 뻗어 나가는 것도 보았어요. 산은 사냥꾼들이 석궁을 까맣게 잊어버리고 총을 쏘는 것도 보았지요. 산에게는 수백 년이 마치 사계절이 지나가는 듯 여겨졌고, 일 년은 한 시간처럼 여겨졌지요.

오랜 세월이 흘렀어요. 한번은 바위의 평편한 면에서 붉은 하짓날 불꽃이 더 이상 이글이글 타오르지 않았어요. 그러고는 하짓날 불꽃은 그때부터 사람들의 머릿속에서 잊혔지요. 그래도 산은 아랑곳하지 않았어요. 오랜 세월이 흐르면서 사람들이 무기 훈련을 하던 골짜기가 황폐해지고, 경주로에는 질경이와 엉겅퀴가 자라나도 산은 조금도 걱정하지 않았어요. 수백 년이 흐르던 어느 날, 산사태가 일어나 산의 모습이 변하고, 우르르 굴러 떨어지는 바위들 밑에서 팔둠 시의 절반이 폐허가 되어도 산은 그것을 미리 막지도 않았어요. 산은 아래쪽을 내려다보는 일이 거의 없었어요. 그래서 산산이 부서지고 파괴되어 버린 그 도시가 재건되지 않고 그 상태로 그대로 있다는 것을 알아차리지도 못했지요.

산은 이 모든 것에 아랑곳하지 않았어요. 하지만 다른 일에 슬슬 신경이 쓰였지요. 세월이 유수같이 흘러갔어요. 그리고 산은 나이가 들었어요. 태양이 떠오르고 움직이고 지는 광경을 봐도 예전에 느꼈던 기분이 들지 않았어요. 또한 별들이 창백한 빙하에 비쳐도 이제는 자신이 별과 같다는 생각도 들지 않았지요. 이제 산에게는 태양도 별들도 더는 중요하지 않았어요. 이제 산에게 중요한 것은 바로 자기 자신에게서, 그리고 자신의 내면에서 일어나고 있는 그 어떤 것이었어요. 왜냐하면 자신의 바위들과 동굴들 밑, 그 깊숙한 곳에서 어떤 낯선 손 하나가 일을 해나가고 있다는 것과 딱딱한 원생 암석이 물러져 편암층으로 풍화되었다는 것, 그리고 시내와 폭포가 서로를 깊이 깊이 먹어치우는 것이 모두 느껴졌기 때문이었어요.

빙하는 사라지고 호수는 커졌어요. 숲은 자갈밭으로 변하고, 초원은 시커먼 늪으로 변했어요. 빙하에 의하여 운반되어 하류에 쌓인 돌무더기와 암석 파편 더미로 이루어진, 황량하기 짝이 없는 띠 여러 개가 뾰족한 혓바닥 같은 모습을 한 채 땅속으로 한없이 쑤시고 들어갔어요. 그래서 저 아래쪽 땅은 기이하게도 다른 모습을 지니게 되었지요. 참으로 기이하게도 돌이 많아지고 불에 탄 것처럼 메마르고 적막했어요. 참으로 이상한 일이었지요. 산은 점점 더 자기 자신 속으로 움츠러들었어요. 산은 태양과 별들이 자신과 같지 않다는 것을 가슴 깊이 느꼈어요. 자신과 같은 것은 바람과 눈, 그리고 물과 얼음이었어요. 자신과 같은 것들은 영원할 것처럼 보이기는 하지만 서서히 사라지는 것, 천천히 소멸해 버리는 것들이었지요.

산은 한층 더 간절한 마음으로 자신의 시냇물을 골짜기로 이끌었고, 한층 더 세심하게 자신의 눈사태가 쏟아지게 하고, 한층 더 다정하게 태양에게 초록 들판에 핀 자신의 꽃들을 내밀었어요. 그리고 산은 나이가 많이 들자 인간들도 다시금 떠올리게 되었어요. 산은 인간을 자신과 같다고 여길 턱이 없었겠지만, 인간들을 바라보기 시작했어요. 산은 자신이 버림받은 것만 같은 기분이 들기 시작했어요. 또한 지난날을 돌아보기 시작했지요. 사라져 버린 것은 그 도시 하나뿐만이 아니었어요. 사랑의 골짜기에서는 노랫소리가 들리지 않았고, 알프스 위의 목장들에서는 더 이상 오두막이 보이지 않았어요. 이제 인간은 더 이상 살지 않았지요. 인간들 역시 사라져 버린 거예요. 사방이 고요해지고, 시들시들 생기도 잃고, 대기 중에는 그늘이 드리워져 있었어요.

사라지고 소멸한다는 것이 무엇인지 느끼게 된 산은 온몸을 부르르 떨었어요. 그러자 산봉우리가 옆으로 쿵 내려앉더니 와르르 굴러 떨어졌어요. 그리고 산산이 부서진 바위 조각들이 산봉우리를 따라 이미 오래전에 돌로 가득 채워진 사랑의 골짜기 너머로 데굴데굴 굴러 바닷속에 풍덩풍덩 빠졌어요.

그래요. 시대가 달라진 것이지요. 어떻게 해서 산은 이제 인간들을 줄기차게 떠올리고, 또 그들을 생각할 수밖에 없게 된 것일까요? 예전에 하짓날 피워 올린 불꽃이 활활 타오르던 광경이며 사랑의 골짜기에서 젊은이들이 두 명씩 짝지어 거닐던 모습은 이루 말할 수 없이 아름답지 않았던가요? 또 이따금씩 젊은이들의 노랫소리는 얼마나 달콤하고 따스하게 울려 퍼졌든지요!

늙어 버린 산은 추억에 푹 빠졌어요. 산은 수백 년이 흘러가는 것도, 이곳저곳에 있는 동굴들 속에서 나지막한 천둥소리를 내며 우르르 무너져 내리고 그 무너져 내린 것이 좌르르 밀려가는 것도 거의 느끼지 못했어요. 사람들 생각을 하노라면, 산은 지나간 모든 시대에 대한 회상에 막연히 잠기면서 가슴이 아팠어요. 그건 바로 알 수 없는 감동이자 사랑이었고, 뭔지 모를 몽롱한 한 편의 꿈과도 같은 것이었지요. 산은 마치 자신 역시 한때는 하나의 인간이었거나 인간과 비슷한 어떤 존재였던 것 같았어요. 또한 자신이 노래를 하고, 또 남들이 노래를 부르는 것도 들었던 것도 같고, 자신의 나이가 얼마 되지 않았을 때 이미 모든 게 덧없기 짝이 없다는 생각이 불현듯 가슴속을 스치고 지나간 것도 같았어요.

세월은 흘러갔어요. 무너져 내린 뒤, 거친 암석 사막에 빙 둘러싸인 채 죽어가고 있던 산은 자신의 이런저런 꿈들에 푹 빠져 있었어요. 전에는 어떠했을까요? 울려 퍼지던 그 소리, 지나가 버린 과거 세계와 산을 연결시켜 주었던 섬세한 은실 한 가닥이 있지 않았던가요? 산은 곰팡이가 슬어 썩어 버린 추억들이 아로새겨져 있는 밤을 갖은 애를 쓰며 힘겹게 하나하나 파헤치고, 두 손을 쭉 뻗어 더듬더듬하면서 토막토막 끊어져 버린 실들을 쉬지 않고 찾고, 과거의 심연 위로 자꾸만 몸을 깊숙이 굽혔어요. 아득한 옛날, 산에게도 한번쯤은 유대감이, 사랑이 불타오르지 않았을까요? —한때는 산도, 그 고독한 존재, 그 위대한 존재 역시 자신과 똑같은 존재들 사이에서 그 존재들과 똑같지 않았을까요?— 한때는 산에게도 태초에는 그의 어머니가 노래를 불러 주지 않았을까요?

산은 골똘히 생각하고 또 생각했어요. 산의 두 눈, 곧 그 푸른 호수들은 뿌옇게 되고 농도가 짙어지더니 늪과 습지로 변해 버렸어요. 그리고 띠처럼 길게 풀이 난 지대와 꽃들이 핀 넓지 않은 터 위로 돌 조각들이 가만가만 흘러 내려왔어요. 산은 곰곰 생각했어요. 아득히 먼 곳에서 무슨 소리가 울렸어요. 어떤 소리가 이리저리 떠돌아다니는 게 느껴졌지요. 그것은 어떤 노래였어요. 인간들의 노래요.

그 노래가 인간들의 노래라는 것을 알아차린 산은 너무나도 기쁜 나머지 —하지만 가슴이 아프기도 했지요.— 부르르 떨었어요. 산은 그 음향을 들었어요. 그리고 한 인간이, 곧 한 젊은이가 음향에 온통 둘러싸인 채 대기를 뚫고 햇살 가득한 하늘로 둥실 날아오르는 것을 보았어요. 그러자 가슴속에 묻혀 있던 수없이 많은 기억들이 마구 뒤흔들렸어요. 그러고는 보슬비가 보슬보슬 내리듯 하나둘 소르르 흘러내려 떼구르르 굴러가기 시작했어요. 산은 짙은 색의 눈동자를 가진 한 인간의 얼굴을 보았어요.

짙은 색의 두 눈은 무슨 신호라도 보내려는 듯이 깜빡이면서 산에게 물었어요.

"소원 하나 빌어 보지 않을래?"

산은 소원을 빌었어요. 가슴속에 고이 간직한 소원이었지요. 산이 소원을 빌자 산이 아득히 먼 옛날의 일들, 까마득히 잊고 있었던 그 일들을 기억해 내야 할 때마다 느꼈던 고통이 죄다 똑똑 떨어져 나갔어요. 그리고 산에게 고통을 안겨 주었던 것들도 모두 떨어져 나갔어요. 산과 평지는 무너져 내려 하나가 되었어요. 그리고 팔둠이 있던 곳에는 끝없는 바다가 쏴쏴 소리를 내며 넘실대고 있었어요. 그리고 그 위로는 태양과 별들이 교대로 지나갔지요.

(1915)

제국

크고 아름답지만 부유하지는 않은 어떤 나라가 있었어요. 그 나라 백성들은 마음씨가 착하고 소박했어요. 하지만 활기차고 자신들의 운명에 만족하며 살았어요. 부유함과 유복한 삶, 우아함과 화려함 같은 것은 별로 없었지요. 그래서 꽤 잘사는 이웃 나라들은 때때로 그 큰 나라에서 사는 이 보잘것없는 백성들을 볼 때면 비웃고 딱하게 여기기도 했어요.

하지만 돈으로 살 수는 없지만 사람들이 높이 평가하는 몇 가지 것들은 다른 분야에서는 이렇다 하게 내세울 게 없는 그 나라 백성들 사이에서는 크게 번창했어요. 이 몇 가지 것들은 날로 번창해서 그 가난한 나라는 힘이 별로 없는데도 점차 유명해지고 평판이 좋아졌어요.

그 나라에서는 음악, 문학, 지혜로운 사상 같은 것들이 번창했어요. 사람들이 위대한 현자, 예를 들면 성직자나 시인에게 부유하고 우아하고 상류층의 취향을 지닐 것을 요구하지는 않아도 나름대로 존경심이 일듯이 힘센 나라의 백성들 또한 기이하기 짝이 없는 이 가난한 민족을 존경했지요.

힘 있는 나라 사람들은 그 가난한 나라의 가난 또는 그 나라 사람들이 처세에 왠지 능하지 못하고 세련되지 못한 점에 대해서는 어깨를 으쓱했지만, 조금도 시샘하는 마음 없이 그 나라의 철학자들과 시인들과 음악가들에 대해 즐겨 이야기를 나눴어요.

사상을 간직한 그 나라는 비록 가난하고 이웃 나라들의 억압을 받아도 따스함과 사상, 이 두 가지의 조용하고 유익한 강물이 끊임없이 유유히 이웃 나라들과 전 세계로 차츰차츰 흘러 나갔어요.

하지만 그 나라에는 아주 오래되고 심각한 문젯거리가 하나 있었어요. 그 때문에 그 나라 백성들은 외국인들에게 조롱을 받을 뿐만 아니라 스스로도 괴로워하고 고통스러워했지요. 이 아름다운 나라의 서로 다른 수많은 부족들은 옛날부터 서로 사이가 아주 안 좋았어요. 늘 싸우고 질투를 했지요.

그리고 때때로 어떤 사상이 일어나 그 민족 중에서 가장 뛰어난 남자들이 그 사상에 대해 말한다 할지라도 사람들은 의견의 일치를 보고 함께 우호적으로 단결해야 했어요. 설사 어떤 사상이 있다 해도 수많은 부족 중 하나가, 또는 그 부족의 군주가 다른 부족들이나 군주들보다 자기네가 훨씬 더 훌륭한 줄 알고 지배권을 가지려고 하면, 대부분의 사람들은 거부감을 느껴서 절대로 의견이 하나로 통일되지 못했어요.

그 나라를 정복한 뒤 끔찍할 정도로 억압을 했던 어떤 외국의 군주를 물리치자, 마침내 그 나라는 하나로 통일이 될 것 같았어요. 하지만 사람들은 또다시 곧바로 서로 다투기 시작했어요. 세력이 크지 않은 수많은 군주들은 그것에 저항했어요. 그 군주들의 신하들은 군주들의 엄청난 총애를 받았어요. 관직이나 직위 그리고 다양한 유대 관계 등을 통해서였지요. 그래서 사람들은 대부분 만족해서 개혁을 할 계획은 없었어요.

그 사이 전 세계에는 총체적인 변혁이 일어났어요. 사람이건 사물이건 모두 기이한 변화를 맞이했지요. 그 변화는 유령이나 어떤 하나의 질병처럼 첫 번째 증기 기관의 증기에서 솔솔 피어오르더니 곳곳에서 삶을 바꾸어 놓았어요. 세상은 온통 일과 부지런함으로 가득 찼어요. 기계가 세상을 지배했고, 세상은 끊임없이 새로운 일을 하도록 내몰리고 있었지요.

엄청난 부가 생겨났고 기계를 발명한 대륙은 세계를 이전보다 훨씬 더 많이 지배하게 되었어요. 그리고 그 대륙의 세력가들은 나머지 대륙들 위에 군림했으며 힘없는 사람들은 손에 쥐는 게 하나도 없었지요.

우리가 지금 얘기하고 있는 그 나라에도 그 물결이 밀려왔어요. 하지만 그 나라는 이렇다 할 역할을 하지 못해 차지하는 몫은 별로 없었어요. 세계의 부는 또다시 분배되었고 그 가난한 나라는 이번에도 손에 쥔 게 거의 없는 것 같았어요.

그런데 모든 것이 갑자기 다른 방향으로 흘러갔어요. 오래전부터 부족들의 통일을 요구했던 목소리들은 결코 침묵하지 않았어요. 한 위대하고 힘센 정치가가 나타났지요. 그 나라는 거대한 이웃 민족에게 이루 말할 수 없이 빛나고 행복한 승리를 거두었어요. 그러자 그 나라는 강력해지고 통일을 이루었지요. 그 나라의 부족들은 이제 동맹을 이루고 거대한 제국을 세웠어요.

몽상가들과 철학자들과 음악가들의 가난한 나라는 잠에서 깨어나 부유하고 거대해졌어요. 그리고 통일이 되었지요. 그 나라는 동등한 권력을 가진 국가로써 거대하고 역사가 더 깊은 형제 국가들 옆에 한 발을 내디뎠어요.

그 나라 밖의 넓은 세계에서는 더 이상 약탈하거나 얻어 올 것이 없었어요. 머나먼 대륙들에서는 신흥 세력이 이미 각기 제 몫을 나누어 가졌지요. 하지만 지금껏 이 나라에서 아주 서서히 권력을 장악했던 기계에 대한 정신은 바야흐로 놀라울 정도로 꽃을 피웠어요.

온 나라와 국민들은 급속도로 변했어요. 그 나라는 커지고, 부유해지고, 강력해졌으며, 다른 나라들이 두려워하게 되었어요. 부가 쌓이고, 군인, 대포, 성채의 삼중의 보호 장치에 에워싸였어요. 이 신흥 국가 때문에 불안해하던 이웃 국가들에서는 이내 의심과 두려움이 생겨났어요. 이웃 국가들은 뾰족한 말뚝을 줄지어 박아 방어 시설을 만들고 대포와 군함을 마련하기 시작했어요.

하지만 이것이 최악의 일은 아니었어요. 사람들은 엄청나게 큰 방벽을 지을 돈이 충분히 있었지요. 전쟁을 일으킬 생각을 하는 사람은 아무도 없었어요. 부자들이 자신들의 돈을 지켜 줄 철벽이 세워지는 것을 바랐기 때문에 사람들은 모든 경우를 대비해 군비를 갖추었을 뿐이었지요.

그보다 훨씬 더 좋지 않은 일은 바로 그 신흥 제국 안에서 일어나고 있었어요. 너무나도 오랫동안 전 세계에서 반쯤은 조롱을 받고, 반쯤은 존경을 받았던 이 국민은, 그리고 그토록 풍부한 정신을 갖고 있지만 돈이라고는 적게 갖고 있던 이 국민은 이제 돈과 권력이 얼마나 기가 막히게 좋은 것인지를 깨닫게 되었지요.

그 나라의 국민은 건물을 짓고, 저축하고, 돈을 빌려 주었어요. 누구도 그토록 급속도로 부자가 되지는 못했지요. 물방앗간이나 대장간을 갖고 있는 사람은 이제는 한시 바삐 공장을 가져야 했어요. 그리고 직공을 셋 두고 있는 사람은 이제는 열이나 스무 명으로 늘려야 했지요. 재빨리 수백, 수천 명으로 늘린 사람들도 많았어요.

수많은 손과 기계들이 신속하게 일을 하면 할수록 돈은 그만큼 더 빨리 쌓여 갔어요. 하지만 그런 것은 돈을 모으는 솜씨가 뛰어난 사람들에게만 해당되는 일이었지요. 수많은 사람들, 곧 수많은 노동자들은 더 이상 한 장인의 직공이나 공동 작업자가 아니었어요. 그들은 강제 노역이나 노예 신분으로 전락했지요.

다른 나라들도 사정은 비슷했어요. 그곳에서도 작업장은 공장으로, 장인은 우두머리로, 노동자는 노예로 바뀌었어요. 이 세계의 어느 나라도 이러한 운명에서 벗어날 수 없었지요. 하지만 이 신흥 제국은 전 세계를 지배하는 새로운 정신과 경향이 그 제국이 형성된 시기와 일치하는 운명을 겪었어요.

그 신흥 제국은 오래된 역사를 갖고 있지도 않았고 과거에 부유함을 누려 본 적도 없었지요. 그 신흥 제국은 참을성이라고는 전혀 없는 아이처럼 급속히 돌아가는 이 새로운 시대 속으로 마구 내달렸어요. 그리고 두 손 가득 일과 황금을 잔뜩 갖게 되었지요.

그 나라의 국민들에게 바른 길에서 벗어나 잘못된 길을 가고 있다고 경고하고 주의를 주는 사람들이 있었어요. 그들은 예전 시대를, 그 나라의 고요하고 은밀했던 명성을, 한때 그 나라를 지배했던 정신적인 특성의 사명감을, 그 나라가 세계에 선물한 것들, 곧 사상과 음악과 문학의 변함없는 그 고귀한 정신적인 흐름을 떠올리게 했어요.

하지만 사람들은 얻은 지 얼마 안 되는 부유함이 주는 행복에 빠져 그런 말을 들으면 비웃었지요. 세계는 둥글고 빙글빙글 돌았어요. 그리고 할아버지들이 시를 짓고 철학자들이 글을 썼다면, 그것은 그야말로 아주 멋진 일이었지요. 하지만 손자들은 이 나라에서 다른 것도 할 수 있다는 것을, 그리고 능히 그렇게 할 능력이 있다는 것을 보여 주고 싶었어요.

그래서 손자들은 수없이 많은 자신들의 공장에서 새로운 기계, 새로운 철도, 새로운 상품을 뚜드럭뚜드럭 망치질했어요. 또한 손자들은 모든 경우를 대비해 새로운 총과 대포도 쉬지 않고 만들었어요. 부자들은 국민들을 슬며시 피하고, 가난한 노동자들은 혼자 내버려졌다는 사실을 알게 되었지요. 가난한 노동자들은 자신들의 민족을 —그들은 민족의 일원이었지요.— 더 이상 생각하지 않았어요. 그들은 자신들만 걱정하고 생각했으며 다시금 자신만을 위해 애썼지요.

또한 부자이며 세력 있는 사람들은 —그들은 외부의 적들에 맞서 모든 대포와 장총을 사들였지요.— 가난한 노동자들이 미래를 대비하고 준비하는 것을 기뻐했어요. 왜냐하면 이제 위험

할 수도 있는 적들이 한 나라 안에 있었기 때문이었지요.

이 모든 것은 큰 전쟁이 일어나자, 완전히 끝이 나고 말았어요. 여러 해 동안 계속된 전쟁은 세계를 이루 말할 수 없이 끔찍할 정도로 황폐하게 만들었어요. 우리는 아직도 전쟁의 폐허 속에 서 있지요. 전쟁의 요란한 소음에 귀가 먹은 채 전쟁의 무의미함 때문에 원한이 맺힌 채 그리고 전쟁에서 비롯된 심한 출혈 —그 심한 출혈은 우리의 꿈속에서 천천히 계속되지요.— 때문에 병든 채로요.

전쟁은 끝났어요. 이제 막 번창하기 시작한 그 제국—그 제국의 아들들은 열광하면서 잔뜩 들뜬 마음으로 전쟁터로 나갔지요.—도 멸망했지요. 그 제국은 패배했어요. 아주 끔찍할 정도로 패배했지요. 하지만 승전국은 평화 협상을 거론하기도 전에 그 패배한 국민에게 엄청난 전쟁 배상금을 요구했어요.

전쟁에 패배한 군대가 무리지어 퇴각하는 동안 지금껏 그 제국의 권력을 상징했던 것들이 승리를 거둔 적에게 넘겨지기 위해 몇 날 며칠 동안 수송되고 있었어요. 그 제국의 군대도 어찌할 수가 없었지요. 여러 가지 기계들과 돈이 전쟁에 진 그 나라에서 긴 물결을 이루며 적의 수중으로 흘러 들어갔어요.

그 사이, 패배한 국민들은 최대의 위기 상황에 처하게 되자 정신을 차렸어요. 지도자들과 군주들을 쫓아내고 국민들이 스스로 정치를 할 수 있다고 선포했지요. 의원도 뽑고, 스스로의 힘과 정신으로 자신들이 처한 불행에 순응하겠다는 의지를 선언했어요.

그토록 어려운 시련을 겪으면서 성숙해진 이 국민은 자신들의 길이 어디로 나 있는지, 그리고 누가 자신들의 지도자와 조력자가 될 것인지 오늘날까지도 알지 못하지요. 하지만 신들은 알지요. 또한 신들은 자신들이 왜 이 민족과 전 세계에 전쟁의 고통을 보냈는지도 알고 있답니다.

이러한 나날의 어둠으로부터 하나의 길이 반짝반짝 빛나고 있어요. 전쟁에 진 민족이 걸어가야 하는 길이지요.

그 민족은 다시는 아이가 되지 못할 거예요. 아무도 그렇게 될 수는 없지요. 그 민족은 대포와 기계와 돈을 선뜻 포기하고, 평화로운 작은 도시들에서 또다시 시를 짓고 소나타를 연주할 수 없지요.

하지만 그 민족은 그 길을 갈 수 있지요. 그 길은 한 사람, 한 사람도 가야 하는 길이지요. 자신의 삶이 그 국민을 오류와 크나큰 고통으로 이끌 경우 그 국민은 지금까지 자신이 걸어왔던 길, 자신의 유래와 유년 시절, 성장 과정, 화려했던 광채와 몰락을 떠올릴 수 있지요. 그리고 이렇게 회상을 하는 과정에서 자신에게 본질적으로 있는, 결코 잃어버릴 수 없는 힘들을 발견할 수 있지요.

그 민족은 신앙심이 깊은 사람들이 말하는 것처럼 '자신 속에 침잠'해야 하지요. 그러면 자신의 내면 깊숙한 곳에서 그 민족은 조금도 파괴되지 않은 자신만의 본질을 발견할 거예요. 그러면 그 본질은 그 민족의 운명에서 도망가는 대신 그 민족에게 말을 걸고, 그 민족이 다시금 발견한 그 최고의 것이자 가장 내밀한 그것으로부터 새롭게 시작할 거예요.

만일 그렇게 된다면, 그리고 기가 꺾인 그 민족이 운명의 길

을 기꺼이 성실하게 간다면, 예전에 있었던 것 가운데 그 무언가
가 새로워질 거예요. 그것으로부터 쉬지 않고 흐르는 고요한 강
물이 다시금 흘러나와 세계 속으로 흘러들 거예요. 그리고 오늘
날까지도 여전히 그 민족의 적들인 사람들은 훗날 다시금 이 고
요한 강물에 감동되어 귀를 쫑긋 세우고 들을 거예요.

(1918)

험난한 길

나는 골짜기 입구 어두운 바위 문 옆에서 망설이며 서 있었어요. 그러다가 몸을 돌려 뒤를 돌아보았지요.

태양은 이 푸르고 아늑한 세계에서 빛나고 있었고, 초원엔 갈색을 띤 들꽃이 바람에 살랑살랑 흔들리면서 반짝반짝 빛나고 있었어요. 그곳에는 온화한 기운이 감돌고 따스함과 기분 좋은 쾌적함이 깃들어 있었어요. 또한 그곳에는 영혼이 강렬한 향기와 빛 속에서 만족해하는 낮은 목소리로 콧노래를 흥얼거렸어요. 마치 북슬북슬 온통 털로 뒤덮인 어리뒤영벌 같았지요. 이 모든 것을 뒤로하고 산에 오르고 싶었던 나는 아마 바보였을지도 몰라요.

안내인이 내 팔을 살며시 잡았어요. 나는 미지근한 물이 담겨 있는 욕조에서 부리나케 나오듯 그 사랑스러운 풍경으로부터 시선을 획 돌렸어요. 햇빛 한 점 없는 어둠 속에 드리워진 골짜기가 내 눈에 들어왔어요. 갈라진 틈새로 어두운 시냇물 한 줄기가 졸졸 흘러나오고 있었어요. 시냇가의 작은 덤불에서는 흐릿한 풀이 자라고 있었고, 시내 바닥에는 물결에 밀려와 가라앉은 온갖 빛깔을 띤 바위 하나가 창백한 모습으로 죽은 듯이 놓여 있었어요. 한때는 살아 있었던 생물의 뼈 같았지요.

나는 길잡이에게 말했어요.

"좀 쉬지요."

길잡이는 참을성이 많은 사람 같은 웃음을 지어 보였어요. 우리는 앉았어요. 공기가 차가웠어요. 바위 문에서 바위 내음이 물씬 풍기는 어둡고 차가운 공기가 솔솔 흘러나왔어요.

이런 길을 가는 건 싫다, 정말 싫어! 불쾌하기 짝이 없는 이런 바위 문 사이로 힘겹게 들어가고, 이렇게 차가운 시내를 건너고, 이렇게 깎아지른 듯 가파르고 어둠 속에 잠긴 좁은 골짜기를 기어 올라가는 건 정말 싫다!

내가 쭈뼛거리며 말했어요.

"길이 참 소름끼치게 생겼네요."

내 마음속에서는 우리가 다시 돌아갈 수도 있다, 길잡이를 설득해 볼 수도 있을 것이다, 이 모든 것을 우리가 하지 않아도 될지도 모른다는 희망이, 의심쩍으면서도 말이 되지 않는 강렬한 희망이 가물가물 꺼져 가는 작은 초의 촛불처럼 불안한 듯 재빨리 날개를 파닥거렸어요.

그래요, 안 될 건 없겠지요? 우리가 떠나온 그곳이 천 배는 더 아름답지 않은가요? 그곳에서는 삶이 훨씬 더 풍요롭고 따스하고 매혹적으로 이어지지 않았던가요? 또한 나는 얼마간의 행복과 한 줄기 햇빛과 푸르름과 꽃들을 실컷 볼 수 있는 눈을 갖는 권리를 가진, 단순하고 목숨이 짧은 존재, 그런 인간이 아니었나요?

맞아요, 나는 그곳에 머물고 싶었어요. 나는 영웅인 척 순교자인 척할 마음이 없었지요! 나는 골짜기에서 햇살을 받으며 계속 머물러도 된다면 평생 만족해하며 살고 싶었어요.

벌써 나는 오들오들 떨기 시작했어요. 이곳은 오래 머물 수 없는 곳이었지요.

"한기를 느끼시는군요. 우리, 가는 게 좋겠어요."

길잡이는 그렇게 말하면서 자리에서 일어났어요. 그러고는 잠시 까치발을 하고 두 팔을 최대한 높이 뻗더니 씽긋 웃으면서 나를 바라보았어요. 그 웃음은 나를 조롱하지도, 동정하지도 않았어요. 쌀쌀맞다거나 나를 챙겨 주는 것도 아니었고요. 그 웃음 속에는 이해한다는, 그리고 잘 알고 있다는 표정만 담겨 있었지요.

그 미소는 이렇게 말했어요.

'그 마음 잘 알아요. 저는 당신이 지금 느끼는 두려움을 알고 있어요. 그리고 당신이 어제 그리고 그저께 큰소리 치던 것도 전부 기억하고 있어요. 당신의 마음속에는 지금 겁쟁이 토끼처럼 비겁한 마음이 일고 있어요. 누구나 그런 것 때문에 절망하지요. 사람들이 저쪽에서 비치는 그 사랑스러운 햇살을 다정한 눈빛으로 바라본다는 거, 저도 잘 알아요. 그런 건 아주 친숙한 것이지요. 굳이 당신이 그런 생각을 하지 않아도요.'

길잡이는 여전히 빙그레 웃으면서 나를 뚫어지게 바라보았어요. 그러고는 어두운 바위 골짜기 속으로 한 발 내디뎠어요. 나는 그 길잡이를 증오하기도 하고, 사랑하기도 했어요. 유죄 판

결을 받은 사람이 자신의 목 위에 놓인 도끼를 증오하면서도 사랑하는 것처럼요.

하지만 나는 특히 길잡이의 지식, 지도력과 냉담한 성격을 증오하고 경멸했어요. 사람이라면 누구나 보일 수 있을 법한 몇몇 귀여운 약점조차 가지고 있지 않다는 점도 그랬고요. 그리고 내 안에 있는 것들, 그러니까 길잡이가 옳다고 시인하고, 동의하는 마음, 길잡이와 닮은 점 그리고 길잡이에게 복종하고 싶었던 내 마음속에 있는 그 모든 것들을 증오했어요.

이미 길잡이는 몇 걸음 앞서 갔어요. 어두운 시냇물에 있는 바위들을 다 건너더니 첫 번째 바위 귀퉁이를 빙 돌아 내 시야 밖으로 막 사라지려 하고 있었지요.

나는 완전히 겁에 질려 큰 소리로 외쳤어요.

"그만 가세요!"

어찌나 겁이 나든지 나는 소리를 지르면서 다음과 같은 생각을 했어요. 이게 만일 꿈이라면 이 순간, 나는 이렇게 소스라치게 놀란 상태에서 완전히 벗어날 수 있을 텐데. 그리고 잠에서 깨어날 텐데, 하고요.

나는 외쳤어요.

"그만 가세요! 전 못 가겠어요. 아직 갈 준비가 안 됐어요."

길잡이는 멈추어 서서 내 쪽을 조용히 돌아보았어요. 그 눈빛은 나를 비난하지는 않았어요. 하지만 그 무시무시한 통찰력이 그 눈빛에서 느껴졌지요. 또한 그 눈빛에는 길잡이의 지식, ─그건 정말 참기 어려웠지요.─ 예감, 이미 다 알고 있다는 확신 같은 것이 드리워져 있었어요.

길잡이가 물었어요.

"우리, 그럼 되돌아갈까요?"

길잡이가 말을 채 끝내기도 전에 나는 이미 잔뜩 볼멘소리로 "싫어요."라고 말할 것이라는, 아니 그렇게 말해야겠다는 것을 알고 있었지요. 그런데 그와 동시에 내 안에 있는 모든 낯익은 것, 익숙한 것, 사랑, 친숙하면서도 굳게 믿고 있었던 것들이 절망에 찬 목소리로 일제히 이렇게 외쳤지요.

"그러겠다고 해. 그렇게 말해!"

이 세상 전부와 고향이 마치 하나의 공처럼 내 두 발에 대롱대롱 매달려 있었어요.

나는 "그렇게 하죠."라고 외치고 싶었어요. 물론 그렇게 하지 못할 것이라는 것을 잘 알고 있으면서도요.

그때 길잡이는 한 손을 뻗어 골짜기로 돌아가라고 명령했어요. 나는 다시금 그 정겨운 곳으로 몸을 돌렸어요. 그러자 내가 지금껏 접한 것들 중에서 가장 고통스러운 것이 내 눈에 확 들어왔어요. 내가 좋아하던 그 골짜기들과 평야들이 하얗고 탈진한 듯한 모습을 한 채 태양 아래 길게 누워 있었어요. 창백하면서도 전혀 즐겁지 않은 듯한 표정으로요. 골짜기와 평야의 색깔들은 요란한 불협화음을 내고 있었고, 그림자들은 그을려서 시꺼멓고 매력적으로 보이는 곳은 한 군데도 없었어요. 모든 것에서 심장이 도려내져 있었고, 매력과 향기도 모두 없어져 버린 상태였지요. 그 모든 것에서는 사람들이 오래전에 질리도록 많이 먹었던 것들의 냄새가 났고 그것들의 맛도 났어요.

길잡이는 내가 사랑하고 호감을 느끼는 것들을 무가치한 것들로 만들어 버리고, 그러한 것들에서 활력과 정신을 모두 빠져나가게 하고, 여러 가지 향기를 바꿔 버리고, 여러 색깔에 살짝살짝 독을 넣어 모두 망쳐 버렸어요. 나는 길잡이의 그러한 끔찍하고 섬뜩한 방식을 확실하게 알게 되었지요. 아, 나는 그러한 방식을 얼마나 무서워하고 증오했는지 몰라요! 아, 나는 이제 확실히 알게 되었어요. 어제까지만 해도 포도주였던 것이 오늘은 식초가 되어 버렸다는 것을. 그 식초는 두 번 다시 포도주가 되지 않았지요. 절대로.

나는 슬픔에 잠긴 채 말없이 길잡이를 뒤따라갔어요. 길잡이는 늘 그랬듯이 정말이지 지금도 옳았지요. 길잡이는 적어도 내 곁에서 그 모습을 보이기만 하면 괜찮았지요. 중요한 순간에 ― 자주 그랬지요.― 불현듯 사라져 나를 혼자 내버려두는 대신, 내 가슴속에 낯선 목소리 하나만 남아 있었어요. 그리고 그 목소리는 곧바로 길잡이가 되었지요.

나는 침묵했어요.

하지만 내 가슴은 온 힘을 다해 외쳤어요.

'그냥 가만히 좀 있어요. 따라간다니까요!'

시냇물 속에 있는 바위들은 섬뜩할 정도로 미끌미끌했어요. 폭이 좁고 축축하게 젖은 바위 위를 ―바위는 발바닥 밑에서 모습을 숨긴 채 자꾸만 몸을 피했어요.― 한 걸음, 한 걸음을 내딛으려고 하니 몸도 지치고 현기증도 났어요.

시냇물 속에 난 좁은 길은 급속하게 가팔라지기 시작했어요. 그리고 어두운 바위 벽들은 서서히 맞닿아 가고 있었어요. 바위 벽들은 화라도 난 듯 잔뜩 부풀어 올랐고, 귀퉁이란 귀퉁이는 모두 음흉하고 심술궂어 보였어요. 마치 우리를 그 사이에 끼워 넣어 영원히 돌아가지 못하게 하려는 것 같았어요. 무사마귀가 오톨도톨 돋아 있는 노란 바위들 위로 끈적끈적한 물이 흐르고 있었어요. 우리 위에는 하늘도, 구름도, 푸르름도 더는 없었지요.

나는 길잡이를 따라 걷고 또 걸었어요. 하지만 무섭고 못마땅한 마음에 눈을 감을 때가 많았어요. 길가에 검정색 벨벳처럼 짙은 색 꽃 한 송이가 슬픈 눈빛을 한 채 피어 있었어요. 그 꽃은 아름다웠어요. 그 꽃은 친근한 표정을 지으며 내게 말을 건넸어요. 하지만 길잡이는 한층 더 걸음을 재촉했어요. 난 속으로 이렇게 생각했어요. 내가 잠시나마 이곳에서 걸음을 멈춘다면, 내가 슬픔에 잠긴 이 벨벳 눈을 한 번 더 내려다본다면, 나의 슬픔과 절망적인 우울은 극도로 심해져서 도저히 견딜 수 없게 될 거야. 나의 정신 또한 무의미함과 광기의 비웃는 듯한 이곳에 영원히 갇히게 될 거야.

나는 온몸이 젖고 더러워진 채 계속 기어갔어요. 축축한 벽들이 우리 위로 점점 더 좁혀지자, 길잡이는 예전부터 부르던 마음을 위안시키는 노래를 부르기 시작했어요. 길잡이는 낭랑하고 또렷한 소년 같은 목소리로 한 걸음을 내디딜 때마다 박자를 맞추어 노래를 불렀어요.

"나는 할 거야. 나는 할 거야. 꼭 한다!"

나는 길잡이가 내게 용기를 북돋워 주고, 격려해 주려고 한다는 것을 잘 알고 있었어요. 또한 지옥 같은 이곳을 두 발로 걸어서 여행할 때 줄곧 느끼게 되는 끔찍한 고통과 절망감을 잊게 해주려고 애쓰고 있다는 것도 잘 알고 있었어요. 그 단조로운 노래를 내가 따라 하기를 길잡이가 기다린다는 것도 알고 있었고요.

하지만 나는 그렇게 하고 싶지 않았어요. 내가 노래를 부르면, 길잡이가 뿌듯해하는 게 싫었어요. 도대체 내가 노래 부를 기분이 들기나 했을까요? 또한 나는 마음이 내키지도 않으면서 신이 요구할 수도 없는 일들과 행동들을 하도록 억지로 잡아끌린 불쌍하고 단순한 인간, 그런 녀석이 아니었던가요? 모든 패랭이꽃들과 물망초들은 원래 그 꽃들이 있던 시냇가 그 자리에 계속 머물며 자기네들 방식으로 꽃 피고 시들면 안 되는 것이었을까요?

길잡이는 계속 노래를 불렀어요.

"나는 할 거야. 나는 할 거야. 꼭 한다."

아, 돌아갈 수만 있다면 얼마나 좋을까! 하지만 나는 길잡이의 이루 말할 수 없이 훌륭한 도움으로 이미 오래전에 바위 벽들과 낭떠러지들 위로 기어 올라갔어요. 그곳에는 돌아갈 길이라고는 하나도 없었어요. 내 마음속에서는 금방이라도 울음이 터져 나올 것만 같았어요. 하지만 나는 소리 내어 울면 안 되었지요. 무슨 일이 있어도 그렇게 하면 안 되었지요.

그래서 나는 길잡이와 함께 뿌루퉁한 목소리로 그 노래를 불렀어요. 큰 소리로 박자와 음을 똑같이 맞추면서요.

하지만 나는 길잡이처럼 부르지 않고 내 식으로 바꿔 불렀어요.

"나는 가야 해! 나는 가야 해. 꼭 가야 해!"

바위 벽과 낭떠러지를 오르며 노래를 부르는 것은 쉬운 일이 아니었어요. 나는 이내 숨이 차서 기침을 했어요. 그리고 침묵에 잠겼어요. 하지만 길잡이는 지치지도 않고 계속 노래를 불렀지요.

"나는 할 거야. 나는 할 거야. 꼭 한다."

시간이 지나자, 길잡이는 자기와 똑같은 가사로 함께 노래를 하자고 으름장을 놓았어요. 이제 올라가는 것은 훨씬 수월해졌어요. 나는 의무가 아니라 내 의지에 따라 올라가고 있었던 거예요. 또한 노래를 부르느라 힘이 들어서 더는 아무것도 느낄 수가 없었지요.

그러자 내 마음속이 좀 환해졌어요. 그리고 마음속이 환해지자 매끄러운 바위도 다소곳해지고, 물기도 좀 마르고 꽤 친절해졌을 뿐만 아니라 내 발이 미끄러운데도 요리조리 도와줄 때가 많았어요. 우리 위로는 엷고 푸른 하늘이 차츰차츰 그 모습을 드러냈어요. 물가 돌이며 바위들 사이로 난 작고 파란 시내 같았지요. 그러더니 그 시내는 이내 작고 푸른 호수가 되었어요. 호수는 점차 커지고 폭이 넓어졌어요.

나는 좀 더 강해지고 진지해지려고 노력했어요. 하늘 호수는 점점 더 커졌어요. 그리고 훨씬 더 걸을 만해졌지요. 때때로 나는 길잡이 옆에서 한 구간 전체를 하나도 힘들이지 않고 가뿐이 함께 달렸어요. 그러자 뜻밖에도 우리 머리 위쪽으로 산봉우리 하나가 불쑥 나타났어요. 태양의 열기로 가득 찬 대기 속에서 급경사를 이루고 있는 번쩍이는 산봉우리가요.

산꼭대기 바로 밑에서 우리는 비좁은 틈새로 기어 나갔어요. 햇살 때문에 눈이 부셨어요. 다시 눈을 뜨자 두려움 때문에 무릎이 후들거렸어요. 왜냐하면 주위에는 붙잡을 곳이라고는 하나도 없었고, 우리는 가파른 산마루에 달랑 둘이 서 있었기 때문이었지요. 주위에는 끝없는 하늘과 두렵기 짝이 없는 푸르디푸른 심연이 있었어요. 폭이 좁은 산봉우리만이 사다리처럼 가느다란 모양으로 우리 앞에 우뚝 솟아 있었지요.

하지만 그곳에는 또다시 하늘과 태양이 있었어요. 우리는 입술을 앙다물고 이마를 찌푸린 채 가쁜 숨을 몰아쉬며 마지막 구간을 한 발, 한 발 올라갔어요. 마침내 우리는 정상에 서 있었어요. 잔뜩 달아오른 어떤 바위 위에 가까스로 서 있었던 것이지요. 우리를 비웃는 듯이 희박하고 냉엄한 대기 속에서요.

그 산은 참으로 기이한 산이었어요. 봉우리 역시 기이했지요! 우리가 끝없이 이어진 벌거벗은 바위 벽들 위로 기어 올라온 이 봉우리, 그 봉우리에는 나무 한 그루가 바위에서 자라고 있었어요. 짧고 튼튼한 굵은 가지 몇 개가 달려 있는, 작고 땅딸막하고 다부진 나무였어요. 그곳에 그 나무는 서 있었어요. 바위틈에서 이루 말할 수 없이 외롭고 기이한 모습으로, 완고하고 우직하게 서 있었지요. 자신의 굵은 가지들 사이로는 서늘하고 푸른 하늘이 드리워져 있었고, 나무 꼭대기에는 까만 새 한 마리가 앉아서 쉰 목소리로 노래를 부르고 있었어요.

이 세상보다 한참 위쪽에 있는 이 높은 곳에서 잠깐 휴식을 취하는 동안 나는 고요한 꿈에 젖어들었어요.

태양이 이글이글 타오르고, 바위는 달아오르고, 우주 공간은 냉혹한 눈초리로 쏘아보고, 새는 쉰 목소리로 이렇게 노래를 불렀어요.

영원! 영원!

그 검은 새는 노래를 불렀어요. 새의 번쩍거리는 불굴의 눈은 우리를 뚫어지게 바라보았어요. 그 눈은 마치 검은 수정 같았지요. 새의 눈빛은 견딜 수가 없을 정도였어요. 새가 부르는 노래 역시 견디기 어려웠어요. 또한 특히 이곳의 고독과 적막이 무서웠지요. 황폐한 하늘이 현기증이 날 정도로 드넓은 것도 무서웠고요.

죽는다는 것은 상상할 수도 없는 환희였어요. 이곳에 머무는 것은 이루 말할 수 없는 고통이었어요. 아무 일이나 일어나야 했지요. 지금 당장 이 순간에요. 그렇지 않으면 우리와 이 세상은 너무나도 두려운 나머지 화석이 되어 버리고 말 거예요. 나는 그 어떤 사건이 위압적인 모습으로 눈부신 빛을 내뿜으며 속삭이듯이 숨을 내쉬는 것이 느껴졌어요. 뇌우가 오기 전에 부는 돌풍 같았지요.

나는 그것이 마치 이글이글 타오르는 열기처럼 내 몸과 영혼 위에서 파드닥거리는 듯한 기분이 들었어요. 그것은 위협을 했어요. 그것은 버젓이 그곳에 있었지요.

그 새는 갑작스레 나뭇가지에서 훌쩍 날아올라 우주 공간 속으로 추락하듯 몸을 내던졌어요.

나의 길잡이는 펄쩍 뛰어오르더니 느닷없이 푸르름 속으로 추락했어요. 그러고는 경련하듯이 파르르 떨고 있는 하늘 속으로 뚝 떨어졌어요. 그리고 날아가 버렸어요.

이제 운명의 파도는 최고조에 이르렀어요. 그 파도는 나의 심장을 홱 잡아채더니 소리 없이 부숴 버렸어요.

나는 이미 쓰러져 있었어요. 나는 추락했다가 껑충 뛰어오른 다음 훨훨 날아갔어요. 나는 차가운 기류의 소용돌이에 꽁꽁 묶인 채로 지극한 행복감에 젖어, 그리고 환희의 고통 속에서 무한을 가로질러 아래로, 어머니의 가슴을 향해 쏜살같이 추락했어요.

(1916)

유럽인

신은 마침내 깨달았어요. 그래서 피비린내 나는 세계 대전을 끝낸 지구에 직접 대홍수를 보내어 지구를 끝내 버렸어요. 홍수는 동정 어린 눈빛을 한 채 늙어 가고 있는 별이 욕보인 것을 씻어 내렸어요. 그것들은 바로 피로 물든 설원들과 대포들이 노려보고 산들, 썩어 가고 있는 시체들과 그 주위에서 소리 내어 울고 있는 사람들, 분노한 사람들과 살기등등한 사람들 그리고 가난해진 사람들, 굶주린 사람들과 정신이 돌아 버린 사람들이었지요.

푸른 하늘은 다정한 눈빛으로 반짝반짝 빛나는 공, 곧 지구를 내려다보았어요.

어쨌든 유럽의 기술은 최후의 순간까지 뛰어난 것으로 입증되었지요. 유럽은 몇 주 동안 서서히 차오르는 물에 맞서 신중하면서도 끈질기게 버텼어요.

처음에는 수백만 명의 전쟁 포로들이 밤낮으로 쌓아 올린 엄청나게 큰 둑들로 버티고, 그다음에는 이루 말할 수 없이 빠른 속도로 솟아오른 인공 언덕들—이 언덕들은 처음엔 거대한 발코니처럼 보이다가 점차 탑처럼 높아졌지요.—로 버텼지요.

인간의 영웅적인 정신은 최후의 날까지 감동적일 정도로 이 탑들에서 충실하게 발휘되었어요. 유럽을 비롯한 전 세계가 물속에 가라앉아 완전히 잠기는 동안, 삐죽 솟아 있던 마지막 철탑들에서는 탐조등들이 물속에 가라앉고 있는 지구의 물기 어린 어스름을 뚫고 여전히 줄기차게 번쩍번쩍 빛나고 있었어요.

또한 대포들에서는 유탄이 우아한 곡선을 그리며 이곳저곳에서 퓨웅퓨웅 소리를 내고 있었어요. 지구가 멸망하기 이틀 전에 중부 유럽 제국들의 지도자들은 빛으로 신호를 보냄으로써 적들에게 평화 협정을 제의하기로 결심했어요.

하지만 적들은 아직도 우뚝 서 있는 견고한 탑들을 곧바로 전부 없앨 것을 요구했어요. 아무리 결연한 평화주의자들이라 할지라도 협상을 할 용의가 있음을 밝히지는 못했지요. 그래서 마지막 순간까지 용맹하게 포격을 가했어요.

이제 전 세계는 완전히 물에 잠겨 버렸어요. 유일하게 살아남은 유럽인은 구명대를 타고 큰 물결 속에서 둥실둥실 떠내려갔어요. 그런데 그 사람은 젖 먹던 힘까지 다해 최후의 며칠 동안 일어난 사건들을 열심히 기록했어요. 마지막 적들이 멸망한 뒤에도 자신의 조국이 몇 시간 동안 더 건재했으므로 영원히 승리의 영광을 누렸다는 것을 후대의 인류가 알게 하기 위해서였지요.

그때 잿빛 수평선에서 시커멓고 거대한 모습을 한 둔중한 배

한 척이 나타났어요. 그것은 녹초가 된 그 남자에게 천천히 다가왔어요. 그 남자는 그 배가 엄청나게 큰 방주라는 것을 알아차리고는 무척 흡족해했어요. 하지만 이리저리 둥실둥실 떠다니는 그 배-마치 집 같았지요.-의 갑판에 매우 늙은 한 족장이 은빛 수염을 바람에 흩날리며 위풍당당하게 서 있는 것을 보고는 그만 정신을 잃고 바닥에 쓰러졌지요.

거인같이 큰 흑인이 방주 뒤쪽에서 두둥실 떠다니는 그 유럽인을 물에서 건져 올렸어요. 유럽인은 아직 살아 있었고 곧 정신을 차렸어요. 족장은 다정하게 웃음을 지어 보였어요. 족장은 성공적으로 자신의 일을 해냈지요. 그건 바로 지구상에 있는 모든 생물들 중에서 각각 한 표본을 구해 낸 것이었어요.

방주는 서서히 바람을 타고 흘러갔어요. 혼탁한 물이 가라앉기를 기다리는 동안 갑판에서는 웅성웅성 활기찬 움직임이 이어졌어요.

커다란 물고기들은 빽빽하게 떼를 지어 그 배를 따라왔고, 이루 말할 수 없이 아름답고 알록달록한 새들과 곤충들이 무리를 지어 열린 지붕 위에서 우글우글 날아다니고 있었어요. 모든 짐승들과 인간은 구조되고, 새로운 삶이 펼쳐져 있어 가슴 깊이 기뻐했지요.

알록달록한 공작은 물 위로 낭랑하고 날카로운 목소리로 아침을 불렀고, 기분이 좋은 코끼리는 한껏 소리 내어 웃으면서 코를 쭉 뻗어서 자신과 아내의 몸 위로 목욕물을 쫙 뿜었으며, 도마뱀은 여러 가지 빛깔을 띠면서 햇살이 내리쬐는 들보에 앉아 있었어요.

인디언은 끝없이 일렁이는 큰 물결에서 반짝이는 물고기들을 재빨리 창으로 찔러 올렸고, 흑인은 화덕 옆에서 마른 나무를 비볐어요. 그러고는 기쁨에 겨워 박자를 착착 맞추어 가며 뚱뚱한 아내의 허벅다리를 찰싹찰싹 때렸어요.

마른 인도인은 팔짱을 낀 채 비스듬히 서서 천지 창조에 대한 아주 오래된 노래가사를 흥얼거리고 있었어요. 에스키모인은 햇빛을 받으며 누워 땀을 줄줄 흘리고 있었어요. 하지만 그 작은 두 눈은 웃고 있었어요. 순하게 생긴 맥 한 마리가 코를 콩콩 대며 에스키모인의 몸에서 흘러나오는 땀과 기름기 냄새를 맡았어요.

그리고 키가 작은 일본 남자는 막대기 하나를 얇게 깎은 다음 가만히 코에 올려놓기도 하고, 턱에도 올려놓으면서 막대기가 떨어지지 않도록 균형을 잡고 있었어요.

유럽인은 자신의 필기 도구로 그곳에 있는 생물들의 목록을 작성했어요.

그곳에서는 다양한 무리가 형성되고 우정도 싹텄어요. 행여 싸움이 벌어지려고 해도, 족장의 눈짓 한 번에 금방 멈추었지요. 모두가 다 잘 어울리고 마냥 즐거워했어요. 유럽인 한 사람만 홀로 외롭게 열심히 기록하고 있었어요.

다양한 빛깔을 지닌 인간들과 동물들은 새로운 놀이를 하기로 했어요. 각자 자신의 능력과 재주를 보여 주는 시합을 하기로 한 것이지요. 모두들 제일 먼저 하려고 했어요. 그래서 족장은 규칙을 만들어야 했어요. 족장은 큰 동물들과 작은 동물들을 정렬한 다음 인간도 그렇게 했어요. 모두 자신의 이름을 대고 그 누구보다도 잘할 수 있다고 생각되는 자신의 장기를 말해야 했어요. 그런 다음 하나씩 순서대로 장기 자랑을 했어요.

이 기가 막힌 놀이는 여러 날 동안 계속되었어요. 어떤 한 그룹은 자신들이 하던 놀이를 중단하고 달아나 버렸어요. 다른 그룹의 장기를 구경하기 위해서였지요. 그런 일은 자주 일어났어요. 멋진 장기를 펼쳐 보일 때마다 모두들 우레와 같은 박수갈채를 보내며 감탄했어요. 기가 막히게 멋진 구경거리가 얼마나 많았는지 몰라요! 신의 모든 피조물들은 한결같이 자신 안에 숨겨져 있던 재능을 어찌나 잘 보여 주었던지요! 산다는 것은 얼마나 풍요로운 모습으로 펼쳐지고 있었는지, 얼마나 많이 소리 내어 웃고, 박수갈채는 또 얼마나 많이 쏟아지고, 소리를 지르고, 손뼉을 치고, 발을 구르고, 큰 소리로 웃었는지 몰라요!

족제비는 놀라울 정도로 잘 달렸고, 종달새는 매혹적인 목소리로 노래를 불렀고, 잔뜩 몸을 부풀린 칠면조는 화려한 모습으로 행진을 했고, 다람쥐는 믿을 수 없을 정도로 재빨리 기어올랐어요. 멘드릴*은 말레이 사람* 흉내를 냈어요. 그러자 비비*는 멘드릴을 따라 했어요! 뛰는 것들, 기어오르는 것들, 헤엄치는 것들 그리고 날아다니는 것들은 지칠 줄 모르고 서로 시합을 벌였어요. 하나같이 모두들 나름대로 뛰어났어요. 모두 보배로운

---

*멘드릴 : 서아프리카산 큰 비비.
*말레이 사람 : 말레이족. 동남아시아에 사는 오스트로네시아어족 계열의 언어를 구사하는 사람들로 말레이시아, 브루나이, 인도네시아, 타이, 라오스, 싱가포르 등지에서 민족을 이루고 있다.
*비비 : 개코원숭이.

존재들이었지요.

마술을 부릴 줄 아는 동물들도 있었고, 자신의 모습을 보이지 않게 하는 동물들도 있었지요. 힘이나 꾀로 두각을 나타내는 동물들도 많았고요. 또한 공격이나 방어를 하느라 그렇게 하는 동물들도 꽤 있었어요. 곤충들은 스스로를 풀이나 나무, 또는 이끼나 바위처럼 보이게 함으로써 스스로를 보호할 수 있었지요. 몇몇 약한 동물들은 공격을 받을 때 고약한 냄새를 피워 스스로를 보호하는 재주로 박수갈채를 받았어요. 하지만 깔깔 웃다가더는 참지 못하고 도망가는 관객들도 있었지요.

아무도 뒤지지 않았고 타고난 재주가 없는 동물은 하나도 없었어요. 새들의 둥지는 엮고, 풀칠을 하고, 짜고, 벽을 쌓아 만들어졌어요. 맹금들은 아주 높은 곳에서도 무엇이든 알아볼 수 있었지요. 아무리 작은 것도요.

인간들 역시 자신들의 장기를 아주 멋지게 보여 주었어요. 키가 큰 흑인은 대들보에서 껑충 뛰어올랐고, 말레이 사람은 야자잎 하나를 이리저리 세 번 만지더니 노를 만든 다음 아주 작은 널빤지 위에서 그것을 조종하기도 하고, 방향을 바꿀 줄도 알았어요. 참으로 볼 만했지요. 인디언은 가벼운 화살로 정말 작은 목표물을 명중시켰고, 인디언의 아내는 두 종류의 식물 속껍질로 돗자리를 짰어요. 구경하던 이들은 모두 탄성을 질렀어요.

인도인이 앞으로 걸어 나와 몇 가지 마술을 보여 주자 모두들 한동안 아무 말도 하지 못하고 그저 놀라기만 했지요. 하지만 중국인은 아주 어린 밀을 뽑아 일정한 간격으로 옮겨 심으면서 부지런히 일할 경우 어떻게 하면 밀 수확을 세 배로 늘릴 수 있는

지 그 방법을 알려 주었어요.

사랑하는 마음이라고는 거의 없는 그 유럽인은 다른 사람들의 장기를 보면서 아주 심하게 비웃었기 때문에 사람들에게 불쾌감을 주었어요. 인디언이 푸른 하늘을 날고 있던 새를 쏘아서 떨어뜨리자, 그 백인은 어깨를 으쓱하면서 다이너마이트 이십 그램만 있으면 그보다 세 배는 더 높이 쏘아 올릴 수 있다고 주장했지요!

사람들이 유럽인에게 그럼 그것을 한번 해 보라고 하자 유럽인은 시범을 보여 주지도 못하면서 이것저것 많이 있기만 하면 잘할 수 있다고 했어요. 유럽인은 중국인을 비웃으면서 어린 밀을 옮겨 심으려면 필경 엄청나게 부지런해야 한다면서 그렇게 노예같이 일을 하면 백성들은 행복해질 수 없을 것이라고 했지요. 중국인은 백성들은 먹을 게 있고 신들을 존경하면 행복하다고 말했어요. 모두들 박수갈채를 보냈어요. 하지만 유럽인은 이런 광경 역시 비웃었지요.

즐겁고도 유쾌한 시합은 계속되었어요. 마침내 동물들과 인간들은 하나도 빠짐없이 모두 자신들의 재능과 재주를 보여 주었어요. 아주 인상적이고도 즐거운 광경이었지요. 족장도 하얀 수염 속에서 소리 내어 웃으며 이제 물이 서서히 빠지고 이 땅 지구에서 새로운 삶이 시작될 것이라고 약속하듯 말했어요. 왜냐하면 신의 옷에는 아직도 가지각색의 실이 남아 있는 데다 이 지구에서 이루 말할 수 없이 행복하게 사는 데 부족한 것은 하나도 없었기 때문이었지요.

오로지 유럽인 딱 한 사람만 장기를 보여 주지 않았어요. 그러자 이제 유럽인도 앞으로 나와 자신만의 장기를 보여 줘야 한다고 모두들 강력하게 말했어요. 유럽인도 신의 아름다운 공기를 들이마시고, 물 위를 떠다니는 족장의 집에 머물 권리가 있는지 자기들이 알아봐야겠다면서요.

그 남자는 오랫동안 싫다고 하면서 요리조리 핑계거리를 찾았어요. 하지만 이제 노아가 직접 나서서 그 남자의 가슴에 손가락을 댔어요. 그러고는 자신의 말을 따르라고 다그쳤어요.

마침내 그 백인은 입을 열었어요.

"저도, 저 역시 쓸모 있는 일을 할 수 있습니다. 그것을 익힐 수 있는 능력도 갖고 있고요. 제가 다른 피조물들보다 더 뛰어난 게 있다면 그건 눈이 아닙니다. 귀도 아니고, 코도 아니고, 손재주나 그 비슷한 어떤 것도 아닙니다. 제가 타고 난 재능은 고차원적인 것입니다. 제 재능은 지성입니다."

흑인이 외쳤어요.

"보여 주세요!"

모두들 우르르 몰려들었어요.

그러자 백인이 부드러운 목소리로 말했어요.

"그런 건 보여 주는 게 아닙니다. 당신들은 제 말을 제대로 이해하지 못했습니다. 내가 두각을 보이는 그것은 바로 이성입니다."

흑인은 명랑한 목소리로 하하 웃으며 새하얀 이를 드러냈고, 인도인은 비웃는 듯이 얇은 입술을 비죽거렸으며, 중국인은 교활하면서도 마음씨 좋은 미소를 지어 보였어요.

중국인이 느릿느릿 말했어요.

"이성이라고요? 그러면 우리에게 당신의 이성을 보여 줘 봐요. 지금까지 그런 것은 보지 못했거든요."

유럽인은 퉁명한 목소리로 쏘아붙였어요.

"그런 건 보는 게 아니에요. 타고난 제 재능과 특성은 이런 겁니다. 저는 제 머릿속에 외부 세계의 영상들을 저장한 뒤에 그 영상들로부터 오로지 저만을 위한 새로운 영상들과 질서들을 만들어 낼 수 있습니다. 제 머릿속에서 전 세계를 생각해 볼 수 있지요. 다시 말해 새롭게 창조해 낼 수 있습니다."

노아는 한 손으로 두 눈을 쓸어내리고는 천천히 말했어요.

"미안한 말이지만 그런 게 다 무슨 소용이 있지? 신이 이미 창조한 세계를 다시 한 번 더 만들어 내고, 오로지 자네만을 위해 자네의 그 작은 머릿속에 그걸 갖고 있고……. 그런 게 무슨 쓸모가 있는 거지?"

모두들 박수갈채를 보냈어요. 그러고는 마구 질문을 던졌어요.

유럽인이 외쳤어요.

"잠깐만요! 당신들은 제 말뜻을 제대로 이해하지 못하고 있습니다. 이성이 어떤 일을 하는지는 여느 손재주처럼 그렇게 간단하게 보여 줄 수 있는 게 아닙니다."

인도인이 빙그레 웃었어요.

"백인 친구, 그건 아니죠. 간단히 보여 줄 수 있는 거예요. 그 이성이라는 게 어떤 일을 하는지 한 번만이라도 우리에게 보여 주세요. 예를 들면 계산 같은 거요. 우리, 내기합시다! 어떤 부부가 자식을 셋 두었어요. 그 세 아이가 각각 가정을 꾸렸지요. 그 젊은 부부들은 해마다 아이를 한 명씩 낳았어요. 아이들 수가 백이 되려면 몇 해나 지나야 하죠?"

모두들 호기심 어린 눈을 하고 귀를 쫑긋 세우고는 손가락으로 헤아리기도 하고 뚫어지게 바라보기도 했어요. 유럽인은 계산을 하기 시작했어요. 하지만 다음 순간 계산을 다 해 버린 중국인이 얼른 답을 말했어요.

백인은 인정했어요.

"아주 잘했네요. 하지만 그건 단순히 숙달된 결과입니다. 제 이성은 그런 사소한 재주를 부리려고 있는 게 아니라, 인류의 행복을 약속해 줄 수 있는 위대한 과제를 풀려고 있지요."

노아가 백인을 격려해 주었어요.

"아, 내 마음에 드네. 행복을 찾는 것은 다른 모든 숙련된 것들보다 확실히 한 수 위지. 그건 자네 말이 맞아. 자네가 인류의 행복에 대해 무엇을 가르쳐야 하는지 얼른 말해 보게. 우리 모두 자네에게 고마워할 걸세."

모두들 잔뜩 긴장한 채 숨을 죽이고 그 백인의 입술만 바라보았지요. 마침내 올 것이 온 것이지요. 인류의 행복이 어느 곳에서 비롯되는지 우리에게 보여 줄 저 유럽인에게 영광이 있기를! 그 유럽인에게 퍼부어 댄 모든 험담은 일제히 속죄를 할지어다. 그 마술사에게 말이다! 그런 것들을 알고 있다면 눈, 귀, 손으로 하는 기술과 숙련을 쌓는 것이 무슨 소용이 있겠어요! 근면과 산수 또한 무슨 필요가 있겠어요! 지금껏 자신만만한 표정을 짓고 있던 유럽인은 잔뜩 경외심을 품은 채 호기심에 가득 찬 얼굴들을 보자 서서히 당황하기 시작했어요.

유럽인이 머뭇거리며 말했어요.

"이건 제 탓이 아닙니다! 하지만 당신들은 여전히 제 말뜻을 잘못 이해하고 계시군요! 저는 행복의 비밀을 알고 있다고 말하지 않았어요. 제가 말씀드린 것은 제 이성이 몇 가지 과제들, 그러니까 그런 과제들을 풀면, 인류의 행복을 장려하게 될 그런 과제들에 심혈을 기울이고 있다고 말한 것뿐입니다. 그곳까지 이르는 길은 너무나도 멀어서 저도, 당신들도 결코 그 끝을 보지 못할 거예요. 수많은 세대에 걸쳐 여전히 이 어려운 문제들에 대해 깊이 숙고할 겁니다!"

사람들은 도대체 그 말을 어떻게 받아들여야 할지 모른 채 의심쩍은 표정을 지으며 서 있었어요. 이 남자가 도대체 무슨 말을 하고 있는 것일까요? 노아 역시 고개를 모로 돌린 채 이맛살을 찌푸렸어요.

인도인은 중국인에게 웃음을 지어 보였어요.

모두들 당황한 나머지 침묵하자, 중국인이 다정한 목소리로 말했어요.

"친애하는 형제들이여, 이 하얀 피부를 가진 형제는 익살꾼입니다. 이 형제는 자신의 머릿속에서 이루어지고 있는 한 가지 작업을 하는 것에 대해 우리에게 이야기해 주고 싶어 하는 겁니다. 그러한 작업에서 비롯되는 이득은 어쩌면 우리 증손자들의 증손자들이 한 번쯤 볼 수도 있고, 또 그렇지 못할 수도 있다네요. 우리 모두 저 사람을 익살꾼으로 인정해 주면 어떨까 싶네요. 이 유럽인은 우리가 제대로 이해할 수 없는 것들에 대해서만 이야기하고 있어요. 하지만 우리가 그런 것들을 실제로 이해한다면 우리는 끝없이 웃음을 터뜨리게 될 것 같네요. 우리 모두 그렇게 느끼고 있지요. 그렇지 않나요? 자, 우리의 어릿광대에게 만세를 부릅시다!"

대부분은 동의했어요. 그리고 이 이해하기 힘든 이야기가 끝나서 기뻐했어요. 하지만 몇몇은 굉장히 화가 나고 기분이 상했지요. 혼자 남겨진 유럽인은 위로의 말 한마디 듣지 못한 채 멀거니 서 있었어요.

하지만 저녁 무렵 흑인은 에스키모인, 인디언, 말레이 사람과 함께 족장을 찾아와 이렇게 말했어요.

"존경하는 족장님, 한 가지 질문을 드리고자 합니다. 오늘 우리를 놀려 댔던 이 하얀 녀석은 우리 마음에 들지 않습니다. 심사숙고해 주시기 바랍니다. 모든 인간과 동물들, 모든 곰들과 모든 벼룩들, 모든 꿩들과 모든 말똥구리들 그리고 우리 인간들은 뭔가를 남들에게 보여 줄 게 있었습니다. 우리는 그런 것들로 신에게 영광을 돌리고, 우리의 생명을 지키며, 우리의 삶을 드높이거나 아름답게 만들지요.

우리는 타고난 기이한 재주들을 보았습니다. 또한 꽤 많은 재주들은 우스꽝스럽기도 했지요. 하지만 모든 작은 동물들은 우리를 기쁘게 하면서도 귀여운 재주들을 보여 주었습니다. 우리가 마지막으로 물에서 건져 낸 이 창백한 남자만이 아무것도 보여 주지 않았어요. 이 남자는 이상야릇하고 거만한 말을 한다거나 암시나 농담만 늘어놓았지요. 그런데 그런 것들은 아무도 알아듣지 못하고 기쁨 또한 주지 않지요.

그래서 친애하는 족장님께 여쭈는 바입니다. 그런 피조물이 이 사랑스러운 지구에서 새로운 삶을 펼쳐 나가도록 도와주는 것이 과연 옳은 일인가 하고요. 그렇게 하면 재앙을 불러오지 않을까요? 그 남자를 좀 보세요! 그 남자의 눈은 탁하고, 이마는 온통 주름투성이이고, 손은 창백하고 힘이라곤 하나도 없고, 얼굴은 사악하고 슬퍼 보이지요. 그 얼굴에서는 밝은 구석이라고는 전혀 없습니다! 뭔가 문제가 있는 게 확실해요. 세상에 도대체 어떻게 이런 녀석이 우리 방주에 온 걸까요!"

늙은 족장은 다정한 표정을 지으며 맑은 두 눈을 들어 질문을 던지는 사람들을 올려다보았어요.

그러고는 나지막하고 매우 자비로운 목소리로 말했어요.

"얘들아."

그러자 질문을 던진 사람들의 표정이 금세 꽤 밝아졌어요.

"사랑하는 아이들아, 너희들 말이 옳다. 하지만 그르기도 하단다. 하지만 신은 너희들이 묻기 전에 이미 그에 대한 대답을 해 주셨다. 나는 너희들 생각에 동의하지 않을 수가 없구나. 전쟁터에서 온 그 남자는 그다지 품위가 있는 손님은 아니지. 그런 이상한 사람들이 왜 존재해야 하는지 그 이유는 명확하게 알 수 없단다.

하지만 이런 부류의 인간을 창조하신 신은 왜 그렇게 하셨는지 틀림없이 잘 아실 거야. 너희는 이 백인 남자들을 깊이 용서해 주어야 한다. 그 사람들은 불쌍하기 짝이 없는 우리의 지구를 또다시 하느님의 심판을 받을 정도로 파괴해 버린 자들이지. 하지만 보아라. 신은 당신이 그 백인 남자를 가지고 어떤 계획을 갖고 계신지 하나의 징표를 보여 주셨단다.

너희들, 흑인과 에스키모인은 지구에서의 새로운 삶—그런 삶이 곧 시작될 것이라고 우리는 희망하지.—을 너희들의 사랑스러운 아내와 함께 시작할 수 있단다. 너는 흑인 여자가 있고, 너는 인디언 여자가 있고, 너는 에스키모인 여자가 있지.

유럽에서 온 남자만 혼자야. 그 때문에 나는 오랫동안 슬퍼했단다. 하지만 이제 그 남자가 왜 그런 건지 그 의미를 어렴풋이 알 것 같구나. 이 남자는 하나의 경고로, 하나의 자극으로, 어쩌면 하나의 망령으로 우리 곁에 계속 남아 있을 거야. 하지만 그 남자는 다채로운 인류의 흐름 속에 그 모습을 숨기지 않는 한 자식을 낳지 못할 거야. 그자는 새로운 지구에서 너희들의 삶을 망쳐 놓지 못할 것이다. 안심하거라!"

불쑥 밤이 닥쳐왔어요. 이튿날 아침, 동쪽에 성스러운 산의 봉우리가 물 밖으로 조금 삐죽 나와 있었지요.

(1917/1918)

마법사의 어린 시절

또다시 나는 오르지.

또다시 네 샘 속으로, 한때 사랑스러웠던 전설 속으로.

멀리서 네 아름다운 노랫소리 들려오네.

네가 웃고, 꿈꾸고, 가만가만 우는 소리 들려오네.

네 깊은 내면에서는

마법의 주문이 경고하듯 속삭이지.

나는 술에 취해 잠든 듯한데

너는 줄기차게 나를 부르고 또 부르네.

나를 키워 준 것은 비단 부모님과 선생님들뿐만이 아니었어요. 보다 숭고하고 눈에 띄지 않게 숨겨진 신비에 가득 찬 힘들 또한 나를 키워 줬지요. 그 힘들 가운데는 목신*도 있었어요. 목신은 춤을 추는 작은 인도 우상의 모습을 하고 우리 할아버지의 유리장 안에 서 있었어요.

어린 시절, 이 신과 다른 신들은 나를 사로잡았지요. 나는 읽고 쓸 수 있기 한참 전에 이미 아주 오래된 동양의 그림들과 사상들에 푹 젖어 있었기 때문에 훗날 인도나 중국의 현자들을 만날 때면 그러한 것들을 다시 만난 것 같았어요. 마치 고향에라도 온 듯한 느낌이 들었지요.

그럼에도 나는 유럽 사람이지요. 그뿐만 아니라 태어난 달의 별자리도 활동적이고 적극적인 사수자리랍니다. 그래서 평생 동안 서구의 미덕들, 곧 격렬함과 열정, 좀처럼 수그러들지 않는 호기심을 맘껏 익혔지요. 다행스럽게도 나는 대부분의 아이들과 마찬가지로 인생을 살면서 꼭 필요하면서도 가장 가치 있는 것을 학교에 들어가기 전에 이미 배웠어요. 사과나무, 비와 해, 강과 숲, 벌과 딱정벌레들에게서도 배우고, 목신에게서도 배우고, 할아버지의 보물 창고 안에 있는 춤추는 우상들에게서도 배웠어요.

나는 세상을 잘 알고 있었고 아무 두려움 없이 동물이나 별들과 사귀기도 했어요. 과수원이나 물속의 물고기들에 대해서도 훤히 알고 있었지요. 또한 족히 노래 몇 곡도 부를 수 있었고요. 나는 마법도 부릴 수 있었는데 유감스럽게도 그 뒤로 다 잊어버렸어요. 그래서 나이가 꽤 든 뒤에 비로소 새로이 배워야

---

*목신 : 그리스 신화에 나오는 신으로 목인과 암염소 사이에서 태어났다고 한다. 허리를 중심으로 위는 사람의 모습이고, 아래는 염소의 다리를 가지고 있다. 또한 뿔을 가지고 있으며 산과 들에 살면서 가축을 지킨다고 여겼다. 춤과 음악을 좋아하는 명랑한 성격의 소유자인 동시에 잠들어 있는 인간에게 악몽을 불어넣기도 하고 나그네에게 갑자기 공포를 주기도 한다고 믿고 있다.

했지요. 나는 어린 시절의 모든 전설적인 지혜를 지니고 있었어요.

그리고 여기에 학교에서 배운 여러 지식이 보태졌어요. 그건 배우기도 쉬웠고 재미도 있었지요. 학교에서는 현명하게도 삶에 꼭 필요한 진지한 지식들은 다루지 않았어요. 학교에서는 대체로 장난기가 어리면서도 도가 넘지 않는 이런저런 오락-그런 것들은 내게 즐거움을 선사하곤 했었지요.-과 지식들-그중 상당수는 평생 내게 변함없이 남아 있지요.-을 다루었어요. 그래서 오늘날까지도 나는 수많은 아름답고 재치 넘치는 라틴어 낱말들, 시구와 잠언들뿐만 아니라 모든 대륙의 수많은 도시들의 주민 수도 -물론 오늘날의 주민 수가 아니라 1880년대의 주민 수이지요.- 알고 있지요.

열세 살이 될 때까지 나는 내가 무엇이 될 것인지, 또 어떤 직업을 익히게 될지에 대해 한 번도 진지하게 생각해 본 적이 없었어요. 모든 남자아이들과 마찬가지로 나는 꽤 많은 직업을 좋아하고 부러워했어요. 이를 테면 사냥꾼, 뗏목꾼, 마부, 공중 곡예사, 북극 탐험가가 되고 싶었어요.

하지만 내가 가장 되고 싶었던 것은 마법사였어요. 이것은 내가 내 안에 있던 어떤 욕구나 충동들을 극도로 절절히 느낀 것이라고, 그리고 그 느낌이 그런 식으로 표현된 것이라고 할 수 있었지요. 또한 그것은 사람들이 보통 '현실'이라고 부르는 것-현실이라고 하는 것은 때때로 내 눈에는 어른들이 바보같이 합의해 낸 어떤 것으로밖에 보이지 않았어요.-에 대한 일종의 불만이었지요. 이러한 현실을 나는 어떨 때는 불안한 마음으로, 또 어떨 때는 비웃는 마음으로 거부했어요. 그런 것은 내게 일찍부터 친숙한 것이었지요. 나는 그 현실에 마법을 걸어 완전히 바꾸어 버리고 한층 더 고양된 모습으로 만들고 싶은 마음이 불처럼 활활 타올랐어요.

마법을 부리고 싶은 이러한 소원은 어린 시절, 어린아이라면 떠올릴 법한 목표를 여러 개 세웠어요. 예를 들면, 겨울에 사과가 자라게 한다거나 마법을 부려 내 지갑에 금과 은이 가득 차게 하고 싶은 마음이 굴뚝같았지요. 또한 나는 내 적들을 마법으로 마비시킨 다음 너그러운 마음으로 적들에게 부끄러움을 느끼게 하고, 그들을 물리쳐 마침내는 임금님으로 선포되는 꿈을 꾸기도 했어요.

나는 땅속에 묻힌 보물을 캐내고, 죽은 사람들을 다시 살아나게 하고, 내가 보이지 않게 하고 싶었어요. 특히 이것, 나를 보이지 않게 하는 기술을 나는 아주 대단한 기술로 여겼어요. 나는 그 기술을 간절히 갖고 싶었어요.

그래서 훗날 내가 어른이 되어 작가라는 직업을 갖게 되었을 때 나는 툭하면 내 작품들 뒤로 숨어 사라져 버리고, 이름을 바꿔 의미심장하고 장난기 그득한 이름들 뒤로 숨어 버리는 시도를 하곤 했어요. 그런데 이러한 시도들을 내 동료들은 종종 나쁘게 생각하거나 오해했어요. 참으로 이상한 일이었지요.

돌이켜 보면 내 인생은 온통 마법을 부리고 싶은 소원으로 이루어져 있었던 것 같아요. 시간이 지남에 따라 마법으로 이루고 싶었던 소원들의 목표가 변했어요. 외부 세계에서 그러한 목표를 갖던 것을 이제는 서서히 내 스스로에게 몰두하고, 더 이상 사물들을 변화시키려고 애쓰는 것이 아니라 점차 나 스스로를 변화시키려고 애썼어요. 또한 나는 요술 모자*를 쓰고 모습이 보이지 않게 하려는 소망을, 모든 것을 알면서도 사람들 눈에는 결코 띄지 않는 현자가 되고 싶은 소망으로 바꾸었지요. 이것이 내가 살아온 삶의 가장 핵심적인 내용일 거예요.

나는 활기차고 행복한 소년이었어요. 아름답고 활기찬 세계와 함께 놀았지요. 집에 있을 때는 어디에서든 그랬고, 동물이나 식물 옆에 있을 때나 나 혼자만의 상상의 세계와 꿈의 세계에, 원시림 같은 그 두 곳에 있을 때도 마찬가지였어요. 나는 내가 가진 힘들과 능력들에 마냥 즐거워하면서 이글이글 불타오르는 나의 소원들 때문에 마음속으로 괴로워하기보다는 행복했지요.

그 시절, 나는 꽤 많은 마법을 연습했어요. 멋모르고 했지만 내가 그 뒤로 이따금씩 성공했던 것보다 훨씬 더 완벽했지요. 나는 쉽게 사랑을 얻었고, 다른 사람들에게 쉽게 영향을 끼쳤어요. 지도자가 되는 것도, 청혼을 받는 것도, 비밀에 싸인 신비한 사람의 역할을 해내는 것도 모두 쉽게 이루어졌지요. 여러 해 동안 나는 나보다 나이가 좀 어린 동급생들과 친척들에게 내가 실제로 갖고 있던 마법의 힘, 악마들에 대한 나의 지배력 그리고 숨겨져 있는 보물들과 왕관을 갖고자 하는 나의 소망을 경외심에 찬 마음으로 철석같이 믿도록 했어요.

부모님이 일찍이 뱀에 대해 설명해 주었음에도 불구하고 나는 오랫동안 낙원에서 살았어요. 어릴 때 가졌던 꿈은 오랫동안

---

*요술 모자 : 이 모자를 쓰면 모습이 보이지 않는다는 신화에서 유래했다.

지속되었어요. 세계는 내 것이었지요. 모든 것이 내 앞에 내 주위에 있었고, 모든 것이 내 주위에서 일어나는 멋진 놀이처럼 가지런히 정돈되어 있었어요.

어쩌다 불만스럽다거나 가슴속 깊이 무언가를 간절히 그리워하는 마음이 들면, 또는 마냥 즐겁기만 한 세계가 내게 그늘을 드리우고 수상쩍은 모습을 보일 때면, 나는 곧잘 다른 세계, 보다 자유롭고 스스럼없는 상상의 세계 속으로 들어가는 길을 별로 힘들이지 않고 발견했어요. 그 세계에서 다시 돌아오면 외부 세계를 또다시 발견했지요. 외부 세계는 친절하고 호의를 베풀었으며 아주 매력적이었어요. 오랫동안 나는 낙원에서 살았어요.

우리 집 작은 정원에는 격자 모양의 칸막이가 있었어요. 나는 그곳에 집토끼들과 길들인 큰 까마귀 한 마리를 키우고 있었어요. 그곳에서 나는 하염없이 오랜 시간을, 세계가 시작되어서 지금까지 걸린 시간 동안만큼이나 오랫동안 머물곤 했어요. 그 따스한 곳에서 동물들의 주인이 바로 나라는 생각에 한없이 기뻐하면서요. 토끼들에게서는 삶의 향기가, 풀과 우유 그리고 피와 생식의 냄새가 났어요. 그리고 까마귀의 무뚝뚝하고 엄격해 보이는 까만 눈에서는 영원한 삶의 등불이 반짝이고 있었어요.

그곳에 있을 때면 어떤 다른 영원의 시간 속에 있었지요. 저녁이면 활활 타오르는 양초 밑동 옆에서 스르르 졸음이 밀려오는 따스한 동물들 곁에서 혼자 또는 친구와 함께 있곤 했어요. 그러고는 이런저런 계획들을 세워 보았지요. 엄청나게 많은 보물을 땅속에서 캐낸다거나 구제해 주지 않으면 안 될 세계 곳곳을 돌며 승리를 거둔 기사들을 이곳저곳으로 원정 보내는 계획들을 세워 보았어요. 그곳에서 나는 도둑들을 처형하고, 불행한 사람들을 구해 주고, 포로들을 석방하고, 도둑들의 성 여러 개를 불태워 버리고, 배신자들을 십자가에 못 박게 하고, 나를 배반한 신하들을 용서해 주고, 공주를 얻고, 동물들의 말을 알아들었지요.

할아버지의 커다란 서재에는 엄청나게 크고 무거운 책이 한 권 있었어요. 나는 자주 그 책 이곳저곳을 찾아 읽었어요. 아무리 읽어도 결코 흥밋거리가 떨어지지 않는 그 책 속에는 이상야릇하기 짝이 없는 오래된 그림들이 있었어요. 그 그림들은 책을 펼쳐서 책장을 넘기면 화사한 모습으로 나를 초대하기라도 하는 듯 금방 내 앞에 불쑥 나타날 때도 많았지만 아무리 오래 찾아도 나타나지 않을 때도 많았어요. 그 그림들은 없어져 버린 것이었지요. 모조리 마법에 걸려 버린 것 같았어요. 그 책 속에 있었던 적이 한 번도 없었던 것처럼요.

이 책에는 이루 말할 수 없이 아름답고 이해가 되지 않는 한 편의 이야기가 실려 있었어요. 나는 그 이야기를 자주 읽었어요. 그 이야기 역시 책에서 늘 찾을 수 있는 건 아니었어요. 때를 잘 맞추어야 했지요. 그 이야기는 완전히 사라져 버릴 때도 많았어요. 꼭꼭 숨어 있었지요. 그 이야기는 원래 자기 자리도 바꾸고, 그 자리를 떠난 뒤에도 이리저리 계속 자리를 바꾸는 것 같았어요.

그 이야기를 읽을 때면 때때로 이상할 정도로 기분이 좋아졌어요. 그리고 거의 다 이해할 수 있을 것도 같았지요. 하지만 어떨 때는 다락방의 문처럼 완전히 비밀에 싸인 채 자물쇠를 채운 듯 꼭꼭 닫혀 있었어요. 어스름이 질 때 다락방 문 뒤쪽에서는 유령들이 낄낄대거나 끙끙 앓는 신음 소리가 이따금씩 들려오는 것 같았지요. 모든 것이 현실로 가득 차 있었어요. 그리고 모든 것이 마법으로 가득 차 있었지요. 그 두 가지는 아주 사이가 좋은 듯 서로 손발이 척척 맞았어요. 둘 다 내 것이었어요.

보물이 가득 들어 있는 할아버지의 유리장에 있는, 인도에서 온 춤추는 우상도 늘 똑같은 우상은 아니었어요. 얼굴도 늘 같지는 않았고 춤도 언제나 똑같지는 않았어요. 때때로 그 우상은 이상야릇하고 좀 우스꽝스럽기도 한 모습을 지니고 있었지요. 낯설고 좀처럼 이해되지 않는 나라들에서 역시나 낯설고 좀처럼 이해되지 않는 민족들이 만들고 숭배했던 것과 같은 우상 말이에요.

그런데 그 우상은 또 어떨 때는 의미심장한 눈빛을 띠고, 이루 말할 수 없이 섬뜩하고, 제물을 게걸스레 탐내며, 음흉하고, 냉혹하고, 믿을 수 없고, 비웃고 있었지요. 그 우상은 그런 모습을 한 마법적인 존재였어요.

그 우상은 내가 자기를 놀려 대도록 내 신경을 살살 건드리는 것 같았어요. 그렇게 한 다음 내게 복수를 할 속셈으로요. 우상은 노란 금속으로 되어 있었지만 시선을 바꿀 수도 있었어요. 흘끔흘끔 훔쳐보기도 했지요. 또 어떤 때는 완전히 상징 그 자체였어요. 흉측하지도 아름답지도 않고, 나쁘거나 착하지도 않고, 우스꽝스럽지도 무시무시하지도 않은 상징적인 존재 말이에요. 우상은 아주 단순하고 오래된 데다 어떤 것이라고 상상이나 예측 같은 것도 할 수 없었지요. 오래된 룬문자*처럼, 바위에 낀 이끼처럼, 조약돌의 무늬처럼 오래되고 모호했어요.

우상의 뒤쪽에는 우상의 얼굴과 전체적인 모습 뒤에는 신이 살고 있었어요. 그리고 영원한 어떤 것이 똬리를 틀고 있었지요. 그 시절, 아직 소년이었던 나는 그것의 이름도 몰랐으면서도 훗날에 비해 절대로 뒤지지 않을 정도로 상당히 그것을 존경했고 잘 알고도 있었어요. 훗날 나는 그것을 시바*라고 비슈누* 라고 불렀어요. 또한 나는 그것을 신, 삶, 브라만*, 아트만*, 도(道), 또는 영원한 어머니라고도 불렀지요. 그것은 아버지였고, 어머니였고, 여자이면서도 남자였고, 태양이며 달이었어요.

유리장 안에 있는 그 우상 가까이에 그리고 할아버지의 다른 장들 안에는 수많은 형상물과 도구가 바른 자세로 오뚝 서 있거나 걸려 있거나 누운 채로 가로놓여 있었어요. 나무 구슬로 만

---

*룬문자 : 초기 게르만족이 1세기경부터 쓰던 알파벳. 17세기경까지 썼으며 가장 오래된 알파벳은 8문자를 한 조로 하여 24문자로 되어 있다.
*시바 : 힌두교의 세 주요 신 중 하나. 파괴와 생식의 신으로 네 개의 팔, 네 개의 얼굴 그리고 과거, 현재, 미래를 투시하는 세 개의 눈이 있으며 이마에 반달을 붙이고 목에 뱀과 송장의 뼈를 감은 모습을 하고 있다.
*비슈누 : 힌두교의 세 주요 신 중 하나. 세계의 질서를 유지하는 신으로 후에 크리슈나로 화신했다.
*브라만 : 인도 카스트 제도에서 가장 높은 지위인 승려 계급.
*아트만 : 인간 존재의 영원한 핵을 이르는 인도 철학의 용어. 인도 철학에서 가장 기본이 되는 개념으로 죽은 뒤에도 살아남아 새로운 생명으로 다시 태어난다고 한다. 브라만이 우주 작용의 근거가 되듯이, 인간의 모든 행동의 저변에 깔려 있으며 브라만의 일부로 서로 통하거나 하나가 되기도 한다.

든 줄들—묵주처럼 생겼지요.—, 옛 인도 문자를 새겨 놓은 야자나무 잎으로 만든 두루마리들, 초록색 활석으로 조각한 거북들, 나무나 유리, 또는 석영이나 점토로 만든 작은 신상들, 수놓은 비단 덮개와 아마포 깔개, 놋쇠로 만든 술잔과 놋쇠 사발들이 바로 그러한 것들이었지요.

이 모든 것들은 인도와 실론*에서 왔어요. 실론은 양치식물과 야자나무들—물가에 있지요.—과 부드럽고 노루 눈같이 생긴 실론 섬의 원주민들이 있는 낙원 같은 섬이지요. 시암*과 버마*에서 온 것도 있었지요.

이 모든 것들에서는 바다, 향료, 먼 곳의 냄새가 풍겼고 계피와 백단향 목재 냄새도 났지요. 이 모든 것들은 갈색 손과 누런색 손들을 거쳐 열대 지방의 비와 갠지스 강물에 적셔지고, 적도의 햇빛에 바싹 말려지고, 원시림의 그늘에서 계속 말려졌어요.

그런데 이것들은 모두 할아버지 것이었어요. 할아버지는 존경스럽고 엄청나게 대단한 노인으로 두 뺨과 턱은 새하얀 수염으로 온통 뒤덮여 있고, 모르는 것이 없었으며, 아버지와 어머니보다 훨씬 더 막강한 힘을 지니고 있었어요. 할아버지는 부모님과는 완전히 다른 물건들과 힘을 지니고 있었지요. 할아버지가 갖고 있는 것은 인도의 신들이나 인도 장난감들뿐만이 아니었어요. 모든 조각품, 그림, 마법에 걸린 물건들, 야자열매로 만

---

*실론 : 스리랑카의 옛 이름.
*시암 : 태국의 옛 이름.
*버마 : 미얀마의 전 이름.

든 술잔들과 백단향 나무로 만든 궤짝, 홀과 서재도 모두 할아버지 것이었어요.

할아버지는 마법사면서 무엇에건 정통했고, 현자이기도 했어요. 할아버지는 인간의 모든 언어, 그러니까 서른 개 이상의 언어를 이해했어요. 신들의 언어와 별들의 언어들도 알고 있었을 거예요. 또한 할아버지는 팔리어*와 범어*도 쓰고 말할 수 있었어요. 할아버지는 카나리아 군도, 벵골*, 힌두스탄*, 실론 섬의 노래들도 부를 줄 알았어요. 또한 할아버지는 기독교도이고 삼위일체의 신을 믿고 있었음에도 불구하고 이슬람교와 불교의 기도법을 알고 있었어요.

할아버지는 수년, 수십 년 동안 덥고 위험한 동방의 여러 나라에서 살았어요. 보트와 황소가 끄는 수레, 말이나 당나귀를 타고 여행도 했고요. 우리 도시와 우리나라가 지구의 아주 작은 부분에 불과하다는 것과 수십억에 달하는 사람들이 우리와는 다른 믿음을 갖고 있으며 풍습, 언어, 피부 색깔, 신, 미덕과 악덕 또한 우리와는 다르다는 것을 할아버지만큼 잘 아는 사람은 없었지요.

나는 할아버지를 사랑하고 존경하고 두려워했어요. 나는 할아버지에게 모든 것을 기대했어요. 그리고 할아버지 말이라면 전부 다 믿었지요. 나는 할아버지와 우상의 옷을 입고 변장한 목

---

*팔리어 : 스리랑카와 인도차이나 불교도의 문어.
*범어 : 고대 인도의 표준 문장어로 산스크리트 어라고도 한다.
*벵골 : 인도의 서벵골 주에서 방글라데시까지 이르는 지역.
*힌두스탄 : 북인도의 옛 이름으로 인도의 별칭.

신에게서 끊임없이 배웠어요. 어머니의 아버지인 이 남자는 그 얼굴이 숲과도 같은 하얀 수염 속에 푹 파묻혀 있는 것과 꼭 마찬가지로 이런저런 비밀들의 숲 속에 숨어 있었지요.

할아버지의 두 눈에서는 세계에 대한 비애감과 명랑하고 쾌활한 지혜가 흘러나왔어요. 때에 따라서는 고독한 지식과 신의 장난기도 흘러나왔지요. 수많은 나라에서 온 사람들이 할아버지를 알고 있었어요. 그 사람들은 할아버지를 존경해서 찾아오기도 했어요. 사람들은 할아버지와 영어, 프랑스어, 인도어, 이탈리아어, 말레이어 등으로 이야기를 나누었어요. 기나긴 대화를 나눈 뒤 사람들은 언제 왔냐는 듯이 홀연히 다시 여행을 떠났지요. 아마도 그 사람들은 할아버지의 친구들, 아니면 외교 사절들, 그도 아니면 하인이나 대리인들이었던 것 같아요.

나는 어머니를 에워싸고 있는 그 비밀이 −비밀스럽고 태고적부터 있어 왔던 어떤 은밀한 것이− 수수께끼 같은 사람, 곧 할아버지에게서 비롯된다는 것을 익히 잘 알고 있었어요. 어머니 역시 오랫동안 인도에서 살았지요. 또한 어머니 역시 말라얄람어*와 카나리아 군도의 말을 할 줄 알고, 그 두 나라 언어로 노래도 부를 줄 알았어요. 어머니는 나이 많은 할아버지와 마법과도 같은 외국어들로 이야기며 격언을 주고받았어요. 또한 어머니는 때때로 할아버지처럼 외국인들이 짓는 미소를 띠었어요. 베일로 가린 듯한 지혜의 미소였지요.

---

*말라얄람어 : 드라비다 어족에 속한 언어로, 인도의 서남단 케랄라 주와 그 인접 지역에서 쓰이는 인도 공용어의 하나이다.

아버지는 어머니와는 달랐어요. 아버지는 혼자였어요. 아버지는 우상이나 할아버지의 세계에도, 그 도시의 일상에도 속하지 않았지요. 아버지는 홀로 외롭게 멀찌감치 떨어져 있었어요. 아버지는 괴로워하고 탐구하는 사람이었어요. 또한 아버지는 유식하고, 선량하고, 정직하고, 참되고 바른 일을 성심껏 해냈어요. 아버지는 어머니처럼 고상하고 부드러운 미소는 지을 줄 몰랐지만, 어머니처럼 비밀 같은 것은 없이 명료했어요.

아버지는 선량하지 않았던 적이 한 번도 없었고 총명함을 잃었던 적도 없었어요. 하지만 아버지는 결코 할아버지, 그리고 할아버지와 관계가 있는 모든 것이 만들어 내는 그 마법의 구름 속으로 사라지지 않았어요. 아버지의 얼굴은 이러한 아이다움과 신성함 속으로 사라져 버려 그 모습을 잃은 적이 한 번도 없었어요. 할아버지다운 것, 그것이 펼쳐 보이는 놀이나 장난은 어떨 때는 슬픔 같았고, 어떨 때는 세련된 조롱 같았고, 또 어떨 때는 침묵한 채 깊이 내면으로 침잠해 버리는 신들의 가면들같이 보였어요.

아버지는 어머니와 인도어로 이야기를 나누지 않았어요. 그 대신 영어나 순수하고, 명료하고, 아름답고, 살짝 발트해 연안 풍이 감도는 독일어로 이야기를 나눴어요. 나는 이 언어 때문에 아버지에게 끌렸어요. 아버지는 이 언어로 나를 교육시켰어요.

때때로 나는 아버지에게 한없이 경탄하며 아주 열심히 아버지를 모범으로 삼고 따랐어요. 정말 열심히 했지요. 나의 뿌리는 어머니의 토양 속에서 —눈이 검고 신비에 가득 찬 그런 토양이었지요.— 훨씬 더 깊이 자라고 있다는 것을 알고 있었지만 말이에요. 어머니는 머리부터 발끝까지 온통 음악에 젖어 있었어요. 하지만 아버지는 그렇지 않았어요. 아버지는 노래를 할 줄도 몰랐어요.

나에겐 여동생들과 형이 두 명 있었어요. 나는 형들을 시샘도 하고 존경도 했어요. 우리 집 주위에는 길이 울퉁불퉁한 오래된 작은 도시가 있었어요. 수풀이 우거진 산들이 엄격하면서도 약간 어두운 모습으로 도시 주위를 둘러싸고 있었어요. 그리고 그 한가운데로 아름다운 강이 머뭇거리는 듯하며 구불구불 흐르고 있었어요.

나는 이 모든 것을 사랑했어요. 나는 이 모든 것을 고향이라 불렀지요. 나는 숲과 강에서 식물과 땅, 바위와 동굴, 새, 다람쥐, 여우와 물고기 등을 똑똑히 알게 되었어요. 이 모든 것은 내게 속했어요. 내 것이었지요. 그리고 고향이었지요. 하지만 그곳에는 그밖에도 유리창과 서재가 있었어요. 그리고 모든 것을 다 아는 듯한 할아버지의 얼굴에 드리워진 온화하면서도 조롱기가 섞인 표정 그리고 어머니의 어두우면서도 따스한 시선, 거북들과 우상들, 인도 노래들과 격언들이 있었지요. 이것들은 더 넓은 어떤 세계, 보다 큰 고향, 보다 오래된 유래, 보다 큰 연관성에 대해 말해 주었어요.

그리고 철사로 만들어 높이 매단 앵무새 집에는 붉은빛을 많이 띤 회색 앵무새가 앉아 있었어요. 그 앵무새는 늙기는 했지만 영리했어요. 앵무새는 박식해 보이는 얼굴에 날카로운 부리로 노래도 부르고 말도 했어요. 앵무새 역시 미지의 어떤 먼 곳에서 왔지요. 앵무새는 밀림의 언어로 피리 같은 소리를 내며 노래하고 적도의 냄새를 솔솔 풍겼어요.

수많은 세계들이, 지구의 수많은 부분들이 모두 두 팔을 쭉 뻗고 빛을 뿜어 댔어요. 그러고는 우리 집에서 서로 만나고 교차했어요. 우리 집은 크고 오래되었어요. 우리 집에는 수많은 방과 공간이 있었는데 여기저기 비어 있는 곳도 있었어요. 또한 우리 집에는 지하실도 여럿 있었고, 소리가 울리는 커다란 복도도 몇 개 있었어요. 복도에서는 돌과 한기의 냄새가 풍겨 왔지요. 그리고 우리 집에는 하염없이 긴 다락방도 여러 개 있었어요. 그곳에는 목재와 과일, 강한 외풍 그리고 어두컴컴하면서 텅 빈 듯한 것이 가득 차 있었지요.

이 집에는 수많은 세계들이 각기 자신들의 빛을 서로 교차했어요. 이곳에서는 기도를 드리고 성경을 읽었어요. 이곳에서는 연구 작업이 이루어졌어요. 인도 문헌학도 연구되었지요. 또한 이곳에서는 훌륭한 음악이 많이 연주되고 이곳에 온 사람들은 석가모니와 노자에 대해 알고 있었어요. 수많은 나라에서 손님들이 왔지요. 손님들의 옷에서는 이방인의 냄새와 외국의 냄새가 났고, 손님들은 가죽이나 질긴 식물 줄기로 엮어 만든 특이한 여행 가방을 갖고 있었으며 여러 외국어를 사용했어요.

또한 이곳에서는 가난한 사람들에게 음식을 대접하고 잔치도 여러 차례 벌였지요. 그리고 학문과 동화가 가까이 함께 살고 있었어요. 그곳에는 할머니도 한 분 있었어요. 우리는 할머니가 조금 무서웠어요. 할머니는 독일어를 한마디도 못 하고, 프랑스어 성경을 읽었기 때문에 우리는 할머니에 대해 별로 아는 바가 없었어요.

이 집의 삶은 다양했어요. 하지만 그 모든 부분이 이해가 되는 것은 아니었어요. 이곳에서는 수많은 빛깔을 띤 빛이 비쳤고 삶은 풍성하고 여러 가지 소리로 울렸어요. 그 소리는 아름다웠고 내 마음에 들었어요. 하지만 내가 소망하고 있는 생각들은 그보다 훨씬 더 아름다웠지요. 그리고 나의 백일몽들은 훨씬 더 풍부하게 상상의 나래를 폈어요. 현실은 결코 충분했던 적이 없었지요. 마법은 꼭 필요한 것이었어요.

우리 집과 내 삶에서 마법은 고향같이 편안한 것이었어요. 할아버지의 여러 장 외에 어머니의 장들도 있었어요. 그곳에는 아시아의 옷감, 옷과 사포 따위가 가득 차 있었어요. 우상의 베일도 마법을 부릴 것만 같았고 상당수의 오래된 저장실*들과 계단 구석구석의 냄새는 비밀에 가득 차 있었지요.

그리고 내 마음속의 많은 부분은 이 외부 세계와 일치했어요. 내 마음속에서만, 그리고 오로지 나 혼자만을 위해 존재하는 사물들이 있었어요. 어떤 연관 관계 같은 것들도 있었고요. 그 어떤 것도 그것들만큼 신비에 가득 차 있는 것이 없었고, 그것들만큼 남들에게 말로 털어놓을 수 없는 것도 없었지요. 또한 그 어떤 것도 그것들만큼 일상적이면서도 실제로 있는 것들에서 완전히 벗어나 있는 것도 없었으며, 그 어떤 것도 그것들만큼 현실감 있게 실제로 존재하는 것은 없었지요.

저 큰 책 속에 있는 그림들과 이야기들이 마음 내키는 대로

---

*저장실 : 작고 보통 난방을 켜지 않은 방으로 잠을 자기도 하고, 옷이나 쓰지 않는 물건들을 보관하기도 한다.

불쑥 나타났다가 다시금 모습을 감춰 버리는 것도 다 그런 까닭이었고, 사물들의 얼굴이 변화하는 것도 —사물들은 매시간 모습을 완전히 바꾸어 버렸지요.— 다 그런 까닭이었지요.

일요일 저녁 무렵의 현관문과 정원에 있는 정자와 길거리는 월요일 아침의 그 셋과는 얼마나 다르게 보였던지요! 할아버지의 정신과 영혼이 다스릴 때 벽시계와 거실에 있는 예수님의 그림은 아버지의 정신과 영혼이 다스릴 때와 얼마나 판이하게 다른 얼굴을 하고 있었던가요! 또한 어떤 낯선 정신과 영혼이 아닌 바로 나만의 정신과 영혼이 사물들에게 그 사물들의 이름의 머릿글자를 불러 줄 때면, —나의 영혼이 그 사물들과 함께 장난치며 놀고, 그 사물들에게 각기 새로운 이름과 의미를 부여할 때면— 그 모든 것이 얼마나 자주 새로운 모습으로 변화했는지 몰라요!

내가 너무나도 잘 알고 있고 친숙하기도 한 어떤 의자나 등받이 없는 의자, 난로 옆의 그림자, 신문의 인쇄된 표제 등은 아름답기도 했다가 흉측하고 사악한 모습으로 변하기도 하고, 의미심장하다가도 진부해 보이기도 하고, 간절하게 그리운 마음을 솟구치게 하다가도 주눅 들게 하고, 우스꽝스럽게 보이다가도 슬픔에 잠긴 것처럼 보이기도 했지요.

확고하고, 변함이 없으며, 늘 같은 상태로 같은 모습을 지니고 있는 것은 얼마나 적었던가요! 모든 것들은 변화를 겪고, 본질적인 변화를 간절히 바라고, 더 이상 그 모습을 지니지 않고 사라져 버리고, 몰래 숨은 채로 다시금 태어나기만을 자나 깨나 기다리며 살고 있었지요!

하지만 마법으로 생겨난 모든 것들 중에서 가장 중요하고 기가 막히게 멋진 것은 '키가 작은 남자'였어요. 그 남자를 언제 처음 보았는지는 모르겠어요. 하지만 나는 그 남자가 이미 언제나 존재했고, 나와 함께 세상에 태어났다고 믿고 있어요. 그 작은 남자는 아주 조그맣고 잿빛 그림자처럼 눈에 잘 띄지 않는 존재로 난쟁이였어요. 그 난쟁이는 유령이나 요괴, 아니면 천사나 악마였지요. 꿈속에서든 내가 잠에서 깨어났을 때든 난쟁이는 불쑥불쑥 나타나 내 앞에서 척척 걸어가고 있었어요. 나는 난쟁이의 뒤를 졸졸 따라가야 했지요. 아버지나 어머니보다도 더, 그리고 내 머리가 지시하는 것보다도 더 난쟁이를 따라가야 했지요. 마음속에 두려움이 일어도 일단은 난쟁이를 뒤따라갔어요.

일단 난쟁이가 눈에 띄면, 나는 난쟁이 이외의 것은 하나도 눈에 들어오지 않았어요. 그리고 난쟁이가 어디로 가든, 무슨 짓을 하든 나는 난쟁이가 하는 대로 따라 해야 했어요. 내가 위험에 처할 때면 난쟁이는 어김없이 그 모습을 드러냈어요. 사나운 개라든가 나보다 키가 큰 동급생이 잔뜩 화가 난 채로 내 뒤를 쫓아오는 바람에 내가 곤경에 처하면, 가장 위급한 순간에 그 작은 난쟁이가 나타났지요. 그러고는 내 앞에서 폴짝폴짝 뛰어가면서 길을 일러주었어요. 난쟁이는 그런 식으로 나를 구해 주었어요.

난쟁이는 내게 정원 울타리 가운데에서 느슨하게 끼어 있는 각목을 가리켜 주었어요. 정말로 겁나는 순간에 맞닥뜨리면 나는 그곳을 통해 부리나케 도망쳤지요. 또한 난쟁이는 내가 어떻게 해야 하는지를 몸소 보여 주었어요. 이를테면 부러 넘어진다거나 돌아가는 법, 도망가고 외치고 침묵하는 법을 가르쳐 주었지요. 난쟁이는 내가 이제 막 먹으려고 하는 것을 내 손에서 휙 빼앗기도 하고, 잃어버렸던 물건들을 다시 찾을 수 있는 곳으로 나를 데려가기도 했어요.

난쟁이를 매일같이 볼 때도 있었어요. 어디를 갔는지 보이지 않을 때도 있었고요. 그럴 때는 상황이 별로 좋지 않았어요. 모든 것이 어정쩡하고 불확실했어요. 아무 일도 일어나지 않았고 어떤 일이 나아지는 것도 아니었어요.

한번은 장이 서는 광장에서 그 작은 남자가 내 앞에서 달려가고 있었어요. 그래서 나는 난쟁이 뒤를 따라 갔어요. 난쟁이는 엄청나게 큰 광장 분수를 향해 뛰어갔어요. 어른 키를 훌쩍 넘는, 분수의 깊은 물통에서는 물줄기 네 개가 뿜어져 나오고 있었어요. 난쟁이는 측벽에서 난간까지 마치 체조라도 하듯이 팔짝 뛰어올랐어요. 나는 그대로 따라 했어요. 그리고 난쟁이가 그곳에서 잽싸게 물속 깊이 휙 뛰어내리자 나도 뛰어내렸어요. 어쩔 수가 없었지요. 하마터면 나는 분수에 빠져 죽을 뻔했어요.

하지만 누군가가 나를 끄집어냈고 나는 물에 빠져 죽지 않았어요. 그 사람은 바로 내가 그때까지 거의 알지 못했던 이웃집의 젊고 예쁜 여자였어요. 그 뒤로 나는 그 여자와 아름다운 우정을 맺었어요. 서로 놀리며 장난치는 사이도 되었고요. 그러한 관계는 오랫동안 내게 행복감을 안겨 주었어요.

한번은 내가 잘못을 저지르자 아버지는 내가 왜 그렇게 했는지 말하라고 했어요. 나는 어른들이 알아듣게 설명하는 일이 너무 어려워 이번에도 역시 괴로워하면서 거의 변명에 가까운 말만 늘어놓았어요. 나는 눈물 몇 방울을 흘리고 가벼운 벌을 받았어요. 마침내 아버지는 내가 그 시간을 잊지 않도록 하기 위해 작고 예쁜 주머니 달력을 선물했어요. 조금은 부끄럽기도 하고, 그런 일이 불만스럽기도 해서 나는 그곳을 떠나 강가 다리 위로 갔어요. 갑자기 그 작은 남자가 내 앞에서 후닥닥 뛰어갔어요. 그 남자는 다리 난간 위로 깡충 뛰어오르더니 아버지가 준 선물을 강물에 집어 던지라고 손짓을 하면서 명령했어요.

나는 곧바로 그렇게 했어요. 그 작은 남자와 있으면 의심도 들지 않고 조금도 망설여지지 않았어요. 그런 건 그 남자가 없을 때 어디를 가서 나를 혼자 내버려 두었을 때만 했지요. 부모님과 함께 산책하던 어느 날이 떠오르네요. 그날, 그 작은 남자가 나타났지요. 그 남자는 길 왼쪽에서 걷고 있었어요. 나도 그쪽에서 걸었고요. 아버지가 몇 번이나 내게 자신이 걷고 있는 쪽으로 건너오라고 명령을 해도 그 작은 남자는 그쪽으로 가지 않고 고집스럽게 왼쪽 길로만 갔어요. 그래서 나는 번번이 다시 그 남자가 있는 곳으로 건너가야 했어요.

아버지는 자꾸 내게 명령을 하다가 지쳐 마침내는 내 마음대로 가라고 내버려 두었어요. 아버지는 마음이 상했지요. 나중에 집에 돌아와서야 비로소 아버지는 내가 왜 한사코 말을 듣지 않고 다른 쪽 길로 갔는지를 물었어요.

그럴 때 나는 무척 당황했어요. 그야말로 난감하기 이를 데 없었지요. 왜냐하면 그 작은 남자에 대해 이야기를 하는 것만큼 불가능한 것은 없었기 때문이었어요. 그 작은 남자에 대해 전부

다 털어놓고, 이름도 밝히고, 그 남자에 대해 말을 하는 것은 그야말로 금지된 일이고, 가장 나쁜 일이며, 죽을죄를 짓는 일이었지요.

나는 그 작은 남자에 대해 생각할 수도, 소리쳐 부를 수도, 내게 오기를 바랄 수도 없었어요. 그런 건 어림도 없는 일이었지요. 그 작은 남자가 모습을 드러내는 것만으로도 족했어요. 나는 그 남자가 하는 대로 따라 했어요. 그 남자가 없으면 그런 남자는 아예 없었던 것처럼 느껴졌지요. 그 작은 남자는 이름도 없었어요. 하지만 이 세상에서 가장 불가능한 일은 그 작은 남자가 나타났을 때 그 남자를 따르지 않는 일이었을 거예요.

그 작은 남자가 어디를 가든 나는 졸졸 따라다녔어요. 물속으로도 들어가고 불 속으로도 들어갔지요. 그 작은 남자는 내게 이래라저래라 명령하거나 충고하지는 않았어요. 그래요, 그 작은 남자는 그저 이런저런 것을 했을 뿐이에요. 그러면 나는 그대로 따라 했고요. 그 작은 남자가 한 것을 흉내 내지 않는다는 것은 내가 움직일 때마다 그림자가 함께 움직이지 않는 것과 마찬가지로 불가능한 일이었지요.

십중팔구 나는 그 작은 남자의 그림자나 거울에 불과했을 거예요. 아니면 그 작은 남자가 나의 그림자나 거울이었겠지요. 십중팔구 나는 그 작은 남자가 어떤 것을 하기도 전에 이미 지금 내가 그 작은 남자를 따라 하고 있다고 생각하면서 그러한 행동을 하거나 그 작은 남자와 동시에 했던 것 같아요.

문제는 그 작은 남자가 늘 모습을 드러내는 게 아니라는 것이었어요. 참으로 유감스러운 일이었지요. 그 작은 남자가 없으면 나는 그런 행동을 해야 할 마땅한 이유도 필요성도 없었어요. 그럴 경우에는 모든 것이 달라질 수도 있었어요. 또한 내가 한 발, 한 발 발걸음을 내디딜 때마다 실제로 어떤 행동을 할 것인지 말 것인지 궁리하고, 과연 그것을 실행에 옮길까 말까 망설이고, 곰곰 생각해 보게 되는 가능성들이 있었지요. 하지만 그 시절, 내 삶에서 유쾌하고 기쁘고 행복했던 발걸음들은 모두 깊이 생각하지 않고 내딘게 된 것이었지요. 자유의 나라는 착각의 나라일지도 모르겠어요.

그때 나를 분수에서 꺼내 준 그 활기차고 명랑한 이웃 여자와의 우정은 얼마나 아름다웠는지 몰라요! 그 여자는 활기차고 젊고 예쁘고 바보였어요. 하지만 사랑스럽고 가히 천재적이라고 할 수 있을 정도로 우둔했지요. 그 여자는 내게 도둑 이야기와 마법 이야기를 들려 달라고 했어요. 그 여자는 때로는 내 말을 철석같이 믿었고 때로는 거의 믿지 않았어요. 그 여자는 최소한 나를 동방에서 온 현자들 중 하나로 여겼어요. 그러면 나는 흔쾌히 그렇다고 맞장구를 쳤지요.

그 여자는 나를 보면 경탄해 마지않았어요. 내가 그 여자에게 재미있는 이야기를 들려주면 그 여자는 농담을 채 알아듣기도 훨씬 전에 큰 소리로 미친 듯이 웃었지요.

그러면 나는 그 여자를 나무란 뒤 이렇게 물었어요.

"저기 말이에요, 안나 아줌마. 농담을 조금도 이해하지 못했으면서 어떻게 그렇게 웃을 수가 있어요? 그건 아주 바보 같은 짓이에요. 저한테는 아주 모욕적인 일이기도 하고요. 제가 한 농담을 이해하고 웃든가, 알아듣지 못하면 꼭 웃지 않아도 돼요. 알아들은 척하지 않아도 되고요."

그 여자는 계속 깔깔 웃었어요. 그러고는 외쳤지요.

"아니야, 너는 이미 내가 본 남자아이들 중에서 최고로 똑똑해. 넌 정말 대단한 아이야. 교수나 장관, 아니면 박사가 될 거야. 내가 웃는 거, 그건 말이야, 기분 나쁘게 생각할 필요가 없단다. 난 그저 너를 보면 기분이 좋고 또 네가 최고로 재미있는 사람이라 웃는 거야. 이제 네 농담에 대해 설명해 봐!"

나는 미주알고주알 설명을 해 주었어요. 그래도 그 여자는 계속 이런저런 것을 물어보았지요. 마침내 그 여자는 완전히 알아들었어요. 방금 전에도 실컷 웃었건만 이제는 비로소 배꼽을 잡고 정신없이 웃었지요. 어찌나 미친 듯이 —나는 그 모습에 그만 사로잡혔지요.— 웃던지 나도 그만 전염이 되고 말았어요. 우리는 얼마나 자주 서로 마주 보며 소리 내어 웃었는지 몰라요! 그 여자는 얼마나 나를 예뻐하며 비위를 살살 맞춰 주고 놀라움을 금치 못했는지 몰라요! 또한 나를 보며 얼마나 황홀해했는지 몰라요!

우리는 어려운 낱말을 매끄럽게 말하는 연습도 했어요. 때때로 나는 그 여자가 따라 말하도록 아주 빠른 속도로 세 번씩 연달아 문장을 말해 주어야 했어요. 잰말 놀이를 한 거예요. 예를 들면 이렇게요.

"비이너 베셔 바셴 바이세 비이너 베셰.*"

---

*비이너 베셔 바셴 바이세 비이너 베셰 : 빈에 사는 세탁부가 빈 사람들의 흰 속옷을 빤다.

이런 문장 외에도 나는 그 여자에게 코트부스의 우편 마차 편지함에 대한 이야기*를 들려주었어요. 그러면 그 여자는 그 이야기를 그대로 따라 해야 했지요. 그렇게 하라고 내가 고집을 피웠거든요. 하지만 그 여자는 이야기를 따라 하기도 전에 벌써부터 깔깔깔 웃어 댔어요. 낱말 세 개도 채 입 밖으로 내지 못했지요. 그렇게 하기는커녕 아예 할 생각도 없었지요. 문장을 새로 말하기 시작한다고 해도 그때마다 번번이 까르르 웃는 바람에 흐지부지되었고요. 안나 아줌마는 내가 아는 사람들 중에서 가장 만족해하는 사람이었어요.

어린 내 눈에도 그 여자는 정말 바보 같았어요. 결과적으로 볼 때 실제로 그랬기도 했고요. 하지만 그 여자는 행복한 사람이었어요. 때때로 나는 행복한 사람들이 설사 바보같이 보인다고 하더라도 사람들에게 알려지지 않은 숨은 현자들이라고 여기곤 했지요. 총기가 있는 것보다 더 바보스럽고 더 불행스럽게 만드는 게 또 어디 있을까요!

여러 해가 지났어요. 이제 나는 안나 아줌마를 자주 만나지 않았어요. 나는 이미 키 큰 학생이 되었지요. 그리고 어느새 여러 가지 유혹들, 괴로움 그리고 머리가 좋은 아이가 자칫 빠져들 수 있는 여러 가지 위험에 좌지우지되고 있었어요.

그래서 나는 안나 아줌마가 다시 필요해졌어요. 이번에도 나를 그 여자에게 데려간 것은 그 작은 남자였어요. 얼마 전부터

---

*코트부스의 우편 마차 편지함에 대한 이야기 : 코트부스의 우편 마차 마부는 푸트부스의 우편 마차 편지함을 닦고, 푸트부스의 우편 마차 마부는 코트부스의 우편 마차 편지함을 닦는다.

나는 남녀 성별의 차이와 아이가 태어나는 것에 대한 의문점에 대해 필사적으로 골똘히 생각하고 있었어요. 그 의문점은 점점 더 절박해지고 점점 더 나를 괴롭혔어요.

어느 날, 그 의문점 때문에 너무나도 괴롭고 가슴속에서 불이 활활 타오르는 것만 같아서 나를 불안하게만 만드는 이 수수께끼를 풀지 못하고 사느니 차라리 살고 싶지 않을 정도였지요. 나는 잔뜩 화가 나고 절망에 찬 마음으로 학교에서 집으로 돌아가는 길에 시장이 서는 광장을 걷고 있었어요. 불행하고 잔뜩 짜증난 마음으로 땅바닥을 내려다보고 있었지요. 그때 느닷없이 그 작은 남자가 거기 있었지요! 그 남자는 아주 가끔씩만 내 앞에 나타나는 손님이 되어 버린 거예요. 그 남자는 오래전부터 나와의 우정에서 한결같은 신뢰감을 주지는 못했어요. 아니면 내가 그 남자에게 그랬을지도 모르고요. 그런데 그 남자가 갑자기 다시 나타난 거예요. 그 남자는 내 앞으로 잽싸게 달려왔어요. 그러고는 잠시 뒤에 안나 아줌마의 집 안으로 후닥닥 뛰어 들어갔어요.

그 작은 남자는 사라져 버렸어요. 하지만 이미 나는 그 작은 남자를 따라 집 안으로 들어갔어요. 왜 그랬는지 그 이유를 알고 있었지요. 내가 안나 아줌마의 방으로 불쑥 뛰어 들어가자 안나 아줌마는 빽 소리를 질렀어요. 안나 아줌마가 막 옷을 갈아입고 있었기 때문이었어요. 하지만 안나 아줌마는 도망가지는 않았어요. 그래서 나는 그 시절, 내가 그토록 알고 싶어 했던 것을 거의 모두 곧바로 알게 되었지요. 내가 그렇게 어리지만 않았더라면 그때 한바탕 사랑의 불꽃이 튀었을 거예요.

이 명랑하고 바보 같은 여자는 대부분의 어른들과는 달랐어요. 어리석기는 했지만 소박하고 순진한 데다 자신만의 심지가 굳었으며, 나와 함께 있을 때는 결코 딴 생각을 하는 법이 없었고, 결코 거짓말을 하지 않았으며, 한 번도 당황하는 모습을 보이지 않았다는 점이 달랐지요. 대부분의 어른들은 그렇지 않았어요.

물론 예외적인 사람들이 있기는 했어요. 어머니가 바로 그런 분이었지요. 어머니는 활기찬 생동감 그 자체였고, 참으로 알 수 없는 수수께끼 같은 분위기를 풍기고 있었어요. 공정함과 총명함의 화신인 아버지 역시 예외였지요. 또한 인간이라기보다는 초인 같았던 할아버지도 예외였고요. 좀처럼 남들 눈에 띄지 않고, 박식하고, 빙그레 웃음을 짓고, 무한한 지혜와 지식을 갖고 있는 그분 역시 예외적인 분이었어요.

하지만 대부분의 어른들은 존경을 한다거나 두려워하지 않을 수 없다고 해도 모두 점토로 만든 신들과도 같았어요. 그 어른들은 아이들과 이야기를 나눌 때면, 마음에도 없는 언행으로 어설프게 꾸며 대는 모습이 얼마나 우스꽝스러웠는지 몰라요! 그 어른들의 목소리는 얼마나 가식적이었던지요! 미소 역시 그랬지요! 그 어른들은 자신뿐만 아니라 자신의 일과 업무가 엄청나게 대단한 것인 양 떠벌려 대고, 또한 자신들의 공구들이며 서류 가방이며 책들을 팔에 끼고 골목길을 걷는 모습을 사람들이 보면 얼마나 과장되게 진지한 표정을 지었는지, 그리고 사람들이 자기네들을 알아보고 그 사람들의 인사와 존경을 받기를 얼마나 간절히 기다렸는지 몰라요!

일요일이면 때때로 사람들이 부모님을 '방문하러' 찾아왔어요. 이른바 '방문'을 한 것이지요. 실크 모자를 쓴 남자들이 뻣뻣한 손을 번쩍번쩍 광택이 나는 뻣뻣한 가죽 장갑 속에 쑥 쑤셔 넣은 채 온 것이지요. 중요하고 품위가 넘치며 자신들의 지위 탓에 약간은 머쓱한 표정을 짓는 남자들, 곧 변호사와 지방 법원 판사, 목사와 교사, 교장과 장학관들은 약간은 초조해하고, 약간은 기가 죽어 보이고 다소곳한 자신들의 아내와 함께 왔어요.

그 남자들은 의자에 뻣뻣한 자세로 앉아 있었어요. 그 남자들에게는 하나부터 열까지 모두 자꾸 권해야 했어요. 그러니까 외투를 벗거나 방에 들어갈 때 의자에 앉거나 질문을 하거나 대답을 할 때 그리고 우리 집을 떠날 때 일일이 도와주어야 했지요. 이러한 소시민적인 세계를 나는 그 세계가 요구하는 대로 심각하게 받아들이지 않았어요. 그렇게 하는 것은 하나도 어렵지 않았어요. 왜냐하면 내 부모님은 그 세계에 속하지 않았고, 또한 그러한 세계를 우습게 여겼기 때문이었지요.

하지만 대부분의 어른들은 장갑을 끼고 잠깐씩 방문해서 짐짓 꾸민 행동을 하지 않는다 하더라도 내게는 매우 이상야릇하고 우스꽝스럽게 보였어요. 그 어른들은 자신들의 일을, 자신들의 직업과 직위를 얼마나 자랑했던지요! 또한 자신들을 얼마나 대단하고 거룩한 사람으로 여겼는지 몰라요!

마부나 경찰 또는 도로 포장 공사 인부가 거리를 차단하고 통행을 금지시킬 때면 −그것은 거룩하기까지 한 일이었지요.− 사람들은 길에서 비켜섰어요. 심지어 그 일을 거들기까지 했어요. 그런 것은 당연한 일이었지요.

하지만 아이들이 자기 일을 하거나 놀고 있으면, 그런 것쯤은 조금도 중요하지 않았어요. 어른들은 그런 아이들을 옆으로 밀쳐놓고 냅다 호통을 쳤지요. 그 아이들이 어른들보다 덜 올바른 것, 덜 좋은 것, 덜 중요한 것을 했단 말인가요? 아, 그렇지 않아요. 그 반대지요. 하지만 어른들은 그야말로 모든 것을 좌지우지했어요. 어른들은 명령하고 지배했어요.

그러면서도 어른들 역시 자기네들끼리 놀이를 했는데 그 놀이는 아이들의 놀이와 똑같았어요. 어른들은 소방 훈련을 했고, 병정놀이도 했어요. 어른들은 모임에 가고 음식점이나 술집에도 갔지요. 하지만 어른들은 자기네들이 중요하고 가치 있는 일을 하고 있는 듯한 표정을 짓고 있었어요. 마치 그 모든 것들이 그렇지 않으면 절대로 안 되고, 그런 것들보다 더 멋지고 거룩한 것은 없다는 듯이요.

어른들 가운데에는 똑똑한 사람들도 있었어요. 그 점은 나도 인정하기는 했지요. 선생님들 중에도 똑똑한 분들이 있었고요. 하지만 이 모든 '잘난' 사람들 ─이 어른들은 얼마 전에는 모두 아이들이었지요. ─ 가운데에서 아이라는 것이 어떠어떠한 존재이며, 아이들은 어떻게 살고, 어떻게 공부하고, 어떻게 놀고, 또 아이들은 자기네가 무엇을 좋아하고 무엇을 싫어하는지에 대해 과연 어떤 생각을 하는지를 까맣게 잊어버리지 않고, 또한 그나마 그동안 알고 있었던 것마저도 깡그리 잊어버리지 않은 어른들은 그야말로 가뭄에 콩 나듯 드물었다는 사실은 참으로 이상하면서도 좀처럼 이해하기 힘든 것이 아니었을까요?

아직까지도 그런 사실을 알고 있었던 어른들은 정말 몇 명 되지 않았지요! 아이들에게 화를 내고 추악한 모습을 보인 폭군들과 야만인들만 있었던 게 아니었어요. 어른들은 어디서나 아이들을 몰아내고, 업신여기고, 증오에 찬 눈으로 바라보았어요. 때때로 어른들은 겉으로는 아이들 앞에서 왠지 조금 무서워하는 것도 같았어요.

그래요. 아이들에게 호의적이고, 기꺼이 때때로 아이들과 대화를 해 주려고 애쓰는 어른들 역시 대개는 과연 무엇이 중요한지를 알지 못했어요. 그 어른들은 우리와 잘 지내고 싶을 때는 거의 모두 힘겹게, 그리고 당황한 표정을 지으며 아이들의 눈높이에 맞추어 주려고 했어요. 하지만 그 어른들이 머릿속에 떠올린 그 아이들은 아이다운 진짜 아이들이 아니라 우스꽝스럽게 그려진 바보 같은 아이들이었지요.

이 모든 어른들은 거의 모두 완전히 다른 세계에서 살고 있었어요. 그리고 우리 어린이들이 숨 쉬는 공기와는 전혀 다른 공기를 들이마셨지요. 그 어른들은 우리보다 똑똑하지 못할 때가 많았어요. 또한 저 신비스럽고 비밀에 가득 찬 힘에 있어서는 우리보다 한참 못할 때가 무척 많았지요.

어른들은 우리보다 훨씬 힘이 셌어요. 그래요. 어른들은 우리가 다소곳하게 복종하려고 하지 않으면 그렇게 하도록 강요할 수도, 우리를 때릴 수도 있었어요. 하지만 꼭 그렇게 해야만 어른들이 우리보다 진정으로 우월한 것이었을까요? 어른들보다는 황소나 코끼리가 훨씬 더 힘이 세지 않았을까요? 하지만 어른들은 권력을 갖고 있었어요. 어른들은 명령했고, 어른들의 세계와 취향은 지당한 것으로 여겨졌지요. 그럼에도 불구하고 우리 어린이들을 부러워하는 어른들이 많았지요. 나는 그런 사실을 정말 이해할 수 없었어요. 어떨 때는 끔찍하게 여겨지기도 했어요.

때때로 어른들은 아주 바보 같은 표정을 지으며 솔직하게 말할 줄도 알았어요.

예를 들면 한숨을 푹 내쉬며 이렇게 말했지요.

"그래, 너희들 때가 좋은 거지!"

그 말이 거짓말이 아니라면 ─거짓말은 아닌 것 같았어요. 때때로 그런 말을 들을 때면 진심으로 느껴졌지요.─ 어른들은, 그 힘센 사람들은 품위 있고 명령을 하는 그 어른들은 우리보다 어른들에게 복종하고 존경심을 보여야 하는 우리 어린이들보다 조금도 더 행복하지 않았다는 뜻이었지요.

어느 음반에는 놀라운 후렴을 붙인 노래가 한 곡 있었어요.

'아, 복되도다. 아, 복되도다. 아직도 아이라는 것은!'

이것은 하나의 비밀이었어요. 우리 어린이들은 갖고 있지만, 어른들에게는 없는 어떤 것이 있었지요. 어른들은 단지 우리보다 키가 크고 힘만 센 것은 아니었어요. 어른들은 어떤 점에서는 우리 어린이들보다 훨씬 더 불쌍하기도 했지요! 그런데 우리가 부러워했던 것, 곧 우리보다 늘씬하고 훤칠한 체구에, 품위를 갖추고, 자유롭고 거리낌이라고는 조금도 없어 보이는 자연스러운 모습에 수염을 기르고 긴 바지를 입어 우리가 마냥 부러워했던 그 어른들이 때때로 심지어 어른들이 부르는 노래에서조차 우리 어린이들을 부러워했던 것이지요!

이 모든 것에도 불구하고 나는 그때 행복했어요. 이 세상에는 좀 다른 모습을 하고 있었으면 얼마나 좋을까, 하는 것들이 참 많았어요. 학교도 마찬가지였지요. 하지만 나는 그럼에도 불구하고 행복했어요.

사람은 그저 기분 내키는 대로 여기저기 떠돌아다니기만 하면 안 된다는 것, 그리고 참다운 행복은 비로소 시험을 이겨 내고 자신의 능력을 입증한 자들이 얻게 된다는 것, 그 두 가지를 사방에서 내게 힘주어 말했어요. 나는 그런 말들을 귀가 따갑도록 들었어요. 위와 같은 내용은 내가 배운 수많은 격언과 시구에도 나와 있었지요. 그런 격언들과 시구들은 아주 아름답고 감동적으로 느껴질 때가 참 많았어요. 아버지 역시 그 두 가지를 해내는 게 여의치 않았는데 나는 그런 일들에 조금도 아랑곳하지 않았어요. 내 가슴을 별로 아프게 하지 않는 것들은 그 두 가지가 유일했지요.

그리고 내 몸 상태가 좋지 않거나 아플 때 또는 몇 가지 소원이 이루어지지 않을 때 또는 부모님과 다투고 고집을 피울 때 나는 하느님에게로 도망간 적이 거의 없었어요. 대신에 나는 다른 여러 비밀 통로로 도망갔어요. 그러면 그 비밀 통로들은 나를 밝음으로, 밝은 세계로 이끌었어요. 보통 때 하는 놀이들이 잘 안 될 때, 장난감 기차들이나 장난감 상점이 싫증나고, 동화책도 이미 다 읽어 지루해질 때면 내 머릿속에는 멋지고 새로운 놀이들이 막 떠오르곤 했어요.

나는 저녁이면 다른 것은 하지 않고 침대에 누워 눈을 감고는 오로지 내 앞에 나타나는 알록달록 색색의 동그라미들이 그려내는 동화적인 광경에 잠겼지요. 그럴 때면 행복감과 비밀이 다시금 얼마나 불꽃처럼 치솟아 올랐는지 몰라요. 또한 세계는 얼마나 많은 예감으로 가득 차 있는지, 그래서 얼마나 많은 약속을 했는지 몰라요!

학교에 들어간 뒤 몇 해가 지나갔어요. 나를 별로 변화시키지 못한 채로요. 나는 신뢰와 정직이 우리에게 해를 끼칠 수도 있다는 것을 경험했어요. 나는 몇몇 무관심한 선생님들에게는 어쩔 수 없이 거짓말도 하고, 짐짓 안 그런 척 표정을 짓거나 살살 아부를 해야 된다는 것도 배웠어요. 그때부터 나는 대충대충 살았어요.

내 인생의 첫 번째 전성기도 서서히 시들어 갔지요. 나도 모르는 사이에 서서히 삶의 저 거짓된 노래가 '현실'이라는 것과, 어른들의 법칙들에 어른들처럼 굴복하는 것, '결국 그렇고 그런' 세상에 어른들처럼 적응하는 법을 배웠지요. 오래전부터 나는 어른들의 노래 책들에 '아, 복되도다. 아직도 아이라는 것은.'과 같은 시구들이 왜 실려 있는지 알고 있었어요. 나 역시 아직 아이의 상태로 있는 사람들을 부러워하는 시간이 많아졌지요.

내가 열두 살이 되던 해에 그리스 어를 배워야 할지 말지 고민하는 문제가 생겼을 때 나는 서슴지 않고 그리스 어를 배우겠다고 했어요. 왜냐하면 점차 시간이 흐르면서 나는 아버지처럼, 그리고 가능하면 할아버지처럼 박식해지는 것이 꼭 필요할 것 같았기 때문이었어요. 하지만 그날부터 내 인생 설계를 어떻게 할지가 확실해졌어요. 그러니까 나는 대학에 가서 공부를 한 다음 목사나 어문학자가 되어야 했지요. 왜냐하면 그 분야에서는 장학금을 주었기 때문이었어요. 한때 할아버지도 이 길을 갔지요.

겉으로 보기에는 그렇게 하는 것이 하나도 나빠 보이지 않았어요. 다만 이제 내게는 갑자기 하나의 미래가 생긴 것이었어요. 내 길에 이제 이정표가 세워진 것이었지요. 이제 나는 매일같이, 매달 그 이정표에 쓰인 목적지에 이끌려 가게 되어 있었지요. 모든 것이 그곳을 가리키고 있었고, 지금까지 내가 살아오면서 놀곤 했던 여러 가지 놀이와 내 삶의 모든 것들로부터 ─ 그것들은 전적으로 의미가 없는 것은 아니었지만 목표도 미래도 없었지요. ─ 뚝 떨어져 쭉쭉 뻗어 나가고 있었어요.

어른들의 삶이 나를 옥죄고 있었어요. 처음에는 고수머리 한 올 또는 손가락 하나를 덫으로 잡으려고 했지요. 하지만 곧 나를 송두리째 붙잡아 꽉 움켜쥘 테지요. 목표들을 향한 삶, 숫자들을 향한 삶, 질서와 관직들과 직업의 삶 그리고 시험 보고 검증받는 삶이 나를 옥죌 테지요.

머지않아 내게도 그런 시간이 다가오겠지요. 곧 나는 대학생이 되고, 학위를 받기 위한 졸업 시험을 보게 될 테고, 목사나 교수가 되고, 실크 모자를 쓰고 방문을 하고, 가죽 장갑을 끼고, 어린이들을 더 이상 이해하지 못하고, 십중팔구 아이들을 부러워하고 시샘하겠지요. 나는 내 세계를, 안락하고 멋진 그곳을 떠나 세계 밖으로 나가고 싶지 않았어요. 하지만 나는 미래를 생각할 때면 아주 비밀스러운 목표 하나가 떠오르곤 했어요. 나는 그 목표가 이루어지기를 간절히 바랐어요. 그건 바로 마법사가 되는 것이었어요.

나는 그 소원과 꿈을 오랫동안 가슴속에 품고 있었어요. 하지만 그 꿈, 모든 것을 다 할 것 같았던 그 막강한 힘을 잃기 시작했어요. 그 꿈은 적들을 갖고 있었어요. 꿈을 막는 걸림돌도 있었고요. 현실적인 것, 진지한 것, 부인할 수 없는 것들이 바로 그런 걸림돌이었지요. 서서히, 아주 서서히 나의 전성기는 시들시들 메말라 갔어요. 경계선이라고는 없는 무한한 것으로부터 한계 지어지고 제한된 어떤 것이, 그러니까 실재하는 현실 세계가, 어른들의 그 세계가 서서히 나를 향해 다가왔어요.

나는 계속 간절한 마음으로 마법사가 되는 소원이 이루어지기를 바랐음에도 불구하고, 그 소원은 내가 보기에도 차츰 가치가 없어 보였어요. 유치한 아이들 장난처럼 여겨졌지요. 내가 더 이상 아이가 아니라는 점이 있기는 했어요. 이루 말할 수 없이 많은 가능성이 있을 것만 같던 세계는 이미 제한되고 이 영역, 저 영역으로 뭉툭뭉툭 나누어지고 울타리들에 의해 툭툭 끊어져 버렸지요.

내 어린 시절의 원시림은 서서히 바뀌어 갔어요. 나를 에워싸고 있던 낙원이 뻣뻣하게 굳어 버렸어요. 나는 과거의 내 모습-가능성의 나라에서 나는 왕자도 되었다가 임금님도 되었다가 했어요.-을 계속 지니고 있지 못했어요. 나는 마법사가 되지 못했어요. 나는 그리스 어를 배웠어요. 2년 뒤에는 히브리 어도 배우게 될 거예요. 그리고 6년 뒤에는 대학생이 되겠지요.

내가 느끼지 못하는 사이에 압박감이 밀려왔어요. 그리고 내가 느끼지 못하는 사이에 내 주위에 있던 마법이 점차 스르르 사라져 버렸어요. 할아버지 책에 나오는 놀라운 이야기는 여전히 아름다웠어요. 하지만 그 이야기는 어떤 한 페이지에 있었지요. 나는 몇 쪽인지 알고 있었어요. 그 이야기는 오늘도, 그다음 날도 그 페이지에 있었어요. 어느 때고 그 페이지에 있었지요. 더 이상 기적은 없었어요.

청동으로 만든 춤추는 인도 우상은 담담한 표정으로 빙그레 웃고 있었어요. 나는 그쪽으로 거의 눈길도 주지 않았어요. 그 우상이 흘끔 곁눈질해 보는 것도 더는 보지 못했고요. 그리고 잿빛 그림자 같던, 그 키 작은 남자 역시 점점 더 보이지 않았어요. 그게 가장 끔찍한 일이었지요. 내가 더는 마법의 세계에 머물러 있지 못하도록 사방에서 그 마법의 분위기를 깨뜨리고 있었어요. 예전에는 넓었던 많은 것들이 좁아졌어요. 그리고 귀중했던 많은 것들 역시 초라해졌지요.

하지만 나는 그것이 숨겨져 있을 때는 알아차렸어요. 바로 피부 밑에서요. 나는 여전히 쾌활하고 야심만만했어요. 나는 수영과 스케이트를 배웠어요. 그리고 그리스 어 과목에서는 일등을 했고요. 겉으로 보기에는 모든 것이 술술 잘 풀리고 있었어요. 다만 모든 것이 조금은 흐릿한 색을 띠고 약간은 텅 빈 듯한 울림을 지니고 있을 뿐이었어요. 안나 아줌마를 찾아가는 것 역시 따분할 뿐이었지요. 내가 살아왔던 그 모든 것으로부터 무엇인가가 조금씩, 조금씩 스르르 사라져 버렸어요. 무엇인지 정확하게 알아차리지 못한 어떤 것이, 내가 별로 애틋하게 생각하지는 않았지만 없어져 버려 지금은 남아 있지 않는 어떤 것이요.

이제 나는 또다시 오롯이 내 자신을, 그리고 불타오르는 듯한 감정을 느끼려면 한층 더 강렬한 자극이 필요했어요. 나는 몸부림을 치면서 시도해 보아야 했지요. 나는 양념을 강하게 한 음식들을 좋아하게 되었어요. 자주 군것질도 했고요. 때때로 나는 어떤 특별한 재밋거리를 맛보기 위해 10페니히짜리 동전 몇 개를 훔치기도 했어요. 왜냐하면 그렇게라도 하지 않으면 기분이 축축 늘어지고 조금도 즐겁지 않았기 때문이었어요. 나는 여자 아이들에게도 끌리기 시작했어요. 그건 그 작은 남자가 또다시 나타나 나를 안나 아줌마에게 데려간 직후였어요.

(1921/1923)

다른 별에서 온 이상야릇한 소식

아름다운 우리 별 남부의 한 주에 소름끼치는 불행한 일이 일어났어요. 천둥번개가 치면서 끔찍한 폭풍우가 휘몰아치고 홍수가 나면서 지진이 일어나더니 커다란 마을 셋과 그 마을들에 있는 모든 정원과 밭, 숲과 농장들을 모조리 망쳐 놓았지요.

수많은 사람들과 동물들이 목숨을 잃었어요. 가장 슬펐던 건 죽은 이들의 몸에 덮어 주고 그들의 묘지를 기품 있게 장식하는 데 필요한 꽃이 터무니없이 모자란다는 사실이었어요.

그 외의 것들은 물론 곧바로 모두 마련되었어요. 무시무시한 사건이 일어나자 크나큰 사랑을 호소하는 심부름꾼들이 이웃 지역들을 급히 지나갔어요. 그리고 그 주의 모든 탑에서는 몇몇 사람이 선창을 하는 소리가 들려왔어요. 그건 바로 오래전부터 연민의 여신에게 올리는 인사로 잘 알려진 시구에 곡을 붙인 노래였지요. 감동적이고 가슴을 뭉클하게 하는 그 가락은 모든 사람들의 마음을 감동시켰어요.

모든 도시와 읍에서는 이곳의 사정을 딱하게 여기는 사람들과 기꺼이 도움을 주려는 사람들이 곧바로 무리 지어 왔어요. 집을 잃은 불행한 사람들은 이곳저곳에 사는 친척들과 친구들 그리고 낯선 사람들로부터 자기네 집에 오라는 따뜻한 말을 들었어요. 친척들과 친구들 그리고 낯선 사람들은 지치지 않고 그런 말을 했지요.

여기저기에서 도움의 손길이 찾아왔어요. 음식과 옷, 마차와 말, 공구, 돌과 목재 그리고 그 밖의 많은 물건들이 그곳으로 운반되었어요. 노인들과 여자들과 아이들은 기꺼이 후한 마음으로 베푸는 손길들이 다가와 따뜻하게 위로하며 반가운 손님을 맞이하는 마음으로 데려갔어요. 사람들은 부상을 입은 사람들을 조심스레 씻겨 주고 붕대를 감아 주고, 폐허 속에서 죽은 사람들을 찾아냈어요. 그러는 사이, 다른 사람들은 무너져 내린 지붕을 치우고, 흔들리는 담장을 들보로 받치고, 허물어진 건물을 신속하게 일으켜 세우기 위해 필요한 일을 이미 준비하기 시작했어요.

불행한 사건이 일어난 탓에 무시무시하고 섬뜩한 기운이 여전히 대기 중에 감돌고, 사람들은 세상을 떠난 모든 이들에게 한결같이 애도를 표하고, 존경하는 마음으로 침묵해야겠다는 마음이 일었어요. 하지만 그럼에도 불구하고 모든 사람들의 얼굴과 목소리에서는 기꺼이 도우려는 모습과 일종의 사랑스럽고 달콤한 축제 같은 분위기가 살포시 느껴졌어요. 왜냐하면 정말 꼭 필요한 일이자 지극히 아름답고 고맙기까지 한 일을 모두 함께 힘을 합쳐서 부지런히 한다고 생각하자, 기분 좋은 확신감이 모든 사람들의 가슴속에 넘쳐흘렀기 때문이었지요.

처음에는 모두들 두려운 마음에 입을 꼭 다문 채 이 모든 것을 했어요. 하지만 이내 여기저기에서 한껏 기분 좋은 목소리도 들리고, 함께 일을 할 때 부르는 노랫소리도 들렸어요. 역시나 가장 많이 부른 노래는 오래된 격언시로 만든 노래였지요.

"복되도다, 이제 막 고난에 빠진 이를 도와주는 일은. 그이의 가슴은 메마른 정원이 처음 내린 비를 마시고 고마운 마음을 꽃으로 표현하듯 그 선행을 마시지 않겠는가?"

그리고 다른 노래는 이런 것이었어요.

"신의 명랑함은 함께 일할 때 솟아 나오지."

하지만 문제는 애석하게도 꽃이 많지 않다는 것이었어요. 제일 먼저 발견해 낸 시체들은 형편없이 파괴된 여러 정원에서 주워 모은 꽃과 잔가지로 장식해 주었어요. 그런 다음 사람들은 가까운 여러 곳에서 가져올 수 있는 꽃은 모두 가져오기 시작했어요. 하지만 이 계절에 피는 꽃들이 가장 많이 있는, 아름답고 가장 큰 정원이 있는 곳이 바로 이 파괴된 세 읍이라는 사실이 불행 중 가장 큰 불행이었지요.

해마다 사람들은 수선화와 크로커스를 보려고 이곳에 오곤 했어요. 그곳처럼 엄청나게 많은 꽃이 핀 곳도, 그곳처럼 이루 말할 수 없이 아름다운 색깔을 지닌 종류의 꽃이 정성스레 가꾸어진 곳도 없었어요. 그런데 이제 그 모든 것이 파괴되고 파멸된 것이었지요. 사람들은 넋을 잃은 듯 멍한 얼굴로 선 채 이 모든 시신들을 위한 장례를 과연 어떻게 풍습에 따라 치러야 할지 알지 못했어요. 하지만 이곳에는 사람이든 짐승이든 일단 죽으면,

모두 그 계절의 꽃들로 화려하고 성대하게 장식하고, 뜻하지 않게 갑자기, 그리고 죽음을 당한 사연이 슬플수록 장례를 호화롭고 휘황찬란하게 치르는 풍습이 있었어요.

　도와주기 위해 가장 먼저 달려온 사람들 가운데에는 그 주에서 가장 나이가 많은 노인이 있었어요. 노인이 자신의 마차를 타고 와 모습을 드러내자 사람들은 곧바로 귀찮을 정도로 질문을 퍼부어 대며 부탁을 하고 하소연을 했어요. 노인은 침착함을 잃지 않으면서 애써 명랑한 표정을 짓기 위해 노력했어요. 노인은 용기를 잃지 않았어요. 노인의 두 눈은 맑고 다정했으며 목소리는 낭랑하고 공손했어요. 그리고 입술은 하얀 수염 밑에서 한순간도 고요하고 선량한 미소를 잃지 않았어요. 그 미소는 현자이자 조언자인 그 노인에게 잘 어울렸어요.

　노인이 말했어요.

　"여러분, 우리에게 불행이 닥쳤습니다. 신들은 그 불행으로 우리를 시험하고자 합니다. 이곳에서 파괴되어 없어져 버린 모든 것들을 우리는 우리의 형제들에게 다시금 곧바로 지어 주고 되돌려 줄 수 있습니다. 그리고 여러분이 우리의 형제들을 돕기 위해 이곳에 와서 여러분이 갖고 있던 것들을 선뜻 내놓는 광경을 내가 이토록 나이가 많은데도 보게 된 점에 대해 신들에게 감사드립니다. 하지만 이승을 떠나 저 세상으로 떠날 이 모든 시신들을 그에 걸맞게 아름답게 장식할 꽃들을 대체 어디에서 가져오죠? 왜냐하면 우리가 살아 있는 한, 이 지친 순례자들 중 그 누구도 제대로 된 꽃 장식 없이 땅에 묻히는 일은 절대로 일어나선 안 되기 때문이지요. 여러분도 나와 생각이 같을 것입니다."

그러자 모두들 외쳤어요.

"맞습니다. 우리 생각도 같아요."

가장 나이가 많은 그 노인은 아버지 같은 목소리로 말했어요.

"나도 잘 압니다. 여러분, 이제 나는 우리가 무엇을 해야 할지를 말하고자 합니다. 오늘 우리는 땅에 묻을 수 없는 저 지친 사람들을 한 명도 빠짐없이 산 높은 곳에 있는 커다란 여름 사원으로 옮겨야 합니다. 그곳에는 아직도 눈이 있지요. 그곳이라면 그 지친 이들이 안전할 테고, 이곳으로 꽃들을 가져올 때까지 상태가 나빠지지도 않을 겁니다. 하지만 이 계절에 그렇게 많은 꽃을 마련할 수 있는 사람은 딱 한 사람밖에 없습니다. 그런 일은 임금님 딱 한 분만 하실 수 있지요. 그래서 우리는 우리 가운데 한 사람을 임금님께 보내 도움을 청해야 합니다."

사람들은 또다시 모두 고개를 끄덕이며 외쳤어요.

"맞습니다, 맞아요. 임금님께 가야 합니다!"

가장 나이가 많은 그 노인이 말을 이었어요.

"그렇습니다."

사람들은 노인의 하얀 수염 밑에서 환하게 미소 짓는 모습을 기쁜 마음으로 바라보았어요.

다시 노인이 말했어요.

"하지만 임금님께 과연 누구를 보내야 할까요? 임금님께 갈 사람은 젊고 건장해야 합니다. 왜냐하면 갈 길도 먼 데다 우리는 그 사람에게 우리가 갖고 있는 말들 중 가장 좋은 말을 줘서 보내야 하기 때문입니다. 하지만 임금님께서 보시고 마다하실 수 없도록 그 젊은이는 얼굴도 잘생기고, 마음도 선량하고, 두 눈은 반짝반짝 빛나야 합니다. 그 젊은이는 말을 많이 할 필요는 없지만 눈으로 말할 수 있어야 합니다. 아이를 보내는 게 가장 좋을 것 같습니다. 이 읍에서 가장 예쁜 아이로요. 하지만 아이가 어떻게 그런 여행을 할 수 있겠습니까? 여러분, 여러분은 저를 도와주셔야 합니다. 이 일을 맡을 사람이 있거나 그런 사람을 알고 있는 분은 말씀해 주시기 바랍니다."

가장 나이 많은 그 노인은 침묵했어요. 그러고는 맑은 눈빛으로 주위를 휘 둘러보았어요. 하지만 앞으로 나서는 사람은 아무도 없었어요. 자신이 가겠다고 말하는 사람도 없었고요.

노인이 한 번 더 물었어요. 세 번째로 질문을 던지자, 무리 속에서 한 청년이 노인을 향해 다가갔어요. 열여섯 살 난 그 젊은이는 아직도 소년티가 났지요. 젊은이는 노인이 인사를 하자 땅바닥을 내려다보며 얼굴이 빨개졌어요.

나이가 가장 많은 그 노인은 젊은이를 뚫어지게 바라보았어요. 그러고는 단번에 그 젊은이가 가장 적당한 심부름꾼이라는 것을 알아보았지요.

하지만 노인은 빙그레 웃으며 말했어요.

"네가 우리의 심부름꾼이 되고 싶다니 참으로 다행이구나. 하지만 이렇게 많은 사람들 중에서 어떻게 나설 생각을 한 거니?"

젊은이는 그 말에 얼굴을 들어 노인을 바라보았어요.

그러고는 말했어요.

"가려는 사람이 없으면 저를 보내 주세요."

무리 속에서 어떤 사람이 말하는 소리가 들렸어요.

"어르신, 그 청년을 보내세요! 우리는 그 청년을 잘 알아요.

그 젊은이는 이곳 시골 마을에서 태어나 자랐고, 지진이 나는 바람에 꽃이 잔뜩 핀 젊은이의 정원이 완전히 망가졌어요. 우리 마을에서 가장 아름다운 정원이었어요."

노인은 젊은이의 눈을 다정한 눈빛으로 바라보며 물었어요.

"네 꽃들 때문에 가슴이 많이 아프니?"

젊은이는 아주 나지막한 목소리로 대답했어요.

"네, 가슴이 아파요. 하지만 그것 때문에 가겠다고 나선 건 아니에요. 제게는 사랑스러운 친구와 제가 아주 좋아하는 멋진 어린 말이 있었어요. 그런데 둘 다 지진 때문에 죽어 버렸어요. 지금 우리 집 홀에 누워 있지요. 그 둘을 땅에 묻으려면 꽃이 있어야 해요."

가장 나이가 많은 그 노인은 젊은이의 머리에 두 손을 얹고 축복을 내려 주었어요. 그러고는 곧바로 젊은이가 타고 갈 가장 좋은 말을 골랐어요. 그러자 젊은이는 번개같이 말 등에 훌쩍 올라타더니 말의 목을 툭툭 두드린 다음 고개를 끄덕이며 작별을 고했어요. 그러고는 마을 밖으로 내달렸어요. 축축하고 황폐해진 들판을 가로질러 그곳을 떠났지요.

젊은이는 온종일 말을 타고 달렸어요. 멀리 있는 수도로, 그리고 임금님에게로 한시라도 더 빨리 가기 위해 젊은이는 산 위로 난 길로 접어들었어요. 저녁이 되어 날이 어두워지기 시작하자, 젊은이는 숲과 바위들 사이로 난 가파른 길로 말을 몰았어요.

짙은 색이 감도는 커다란 새 한 마리가 젊은이 앞쪽에서 날아가고 있었어요. 젊은이는 여태껏 그런 새는 본 적이 없었지요.

젊은이는 새를 따라갔어요. 새는 마침내 문이 열려 있는 한 작은 사원의 지붕 위에 내려앉았어요. 젊은이는 말을 숲 속 풀밭에 세워 놓고, 나무 기둥들 사이를 가로질러 소박한 성전 안으로 들어갔어요. 제단석에는 시꺼먼 바윗덩어리 하나가 덜렁 세워져 있었어요. 그런데 그건 그 지역에서는 볼 수 없는 것이었지요. 그 바윗덩어리 위에는 어떤 신의 보기 드문 상징물이 있었어요. 젊은이는 그런 것을 알지 못했지요. 그건 심장이었는데 야생 새 한 마리가 심장을 콕콕 쪼아 먹고 있는 모습을 담고 있었지요.

젊은이는 그 신에게 경외심을 표한 다음 산자락에서 꺾어 옷에 꽂고 있던 초롱꽃 한 송이를 제물로 바쳤어요. 그러고는 한쪽 구석에 몸을 뉘었어요. 몹시 피곤해서 잠을 자야겠다고 생각했기 때문이었지요.

하지만 젊은이는 좀처럼 잠을 이루지 못했어요. 보통 때는 저녁 때 눕기만 하면 금세 잠이 들었지요. 바위 위에 있던 초롱꽃인지, 아니면 검정 바위인지, 아니면 또 다른 어떤 것인지는 모르겠지만 하여튼 이상야릇하게 강렬하면서도 고통스러운 듯한 향기가 뿜어져 나왔어요. 신의 상징물은 어두컴컴한 홀에서 마치 유령처럼 희미하게 빛났고, 지붕 위에는 그 낯선 새가 앉아 엄청나게 큰 날개를 때때로 힘차게 퍼덕이고 있었어요. 마치 나무들 사이에서 폭풍우가 이는 듯한 쏴쏴거리는 소리가 났지요.

마침내 젊은이는 한밤중에 자리에서 일어나 사원 밖으로 나갔어요. 그리고 그 새를 올려다보았어요. 새는 퍼덕퍼덕 날갯짓을 하더니 젊은이를 빤히 바라보았지요.

새가 물었어요.

"넌 왜 잠을 안 자니?"

젊은이가 말했어요.

"모르겠어. 아마도 괴로운 일을 겪었기 때문인가 봐."

"어떤 일이었는데?"

"내 친구와 내가 무척 아끼는 말이 죽었어."

새는 비웃는 듯한 목소리로 물었어요.

"죽는다는 게 그렇게 나쁜 거니?"

"아, 큰 새야, 그렇진 않아. 그렇게 나쁜 건 아니야. 헤어지는 것뿐이지. 하지만 그런 것 때문에 슬픈 건 아니야. 내 친구와 내 아름다운 말을 땅에 묻어 줄 수 없다는 게 안타까운 거지. 이제는 꽃이 없거든."

새가 말했어요.

"그보다 더 나쁜 일도 있어."

새는 화가 났는지 퍼덕퍼덕 날갯짓을 했어요.

"새야, 그렇지 않아. 그보다 너 나쁜 일은 없단다. 매장할 때 꽃을 바치지 않으면, 그 사람은 자기 소원대로 다시 태어날 수가 없어. 그리고 자신과 가까운 사람들이 죽었을 때 그 사람들을 땅에 묻고 꽃으로 축제를 열어 주지 않으면 꿈속에서 그 사람들의 그림자가 보인단다. 내 친구와 말에게 줄 꽃이 아직도 없어서 내가 잠을 이루지 못하는 걸 이미 너도 알잖아."

새는 휘어진 부리로 따르륵따르륵 날카로운 소리를 내며 울었어요.

"얘야, 경험한 게 그것밖에 없다면 넌 고통에 대해 하나도 모르는 거나 마찬가지야. 너는 사람들이 엄청난 악에 대해 말하는 걸 한 번도 들어 본 적이 없니? 증오나 살인, 또는 질투에 대해서 못 들어 봤어?"

새가 이런 말을 하자 젊은이는 꿈을 꾸고 있는 듯한 기분이 들었어요.

젊은이는 퍼뜩 정신을 차리고 겸손한 목소리로 말했어요.

"새야, 난 또렷이 기억하고 있어. 옛이야기나 동화에는 그런 얘기가 나오지. 하지만 그런 건 현실에서는 일어나지 않아. 꽃도, 선량한 신들도 없던 아주 오랜 옛날에는 혹시 또 그랬을지도 모르지. 지금 누가 그런 생각을 하겠어!"

새는 날카로운 목소리로 나지막하게 웃었어요. 그러고는 기지개를 켜면서 소년에게 말했어요.

"그러니까 넌 지금 임금님에게 가고 싶은 거지. 그래서 내가 네게 길을 가르쳐 줘야 하는 거니?"

젊은이가 기뻐하며 외쳤어요.

"아, 너는 벌써 다 알고 있구나. 그래, 네가 안내해 줄 생각이 있다면 부탁 좀 할게."

그러자 그 큰 새는 살며시 땅바닥에 내려와 조용히 날개를 쫙 펴더니 젊은이에게 말을 이곳에 남겨 두고 자기와 함께 임금님에게 갈 것을 명령했어요.

임금님을 만나려고 길을 떠나온 심부름꾼은 새 등에 올라탔어요.

그러자 새가 명령했어요.

"눈 감아!"

젊은이는 새가 시키는 대로 했어요. 둘은 곧바로 부엉이처럼 소리 없이 부드럽게 어두운 하늘을 뚫고 날아갔어요. 차가운 공기만 심부름꾼의 귓가에서 윙윙거렸어요. 둘은 밤새 날고 또 날아갔어요.

이튿날 아침 일찍, 새는 나는 것을 조용히 멈추고는 외쳤어요.

"눈을 떠 봐!"

젊은이는 눈을 떴어요. 젊은이는 자신이 어떤 숲의 가장자리에 서 있다는 것을 알았어요. 그리고 자기 발밑에는 그날 아침 첫 햇살에 빛나는 평야가 펼쳐져 있었지요. 눈이 부셨어요.

새가 외쳤어요.

"이 숲에서 나를 다시 볼 수 있을 거야."

새는 화살처럼 하늘 높이 솟아올랐어요. 그러고는 이내 푸른 하늘 속으로 아스라이 사라져 버렸어요.

젊은이는 숲에서 나와 너른 평야를 걸어가면서 이상야릇한 기분이 들었어요. 주위에 있는 모든 것들이 너무나도 변하여서 도대체 자신이 지금 꿈을 꾸고 있는 건지 깨어 있는 건지 통 알 수가 없었지요. 여기저기 펼쳐진 초원이며 나무들은 고향의 풍경과 비슷했어요. 햇살이 내리쬐고 있었고, 바람은 꽃이 활짝 핀 풀들 속에서 살짝살짝 장난을 치고 있었어요. 하지만 사람도, 동물도, 집도, 정원도 보이지 않았지요. 이곳 역시 젊은이의 고향과 마찬가지로 지진이 마구 뒤흔들어 놓은 것 같았어요. 왜냐하면 건물들의 파편, 토막토막 부러진 굵은 나뭇가지들과 쓰러진 나무들, 무너져 내린 울타리들과 일을 할 때 쓰는 연장들이 주인을 잃은 채 땅바닥 여기저기에 흩어져 있었기 때문이었어요.

젊은이는 들판 한가운데에서 한 남자가 죽은 채로 누워 있는 것을 문득 발견했어요. 시체는 아직 땅에 묻히지 못하고 반쯤 부패한 상태로 보기만 해도 끔찍했지요. 그 광경을 본 젊은이는 엄청나게 두려우면서 토할 것 같은 기분이 들었어요. 그런 장면은 지금껏 본 적이 없었거든요.

그 시체는 얼굴조차 덮여 있지 않았어요. 얼굴은 새들이 쪼아 먹거나 부패한 탓에 이미 반 정도는 엉망진창이 되었어요. 젊은이는 고개를 돌린 채 초록 잎들과 꽃 몇 송이를 꺾어 그 시체의 얼굴에 덮어 주었어요.

이루 말할 수 없이 끔찍한 냄새가 평야 전체에 은근하면서도 강렬하게 퍼져 있었어요. 가슴이 탁 막힐 것 같았지요. 풀밭에는 또 다른 시신이 누워 있었는데 큰 까마귀들이 그 주위를 날아다니고 있었어요. 머리가 없는 말도 있고 사람들과 짐승들의 뼈도 있었어요. 그 모든 것들이 햇볕을 받으며 아무렇게나 버려져 있었어요. 꽃 축제와 장례식 생각을 하는 사람은 아무도 없는 것 같았어요.

젊은이는 상상조차 하기 어려운 불행이 마침내 이 나라에 살고 있는 사람들을 모두 죽여 버린 것만 같아 두려웠어요. 젊은이는 죽은 사람이 너무 많아서 꽃을 꺾어 시체들의 얼굴에 덮어 주는 일을 그만둘 수밖에 없었어요. 젊은이는 눈을 반쯤 감은 채 불안한 마음으로 계속 걸어갔어요.

사방에서 시체 썩는 악취와 피 냄새가 진동했고, 파편과 시체가 쌓인 수많은 곳으로부터 이루 말할 수 없이 비참한 모습과 고통이 점점 더 강렬하게 파도처럼 밀려왔어요. 심부름꾼은 자신이 악몽을 꾸고 있다고 생각했어요. 그 무서운 꿈속에서 하늘이 경고를 보내고 있는 것만 같았지요. 왜냐하면 자신의 고향에서는 사람들이 죽은 사람들에게 아직도 꽃 축제도 열어 주지 못하고 매장도 못 했기 때문이었어요. 그때 젊은이는 지난밤에 그 짙은 색 새가 사원의 지붕 위에서 했던 말이 퍼뜩 떠올랐어요. 그 날카로운 목소리가 또다시 귓가에 들려오는 것 같았어요.

그 목소리는 이렇게 말했지요.

"더 안 좋은 일도 많아."

이제 젊은이는 새가 자신을 어떤 다른 별로 데려왔다는 것과 자신이 두 눈으로 본 것은 모두 현실이고 사실이라는 것을 깨달았어요. 젊은이는 어렸을 적 아주아주 오래된 무시무시한 옛이야기를 들었을 때 느꼈던 기분이 떠올랐어요. 바로 그 기분을 젊은이는 다시금 느꼈어요. 그건 바로 섬뜩하고 오싹한 느낌을 불러일으키는 엄청난 두려움이었지요.

그런데 이내 고요하면서도 평온한 안도감이 가슴속 깊이 느껴졌어요. 왜냐하면 이 모든 것은 아주 오래전에 모두 지나가 버린 일이었기 때문이었어요. 이곳에 있는 것들은 모두 무시무시한 옛이야기 같았지요. 비참하고 끔찍한 이러한 상황과 시체들 그리고 썩은 고기를 먹는 새들의 세계는, 기이하기 짝이 없는 이런 세계는 어떤 의미도 없고 어떤 법규도 없이 좀처럼 이해되지 않는 규칙들에 따라 움직이고 있는 듯했어요. 그러한 규칙들은 그야말로 미쳐 버린 듯한 규칙들이었어요. 그 규칙들에 따르면 나쁜 것, 어리석은 것, 추악한 것이 언제나 아름답고 선량한 것 대신 생겨났지요.

그러는 사이, 젊은이는 어떤 사람이 들판을 걸어가는 것을 보았어요. 농부나 하인인 것 같았지요. 젊은이는 그 사람에게로 급히 달려가 큰 소리로 불렀어요. 가까이에서 그 사람을 본 젊은이는 소스라치게 놀랐어요. 젊은이의 심장은 동정심이 엄습했어요. 왜냐하면 이 농부는 아주 흉측하게 생긴 데다 더 이상 태양의 자식처럼 보이지 않았기 때문이었어요.

그 사람은 습관적으로 자기 자신만을 생각하고, 어디든 늘 잘못된 것, 추악하고 안 좋은 것만 일어나는 것에 익숙한 사람처럼 보였어요. 자나 깨나 끔찍한 악몽 속에서 사는 사람 같았지요. 그 사람의 눈과 얼굴 그리고 됨됨이에는 명랑함이나 선량함은 하나도 찾아볼 수 없었어요. 감사하는 마음과 신뢰하는 마음 역시 조금도 찾아볼 수 없었고요. 아주 기본적인 당연한 미덕이 이 불행한 사람에게는 없는 듯했어요.

하지만 젊은이는 마음을 가다듬고는 아주 다정한 모습으로 그 사람에게 다가갔어요. 누가 봐도 불행해 보이는 그 사람에게로요. 젊은이는 형제처럼 인사를 했어요. 그러고는 빙그레 웃으며 말을 걸었어요. 흉측하게 생긴 그 남자는 마치 온몸이 마비라도 된 듯이 우뚝 서서 탁한 눈을 동그랗게 뜨고는 놀란 얼굴로 젊은이를 바라보았어요. 그 남자의 목소리는 거칠고, 하등 동물들이 울부짖는 소리처럼 음악적인 면은 하나도 없었어요. 하지만 그 남자는 젊은이의 눈빛에 드리워진 명랑함과 겸손한 신뢰감에는 속수무책이었지요.

그 남자는 잠시 동안 낯선 사람을 뚫어지게 바라보았어요. 깊이 주름이 팬 거친 얼굴에는 미소인지 악의 있는 미소인지 가늠

하기 어려운 미소가 번졌어요. 그런 미소는 꽤나 흉측하기는 했지만 부드럽기도 하고 놀랍기도 했어요. 땅속 가장 깊은 곳에서 방금 올라온 한 영혼, 다시 태어난 그 영혼이 처음으로 살며시 짓는 미소 같았지요.

그 사람이 낯선 젊은이에게 물었어요.

"나한테서 뭘 바라는 거니?"

젊은이는 고향의 예의범절을 갖추어 대답했어요.

"친구, 고마워요. 제가 도와 드릴 수 있는 게 있는지 말씀해 주시기 바랍니다."

농부는 아무 말도 하지 않고 놀라고 당황한 표정으로 그저 빙그레 웃기만 했어요.

그러자 심부름꾼이 농부에게 물었어요.

"친구, 이곳에 무슨 일이 일어났는지 말해 주세요. 이 놀랍고 무서운 광경은 왜 일어난 건가요?"

젊은이는 그렇게 말한 뒤 손으로 주변을 가리켰어요.

농부는 젊은이가 한 말을 이해하기 위해 애를 썼어요.

심부름꾼이 또다시 똑같은 질문을 하자 농부는 이렇게 말했어요.

"이런 걸 본 적이 없니? 이건 전쟁이야. 여긴 전쟁터이고."

농부는 시꺼먼 파편 더미 위를 가리키며 외쳤어요.

"저게 내 집이었단다."

젊은이가 아주 딱하게 여기는 눈빛으로 농부의 두 눈을 바라보자 농부는 눈을 내리깔고 땅을 바라보았어요.

젊은이는 계속해서 물었어요.

"이곳엔 임금님이 안 계신가요?"

농부가 임금님이 있다고 하자 젊은이는 물었어요.

"임금님은 어디 계신가요?"

그 농부는 손으로 저 너머를 가리켰어요. 까마득히 먼 곳에 야영장이 조그맣게 보였어요. 젊은이는 그 사람의 이마에 손을 대면서 작별 인사를 했어요. 그러고는 그곳을 떠나 계속 걸어갔어요.

하지만 농부는 두 손으로 이마를 만지더니 슬픈 표정으로 무거운 머리를 절레절레 흔들며 한참 동안 그대로 서서 낯선 사람을 뚫어지게 바라보았어요.

젊은이는 여러 건물이 파괴된 파편 더미 사이를 달리고 또 달렸어요. 전쟁의 참상이 고스란히 느껴졌지요. 마침내 젊은이는 야영장에 이르렀어요. 그곳에는 무장한 남자들이 곳곳에 서 있기도 하고 뛰어다니기도 했어요. 하지만 아무도 젊은이를 거들떠보지 않았어요. 젊은이는 사람들과 천막들 사이로 지나가 마침내 야영장에서 가장 크고 아름다운 천막을 발견했어요. 그건 바로 임금님의 천막이었지요. 젊은이는 그 안으로 들어갔어요.

천막 안에는 조촐하고 나지막한 침상에 임금님이 앉아 있었어요. 임금님 옆에는 임금님의 외투가 놓여 있었고, 뒤쪽의 꽤 짙은 그늘에는 하인 한 명이 웅크리고 앉아 있었어요. 시종은 잠이 들어 있었어요. 임금님은 몸을 숙이고 앉아 깊은 생각에 잠겨 있었어요. 임금님의 얼굴은 아름다웠지만 슬픔에 잠겨 있었지요. 흰 머리 한 다발이 갈색으로 그을린 임금님의 이마에 드리워져 있었고, 임금님의 앞쪽 바닥에는 칼 한 자루가 놓여 있었어요.

젊은이는 자기 나라 임금님에게 하듯이 아주 정중하게 말없이 인사를 했어요. 그러고는 임금님이 자신을 바라볼 때까지 가슴에 팔짱을 낀 채 서서 기다렸어요.

임금님이 엄격한 목소리로 물었어요.

"너는 누구냐?"

임금님은 짙은 색 눈썹을 추켜세웠어요. 하지만 임금님의 시선은 그 낯선 사람의 순수하고 명랑한 표정에 머물러 있었어요. 젊은이가 신뢰감이 듬뿍 담긴 다정한 눈빛으로 임금님을 바라보자 임금님의 목소리는 조금 부드러워졌어요.

임금님은 생각에 잠긴 듯한 표정으로 말했어요.

"언젠가 너를 본 적이 있다. 아니면 내 유년 시절에 내가 알던 그 누군가와 닮았든가."

심부름꾼이 말했어요.

"저는 외국인입니다."

임금님은 나지막한 목소리로 말했어요.

"그럼 내가 꿈을 꿨나 보구나. 너를 보니 우리 어머니가 떠오른다. 내게 말해 보거라. 얘기를 해 다오."

젊은이는 이야기를 하기 시작했어요.

"어떤 새 한 마리가 저를 이곳으로 데려왔어요. 제가 살고 있는 나라에서는 지진이 일어났습니다. 그래서 저희는 죽은 이들을 땅에 묻으려고 했지요. 그런데 꽃이 한 송이도 없었습니다."

임금님이 말했어요.

"꽃이 없다고?"

"네. 한 송이도 남아 있지 않았어요. 죽은 자들을 매장해야 하는데 꽃 축제를 열어 줄 수가 없으니 정말 큰일이지요. 왜냐하면 세상을 뜬 자들은 기쁨 속에서 멋진 모습으로 저 세상으로 가야 하니까요."

그때 심부름꾼은 저 밖, 끔찍한 들판에 얼마나 많은 시신들이 땅에 묻히지 못한 채 누워 있는지 문득 생각났어요. 그래서 젊은이는 입을 다물어 버렸어요. 임금님은 젊은이를 뚫어지게 바라본 다음 고개를 끄덕이면서 깊은 한숨을 내쉬었어요.

심부름꾼이 말을 이었어요.

"저는 우리 임금님께 가서 많은 꽃을 주십사 부탁을 드리려고 했습니다. 하지만 제가 산 위에 있는 사원에 있을 때 커다란 새가 와서 저를 임금님께 데려다 주겠다고 했습니다. 그러고는 하늘을 날아 임금님께 저를 데려다 주었지요. 아, 친애하는 임금님, 그것은 어떤 알려지지 않은 신의 사원이었습니다. 사원 지붕 위에는 그 새가 앉아 있었고 신의 바위 위에는 참으로 이상야릇한 상징물 한 개가 우뚝 서 있었습니다. 그것은 하나의 심장이었는데 한 야생 새가 그 심장을 콕콕 쪼아 먹고 있었지요. 저는 밤에 그 큰 새와 이야기를 나누었습니다. 하지만 이제야 비로소 그 새가 한 말이 이해됩니다. 왜냐하면 이 세상에는 수많은, 제가 알고 있는 것보다 훨씬 더 많은 고통과 나쁜 일이 있다고 했기 때문입니다. 이제 저는 이곳에 도착해 너른 들판을 지나 임금님께 오는 몇 시간 동안 엄청난 고통과 불행을 보았습니다. 아, 가장 섬뜩하고 끔찍한 우리의 동화 속 이야기보다 훨씬 더 고통스럽고 불행했지요. 그래서 저는 임금님께 온 겁니다. 아, 임금님, 제가 임금님을 어떤 식으로 도와 드릴 수 있는지 여쭙고 싶습니다."

주의 깊게 듣고 있던 임금님은 애써 웃음을 지으려고 했어요. 하지만 임금님의 아름다운 얼굴은 너무나도 심각하고 너무나도 슬픔에 잠겨 있어서 미소를 지을 수가 없었지요.

임금님이 말했어요.

"고맙구나. 너는 나를 도와줄 수 있다. 너를 보고 있으니 우리 어머니가 생각나는구나. 고맙다."

젊은이는 임금님이 웃음을 짓지 못한다는 사실에 마음이 울적해졌어요. 젊은이가 임금님에게 말했어요.

"임금님께서는 크나큰 슬픔에 잠기셨군요. 이번 전쟁 때문인가요?"

"그렇다."

젊은이는 깊은 슬픔에 잠기기는 했지만 이 고귀한 분에게 공손해야 한다는 규칙은 어길 수밖에 없었어요.

젊은이는 임금님에게 이렇게 묻고 말았어요.

"임금님과 임금님의 백성들은 도대체 왜 이 별에서 그런 전쟁들을 벌이는 건지, 그 이유를 말씀해 주십시오. 부탁드립니다. 누구 탓인가요? 임금님 때문인가요?"

임금님은 오랫동안 심부름꾼을 뚫어지게 바라보았어요. 임금님은 심부름꾼의 건방지기 짝이 없는 질문에 화가 난 듯했어요. 하지만 임금님은 자신의 어두운 눈빛을 그 낯선 사람의 맑고 악의 없는 시선 속에 오랫동안 비치게 할 수는 없었어요.

임금님이 말했어요.

"넌 어린애다. 그래서 그런 일들은 네가 이해할 수 없는 것이란다. 전쟁은 누구의 책임도 아니란다. 전쟁이란 폭풍우나 번개처럼 자연스레 오는 거야. 전쟁에 맞서 싸워야 하는 우리 모두는, 우리는 전쟁을 일으키지 않았어. 우리는 전쟁의 희생자일 뿐이란다."

젊은이가 말했어요.

"그럼 임금님의 백성들은 아주 쉽게 죽나요? 제 고향에서는 죽음이란 게 그다지 두려운 존재가 아닙니다. 대부분의 사람들은 기꺼이 죽음의 길로 갑니다. 그리고 많은 이들이 기쁜 마음으로 저 세상으로 가지요. 하지만 다른 사람을 죽이려는 사람은 하나도 없습니다. 임금님의 별은 좀 다른가 봅니다."

임금님은 고개를 절레절레 저었어요.

"우리나라에서는 사람을 죽이는 일이 드물지 않단다. 하지만 우리는 사람을 죽이는 일을 가장 무거운 죄로 여기지. 오로지 전쟁에서만 그 죄가 허용된단다. 왜냐하면 전쟁에서는 그 누구도 증오나 시샘 때문에, 다시 말해 자신의 이득을 위해 사람을 죽이는 게 아니라 모두들 오로지 공동체가 요구하는 것만 하기 때문이지. 하지만 그 사람들이 쉽게 죽는다고 생각하면 그건 네가 잘못 생각한 거야. 죽은 우리나라 백성들의 얼굴을 보면 알 수 있을 거야. 그들은 힘겨워하면서, 그리고 어쩔 수 없이 죽는 거란다."

젊은이는 이 모든 것을 들었어요. 그러고는 이 별에 사는 사람들의 삶이라는 게 슬프고도 혹독하다는 사실에 화들짝 놀랐지요. 젊은이는 물어보고 싶은 게 아직도 많았어요. 하지만 이 어둡고 끔찍한 일들의 전체적인 연관 관계는 결코 이해할 수 없을 것이라는 예감이 뚜렷이 들었어요. 젊은이는 그런 일들을 이해하고 싶은 마음도 별로 없었어요.

불쌍하기 그지없는 이 사람들은 비천한 어떤 질서에 속하는 존재들로 밝은 신들이 곁에 없는 탓에 악령의 지배를 받고 있었지요. 그게 아니라면 이 별에는 그들만의 불운, 곧 잘못이자 착각이 지배하고 있는 것 같았어요. 젊은이는 임금님에게 계속 꼬치꼬치 캐묻고, 임금님이 대답을 하고 고백하게 만드는 것이 너무나도 괴롭고 잔인한 일 같았어요. 어떤 대답을 하건 어떤 고백을 하건 그것은 임금님에게 고통스럽고 굴욕감을 느끼게 했을 거예요.

죽음에 대한 음울하고 암담한 두려움 속에서 살면서도 수많은 사람들을 서로 때려죽인 이 사람들, 그 농부처럼 그렇게도 상스럽고 야비한 짓을 할 수 있을 것 같은 얼굴을 하거나 임금님처럼 그토록 깊고 엄청난 슬픔이 드리운 얼굴을 한 이 사람들이 젊은이는 불쌍하게 여겨졌어요. 하지만 참으로 이상야릇한 사람들이다, 싶었지요. 거의 우스꽝스럽기도 했고요. 왠지 울적한 기분이 들게 하면서 모욕감도 느껴지게 하는, 그런 식의 우스꽝스러운 바보들 같았지요.

하지만 그럼에도 젊은이는 한 가지 질문을 던지지 않을 수가 없었어요. 여기 이 불쌍한 사람들이 죽지 않고 살아남은 사람들, 곧 평화라고는 찾아볼 수 없는 어떤 늦게 생성된 별에서 늦게 태어난 자식들이고 아들들이라면, 이들의 삶이 줄곧 움찔움찔 경련을 일으키며 이어지다가 절망스럽기 짝이 없는 살인으로 끝장난다면, 또한 이들이 자기네 별의 죽은 사람들을 들판에 그대로 둔다면, 그래서 몸뚱이가 다 망가지게 내버려둔다면, ─ 왜냐하면 아주아주 오랜 옛날의 저 무시무시한 몇몇 동화에서도 그런 이야기가 등장했기 때문이었지요. ─ 적어도 그 사람들의 가슴속에는 미래에 대한 예감, 신들에 대한 꿈, 영혼의 씨앗과도 같은 어떤 것이 있어야 했지요. 만일 그렇지 않다면 이 아름답지 않은 세계는 온통 실수투성이에다 의미라고는 하나도 지니고 있지 않을 테니까요.

젊은이가 비위를 맞추는 듯한 목소리로 말했어요.

"임금님, 용서해 주세요. 제가 이상하기 짝이 없는 임금님의 나라를 떠나기 전에 임금님께 질문을 하나 더 드리는 것을 용서해 주십시오."

"질문하거라!"

임금님이 허락했어요. 임금님은 이 젊은이와 함께 있으니 뭔가 묘한 기분이 들었지요. 왜냐하면 젊은이는 여러 가지 면에서 아름답고, 성숙하고, 예측할 수 없을 정도로 폭넓게 명민한 사람처럼 보였지만, 어떤 점에서는 돌보아 주어야 할 어린 아이 그리고 전적으로 진지하게 대해 줄 필요는 없는 어린 아이 같았기 때문이었어요.

심부름꾼이 말했어요.

"낯선 나라의 임금님이시여, 임금님께서는 저를 슬프게 만드셨습니다. 보시다시피 저는 다른 나라에서 왔습니다. 사원 지붕 위에 있던 커다란 새가 한 말이 맞았습니다. 여기 임금님의 나라는 제가 상상할 수 있는 것보다 훨씬 비참합니다. 이곳의 삶은 무서운 악몽같이 느껴집니다. 저는 임금님과 임금님의 백성들이 신들의 지배를 받는지, 아니면 악령들의 지배를 받는지 알지 못합니다. 임금님, 보시다시피 우리나라에는 전설이 하나 있습니다. 그 전설을 저는 예전에는 옛날이야기 나부랭이나 허무한 꿈 같은 것으로 여겼지요. 그 전설은 우리나라에도 한때는 전쟁과 살인과 절망과도 같은 일들이 잘 알려졌다는 내용을 담고 있습니다. 우리의 언어로는 이미 오래전부터 더 이상 알지 못하는 이 무시무시한 말들을 우리는 그 오래된 이야기 책들에서 읽지요. 그런 말들은 우리에게는 섬뜩하면서도 조금은 우습게 들립니다. 그런데 오늘 저는 이 모든 것이 현실이라는 사실을 배웠습니다. 그리고 제가 아주 먼 옛날의 끔찍하고 무시무시한 전설로부터 익히 알고 있었던 것, 바로 그것을 임금님과 임금님의 백성들이 저지르고, 또 그런 것들을 그대로 겪고 있다는 것을 지금 제 두 눈으로 똑똑히 보고 있습니다. 하지만 이제 제게 말씀해 주십시오. 임금님과 임금님의 백성들의 마음속에는 옳지 않은 일을 하고 있다는 생각이 드시지 않나요? 임금님과 임금님의 백성들은 명석하고 명랑한 신들에 대한 동경이, 총명하고 쾌활한 지도자들과 통솔자들에 대한 동경이 없으신가요? 임금님과 임금님의 백성들은 잠을 자는 동안 꿈속에서 지금과는 다른, 보다 아름다운 삶을 보신 적이 없나요? 모두가 바라지 않는 것은 그 누구도 하지 않으려 하고, 이성과 질서가 지배하며, 사람들이 서로 만날 때는 언제나 명랑하고 챙겨 주는 마음을 갖는 그런 삶이요. 임금님과 임금님의 백성들은 이 세상이 온전히 하나가 될 수 있다는 생각을 한 번도 해 보신 적이 없었나요? 또한 그 온전한 세상은 우리를 행복하게 해 주고, 치료해 주기도 하며, 그러한 세상을 예견하는 마음으로 존경하고, 사랑의 마음으로 섬기는 그런 생각을 해 보신 적은 한 번도 없었나요? 임금님과 임금님의 백성들은 우리나라 사람들이 음악, 예배, 축복이라고 부르는 것에 대해 전혀 모르시나요?"

잠자코 젊은이가 하는 말에 귀를 기울이던 임금님은 고개를 숙였어요. 고개를 들었을 때 임금님의 얼굴은 달라져 있었어요. 두 눈에는 눈물이 그렁그렁 고여 있었지만 어렴풋이 미소가 빛나고 있었지요.

임금님이 말했어요.

"아름다운 소년아. 나는 네가 소년인지, 아이인지, 성인인지, 그도 아니면 신인지 정말 모르겠구나. 하지만 나는 너에게 우리는 네가 말한 그 모든 것을 알고 있고, 또한 마음속에도 간직하고 있다고 대답해 줄 수는 있다. 우리는 행복을 예감하고, 자유를 예감하고, 신들을 예감한단다. 우리는 아주 먼 옛날 한 현자에 대한 전설을 알지. 그 전설에 따르면 그 현자는 세계의 조화와 통일을 여러 우주 공간이 어우러져 내는 조화로운 음향으로 들었다고 한다. 충분한 답이 되었느냐? 필시 너는 저 세상에서 온, 축복 받은 자인 것 같다. 네가 바로 신일지도 모르지. 그러나 네 가슴속에는 행복도 권력도 의지도 깃들어 있지 않구나. 우리의 가슴속에도 그런 것들에 대해 예감을 한다거나 성찰하는 면은 전혀 없었단다. 그런 것들이 일어날 기미도 전혀 느끼지 못했고."

갑자기 임금님이 벌떡 일어났어요. 서 있던 젊은이는 화들짝 놀랐지요. 왜냐하면 임금님의 얼굴에 한순간, 그림자라고는 찾아볼 수 없는 밝은 미소가 아침 햇살처럼 번져 나갔기 때문이었어요.

임금님이 젊은이에게 외쳤어요.

"이제 가거라, 가. 그리고 우리가 싸우고 살인하도록 내버려 두어라. 너는 내 심장을 부드럽게 만들었고 우리 어머니를 떠올리게 했다. 충분해. 사랑스럽고 예쁜 소년아, 그걸로 충분하다. 이제 가렴. 새로운 전투가 시작되기 전에 도망가거라! 피가 흐르고 도시들이 불타면 내, 너를 생각하겠다. 그리고 이 세계가 온전히 하나라는 사실에 대해서도 생각하겠다. 우리가 아무리 어리석고, 분노하고, 야만적이라 해도 그와 같은 사실을 완전히 잊을 수는 없다는 것에 대해서도 생각하겠다. 잘 가거라. 그리고 네 별에게 내 안부를 전해 주고, 새에게 쪼아 먹히는 심장이 상징물인 그 신에게도 안부를 전해 주렴! 난 그 심장과 새를 잘 안단다. 먼 곳에서 온 아름다운 친구여, 명심하렴. 네가 네 친구를, 전쟁을 치르고 있는 불쌍한 임금을 생각할 때에는 야영지에 앉아 슬픔에 잠긴 임금이 아니라 두 눈에는 눈물이, 그리고 두 손에는 피가 묻은 채 미소를 짓던 임금을 떠올리도록 하거라!"

임금님은 하인을 깨우지 않고 손수 천막을 걷었어요. 그리고는 그 외국인을 나가도록 했어요.

젊은이는 새로운 생각에 잠긴 채 평야를 걸어서 돌아갔어요. 젊은이는 하늘 가장자리에 있는 저녁노을 속에서 큰 도시 하나가 불타고 있는 것을 보았어요. 죽은 사람들과 쓰러져 있는 말의 시체들을 넘고 넘어 마침내 날이 어두워졌을 무렵, 젊은이는 숲이 있는 산 가장자리에 이르렀어요.

그때 그 커다란 새가 구름 속에서 번개같이 내려와 젊은이를 자신의 두 날개에 태웠어요. 둘은 밤새 올빼미처럼 소리 없이 사뿐히 날아서 돌아갔어요.

뒤숭숭한 잠자리에서 깨어났을 때 젊은이는 산속에 있는 작은 사원에 누워 있었어요. 사원 앞, 축축한 풀밭에 젊은이의 말이 서서 동이 트는 하늘을 향해 히히잉 울었어요. 하지만 젊은이는 그 커다란 새에 대해, 어떤 낯선 별로 떠났던 여행에 대해, 그리고 임금님과 전쟁터에 대해 더는 알지 못했어요. 젊은이의 영혼 속에는 그림자 하나만 남아 있었어요. 어딘가에 꼭꼭 숨겨져 있는 듯한 자그마한 고통이 아주 작은 가시처럼, 속절없는 동정심처럼 괴롭혔어요. 또한 그것은 이루어지지 않은 작은 소망이기도 했어요. 꿈속에서 우리를 괴롭히기도 하지만, 마침내는 마주치게 되는 그런 소망이었지요. 그런 소망에 사랑을 전하고, 그런 소망의 기쁨을 함께 나누고, 그런 소망의 미소를 보는 것, 그런 것이 우리가 가슴속 몰래 품고 있는 갈망이자 동경이었지요.

심부름꾼은 말에 올라 하루 종일 달려 수도에 있는 임금님께 갔어요. 그리고 젊은이는 진짜 심부름꾼으로 밝혀졌지요. 왜냐하면 임금님은 젊은이의 이마를 어루만지며 자비로운 얼굴로 맞이했기 때문이었어요.

임금님이 젊은이에게 큰 소리로 말했어요.

"네 눈은 내 가슴에 말했었지. 그리고 내 가슴은 허락했었지. 난 네가 무엇을 부탁하는지 듣지 않았지만 다 이루어졌단다."

젊은이는 곧바로 임금님의 특별 허가증을 받았어요. 특별 허가증은 젊은이가 필요로 하는 온 나라의 모든 꽃을 마음대로 사용할 수 있다는 내용을 담고 있었지요. 호위병들과 전령들이 젊은이와 함께 행진했고 말들과 마차들이 그 사람들과 합류했어요. 젊은이가 산을 빙 돌아 며칠 뒤 평탄한 시골길을 지나 자신이 살던 시골 고향 마을에 돌아왔을 땐 마차와 짐수레와 바구니, 말과 버새* 여러 마리를 이끌고 있었어요. 마차와 짐수레와 바구니 그리고 말과 버새 위에는 정원과 온실에서 가져온 ─북쪽 지방에는 정원과 온실이 많았어요.─ 가장 아름다운 꽃들이 실려 있었어요.

꽃은 죽은 이들의 몸을 화환으로 장식하고 그들의 묘지를 맘껏 호사스럽게 꾸밀 수 있을 정도로 충분했어요. 그리고 풍습에 따라 죽은 이들 하나하나를 기념하기 위해 꽃 한 송이와 관목 한 그루 그리고 어린 과일나무 한 그루를 심을 수도 있었어요. 젊은이는 친구와 사랑하는 말을 잃은 괴로움에서 벗어났어요. 젊은이는 친구와 사랑하는 말도 꽃으로 장식한 다음 땅속에 묻었어요. 그러고는 그 둘의 무덤에 꽃 두 송이, 관목 두 그루와 과일나무 두 그루를 심은 뒤 차분하면서도 명랑한 마음으로 회상에 잠겼어요.

흡족한 마음으로 자신의 의무를 다한 젊은이는 그날 밤, 여행을 하던 기억이 가슴속에서 꼬물꼬물 피어올랐어요. 젊은이는 이웃들에게 하루 동안만 호젓하게 있게 해 달라고 부탁했어요.

---

*버새 : 수말과 암탕나귀 사이에서 태어난 잡종.

그러고는 기념으로 심은 나무 아래 하루 낮과 밤을 꼬박 앉아 있었어요. 그러자 자신이 그 낯선 별에서 보았던 것들의 영상들이 기억 속에서 오롯이 활짝 펼쳐졌어요.

그러던 어느 날, 젊은이는 가장 나이가 많은 노인을 찾아가 은밀히 대화를 나눌 것을 부탁했어요. 그러고는 그 할아버지에게 모든 것을 이야기해 주었어요.

할아버지는 귀 기울여 듣고는 생각에 잠긴 채 앉아 있었어요. 그러고는 이렇게 물었어요.

"애야, 넌 이 모든 것을 네 눈으로 직접 본 거니? 아니면 꿈을 꾼 거니?"

젊은이가 말했어요.

"저도 모르겠어요. 아마 꿈이었지 싶어요. 이렇게 말씀드려도 될지 모르겠지만 별 차이가 없는 것 같아요. 바로 이 현실에서 제 감각들은 그 일과 마주치니까요. 제 가슴속에는 슬픔의 그림자 한 자락이 남아 있습니다. 또한 삶의 행복을 느끼는 중에도 그 별에서 서늘한 바람 한 줄기가 제 가슴속으로 파고들지요. 모든 이의 존경을 받는 분이시여, 그래서 제가 도대체 무엇을 해야 할지 여쭈어 보는 것입니다."

노인이 말했어요.

"내일 그 산에 한 번 더 가거라. 그리고 네가 사원을 발견한 그 장소로 올라가거라. 그 신의 상징물이 내게는 참으로 기이하게 여겨지는구나. 난 그 신에 대해 들은 바가 없단다. 아마도 어떤 다른 별의 신일지도 모르겠다. 아니면 그 사원과 그 사원의 신은 너무나도 오래되었을지도 모르지. 그러니까 그 신은 최초의 우리 조상에게서 비롯되었을지도 몰라. 무기와 두려움 그리고 죽음에 대한 불안이 존재하고 있었다고 하는 그 아득한 시절에 있었던 신일지도 몰라. 사랑하는 젊은이, 그 사원으로 가서 꽃과 꿀과 노래를 바치렴."

젊은이는 노인에게 감사의 말을 전하고 노인의 충고를 따랐어요. 젊은이는 초여름에 첫 번째 꿀벌 축제를 할 때 주빈들에게 내놓곤 하던 좋은 꿀이 담긴 사발 하나와 자신의 류트*를 가지고 갔어요.

젊은이는 산에서 자신이 전에 푸른색 초롱꽃 한 송이를 꺾었던 곳을 다시금 발견했어요. 그리고 숲 속에서 산 위로 이르는, 바위가 많은 가파르고 좁은 길을 발견했어요. 얼마 전에 젊은이는 그곳에서 자신의 말 바로 앞에서 걸었죠. 하지만 사원이 있던 자리, 사원, 바위로 만든 검은 제단, 나무로 만든 기둥들, 지붕 그리고 지붕 위에 있던 그 커다란 새는 없었어요. 그날은 물론 그 이튿날도 그랬어요. 젊은이가 설명하는 사원에 대해 조금이라도 말해 줄 수 있는 사람은 한 사람도 없었지요.

젊은이는 고향으로 돌아왔어요. 젊은이는 애정 어린 추억이 깃든 성전을 지나갔어요. 그러고는 안으로 들어가 꿀을 바친 다음 류트를 뜯으며 노래를 불렀어요. 그러고는 애정 어린 회상을 지니고 있는 신에게 자신의 꿈을, 그 사원과 새를, 그 가난한 농부와 전쟁터에서 죽은 이들을, 그리고 특히 전쟁터에 친 천막 안

---

*류트 : 가장 오랜 현악기의 하나로 현을 퉁겨 소리를 낸다. 이집트와 아라비아를 거쳐 중세에 유럽으로 들어와 18세기 말엽까지 널리 쓰였다.

에 있던 임금님을 온전히 내맡겼어요.

그런 뒤 젊은이는 한결 가벼워진 마음으로 자기 집으로 갔어요. 그러고는 침실에 세계들의 조화와 일치에 대한 상징물을 걸어 놓고는 깊은 잠에 빠져들었어요. 그리고 잠을 자고 푹 쉬면서 그 며칠 동안의 체험들로부터 스르르 빠져나왔어요. 이튿날 아침, 젊은이는 이웃들을 돕기 시작했어요. 정원과 밭에서 노래를 부르며 지진의 마지막 흔적들을 치우기 위해 애를 쓰고 있는 그 이웃들을요.

(1915)

새

예전에 월요일마을이라는 곳에 새가 살고 있었어요. 새는 알록달록하지도 않았고, 특별히 노래를 잘 부르지도 못했어요. 그다지 크고 화사하지도 않았고요. 그래요, 그 새를 본 사람은 그 새가 작다고 하지요. 정말 작다고요. 실제로 그 새는 예쁘지는 않았어요. 예쁘다기보다는 기이하고 어딘가 낯설었지요. 그 새는 어떤 속이나 종에도 속하지 않는 동물이나 생물들에게서나 찾아볼 수 있는 기이하면서도 굉장히 인상적인 면을 지니고 있었지요.

그 새는 매도, 닭도 아니었어요. 박새도, 딱따구리도, 방울새도 아니었고요. 그 새는 그저 월요일마을의 새였지요. 그와 같은 새는 그 어떤 곳에도 없었어요. 오로지 이곳에서만 있었지요. 사람들은 그 새에 대해 아주아주 오랜 옛날부터 알고 있었어요. 개벽 이래로요. 실제로 그 새를 아는 사람들은 월요일마을 사람들뿐이었지만, 이웃 마을 사람들 역시 그 새에 대해서 알고 있었지요. 월요일마을 사람들은 대단히 특별한 어떤 것을 갖고 있는 사람들과 마찬가지로 때때로 조롱을 당했어요.

"월요일마을 사람들은 자기네 새가 있지. 진짜라니까." 하고 들 말했지요.

카레노를 지나 모르비오까지, 그리고 그보다 더 먼 곳에서 사는 사람들도 그 새에 대해 알고 있었어요. 사람들은 새에 대한 이야기를 했어요. 하지만 보통 그렇듯이 최근에 들어서야 비로소, 그러니까 새가 더 이상 보이지 않게 되자 비로소 사람들은 새에 대해 아주 정확하고 믿을 만한 정보를 찾으려고 애를 썼어요. 그고장 사람이 아닌 수많은 사람들이 새에 대해 물어봤어요. 꽤 많은 월요일마을 사람들은 이미 그 외지인들에게 포도주를 대접받고, 그 사람들이 꼬치꼬치 물어도 그냥 내버려 두었어요. 하지만 마침내는 자기네도 새를 직접 본 적은 없다고 털어놓았지요.

그러나 사람들이 그 새를 더는 보지 못했지만, 그 새를 적어도 한 번 또는 꽤 자주 보았거나 새 이야기를 한 사람은 누구나 적어도 한 명쯤은 알고 있었어요. 이제 사람들은 이 모든 것에 대해 일일이 묻고 기록을 했어요. 새의 생김새와 목소리, 날아가는 모습뿐만 아니라 몇 가지 습관 그리고 사람들과 지내는 방식 등에 대한 모든 보고와 묘사가 어찌나 다양한지 참으로 놀라웠지요.

예전에는 새가 훨씬 더 자주 보였다고 해요. 새를 직접 본 사람은 좀처럼 그 기쁨이 사라지지 않았지요. 새를 만나는 것은 늘 하나의 체험이었고 행운이었으며 작은 모험이었어요. 자연 애호가들이 때때로 여우나 뻐꾸기를 알아보고 관찰할 때면 그런 일이 작은 체험이자 행운인 것처럼요. 그것은 마치 그 피조물이 흉악하고 잔인한 인간에 대한 두려움을 잠시 잊었거나, 아니면 인간 스스로 원인*들이 살았던 삶의 순진무구함 속으로 다시금 돌아가는 것 같은 순간들이었지요.

새에 대해 별로 신경을 쓰지 않는 사람들도 있었어요. 제일 먼저 핀 용담을 발견하거나 늙고 총명한 뱀을 만나도 별로 기뻐하지 않는 사람들이 있는 것처럼 말이에요. 하지만 그 외의 사람들은 그 새를 무척 사랑했어요. 새를 발견하는 것은 누구에게나 기쁨이요 영예로운 일이었지요. 때때로 ―아주 드문 일이기는 했지요.― 사람들은 그 새가 어쩌면 해롭거나 섬뜩한 새일지도 모른다고 누군가 말했다는 말을 듣기도 했어요. 새를 본 사람은 한동안 너무나 흥분한 나머지 밤에 뒤숭숭한 꿈을 수도 없이 꾸고, 가슴속에 불쾌감이나 향수 같은 기분을 느낀다고 했지요.

하지만 다른 사람들은 그 말을 부인하며 말했어요. 그 새를 만나게 되면, 그 어떤 것을 만났을 때보다도 소중하고 고귀한 기분이 든다고요. 그리고 그 새를 만나면 성찬*을 받거나 아름다운 어떤 노래를 무심코 듣고 난 뒤에 느끼는 기분이 들면서 모든 아름답고 이상적인 것을 생각하게 되고, 마음속으로 지금과는 다른 좀 더 착한 사람이 되겠다고 결심한다고 했지요.

여러 해 동안 월요일마을의 시장을 지낸, 이름난 제후스터의

---

*원인 : 40~50만 년 전 제2 간빙기 때 살았던 것으로 추정되는 화석 인류로 피테칸트로푸스라고도 불린다.
*성찬 : 예수의 수난을 기념하는 기독교의 의식을 거행할 때 나누어 먹는 음식으로 예수의 살을 상징하는 빵과 피를 상징하는 포도주를 뜻한다.

사촌인 샬라스터라고 하는 남자는 평생 그 새에 특별히 신경을 썼어요. 샬라스터는 자신이 해마다 한두 번 또는 여러 차례 그 새를 발견했다고 했어요. 새를 만나고 나면 며칠씩 묘한 기분에 사로잡혔다고 했지요. 마냥 기쁜 것은 아니었는데 이상야릇하게 가슴이 파르르 요동치면서 왠지 불길한 예감도 들었다는 거예요. 또 그 며칠 동안은 심장이 뛰는 것도 보통 때와는 달랐다고 했어요. 아주 조금 아픈 것 같았대요. 어쨌든 보통 때는 자신이 심장을 갖고 있다는 사실조차 몰랐는데 새를 보고 난 뒤 며칠 동안은 가슴속에 심장이 있다는 게 느껴진다고 했지요.

샬라스터는 그 이야기를 하게 될 때면 때때로 이렇게 힘주어 말했어요. 마을에 그런 새가 있다는 것은 보통 일이 아니라고, 그리고 마을 사람들은 그 새를 매우 자랑스럽게 여겨도 되며, 그 새는 정말 드문 새이니만큼 이렇게 생각해야 한다고 했지요. 신비하기 짝이 없는 그 새를 다른 사람들보다 더 자주 보는 사람은 뭔가 특별한 점이나 고상한 면이 있는 거라고요.

(상당한 교양을 갖추고 있는 독자들을 위해 샬라스터에 대해 간단히 언급하면 다음과 같아요.

샬라스터는 과거에 사람들이 새라는 일대 사건을 종말론*적으로 해석한 —그동안 이러한 해석은 또다시 사람들로부터 잊혀 갔지요.— 것을 직접 본 주요 증인이었고, 샬라스터가 한 말은 그러한 해석을 할 때 주로 인용되곤 했어요. 그 외에도 샬라스터

---

*종말론 : 세계와 인류가 최후에는 어떻게 되는가에 대한 종교적인 견해. 유대교나 기독교에서는 천지의 변화로 이 세계가 끝나고 최후의 심판에서 신의 선이 영원히 승리한다고 말한다.

는 새가 사라져 버린 뒤에 생긴 월요일마을의 작은 모임-그 모임에 속한 사람들은 새가 아직도 살아 있고, 또다시 모습을 드러낼 것이라고 철석같이 믿고 있었지요.-에서 대표직을 맡고 있었어요.)

샬라스터가 보고했어요.

"그 새를 처음으로 보았을 때 나는 어린 소년이었다. 아직 학교도 다니지 않았다. 우리 집 뒤에 있는 과수원에서 막 풀을 베고 난 뒤였다. 나는 벚나무 옆에 서 있었다. 꽤 나지막한 굵은 가지 하나가 내 쪽으로 늘어져 있었다. 나는 딱딱한 초록색 버찌를 뚫어지게 바라보고 있었다. 그런데 바로 그때 그 새가 벚나무에서 아래로 날아왔다. 그 새가 내가 평소에 보았던 새들과는 다르다는 것을 나는 대번에 알아차렸다. 새는 풀밭 그루터기 속에 앉아 있다가 주위를 폴짝폴짝 뛰어다녔다. 호기심이 발동한 나는 그저 감탄하면서 새를 쫓아 정원을 이리저리 뛰어다녔다. 새는 반짝거리는 눈으로 이따금씩 나를 빤히 쳐다보면서 계속 팔짝팔짝 뛰었다. 마치 자기 혼자만을 위해 춤추고 노래하는 것 같았다. 나는 그 새가 그렇게 함으로써 나를 유혹하고, 내게 기쁨을 주려고 한다는 것을 알 수 있었다. 새의 목에는 약간 흰색이 감돌았다. 새는 풀밭 빈터에서 폴짝폴짝 춤을 추면서 쐐기풀이 자라고 있는 뒤쪽 울타리까지 갔다. 그러고는 쐐기풀 위로 휙 날아올라 울타리의 한 말뚝 위에 앉아 지저귀다가 다정한 눈빛으로 나를 한 번 더 빤히 쳐다보았다. 그러다가 돌연 휙 사라져 버렸다. 나는 기겁을 했다.

그 뒤로도 나는 그런 모습을 자주 보았다. 그 새처럼 눈 깜짝

할 사이에 번개같이 휙 나타났다가 번번이 다시 사라져 버리는 동물은 없었다. 나는 집 안으로 뛰어 들어가 내가 본 것을 어머니에게 들려주었다. 그러자 어머니는 그 새는 이름이 없는데 내가 그 새를 본 것은 좋은 일이고, 새를 보았으니 행운이 찾아올 것이라고 하셨다."

샬라스터는 그 새가 작다고, 그러니까 굴뚝새보다도 크지 않다고 묘사하지요. 다른 사람들이 묘사한 것과는 다소 차이가 나지요. 샬라스터에 따르면 그 새의 몸에서 가장 작은 것은 머리라고 해요. 기이할 정도로 작고, 총명하고, 유연하다고 해요. 그 새는 눈에 잘 띄지도 않고 볼품은 없지만 사람들은 잿빛이 감도는 금발머리 털을 보면 단박에 알아볼 수 있대요. 사람을 빤히 바라보는 모습으로도 곧바로 알아볼 수 있고요. 다른 새들은 절대로 그렇게 하지 않는다고 해요.

그 새는 머리털은 별로 없지만 그 생김새는 어치와 비슷하고, 기분이 좋은 듯 고개를 위아래로 자주 까딱거렸다고 해요. 어쨌거나 새는 매우 활기찼다고 해요. 날 때도 그랬고 두 발로 걸어갈 때도 그랬대요. 새의 동작은 무척이나 유연하고 독특했대요.

새는 두 눈으로 고개를 까딱거림으로써, 머리털을 살짝 움직임으로써, 그리고 걷고 날아감으로써 뭔가를 전달하고, 떠올리게 하는 것 같다고 해요. 새는 언제나 어떤 의무를 다하고 있는 것처럼 보인다고 하지요. 꼭 무슨 심부름꾼처럼요. 사람들은 일단 그 새를 보면 한동안 그 새를 생각하고, 새가 바란 것이 무엇이며, 그런 동작으로 과연 무엇을 의미하는 건지에 대해 곰곰이 생각하지 않을 수가 없다고 해요.

새는 사람들이 자신에 대해 무언가를 알아낸다거나 몰래 숨어서 자신을 엿보는 것을 별로 좋아하지 않는다고 해요. 새가 어디에서 오는지 사람들은 알 길이 없다고 해요. 새는 늘 아주 급작스레 나타나 가까운 곳에 앉아서는 자신이 언제나 그곳에 앉아 있었던 것처럼 행동한다고 해요. 그러고는 그 다정한 눈빛을 짓는다고 해요. 보통 다른 새들은 무뚝뚝하고 잔뜩 겁에 질린 듯하고 유리처럼 생긴 눈으로 사람을 빤히 쳐다보지 않지만, 그 새는 아주 명랑하게, 그리고 거의 부드럽고 사랑스러운 눈빛으로 바라본다는 것을 사람들은 안다고 해요.

그 새에 대해서는 옛날부터 다양한 소문과 전설이 전해 내려오고 있었어요. 오늘날은 그 새에 대한 이야기를 하는 경우가 거의 없지요. 사람들이 변했고, 삶은 훨씬 더 팍팍해졌으며, 젊은 이들은 거의 대부분 일자리를 찾아 도시로 가지요. 가족들은 여름 저녁에 더 이상 문 앞 계단에 앉지 않고, 겨울 저녁에 아궁이 불가에 모여 앉지 않아요. 사람들은 더 이상 그 어떤 것에 할애할 시간이 없고, 오늘날의 젊은이들은 숲 속에 피는 몇몇 꽃이나 나비 한 마리의 이름도 거의 알지 못하지요. 그럼에도 오늘날에도 할머니나 할아버지가 가끔씩 아이들에게 새 이야기를 들려주는 것을 볼 수 있지요.

새에 대한 전설 중 아마도 가장 오래된 전설은 다음과 같은 내용일 거예요.

월요일마을의 새는 이 세상만큼 나이가 많다. 그 새는 옛날, 그러니까 카인이 동생인 아벨을 때려죽였을 때에도 살고 있었다. 새

는 아벨의 피 한 방울을 홀짝 마신 다음 아벨의 사망 소식을 듣고는 날아가 버렸다. 그러고는 오늘날까지도 사람들에게 그 소식을 전한다. 사람들이 그 이야기를 잊지 않도록 하기 위해서, 그리고 그 이야기를 듣고 사람이 살아가는 평생의 시간을 신성하게 받들고 형제처럼 함께 다정하게 살도록 경각심을 갖도록 하기 위해서 소식을 전하는 것이다.

이러한 아벨 전설은 옛날에도 이미 기록되었고, 그에 대한 노래도 몇 곡 있지요. 하지만 학자들은 아벨 새에 대한 그 전설이 아주 오래된 것이고 수많은 나라에서 수많은 언어로 이야기되고 있지만, 월요일마을의 새 이야기에 잘못된 방식으로 전해진 것 같다고 해요. 또한 학자들은 수천 년 동안 전해 내려온 아벨 새의 이야기가 훗날 오로지 이 마을에서만 정착되고, 그 외의 곳에서는 더는 언급되지 않는다면, 도대체 말이 되지 않는다는 사실을 깊이 생각해 볼 필요가 있다고 하지요.

우리 역시 "깊이 생각해야 할 필요가 있다."고 말할 수 있을 거예요. 전설의 묘사 방식은 학술원이나 학술 협회에서 하는 것처럼 늘 그렇게 합리적이거나 이성적일 필요는 없다고 말이에요. 또한 우리는 그 새에 대한 의문점을 알아보는 과정에서 그토록 많은 불확실성과 모순을 불러일으킨 당사자들이 바로 그 학자들이 아니냐고 물을 수 있을 거예요. 왜냐하면 우리가 알기로 예전에는 새와 새에 대한 전설들에 대해 한 번도 논쟁이 벌어진 적이 없었기 때문이지요. 어떤 사람이 새에 대해 자신의 이웃과 다른 이야기를 한다 해도 사람들은 그 이야기를 담담히 들었어요. 그리고 사람들이 새에 대해 그렇게 다양한 방식으로 생각하고 이야기를 할 수 있다는 것은 새에게는 영광스러운 일이기까지 했지요.

그렇게 생각할 경우 우리는 학자들을 비난할 수도 있을 거예요. 새가 완전히 없어진 점 때문에 학자들이 양심의 가책을 받을 뿐만 아니라 여러 가지 연구를 함으로써 이제는 새에 대한 기억과 전설들까지도 완전히 없애 버리려고 애쓰고 있다고 말이에요. 쪼개고, 쪼개고, 또 파헤쳐서 결국 남는 것은 아무것도 없게 되는 그런 식의 연구 과정이 학자들의 본업인 것처럼요. 학문이란 게 전적으로 학자들 덕분에 이루어진 것은 아니지만 꽤 많은 부분이 그들 덕분에 이루어진 것일진대 우리 가운데 과연 누가 그들을 심하게 공격할 수 있을 정도의 용기—마음 한편으로는 슬픔이 느껴지기도 하지요.—를 낼 수 있을까요?

이런 얘기는 그만하고 예전에 새에 대한 이야기를 들려주던 전설들, 오늘날까지도 시골 사람들에게서 일부 전해지고 있는 그 전설들로 되돌아가지요. 대부분의 시골 사람들은 그 새를 마법에 걸려 모습이 변해 버린, 또는 저주를 받은 어떤 존재라고 했어요.

그 새가 마법에 걸린 호엔슈타우펜 왕가의 어떤 남자, 곧 그 왕가 출신의 위대한 마지막 황제이자 시칠리아를 다스리고, 아라비아 지혜의 비밀들을 알고 있었던 마법사였다는 전설은 동방을 다녀갔던 사람들의 영향을 받은 점에서 그 기원을 찾을 수 있을 거예요. 동방에 갔던 사람들의 이야기에는 월요일마을과 모르비오 지역 사이에 있는 마을이 중요한 역할을 하고 있어요. 그리고 이야기 곳곳에 그 마을의 흔적이 남아 있지요.

사람들은 그 새가 이전에 왕자였거나 (제후스터 같은 사람이 들었다고 주장하는 것처럼) 왕자이면서 마법사였다는 말을 가장 많이 듣지요. 왕자는 한때 뱀 언덕에 있는 빨간 집에 살면서 그 지역의 경치를 즐겨 보았어요. 그 지역에서 플락센핑의 새로운 보통법*이 만들어질 때까지 왕자는 그렇게 살았어요. 그 국법이 세워진 뒤로 꽤 많은 사람들은 벌이가 없어졌어요. 왜냐하면 마법을 부리기, 시를 짓기, 모습을 바꾸기 그리고 그와 비슷한 다른 직업들의 금지령이 내렸고 그러한 직업들은 파렴치한 짓으로 여겨졌기 때문이었어요.

그 시절, 마법사는 자신의 빨간 집 주위에 나무딸기와 아카시아의 씨를 뿌렸다고 해요. 그러자 그 집은 곧바로 가시로 변했지요. 마법사는 자기 땅을 떠나 뱀들이 길게 줄을 지어 호위하는 가운데 숲 속으로 사라졌다고 해요. 마법사는 새의 모습을 한 채 때때로 다시 돌아와 사람들의 영혼을 흘려 놓고는 다시 마법을 부렸지요. 물론 마법사가 많은 사람들에게 이상야릇한 영향을 가장 많이 끼친 것은 마법사가 부리는 바로 그 마법이었어요. 왕자에 대한 이야기를 들려주는 사람은 마법사가 부리는 마법이 착한 것인지 사악한 것인지에 대해서는 가타부타 말이 없었다고 해요.

전설의 저 이상야릇한 나머지 부분들은 −그것들은 모권이 지배하는 문화의 한 면을 암시하지요.− 의심할 여지없이 동방에

---

*보통법 : 중세에 특별 부류의 사람들에게만 적용되던 도시법으로 궁정에 대비되는 법.

갔던 사람들에게서 그 기원을 찾을 수 있지요. 전설의 그 나머지 부분들에서는 '외국 여자'-니논이라고 불리기도 하지요.-가 중요한 역할을 하지요.

이런 식의 꽤 많은 허무맹랑한 이야기들에 따르면, 이 외국 여자는 새를 잡아서 몇 년 동안 가둬 놓는 데 성공했는데 어느 날 화가 난 마을 사람들이 자신들의 새를 다시 풀어 주었다고 해요. 이런 것 이외에도 니논, 그러니까 그 외국 여자는 새가 마법에 걸려 예전의 모습으로부터 새로 바뀌기 훨씬 전에, 그러니까 새로 변한 그 마법사를 알고 있었고 그 빨간 집에서 마법사와 함께 살았다는 소문도 있어요. 둘은 그곳에서 오랫동안 까만 뱀들과 푸른 공작의 머리를 가진 초록색 도마뱀들을 키웠다고 하지요. 그리고 오늘날까지도 월요일마을 위쪽에 있는 나무딸기 언덕에는 뱀들이 우글거린다고 해요. 그리고 뱀들과 도마뱀들은 과거에 마법사의 작업실 문지방이 있던 곳을 넘어갈 때면 잠시 동안 일제히 멈춰 서서 머리를 치켜든 다음, 고개 숙여 인사하는 모습을 또렷이 볼 수 있다고 하지요.

오래전에 그 마을에서 죽은 아주 나이 많은 여자, 니나라고 불린 그 여자는 그런 식의 이야기를 들려주면서 자신은 그 가시 언덕에서 약초를 뻔질나게 찾았는데 그럴 때면 뱀들-두개골이 특이하고 골반뼈가 없었지요.-이 그곳에서 고개를 숙이는 것을 보았다고 해요. 지금도 수천 년 된 한 작은 장미나무의 그루터기는 예전에 마법사가 살았던 집의 현관을 표시한 것이지요.

하지만 그와는 달리 다음과 같이 매우 단호하게 주장하는 의견들도 있지요. 니논은 마법사와 눈곱만큼도 관계가 없으며, 아주아주 한참 뒤에야 비로소 동방에 갔던 사람들을 호위하며 이 지역으로 왔다고 했어요. 그때는 마법사가 이미 새가 된 지 한참 된 시점이었지요.

사람들이 마지막으로 새를 본 뒤로 채 한 세대가 지나지 않았어요. 하지만 노인들은 갑자기 세상을 뜨고, 이제는 '남작'도 죽었고 우리가 익히 잘 아는 마냥 명랑하고 쾌활하던 마리오 역시 오래전부터 등을 꼿꼿이 펴고 똑바로 걷지 못하지요.

그리고 어느 날, 새가 살았던 시대에 함께 살았던 사람은 불현듯 더 이상 한 명도 남지 않을 거예요. 그래서 우리는 새에 대한 이야기가 어떻게 펼쳐졌는지, 그리고 결국 어떻게 끝났는지, 그 모든 이야기를 적어 보고자 해요. 그런 이야기가 아무리 얽히고설킨 듯 혼란스럽게 보인다 하더라도 말이에요.

월요일마을은 꽤 멀리 떨어져 있지요. 그리고 그 지역의 고즈넉하고 작은 숲 속 골짜기들을 아는 사람들은 별로 없어요. 그곳에서는 솔개가 숲을 다스리고 뻐꾸기가 곳곳에서 뻐꾹뻐꾹 울지요. 그 고장에 살지 않는 낯선 사람들도 그 새를 알아보고 새에 대한 전설들을 알게 되었어요. 화가인 클링조어*는 오랫동안 어떤 궁전의 폐허에서 살았고, 모르비오의 골짜기는 동방의 여행자인 레오* 덕분에 널리 알려졌다고 해요. (또한 레오는 말도 안 되는 이런저런 전설 중 하나를 흉내 내 멋대로 이야기를 꾸며 냈

---

*클링조어 : 헤세의 소설 「클링조어의 마지막 여름」(1919)의 주인공.
*레오 : 헤세의 소설 「동방순례」의 주인공.

지요. 니논이 주교가 먹는 빵을 만드는 방법을 알게 되었는데 니논은 새에게 그 빵을 주고 그렇게 함으로써 길들였다고요.)

요컨대 수백 년 동안 알려지지 않고 두루두루 평판이 좋던 우리 고장에 대해 꽤 많은 소문이 나돌게 되었지요. 그리고 우리 지역에서 멀리 떨어진 대도시들과 대학들에서는 레오가 모르비오로 갔던 길에 대해서 박사 논문을 쓰고, 월요일마을의 새에 대한 다양한 이야기들에 깊은 관심을 가진 사람들이 있었어요. 그런데 이때 사람들은 너무 앞질러 가는 별의별 내용을 말하고 썼지요. 이러한 것은 보다 신중한 전설 연구를 또다시 완전히 없애 버리려고 애를 쓰고 있지요.

특히 새가 그 유명한 픽토어 새*와 같다는, 터무니없는 주장이 몇 번인가 제기되었어요. 픽토어 새는 화가인 클링조어와 관계가 있었고 변신의 재능뿐만 아니라 수많은 은밀한 지식을 갖추고 있었어요. 하지만 픽토어 때문에 유명해진 저 '빨갛고 초록색이 감도는 아름답고 용감무쌍한 새'는 너무나도 정확하게 여러 원전에 묘사되어 있어서 그런 식으로 혼동을 일으킬 가능성은 거의 없지요.

마침내 우리 월요일마을 사람들과 우리의 새에 대한 학계의 관심이 부쩍 높아졌어요. 새에 대한 이야기에도 관심이 쏠렸고요.

어느 날, 당시 우리의 시장, 곧 앞서 언급했던 제후스터 앞으로 관청에서 보낸 편지 한 통이 날아들었어요. 제후스터의 H.

---

*픽토어 새 : 헤세의 동화 「픽토어의 변신」의 주인공.

G., 곧 동고트왕국*의 공사가 추밀고문관인 뤼츠켄슈테트의 명령으로 박식한 사람, 그러니까 이곳의 시장에게 다음과 같은 내용의 공문을 전하면서 그 지역에 한시바삐 알리라고 했지요. 공문의 내용은 다음과 같았어요.

추밀고문관인 뤼츠켄슈테트는 문화부의 지원을 받아 이름 없는 어떤 새 한 마리 – 사투리로 표현하면 '월요일마을의 새'라고 불린다. – 를 연구하면서 계속 그 새를 찾고 있다. 그 새에 대해, 새의 생활 습관에 대해, 먹이에 대해, 새에 대해 다룬 속담들과 전설들 따위에 대해 보고할 사항이 있는 사람은 시청을 통해 베른에 있는 동고트왕국의 공사에게 연락하기 바란다.

그 외에 이런 내용도 있었어요.

저 공사관에 송달하기 위해 앞서 언급된 시청에 문제가 되는 그 새를 산 채로, 건강한 상태로 가져다주는 사람은 사례금으로 금화 천 개를 받게 될 것이다. 이와는 달리 죽거나 잘 보존된 박제 상태로 가져올 경우에는 금화 백 개를 사례비로 줄 것이다.

시장은 오랫동안 앉아서 이 공문을 골똘히 들여다보았어요. 관청이 또다시 온갖 일에 시시콜콜 참견한다는 게 바람직해 보

---

*동고트왕국 : 493년에 테오도리크가 이탈리아에 건설한 왕국으로 555년에 동로마 제국에 멸망했다.

이지도 않고 우스꽝스럽기도 했지요. 이런 식의 무리하고도 부당한 요구가 박식한 동고트인이나 동고트 대사관 쪽에서 전달되었다면 제후스터는 공문에 대해 답장도 하지 않은 채 그 공문을 없애 버리거나 그들에게 제후스터 시장은 그런 장난과는 거리가 멀다고 짤막하게 암시하면서 제발 자신을 가만히 내버려 두라고 부탁했을 거예요. 하지만 이와 같은 부당한 요구는 자신이 몸담고 있는 관청이 한 것이었지요. 그것은 명령이었어요. 제후스터는 그 명령을 따라야 했지요. 늙어서 원시기가 있는, 그 지역의 서기인 발멜리 역시 두 팔을 쭉 뻗고 그 공문을 읽은 뒤 조롱 섞인 웃음을 애써 참으면서 —발멜리는 그런 일은 비웃음을 받아 마땅하다고 생각했지요.— 힘주어 말했어요.

"제후스터 시장님, 우리는 그저 시키는 대로 해야지요. 어쩔 수가 없어요. 제가 이 공문을 모두가 볼 수 있게 작성하겠습니다."

며칠 뒤, 그 마을 사람들은 시청 게시판에 걸린 벽보를 보고 모든 사정을 알게 되었어요. 새는 아무런 보호도 받지 못한 채 추적을 당하고 있었으며, 외국에서는 그 새를 탐낸 나머지 새의 목에 현상금을 내걸었다는 내용을요. 스위스 연방과 모든 주는 더 이상 전설적인 그 새를 보호하지 않는다. 지금까지는 그 작은 남자와 그 남자가 사랑하고 귀하게 여기는 그것을 보살펴 주었었는데 말이다. 이것이 적어도 발멜리와 다른 많은 사람들의 생각이었어요. 그 불쌍한 새를 잡거나 총으로 쏘아 죽이고 싶었던 사람에게는 거액의 현상금을 지급할 조짐이 보였지요. 그리고 그걸 성공적으로 해내는 사람은 완전히 부자가 되는 것이었지요. 모두들 그 얘기를 했어요. 사람들은 모두들 시청 옆에 서 있다가 게시판 주위로 우르르 몰려가 다들 신이 나서 각자 자기 의견을 말했어요.

젊은이들은 무척이나 기뻐했어요. 젊은이들은 곧바로 여기저기 덫과 가늘고 긴 나뭇가지를 놓기로 결심했어요.

나이 많은 니나는 머리가 하얗게 센 새매 같은 머리를 절레절레 흔들며 말했어요.

"그건 죄악이야. 연방 내각은 부끄러워해야 해. 돈만 생긴다면, 이 사람들은 구세주까지 넘겨 버릴 거야. 하지만 그 사람들은 새를 손에 넣지는 못할 거야. 절대로 그렇게 못 할 거야!"

시장의 사촌인 샬라스터는 공문을 읽고는 꼼짝도 하지 않았어요. 잠자코 공문을 아주 주의 깊게 한 번 더 읽었어요. 샬라스터는 그 일요일 아침에 교회에 예배를 보러 가려고 하다가 마음을 바꾸고는 시장의 집 쪽으로 천천히 걸어갔어요. 그러고는 그 집 정원으로 걸어 들어갔어요. 하지만 갑자기 다른 일을 떠올리고는 홱 돌아서서 자기 집으로 달려갔어요.

샬라스터는 평생 그 새와 특별한 관계를 맺었지요. 샬라스터는 다른 사람들보다 그 새를 훨씬 더 자주 보았어요. 관찰도 훨씬 더 잘했고요. 샬라스터는 새를 믿고, 새를 진지하게 대하며, 새에게 일종의 보다 숭고한 의미가 있다고 믿는 사람들 중 하나라고 볼 수 있었지요. 그랬기 때문에 이와 같은 공고는 이 남자에게 엄청난 분노와 갈등을 불러일으켰어요. 물론 샬라스터는 공문을 읽기 시작했을 때 곧바로 늙은 니나와 고령으로 관습적인 것에 얽매인 대부분의 마을 노인들밖에 떠오르지 않았어요.

샬라스터는 소스라치게 놀랐어요. 그리고 자신의 새가, 보물이자 마을과 그 지역의 생물인 그 새가 외국인들의 탐욕 때문에 그들에게 넘겨지고 잡혀 있다가 죽임을 당해야 한다는 사실에 분노했지요! 아니, 이 숲 저 숲 다니다 온, 이 진귀하고 신비에 찬 손님이, 동화 속에서나 나올 법하고 옛날부터 익히 잘 알려졌으며, 놀림을 당하고, 그토록 많은 이야기와 전설이 전해 내려져 오게 했던 이 피조물이, 돈과 학문 때문에 한 학자의 지독한 호기심의 제물이 되어야 한다는 말인가요? 그런 일은 지금껏 들어 본 적도 없고 상상도 할 수 없는 일 같았어요. 그것은 신성한 물건을 훔쳐 오라고 요구하는 것과 같았지요. 하지만 한편으로 이것저것 모두 곰곰이 생각하고, 또 이리 재 보고 저리 재 보면, 그 신성하고 거룩한 제물을 훔치는 바로 그 사람에게 엄청나고 찬란한 운명이 약속된 게 아닐까요?

뭇사람들의 칭송을 받는 그 새를 손에 넣기 위해서는 아무래도 특별하면서도 선택된, 그리고 오래전부터 미리 예정된 한 남자가 필요한 것이 아닐까요? 이미 어릴 적부터 그 새와 보다 은밀하고 친밀한 관계를 맺어 오다가 새의 운명에 휘말려 들어간 그런 남자가 말이에요. 이토록 선택받고 그 누구와도 비교할 수 없을 정도로 훌륭한 남자가 샬라스터 자신 말고 또 누가 있을까요?

또한 그 새를 횡령하는 일이 성스러운 물건을 훔치는 일과도 같아 범죄 행위라면, ─그러한 일은 가리옷 사람인 유다가 예수를 배신한 것과 견줄 수 있을 거예요.─ 유다가 저지른 바로 이 배신이, 예수의 죽음과 희생이 필연적이면서도 거룩한 것이 아니었을까요? 또한 아주 오래전부터 예정되고 예언된 일이 아니었을까요? 샬라스터는 스스로에게, 그리고 세상을 향해 질문을 던졌어요. 만일 저 가리옷 사람이 도덕과 이성에 근거하여 자신의 역할을 기피해 배신하기를 거절했다면 조금이라도 도움이 되었을까? 그러니까 신의 뜻과 그리스도에 의한 속죄가 아주 조금이라도 바뀌거나 그 두 가지가 일어나지 못하게 할 수 있었을까, 하고요.

샬라스터는 그런 생각들을 했어요. 그러고는 잔뜩 흥분했지요. 어린 아이였을 때 처음으로 새를 보고 이러한 모험의 묘한 행복감에 전율을 느꼈던 고향의 그 과수원에서 이제 샬라스터는 자기 집 뒤쪽에서 불안한 마음으로 이리저리 서성였어요. 그러고는 염소 우리, 부엌 창문, 판자로 만든 토끼장을 지나갔어요. 샬라스터는 멋진 일요일에 외출복을 차려 입고 헛간 뒷벽에 걸려 있는 건초용 쇠스랑과 갈퀴와 큰 낫을 살짝 스치면서 이런저런 생각에 잠기기도 하고, 몇 가지 소원도 꿈꾸고, 결심도 내렸어요. 마침내 샬라스터는 술에 취한 것처럼 흥분하고 반쯤 넋이 나간 것 같았지요. 울적하고 무거운 마음으로 유다를 생각하면서 자루 속에 든 묵직한 일천 개의 금화, 꿈같은 그 금화를 머릿속에 떠올렸어요.

그러는 동안, 마을에서는 계속 소동이 이어졌어요. 그 소식이 전해진 뒤로, 거의 모든 마을 사람들은 시청 앞에 모였어요. 그러고는 이따금씩 공문을 한 번 더 찬찬히 보기 위해 게시판 가까이 갔어요. 모두들 자신들의 생각과 견해를 활발하게 표현했어요. 경험과 타고난 재치, 성서를 총동원해 이런저런 증거를 쏙쏙 잘도 골라 자신들의 생각과 의견을 표현했지요. 이 공문에 대해 처음부터 가타부타 말을 하지 않은 사람은 몇 명 되지 않았어요. 공문 탓에 마을은 두 패로 나뉘어졌어요.

실제로 꽤 많은 사람들은 샬라스터와 마찬가지로 그 새를 사냥하는 것을 섬뜩하면서도 끔찍한 일이라고 생각했지만 금화는 정말 갖고 싶어 했을 거예요. 하지만 누구나 다 마음속 갈등을 조심조심, 그리고 복잡한 방식으로 해결하지는 않았어요. 젊은 이들은 그 일을 별 고민 없이 가볍게 여겼어요. 도덕심을 가지고 있는 청년이든 고향을 지켜야겠다는 생각을 깊이 하는 청년이든 모두 새를 잡겠다는 욕심을 억누르지는 못했지요.

젊은이들은 여기저기 덫을 놓는 방법을 써 봐야 한다고 했어요. 크게 기대하는 것은 아니지만, 그래도 운이 좋으면 새를 잡을 수 있을 것이라고 했지요. 그런데 어떤 미끼로 새를 유인해야 할지 모른다고 했어요. 하지만 사람들은 누구든 새를 알아보면 십중팔구는 곧바로 총으로 쏴 버릴 거라고 했어요. 뭐니 뭐니 해도 지갑 속에 있는 금화 백 개가 상상 속의 금화 천 개보다 훨씬 더 나을 거라면서요. 모두들 큰 소리로 젊은이들의 의견에 찬성했어요. 젊은이들은 자신들이 앞으로 할 일에 벌써부터 신 났어요. 젊은이들은 새 사냥에 대해 벌써부터 상세하게 논쟁을 벌였어요.

누군가 외쳤어요. 자신에게 좋은 총 한 자루를 달라고요. 반두카텐 정도의 작은 돈을 미리 주면, 자신은 곧바로 그곳을 떠나 일요일을 전부 사냥에 쓸 의향이 있다고 했지요. 하지만 그 의견에 반대하는 사람들은 -대부분 나이가 꽤 많은 사람들이었지요.- 이 모든 것을 생전 듣도 보도 못한 일이라고 생각했어요.

그래서 현자들의 격언이나 요즘 사람들에 대한 저주의 말을 큰 소리로 외치거나 중얼거렸어요. 요즘 사람들에게는 그 어떤 것도 신성하지 않고, 한결같은 신뢰감도 신념도 모두 사라져 버리고 없지요.

젊은이들은 하하 웃으며 반대자들에게 지금 중요한 것은 한결같은 신뢰감이나 신념이 아니라 총을 쏠 수 있는지, 없는지, 라고 했어요. 또한 미덕이나 지혜 따위는 거의 눈이 멀어 더 이상 새를 겨냥하지도 못하고, 손가락은 관절염에 걸려 총도 잡지 못하는 사람들에게서나 찾아보라고 했지요.

그런 식으로 쾌활하고 즐거운 대화가 오갔어요. 마을 사람들은 그 새로운 문젯거리에 대해 농담을 주고받느라 하마터면 점심 식사도 깜빡 잊을 뻔했지요. 마을 사람들은 새가 어느 정도 공동의 화젯거리가 되자 자기네 식구들 가운데 성공하거나 실패한 이야기를 신명이 나서 수다스럽게 들려주었어요. 또한 모두들 한결같이 지상의 모든 악덕에서 벗어나 천국의 이루 말할 수 없는 기쁨을 느낄 수 있었던 나타나엘 할아버지, 나이 많은 제후스터 그리고 동방의 여행자들의 전설적인 행진 장면을 떠올렸어요. 그리고 성가집의 시구와 오페라의 멋들어진 구절도 인용했어요.

사람들은 상대방의 행동이 몹시 마음에 들지 않았지만 서로에게 등을 돌릴 수는 없었어요. 사람들은 자신들의 조상들이 마음에 새겨 두고 있던 좌우명과 경험에서 얻은 교훈도 서로 이야기하고 지나간 과거에 대해, 주교에 대해 그리고 끝까지 잘 이겨낸 질병들에 대해서도 각자 열심히 떠들어 댔지요.

예를 들면, 어떤 나이 많은 농부는 심하게 앓던 중 침대에 누워 있다가 창문을 통해 그 새를 보았다고 했어요. 아주 잠깐이요. 그런데 바로 그 순간부터 몸 상태가 훨씬 좋아졌다고 했지요. 사람들은 계속 이야기를 했어요. 각자 골똘히 생각에 잠기기도 하고, 마을 사람들의 얼굴을 보면서 그 사람들의 마음을 얻으려고 애를 쓰거나 퉁박을 주거나 동의하거나 비웃기도 했지요.

사람들은 말다툼을 하거나 의견의 일치를 볼 때 자신들이 가진 장점과 특기를 떠올리며 연배가 비슷하고 끝까지 한길을 간다는 사실에 대해 한껏 기분이 좋았지요. 나이가 많은 사람들은 자기네가 나이는 많지만 영리하다고 생각했고, 젊은 사람들은 자기네는 젊지만 영리하다고 생각했어요. 사람들은 서로 비웃고 열정적이고 당당하게 조상들의 좋은 풍습을 치켜세웠어요. 또한 사람들은 열정적이고 당당하게 조상들의 좋은 풍습을 의심했어요. 사람들은 조상들을 비웃고 자신들의 지긋한 나이와 경험을, 그리고 젊음과 오기를 뽐냈어요. 치고받다시피 하며 드잡이를 할 뻔했고, 큰 소리로 꾸짖고, 소리 내어 웃고, 같은 마을 사람들끼리 갈등을 겪었지요. 모두들 자기 생각이 옳다고, 그것을 다른 사람들에게 그럴듯하게 아주 잘 말했다고 확신에 차서 씩씩거렸어요.

사람들이 이런 식으로 연설 연습을 하면서 서로 파를 나누는 동안 아흔 살 된 니나가 자신의 금발머리 손자에게 조상님들을 잊지 말라고, 그리고 이 사악하고 잔혹하고 위험하기까지 한 새 사냥에 휘말려 들지 말라고 신신당부하는 동안, 그리고 젊은이들이 늙은 니나 앞에서 무례하기 짝이 없는 모습으로 사냥을 하는 시늉을 내는 동안, 곧 총을 자신들의 뺨에 대고 한쪽 눈을 가늘게 뜬 채 목표물을 겨냥하고는 탕탕, 빵빵 소리를 지르는 동안 전혀 뜻밖의 일이 벌어졌어요. 나이가 많건 적건 간에 모두들 꿀먹은 벙어리가 된 채 마치 돌이라도 된 듯이 그대로 서 있었지요.

나이 많은 발멜리가 큰 소리를 지르자 사람들의 시선은 노인의 쭉 뻗은 팔과 손가락 쪽으로 일제히 향했어요. 갑자기 사람들은 깊은 침묵에 잠겼어요. 그러고는 그 새가, 지금껏 수없이 사람들 입에 오르내렸던 바로 그 새가 시청 지붕으로부터 포르르 날아와 게시판 귀퉁이에 내려앉더니 둥글고 작은 머리를 날개에 싹싹 비비고, 부리를 쓱쓱 문지르는 모습이며 짤막한 노래를 부르는 모습을 보았어요.

또한 새가 민첩한 작은 꼬리를 위아래로 까딱거리면서 또르르또르르 구슬이 굴러가는 듯한 소리를 내며 지저귀는 모습도 보고, 조그만 도가머리*를 바짝 곤두세우고는 ―꽤 많은 마을 사람들은 그 새를 소문으로만 알고 있었지요.― 모두가 보는 앞에서 한동안 깃을 고르고 자신의 모습을 있는 그대로 보여 준 다음, 호기심이 난 듯 고개를 숙이고 있는 모습도 보았지요. 새는 마치 자신도 관청에서 보낸 이 공문을 읽고 자신의 목에 과연 얼마나 많은 금화가 걸려 있는지를 알아보고 싶어 하는 듯했어요.

새는 아주 잠깐 동안만 머물 것 같았어요. 하지만 사람들에게는 새가 위풍당당한 모습으로 그곳을 찾아 일종의 도전 같은 것을 하는 것처럼 여겨졌어요. 그래서 탕탕, 빵빵 총을 쏘는 사

*도가머리 : 새의 머리에 길고 더부룩하게 난 털.

람은 아무도 없었어요. 그저 그대로 선 채로 마치 마법에 걸린 듯이 그 용감무쌍한 손님을 화들짝 놀란 눈으로 바라보았어요. 그 손님은 그들이 있는 그곳으로 날아왔지요. 그들을 놀려 줄 생각만 하면서 그곳과 그 순간을 고른 게 분명했어요.

사람들은 화들짝 놀라고 당황한 표정으로 그 새를, 자신들을 그토록 놀라게 한 그 새를 빤히 바라보았어요. 사람들은 지극히 행복하고 호의적인 표정을 지으며 그 아름다운 작은 꼬맹이를 뚫어지게 바라보았어요. 그토록 화젯거리가 되었고, 그 마을을 유명하게 만들었으며, 옛날에 아벨의 죽음을 목격한 증인이었거나 호엔슈타우펜 왕가의 사람 또는 왕자였거나 마법사였으며, 뱀 언덕 위의 어느 빨간 집에서 살았던 새, ─그곳에서는 오늘날도 두개골이 특이하고 골반뼈가 없는 수많은 뱀들이 살고 있었지요.─ 외국 학자들과 강국들의 호기심과 욕심을 불러일으켰던 새, 포획하는 데 자그마치 금화 천 개를 포상금으로 내걸게 했던 새를요.

사람들은 모두들 감탄을 금치 못했고 새를 깊이 사랑했어요. 사냥총을 갖고 오지 않았다는 사실을 퍼뜩 깨닫고는 화가 나 욕설을 퍼부으며 발을 동동 굴러 대던 사람들조차도 새를 사랑하고 자랑스러워했어요. 새는 그들의 것이었고, 그들의 명예이자 영광이었지요. 새는 꼬리를 까딱거리며 도가머리를 치켜든 채 사람들 머리 바로 위 게시판 귀퉁이에 앉아 있었어요. 마치 그들의 영주*나 문장 같았지요.

---

*영주: 황제, 임금 다음의 서열.

새는 갑자기 사라져 버렸어요. 모두들 뚫어지게 쳐다보던 곳에 더 이상 아무것도 없게 되자, 비로소 사람들은 서서히 정신을 차리기 시작했어요. 사람들은 서로 바라보며 소리 내어 웃고, 큰 소리로 브라보를 외치고, 새를 높이 칭송하다가 총을 달라고 고래고래 소리를 지르고, 새가 어느 쪽으로 날아가 버렸는지 물어보았어요. 그리고 그 새가 바로 늙은 농부를 예전에 치료해 주었던 새이고, 아흔 살 된 니나의 할아버지가 익히 잘 알고 있었던 바로 그 새였다는 사실을 떠올렸어요. 사람들은 뭔가 기이한 것, 행복감이나 마구 소리 내어 웃고 싶은 충동 같은 어떤 것을, 하지만 동시에 신비한 어떤 것, 마술 같기도 하고 섬뜩하기도 한 어떤 것을 느꼈어요.

사람들은 갑자기 뿔뿔이 흩어져 버렸어요. 집에 가서 수프도 먹고, 잔뜩 긴장감이 감도는 마을 사람들의 집회도 ―집회 도중에 마을 사람들은 무척이나 상기되고 흥분했었지요. 물론 가장 관심을 받았던 것은 그 새였어요.― 끝낼 생각이었지요. 시청 앞은 쥐 죽은 듯 고요해졌어요. 잠시 뒤 정오를 알리는 종소리가 울렸어요. 시청 앞 광장은 텅 비고 황량했어요. 공문이 쓰인 종이에 하얗게 햇빛이 비치고 있었는데 그 위로 머름*―방금 전까지만 해도 그 위에 새가 앉아 있었지요.―의 그림자가 서서히 드리워졌어요.

그러는 동안 샬라스터는 골똘히 생각에 잠긴 채 자기 집 뒤쪽에서 이리저리 서성이다가 갈퀴와 큰 낫, 토끼장과 염소 우리를

---

*머름 : 바람을 막거나 모양을 내기 위하여 문지방 아래나 벽 아래 중방에 대는 널조각.

지나갔어요. 샬라스터의 걸음걸이는 서서히 차분해지고 균일해 졌어요. 샬라스터는 신학적이고 도덕적인 관점에서 깊이 생각하고 있었는데 그 생각들 역시 점차 균형을 이루고 더 이상 갈팡질팡하지 않았어요. 정오를 알리는 종소리가 들리자 샬라스터는 퍼뜩 정신을 차렸어요. 조금 놀라기는 했지만 샬라스터는 이내 다시 차분해졌어요.

종소리가 들려왔어요. 이제 곧 식사를 하라고 말하는 아내의 목소리가 들릴 테지요. 샬라스터는 자신이 골똘히 생각에 잠겨 있었다는 사실이 약간은 부끄러웠어요. 샬라스터는 장화 신은 발을 꽤 힘차게 내디뎠어요. 정오를 알리는 마을의 종소리가 났다고 아내가 소리 높여 알리는 바로 그 순간, 눈앞이 어른거렸어요. 붕, 하는 소리가 바로 샬라스터 곁을 스쳐 지나갔어요. 마치 강한 바람이 짧게 휙 부는 것 같았어요. 그러더니 벚나무에 그 새가 앉아 있었어요. 잔가지에 핀 한 송이 꽃처럼 살며시 앉아 있었지요. 새는 자신의 도가머리를 갖고 노는 것처럼 까딱거리고 있었어요. 그러더니 고 작은 머리를 살짝 돌리고는 나지막한 소리로 지저귀면서 그 남자의 눈을 들여다보았어요. 그 남자는 어렸을 적부터 그 새의 눈빛을 잘 알고 있었지요. 새는 또다시 폴짝 뛰어올랐어요. 그러고는 가느다란 벚나무 가지들을 가로질러 공중으로 휙 사라져 버렸어요. 꼼짝도 하지 않은 채 물끄러미 바라보고 있던 샬라스터가 자신의 심장이 점점 더 빨리 뛰고 있다는 것을 미처 느끼기도 전에 사라져 버렸지요.

그 일요일 점심시간부터 ―그때 새는 샬라스터의 벚나무 위에 앉아 있었어요.― 새를 본 사람은 딱 한 사람뿐이었는데 그것도 한 번밖에 보지 못했지요. 그리고 당시 시장의 사촌인 샬라스터의 눈에 한 차례 더 띄었지요.

샬라스터는 새를 잡아 금화를 받기로 굳게 결심했어요. 노련하고 새에 대해 정통한 샬라스터는 새를 잡는 것은 절대로 불가능하리라는 것을 너무나도 잘 알고 있었기 때문에 낡은 총을 손질한 다음 구경이 아주 작은 산탄을 —사람들은 그것을 새 사냥총 산탄이라고 불렀지요.— 마련했어요. 이 미세한 산탄으로 새를 쏘면 아마도 새는 죽거나 산산조각이 나지 않고 아주 작은 산탄 조각 하나가 새에게 부상을 입혀 기겁을 한 뒤 기절할 것이라고 예측했어요. 그렇게만 되면 새를 산 채로 손에 넣을 수 있었지요.

매사에 신중한 샬라스터는 자신의 계획을 이루기 위해 만반의 준비를 했어요. 잡은 새를 가둬 둘 새장—고운 목소리로 노래하는 새를 넣어 두는 새장으로요.—도 마련했지요. 그때부터 샬라스터는 장전한 자신의 산탄총*에서 잠시라도 멀리 떨어져 있지 않기 위해 온갖 노력을 기울였어요. 산탄총을 가지고 가도 되는 곳이면 어디든 가지고 다녔고 갖고 가면 안 되는 곳, 예를 들면 교회에 갈 때면 매우 안타까워했지요.

그럼에도 샬라스터는 새를 또다시 만난 순간에 —그해 가을이었지요.— 하필 그때 사냥총을 갖고 있지 않았지요. 샬라스터의 집에서 엎어지면 코 닿을 곳이었는데 새는 여느 때처럼 홀연히

---

*산탄총 : 탄환을 한 발씩 쏘게 되어 있는 총. 주로 새나 작은 동물의 사냥에 쓰인다.

소리 없이 나타나 내려앉았어요. 그러고는 아주 다정한 목소리로 지저귀면서 샬라스터에게 인사를 건넸어요. 새는 만족스러운 표정으로 오래된 버드나무의 굵은 나뭇가지 −그곳에는 마디가 있었어요.− 그루터기 위에 앉아 있었어요. 샬라스터는 격자 울타리 위에서 자라는 과일을 높이 매달기 위해 늘 버드나무의 잔가지를 잘라 내곤 했지요.

새는 그곳에 오도카니 앉아 있었어요. 채 열 발짝도 떨어지지 않은 곳에서 조잘조잘 떠들고 지저귀었어요. 새의 적인 샬라스터의 가슴속에서 또다시 저 이상야릇한 행복감이 뭉클 솟았어요. 뛸 듯이 행복하면서도 알싸하게 가슴이 아렸어요. 마치 막상 살라고 하면 살아 낼 자신도 없는 어떤 삶이 퍼뜩 떠오른 것 같았지요. 샬라스터는 조마조마한 마음으로 어떻게 하면 빨리 가서 총을 가져올 수 있을까, 하고 걱정을 하느라 목덜미에 땀이 주르르 흘러내렸어요.

샬라스터는 새는 절대로 한자리에 오랫동안 머물지 않는다는 것을 잘 알고 있었어요. 그래서 집 안으로 후닥닥 달려가 사냥총을 들고 그곳으로 다시 갔어요. 새는 여전히 버드나무에 앉아 있었어요. 샬라스터는 숨을 죽인 채 새에게 천천히 살금살금 다가갔어요. 새는 순진무구했어요. 사냥총도, 그 남자의 이상야릇하기 짝이 없는 행동도 전혀 두려워하지 않았어요.

그 남자는 멍한 눈빛을 하고는 몸을 숨기기 위해 고개를 숙인 채 양심의 가책을 느끼며 잔뜩 흥분하고 있었어요. 태연한 척하느라 무진 애를 쓰고 있는 게 틀림없었지요. 새는 그 남자가 가까이 다가오게 내버려 두었어요. 그러고는 한껏 다정한 눈빛으로 샬라스터를 뚫어지게 바라보았어요. 그리고 샬라스터의 기분을 쾌활하게 만들어 주려고 애를 쓰면서 그 농부가 사냥총을 높이 드는 모습이며 한쪽 눈을 질끈 감고 오랫동안 목표물을 겨누는 모습을 장난기 어린 눈빛으로 지켜보았어요.

마침내 탕탕 총을 쏘는 소리가 들렸어요. 작은 연기구름이 채 일기도 전에 샬라스터는 버드나무 밑에서 무릎을 꿇고는 이리저리 두리번거렸어요. 버드나무에서부터 정원 울타리까지 갔다가 다시 돌아오고, 꿀벌 통들이 있는 곳까지 갔다가 되돌아오고, 콩을 심어 놓은 화단까지 갔다가 되돌아오면서 풀밭을 샅샅이 뒤졌지요. 샬라스터는 손 너비 정도의 땅을 두 번, 세 번씩 찾고 또 찾았어요. 한 시간이 지나고 두 시간이 지났어요. 이튿날 아침에도 샬라스터는 찾고 또 찾았어요.

샬라스터는 새를 발견하지 못했어요. 새는커녕 새의 깃털 하나도 눈에 띄지 않았지요. 새는 도망가 버린 거예요. 새에게 이곳은 매력이라고는 하나도 없는 재미없는 곳이었지요. 총소리가 너무 컸어요. 새는 자유를 사랑했어요. 그리고 숲과 고요함을 사랑했어요. 새는 이곳이 더 이상 마음에 들지 않았지요. 새는 가 버렸어요. 이번에도 샬라스터는 새가 어느 방향으로 날아 갔는지 보지 못했어요. 모르긴 해도 새는 뱀 언덕 위에 있는 그 집으로 돌아갔을 거예요. 청록색 도마뱀들이 문지방에서 새에게 고개 숙여 인사를 했을 테지요. 새는 십중팔구 더 멀리 나무들 속으로, 그리고 과거의 시간 속으로 돌아갔을 거예요. 호엔슈타우펜 왕가로, 카인과 아벨에게로, 낙원으로요.

그날 이후로 새는 더 이상 눈에 띄지 않았어요. 사람들은 여전히 새에 대해 수많은 이야기를 했어요. 오랜 세월이 지난 오늘날까지도 그와 같은 이야기들은 잠잠해지지 않았지요. 그리고 동고트의 한 대학 도시에서 그 새에 대한 책이 출판되었지요.

옛날에는 새에 대한 온갖 전설들이 이야기되었지만, 새가 사라져 버린 뒤로는 새 자체가 하나의 전설이 되었지요. 새가 실제로 살았었고, 한때는 이 지역의 마음씨 고운 정령이었으며, 새에게 높은 포상금이 걸렸었고, 새에게 총을 쏘았다는 사실을 맹세할 수 있는 사람이 머지않아 더는 남아 있지 않을 거예요. 훗날 또다시 어떤 학자가 이 전설을 연구하게 된다면, 이 모든 것들은 십중팔구 민족의 상상력이 빚어 낸 꾸며 낸 이야기로 증명되고 신화 형성의 법칙들에 따라 설명되겠지요.

왜냐하면 다음과 같은 사실은 물론 부인할 수 없기 때문이지요. 어느 곳에서든 사람들에게 특별하고, 아름답고, 우아하다는 느낌을 주고, 꽤 많은 사람들에게 훌륭하고 마음씨 고운 정령들로 존경을 받는 존재들이 한 번이 아니라 여러 번 되풀이해서 있다는 사실 말이에요. 왜냐하면 그 존재들은 우리가 영위하는 삶보다 한층 더 아름답고, 자유롭고 활기찬 삶을 일깨워 주기 때문이지요.

어디에서나 상황은 비슷하지요. 손자들은 할아버지들이 믿고 의지했던 훌륭한 정령들을 놀려 대고, 그 아름답고 우아한 존재들은 어느 날, 사냥을 당해 죽임을 당하고, 또한 그 존재들의 머리나 박제에 포상금이 걸리고, 얼마 뒤에는 그 존재들이 살아 있었다는 사실이 하나의 전설이 되고 그 전설은 새의 날개를 단 듯이 계속 날아다니는 것이지요.

훗날 새에 대한 정보와 지식이 어떤 형식들을 취하게 될 것인지에 대해서는 그 누구도 말할 수 없지요. 최근 들어서야 비로소 샬라스터가 아주 끔찍한 방식으로 불의의 사고를 당했다는 ―십중팔구는 스스로 목숨을 끊은 것 같아요.― 사실만큼은 어쩔 수 없이 알려야 하겠지만 그 사실에 대해 이러니저러니 토를 달고 싶지는 않네요.

(1933)

두 형제 *

옛날에 두 아들을 둔 아버지가 있었어요. 한 아들은 잘생기고 힘이 셌지만 다른 아들은 키가 작고 불구였어요. 그래서 형은 동생을 깔보고 업신여겼어요. 동생은 그런 게 싫었어요. 그래서 멀리멀리 세상 밖으로 나가 이리저리 떠돌아다니기로 결심했지요.

얼마쯤 가자 동생은 한 마부를 만났어요. 동생이 마부에게 어디로 가느냐고 묻자, 마부는 유리 산에 있는 난쟁이들에게 그들의 보물을 가져다주어야 한다고 했어요. 동생은 보수를 얼마나 받는지 물어보았어요. 마부는 다이아몬드 몇 개를 준다고 했어요. 그러자 동생은 난쟁이들에게 한번 가 보고 싶은 마음이 불쑥 일었어요. 그래서 동생은 마부에게 난쟁이들이 자신을 받아들일

---

*두 형제: 지금까지 알려진 헤세의 첫 번째 동화로, 헤르만 헤세가 열 살 때 고향인 칼브에서 썼다.

것 같냐고 물었어요.

마부는 모르겠다고 했어요. 하지만 마부는 동생을 데리고 갔어요. 마침내 둘은 유리 산에 이르렀어요. 난쟁이들의 감독관은 마부에게 수고비를 넉넉하게 치른 뒤 마부를 보내 주었어요.

난쟁이들의 감독관은 동생을 보고는 바라는 게 무엇이냐고 물었어요. 동생은 감독관에게 모든 것을 말했어요. 그러자 난쟁이는 동생에게 따라오라고 했어요. 난쟁이들은 동생을 기꺼이 받아들였어요. 동생은 그곳에서 아주 잘 살았어요.

이제 다른 형제에 대한 이야기도 해 볼게요. 형은 오랫동안 고향집에서 아주 잘 지냈어요. 하지만 나이를 먹자 군대에 가야 했지요. 그리고 전쟁터에도 나가야 했어요. 형은 오른팔을 다쳐 구걸을 해야 했어요. 그렇게 해서 그 불쌍한 남자 역시 유리 산으로 오게 되었지요. 그러고는 한 불구자가 그곳에 있는 것을 보았어요. 하지만 그 사람이 자기 동생이라는 사실을 알아채지는 못했어요. 그러나 동생은 곧바로 형을 알아보고는 무슨 일로 왔냐고 물었어요.

"나리, 빵 껍질이라도 주시면 고맙겠습니다. 배가 너무 고파요."

동생이 말했어요.

"나와 함께 가자."

동생은 어떤 동굴 속으로 갔어요. 동굴 벽은 모두 다이아몬드로 반짝거렸어요.

불구자가 말했어요.

"혼자 힘으로 벽에서 떼어 낼 수 있다면 한 움큼 가져가도 돼."

거지는 성한 손으로 다이아몬드 바위에서 다이아몬드를 떼어 내려고 낑낑대며 애를 썼어요. 하지만 물론 잘 되지는 않았지요.

그러자 동생이 말했어요.

"혹시 동생이 있을지 모르겠네. 동생이 도와줘도 돼. 내가 허락할게."

그러자 거지는 눈물을 흘리며 말했어요.

"사실 동생이 하나 있었어요. 나리처럼 키가 작고 곱사등이였지요. 하지만 마음씨는 비단결같이 곱고 친절했어요. 동생은 분명히 저를 도와줬을 거예요. 하지만 저는 매정하게 동생을 내쫓아 버렸어요. 소식을 듣지 못한 지 오래됐어요."

그러자 동생이 말했어요.

"형, 내가 바로 그 동생이야. 이젠 고생하지 않아도 돼. 나랑 함께 살자."

(1887)

내면을 향한 또 하나의 문학적인 시도, 메르헨

출간된 지 94년이 지난 오늘날에도 변함없이 널리 사랑받고 있는 장편소설 『데미안』과 집필한 지 3년 뒤인 1946년에 독일에서 가장 권위 있는 문학상인 괴테상과 노벨문학상을 수상한 장편소설 『유리알 유희』를 쓴 독일 작가 헤르만 헤세는 『데미안』을 출간한 1919년 6월에 또 하나의 작품집인 『메르헨(Die Märchen)』을 펴냈다. (이 책의 제목 『헤르만 헤세의 환상동화집』의 원제는 『메르헨』이다.)

우리말로 '동화'라고 옮겨지는 '메르헨'은 그림 형제의 동화와 마찬가지로 놀랍고 경이로운 세계가 펼쳐지며, 언제나 선함이 승리함으로써 해피엔딩으로 끝나고, 누가 지었는지 모른 채 오랜 세대에 걸쳐 입에서 입으로 전해 내려온 비교적 짧은 옛이야기를 뜻한다. 헤세의 작품 제목 역시 '메르헨'이지만, 그림 형제가 펴낸 전래 동화집과는 성격이 다른 동화집, 곧 '창작 동화집'이다.

독일 작가들 중에서도 독서가로 알려진 헤세는 어렸을 적부터 『그림 형제 동화집』을 비롯해 천일야화, 아일랜드 동화집, 인

도와 아프리카 민담, 중국 동화집 등에 이르는 폭넓은 독서를 했
다. 열 살이 되던 해에 헤세는 세 살 어린 여동생의 일곱 번째
생일에 「두 형제」라는 제목의 짧은 동화를 써서 선물한다. 문인
의 길로 들어서기 훨씬 전에 생애 처음으로 창작물을 만들어 낸
것이다.

　그 이후 헤세는 스물여섯 살인 1906년부터 쉰여섯 살에 이르
기까지 동화를 썼는데 그중 상당수의 동화는 제1차 세계대전 중
에 집필되었다. 전쟁 중에 많은 동화가 창작되었다는 것과 전쟁
이 끝난 해에 창작 동화집이 출간되었다는 사실은 자못 궁금증
을 일게 한다. 동심과 환상과 꿈을 떠올리게 하는 동화가 어떻
게 전쟁의 참상을 겪는 와중에 쓰인 것일까? 당시 헤세가 처한
내·외적인 상황에서 그 이유를 찾을 수 있다.

　당시 독일의 젊은 작가들과 마찬가지로 독일 사회는 낡았다
고 여겼던 헤세는 낡은 시대는 말끔히 청산되어야 한다고 굳게
믿었다. 헤세는 제1차 세계대전을 '유럽 문화의 붕괴 현상'이라
고 보았다. 헤세는 군대에 지원했지만 신체검사 불합격 판정으

로 참전하지 못하고 대신 전쟁 포로를 돌보는 일을 맡았다. 그리고 전쟁 포로 복지국에서 포로들을 위한 신문을 발행하고 책을 모아 보내는 일을 했다. 전쟁이 심화되자, 헤세는 전쟁이 정치적인 야욕 행위에 불과하다는 것을 서서히 인식하게 되었다. 1914년 11월 3일 헤세는 한 스위스 진보 신문에 반전 기사를 썼고 이 일로 독일 민족주의자들에게 '배신자'로 낙인찍혔다.

헤세는 전쟁의 참상을 겪고 배신자로 비방을 받는 것 외에 개인적인 이유로도 괴로움을 겪었다. 아버지가 죽고, 막내아들이 아프고, 특히 아내가 정신 분열 초기 증상을 보이자 헤세는 신경쇠약에 시달렸다. 그래서 융의 제자인 랑 박사에게 70여 차례에 걸쳐 심리 치료를 받았고, 이 심리 치료를 통해 자신의 내면에 대해 새롭게 인식하게 되었다. 헤세는 무엇보다 중요한 것은 내면세계이고, 내면의 길이야말로 인간이 목표로 삼고 나아가야 할 길이라고 믿었다. 또한 인간이 내면의 길을 충실히 가면, 세계는 개선될 것이고 사회 문제 역시 해결될 수 있다고 생각했다.

제1차 세계대전을 겪으면서 새로운 전환점을 맞이한 헤세는 낭만적이고 감상적인 분위기를 풍기던 초기 작품과는 전적으로 다른 작품을 쓰게 되었다. 내면세계를 향한 추구는 그가 가명으로 발표한 『데미안』뿐만 아니라 『헤르만 헤세 환상동화집』에서도 확인할 수 있다. 이번에 번역, 소개되는 헤세의 동화집은 독일 주어캄프 출판사에서 펴낸 『메르헨』에서 동화적인 특성이 돋보이는 16편의 작품을 선별해 실은 것이다.

　이 동화집에는 천일야화를 떠올리게 하는 「난쟁이」, 350년경에 쓰인 고대 중국의 우화집에서 소재를 가져온 「시인」과 「피리의 꿈」, 기원전 8세기경 주나라 임금과 임금의 아내 포사의 이야기를 다룬 「유 임금님」, 보잘것없는 물건이 예술 작품을 통해 생명을 얻는 과정과 그러한 창작 과정의 고통을 그린 「등나무 의자에 대한 메르헨」, 마법의 도움으로 소원을 이루지만 덧없는 결말을 가져온 경우와 자신의 의지로 새롭게 인생을 시작하는 내용을 담은 「아우구스투스」와 「팔둠」, 저자가 심리 치료를 받으면서 자신의 문제를 극복한 과정을 그린 「험난한 길」, 전쟁의 이유를 듣고 전쟁에 반대하며 비폭력을 옹호한 「다른 별에서 온 이상야릇한 소식」,「유럽인」,「제국」, 자전적인 내용을 담고 있는 「마법사의 어린 시절」, 끊임없이 변신을 함으로써 발전해 나가는 「픽토어의 변신」, 깊은 애정과 신비함을 느끼는 대상을 포상금과 맞바꾸려는 사람들의 심리를 그린 「새」 등이 실려 있다.

영혼의 세계, 곧 내면세계에서 마법과 기적이 이루어진다고 믿었던 독일 낭만주의 작가인 노발리스의 영향을 받은 헤세는 전래 동화에서 펼쳐지는 것과는 다른 마법의 세계를 자신의 창작 동화에서 묘사하고 있다. 헤세에게 있어 '마법적'이라는 것은 자신의 삶과 동떨어진 환상 속의 세계에서 펼쳐지는 특성이 아니라, 자신의 삶 그리고 자신의 내면세계와 밀접한 관계를 갖는 하나의 특성이다. 헤세는 자신의 삶에 대한 글 『간추린 이력서』에서 다음과 같이 말하고 있다.

"고백하건대 내 삶은 그야말로 동화 그 자체인 것처럼 느껴질 때가 너무나도 많다. 외부 세계가 나의 내면세계와 연관되어 있고 조화롭게 한데 어우러져 있는 것을 나는 자주 목격한다. 그리고 자주 느낀다. 이러한 연관성을 나는 마법적이라고 부를 수밖에 없다. 인생을 마법적인 특성을 지녔다고 이해하는 것, 그것은 내게 늘 친숙한 일이다."

자신의 유년기를 사랑하고 "유년에 대한 기억을 보존하는 것"을 그 무엇보다도 중시했던 헤세는 위와 같은 사실을 「마법사의 어린 시절」에서 잘 묘사하고 있다. 상상력이 풍부했던 주인공 소년은 할아버지가 갖고 있던 이국적인 소소한 물건들뿐만 아니라 집 안의 오래된 저장실들이나 현관문, 정원의 정자, 길거리까지 자신만의 정신과 영혼으로 바라본다. 주인공에게는 사물이나 장소뿐만 아니라 집 안의 계단 구석구석의 냄새조차도 비밀에 가득 차 있으며 한결같이 똑같은 모습을 지니고 있을 때는 한 번도 없다. "모든 것이 현실로 가득 차 있"고, "모든 것이 마법으로 가득 차 있"다. 주인공의 "마음속의 많은 부분은 이 외부 세계와 일치"한다. 하지만 이렇듯 현실과 마법과도 같은 세계가 조화롭게 공존하고, "자기 자신에 대해, 그리고 주위 세상과 자신과의 수수께끼 같은 관계에 몰두"하던 유년 시절은 주인공이 어른들이 만들어 놓은 교육 과정을 거치고 그들의 타성을 익히게 됨으로써 점점 멀어져만 가고, 마법의 세계 또한 주인공을 떠나간다. 진실로 중요한 내면의 세계는 영영 잊히고 마는 것이다.

헤세에 따르면, 문학은 "다른 곳이라면 불가능한 것이 현실이 되는, 마법과도 같은 공간을 창조한다. 오늘날 지상에서는 진정한 마법이 드물어졌다 해도 예술에서는 계속 살아 있다. 무릇 예술가는 전적으로 자기 자신이 되는 것, 그리고 본성이 자기 안에 빚어 놓고 준비해 놓은 것을 표현"하는 것만을 원한다고 생각한 헤세는 독자에게 "순종적이고 획일적인 유형의 인간"이 되지 말고 자신의 본성이 자신에게 요구하는 것 따라 자신의 존재를 가능한 한 완전하게 드러내어 유일무이한 독립된 인간, 그리고 완전한 인간이 되라고 힘주어 말한다. 헤세는 독자 개개인이 그렇게 되도록 인도하고자 한다. 기꺼이 독자의 버팀목이자 길동무가 되고자 하는 것이다. 유년 시절이 지나면서 마법의 세계에서 멀어진 「마법사의 어린 시절」의 주인공처럼 유년 시절의 내면 세계에서 멀어진, 그리고 하루하루의 "근심과 소망과 목표 속에서 평생 길을 잃고" 헤매는 우리 독자들에게 헤세는 자신의 창작 동화집을 통해 하나의 의미 있는 방향을, 내면세계로 향한 길을, 그리고 빛을 제시하고 있는 것이다.

- 옮긴이 이옥용

≪헤르만 헤세 연보≫

1877년 7월 2일 독일 남부 뷔르템베르크의 소도시 칼브에서 개신교 선교사이던 아버지 요한네스 헤세와 어머니 마리 군더트 사이의 둘째 아이로 태어남.

1881년 부모와 함께 스위스 바젤로 이사.

1883년 부모와 함께 스위스 국적을 취득(그 전에는 러시아 국적이었음.).

1886년 다시 칼브로 돌아감.

1890년 괴핑엔의 라틴 어 학교에 다님. 뷔르템베르크 국적 취득.

1891년 명문 개신교 신학교인 마울브론 수도원 학교에 입학. 7개월 뒤 도망침.

1892년 6월 짝사랑으로 인한 자살 기도. 슈테텐 신경과 병원 입원. 칸슈타트 김나지움 입학.

1893년 10월 학업 중단.

1894년 칼브의 시계 공장에서 견습공으로 일함.

1895년 튀빙엔 헤켄하우어 서점에서 점원으로 일하며 글을 쓰기 시작. 삶의 안정을 찾음.

1898년 시집 『낭만적인 노래』 출간.

1899년 산문집 『한밤중 이후의 한 시간』 출간.

1901년 최초로 이탈리아 여행.

1902년 『시집』 출간. 어머니가 사망.

1903년 서점 그만두고 두 번째 이탈리아 여행.

1904년『페터 카멘친트』출간. 경제적으로 안정되어 문학의 길에 전념함. 연구서『보카치오』와『프란츠 폰 아시시』출간. 아홉 살 연상의 피아니스트 마리아 베르누이와 결혼.

1905년 첫 아들 브루노 출생.

1906년 소설『수레바퀴 아래서』출간. 잡지〈삼월〉창간.

1907년 중단편집『이 세상에』출간.

1908년 중단편집『이웃들』출간.

1909년 둘째 아들 하이너 출생. 취리히, 독일, 오스트리아로 강연 여행.

1910년 장편『게르트루트』출간.

1911년 시집『도중에』출간. 셋째 아들 마르틴 출생. 인도 여행.

1912년 단편집『우회로들』출간. 스위스 베른으로 이주.

1913년『인도에서. 인도 여행의 기록』출간.

1914년 장편『로스할데』출간. 제1차 세계대전이 발발하여 군 입대를 자원하였으나 복무 부적격 판정을 받음. '독일 포로 구호' 기구에 복무하며 전쟁포로들과 억류자들을 위하여 잡지 발행. 자신의 출판사를 만들어 1918년에서 1919년까지 스물두 권의 소책자를 펴냄.

1915년『크눌프. 크눌프 삶의 세 가지 이야기』출간. 단편집『길가』, 신작 시집『고독한 사람의 음악』, 단편집『청춘은 아름다워라』출간.

1916년 아버지 사망. 아내와 막내아들의 병으로 신경쇠약 발병. 첫 심리치료 받음.

1919년 정치평론집 『차라투스트라의 귀환』 출간. 스위스 테신 주의 몬타뇰라로 이주. 죽을 때까지 이곳에서 거주. 『데미안』을 에밀 싱클레어라는 가명으로 출간. 『환상동화집』 출간.

1920년 색채 소묘를 곁들인 열 편의 시 『화가의 시들』, 『방랑』, 단편집 『클링조어의 마지막 여름』 출간. 『혼돈을 들여다보기』라는 제목으로 도스토예프스키에 대한 에세이 출간.

1921년 『시선집』 출간. 『테신에서 그린 수채화 11점』 출간.

1922년 『싯다르타』 출간.

1923년 『싱클레어의 수첩』 출간. 마리아 베르누이와 이혼.

1924년 스위스 국적 재취득. 스무 살 연하인 루트 벵어와 재혼.

1925년 『요양객』 출간.

1926년 『그림책』 출간. 프로이센 예술원 문학분과의 국제위원으로 선출됨.

1927년 『뉘른베르크 여행』, 『황야의 이리』 출간. 루트 벵어와 이혼.

1928년 수상록 『관찰』과 시집 『위기. 일기 한 토막』 출간.

1929년 시집 『밤의 위로』와 산문집 출간.

1930년 장편 『나르치스와 골드문트』 출간.

1931년 열여덟 살 연하인 니논 돌빈과 재혼. 『내면으로의 길』 출간.

1932년 『동방순례』 출간.

1933년 『작은 세계』 출간.

1934년 시선집 『생명의 나무에서』 출간.

1935년 『우화집』 출간.

1936년 『정원에서 보낸 시간』 출간. 고트프리트 켈러 상 수상.

1937년 『기념첩』, 『신 시집』, 『마비된 소년』 출간.

1939년 제2차 세계 대전이 본격화되면서 1945년 종전까지 헤세의 작품을 독일에서 출판하는 것이 금지됨.

1942년 『시집』이 헤세의 첫 시전집으로 취리히에서 나옴.

1943년 『유리알 유희』 출간.

1945년 시선집 『꽃 핀 가지』, 동화집 『꿈의 여행』 출간.

1946년 시사평론집 『전쟁과 평화』 출간. 헤세의 작품이 독일에서 다시 나오기 시작함. 괴테상 수상. 노벨 문학상 수상.

1947년 고향 칼브의 명예 시민이 됨.

1950년 브라운슈바이크 시가 수여하는 빌헬름 라베 상 수상.

1951년 『후기 산문』과 『서간집』 출간.

1954년 동화 『픽토르의 변신』 출간. 『헤르만 헤세─로망 롤랑 서한집』 출간.

1955년 후기 산문 『마법』 출간. 서독 출판협회로부터 평화상 수상.

1956년 헤르만 헤세상 제정.

1962년 몬타뇰라의 명예 시민이 됨. 8월 9일 뇌출혈로 몬타뇰라에서 사망.

헤르만 헤세 독일 남부 칼브에서 선교사의 아들로 태어났다. 어린 시절 시인이 되고자 수도원 학교에서 도망친 뒤 시계 공장과 서점에서 견습공으로 일했다. 이 십대 초반부터 작품 활동을 시작하여 『페터 카멘친트』, 『수레바퀴 아래서』 등을 발표했다. 1914년 제1차 세계대전을 맞아 군 입대를 자원했으나 부적격 판정을 받고 '독일 포로 구호' 기구에서 일하며 전쟁 포로들과 억류자들을 위한 잡지를 발행했다. 이후 전쟁의 비인간성을 고발하는 글들을 발표했다. 『싯다르타』, 『나르치스와 골드문트』, 『동방순례』, 『유리알 유희』 등의 수준 높은 작품을 잇달아 발표하였고 1946년 노벨 문학상을 수상했다. 1962년 8월 제2의 고향 몬타뇰라에서 숨졌다.

이옥용 서강대학교와 동대학원에서 독문학을 공부한 뒤, 독일 콘스탄츠대학교에서 독문학과 철학을 공부하고, 서울대학교에서 박사 학위를 받았다. 2001년 '새벗문학상'에 동시가, 2002년 '아동문학평론 신인문학상'에 동화가 각각 당선되었다. 2007년 '푸른문학상'을 받았으며, 지은 책으로 동시집 『고래와 래고』가 있다. 현재 번역문학가로도 활동하고 있으며, 옮긴 책으로 『변신』, 『압록강은 흐른다』, 『그림 속으로 떠난 여행』, 『우리 함께 죽음을 이야기하자』, 『데미안』, 『헤르만 헤세 환상동화집』 등이 있다.

클래식 보물창고에는
오랜 세월의 침식을 견뎌 낸
위대한 세계 문학 고전들이 총망라되어 있습니다.
세대와 시대를 초월하여 평생을 동반할 '내 인생의 책'을
〈클래식 보물창고〉에서 만나 보세요.

1. 이상한 나라의 앨리스 루이스 캐럴 지음 | 황윤영 옮김

특유의 유쾌한 상상력과 말놀이, 시적인 묘사와 개성적인 캐릭터, 재치 넘치는 패러디와 날카로운 사회 풍자로 아동청소년문학사와 영문학사에 큰 획을 그은 루이스 캐럴의 환상동화.
★ BBC 선정 영국인 애독서 100선 　★ 학교도서관사서협의회 추천도서

2. 키다리 아저씨 진 웹스터 지음 | 원지인 옮김

서간문이라는 독특한 형식과 소녀적 감성이 결합된 성장기이자 로맨스 소설! 20세기 초 사회의 모순을 고발하고 개혁을 주장했던 진보적인 사상은 페미니즘 문학으로서의 의미를 더한다.
★ 학교도서관사서협의회 추천도서

3. 보물섬 로버트 루이스 스티븐슨 지음 | 민예령 옮김

인간이 가진 절대적인 선과 악을 그린 세계 최초의 해양모험소설. 영국 빅토리아 시대의 흥미진진한 꿈과 낭만을 대변하는 동시에 선악의 경계를 아슬아슬하게 줄타기하는 인간의 욕망을 고찰한다.
★ BBC 선정 영국인 애독서 100선

4. 노인과 바다 어니스트 헤밍웨이 지음 | 민예령 옮김

헤밍웨이 문학의 총 결산이자 미국 현대문학의 중추로 일컬어지는 걸작. 생애의 모든 역경을 불굴의 투지로 부딪쳐 이겨 내는 인간의 모습을 하드보일드한 서사 기법과 절제미가 돋보이는 문체로 형상화했다.
★ 노벨 문학상 수상작가 　★ 퓰리처상 수상작 　★ 노벨연구소 선정 세계문학 100선
★ 대학수학능력시험 출제 작품

5. 하늘과 바람과 별과 시 윤동주 지음 | 신형건 엮음

우리나라 사람들이 가장 많이 애송하는 '민족 시인' 윤동주의 문학 세계를 엿볼 수 있는 시와 산문을 한데 모았다. 시대의 아픔을 성찰하며 정면으로 돌파하려 한 저항 정신은 물론이고 인간 윤동주의 맨얼굴을 만날 수 있다.
★ 연세대 필독도서 200선

6. 봄봄 동백꽃 김유정 지음

어려운 현실을 풍자와 해학으로 극복한 한국 근대소설의 정수, 김유정의 대표작을 모았다. 원전을 충실하게 살려 아름다운 우리말을 풍요롭게 담고, 토속적 어휘는 풀이말을 달아 이해를 도왔다.

7. 거울 나라의 앨리스 루이스 캐럴 지음 | 황윤영 옮김

『이상한 나라의 앨리스』보다 한층 탄탄해진 구성과 논리적인 비유를 통해 보다 깊고 넓어진 재미와 감동을 선사하는 후속작. 현실 속의 정상과 비정상, 논리와 비논리, 의미와 무의미의 경계를 고찰한다.
★ BBC 선정 영국인 애독서 100선 　★ 명사 101명이 추천한 파워클래식 　★ 학교도서관사서협의회 추천도서

8. 변신 프란츠 카프카 지음 | 이옥용 옮김

현대인의 고독과 불안을 그림으로써 20세기 실존주의 문학의 발전에 커다란 영향을 끼친, 20세기 문학계에서 가장 난해한 '문제작가'로 꼽히는 프란츠 카프카의 대표작을 모았다. 원전에 충실한 번역으로 특유의 문체가 지닌 묘미를 만끽할 수 있다.
★ 서울대 권장도서 100선 　★ 연세대 필독도서 200선 　★ 미국대학위원회 SAT 권장도서

9. 오즈의 마법사 L. 프랭크 바움 지음 | 최지현 옮김

영화, 뮤지컬, 온라인 게임 등 다양한 장르로 재생산되어 지구촌 대중문화를 견인함으로써 문화 콘텐츠가 가지는 파급력의 정도를 생생하게 보여 주는 세기의 고전. 짜릿한 모험담 속에 담긴 치유의 기운이 마법 같은 순간을 선물한다.

★ 학교도서관사서협의회 추천도서

10. 위대한 개츠비 F. 스콧 피츠제럴드 지음 | 민예령 옮김

미국 현대 문학의 거장으로 꼽히는 F. 스콧 피츠제럴드의 대표작. 미국에서만 한 해 30만 부 이상 팔리는 스테디셀러로, 재즈 시대를 살았던 젊은이들의 욕망과 물질문명의 싸늘한 이면을 담아 낸 명실공히 미국 현대 문학의 최고작.

★ 〈타임〉지 선정 100대 영문 소설　★ 미국대학위원회 SAT 권장도서
★ 〈뉴스위크〉지 선정 100대 명저　★ BBC 선정 꼭 읽어야 할 책

11. 오 헨리 단편선 오 헨리 지음 | 전하림 옮김

평범한 소시민의 일상과 삶의 애환을 따뜻한 시선으로 그린 오 헨리 문학의 정수로 손꼽히는 작품을 모았다. 인도주의적 가치관 위에 부조된 작가적 개성의 특출함을 만끽할 수 있다.

12. 셜록 홈즈 걸작선 아서 코난 도일 지음 | 민예령 옮김

세기의 캐릭터와 함께 펼치는 짜릿한 두뇌 게임. 치밀한 구성과 개연성 있는 전개, 호기심을 자극하는 독특한 설정이 포진되어 있음은 물론, 추리의 과정부터 카타르시스가 느껴지는 결말이 펼쳐져 있는 매력적인 소설.

13. 소공자 프랜시스 호즈슨 버넷 지음 | 원지인 옮김

사랑의 입자를 뭉쳐 만들어 놓은 것 같은 캐릭터를 통해 사랑의 선순환을 형상화한 소설. 순수한 직관과 무한한 잠재력을 지닌 동심의 세계를 느낄 수 있다.

14. 왕자와 거지 마크 트웨인 지음 | 황윤영 옮김

대중성과 작품성을 겸비해 '미국 현대문학의 아버지'로 평가받는 마크 트웨인의 대표작으로 '뒤바뀐 신분'이라는 숱한 드라마의 원조 격인 소설. 부조리하고 불합리한 사회상에 대한 날카로운 비판과 통쾌한 풍자 속에 역사적 지식과 상상력을 담아 냈다.

15. 데미안 헤르만 헤세 지음 | 이옥용 옮김

자신의 내면세계를 향해 고집스럽게 걸음을 옮긴 주인공 싱클레어의 성장을 그린 영원한 청춘의 성서. 철학, 종교, 인간을 끊임없이 탐구했던 작가의 깊이 있는 시선과 인간 내면의 양면성에 대한 치밀한 묘사가 시선을 사로잡는다.

★ 노벨 문학상 수상작가

16. 말괄량이와 철학자들 F. 스콧 피츠제럴드 지음 | 김율희 옮김

재즈 시대의 자유분방한 젊은이들의 풍속도를 그린 F. 스콧 피츠제럴드의 소설집. 1920년대 고동치는 젊은이의 맥박을 생생하게 전달했다는 평가를 받는 작품들을 모았다.

17. 벤자민 버튼의 시간은 거꾸로 간다 F. 스콧 피츠제럴드 지음 | 김율희 옮김

70세의 노인으로 태어나 결국 태아 상태가 되어 삶을 마감하는 벤자민 버튼의 일생을 그린 환상소설을 비롯해 『위대한 개츠비』의 전신이라고 할 수 있는 F. 스콧 피츠제럴드의 작품들을 모았다. 실험적이고 혁신적인 화법으로 생생하게 형상화한 재즈 시대를 만끽할 수 있다.

18. 이방인 알베르 카뮈 지음 | 이효숙 옮김

출간과 동시에 하나의 사회적 사건으로까지 이야기된 알베르 카뮈의 대표작. 부조리하고 기계적인 시스템 속에서 인간이 부딪치게 되는 절망적 상황을 짧고 거친 문장 속에 상징적으로 담아낸, 작품 자체가 '이방인'인 소설.

★ 노벨 문학상 수상작가 ★ 노벨연구소 선정 세계문학 100선

19. 크리스마스 캐럴 찰스 디킨스 지음 | 김율희 옮김

영국의 대문호 찰스 디킨스의 작가 정신과 개성이 고스란히 담겨 있는 대표작. 19세기 영국 사회의 구조적 모순과 크리스마스 정신, 인간성의 회복을 그린 영원한 고전이자 크리스마스의 상징이 되어 버린 소설.

★ BBC 선정 영국인 애독서 100선 ★ 학교도서관사서협의회 추천도서

20. 이솝 우화 이솝 지음 | 민예령 옮김

2,500년 동안 이어져 온 삶의 지혜와 철학을 담은 인생 지침서이자 최고(最古)의 고전! 오랜 세월 인류가 축적해 온 지식과 철학이 함축되어 있으며 남녀노소 누구나 읽을 수 있는 인류의 고전이라 할 수 있다.

21. 수레바퀴 아래서 헤르만 헤세 지음 | 함미라 옮김

작가의 자전적 경험이 녹아들어 있는 헤르만 헤세의 대표적인 성장소설. 총명한 한 소년이 개인의 자유와 개성을 억압하는 딱딱한 교육 제도와 권위적인 기성 사회의 벽에 부딪혀 비극으로 치닫는 이야기를 섬세하게 그리고 있다.

★ 노벨 문학상 수상작가 ★ 서울대 선정 고전 200선 ★ 국립중앙도서관 청소년 권장도서

22. 너새니얼 호손 단편선 너새니얼 호손 지음 | 한지윤 옮김

『주홍 글자』로 유명한 호손은 에드거 앨런 포, 허먼 멜빌과 더불어 미국 낭만주의 문학의 3대 거장으로 꼽힌다. 이 책은 45년간 우리나라 교과서에 실리기도 했던 『큰 바위 얼굴』을 비롯해 호손 문학의 대표 단편소설 11편을 실었다.

23. 에드거 앨런 포 단편선 에드거 앨런 포 지음 | 황윤영 옮김

『검은 고양이』, 『모르그 거리의 살인 사건』 등으로 유명한 에드거 앨런 포는 미국 낭만주의 문학의 거장이자 단편문학의 시조이며 추리 소설의 창시자이기도 하다. 기괴하고 환상적인 소재를 통해 인간 내면의 광기와 복잡한 심리를 치밀하게 형상화했다.

★ 미국대학위원회 SAT 권장도서 ★ 노벨연구소 선정 세계문학 100선

24. 필경사 바틀비 허먼 멜빌 지음 | 한지윤 옮김

장편소설 『모비 딕』의 작가 허먼 멜빌은 에드거 앨런 포, 너새니얼 호손과 함께 미국 낭만주의 문학의 3대 거장으로 꼽힌다. 정체불명의 필경사 바틀비의 '선호하지 않는' 태도와 철학은 갑갑한 현실 속에서 우리에게 깊은 공감과 위로를 이끌어 낸다.

25. 1984 조지 오웰 지음 | 전하림 옮김

『멋진 신세계』, 『우리들』과 더불어 세계 3대 디스토피아 소설로 불리는 걸작으로, 가공의 국가 오세아니아의 전체주의 지배하에서 인간의 존엄을 지키고자 했던 한 인물이 파멸되어 가는 과정을 그렸다. 오늘날에도 여전히 유효한 이 작품 속 경고는 시간이 지날수록 그 힘이 더욱 강력해지고 있다.

★ 뉴스위크 선정 세계 100대 명저 ★ 〈타임〉 선정 '20세기 최고의 책 100선'
★ 노벨연구소 선정 세계문학 100선 ★ 〈모던 라이브러리〉 선정 '20세기 100대 영문학'

26. 걸리버 여행기 조너선 스위프트 지음 | 김율희 옮김

풍자 문학의 거장 조너선 스위프트의 『걸리버 여행기』는 결코 온순하지 않다. 이 작품의 원문은 18세기 영국의 정치와 사회뿐만 아니라 인간의 본성을 신랄하게 풍자하고 있기 때문이다. 이 완역본에는 스위프트가 고찰한 인간과 사회를 관통하는 통렬한 아이러니가 고스란히 담겨 있다.

★ 서울대 선정 고전 200선 ★ 미국대학위원회 SAT 권장도서
★ 〈뉴스위크〉지 선정 100대 명저 ★ 노벨연구소 선정 세계문학 100선

27. 헤르만 헤세 환상동화집 헤르만 헤세 지음 | 이옥용 옮김

헤세의 대표적인 동화 16편이 실린 작품집으로, 내면으로 이르는 길, 자기 발견과 자아실현을 위한 갈등과 모색을 독창적이면서도 환상적으로 표현했다. 또한 난쟁이, 마법사, 시인 등 신비로운 인물들과 천일야화, 중국과 인도의 민담, 신화 등의 요소가 어우러져 초자연적이면서도 경이로운 이야기들이 다채롭게 펼쳐진다.

★ 노벨 문학상 수상 작가

＊'클래식 보물창고'는 끝없이 이어집니다.